reverie

NELLIE WEISZ

Yours
TO KEEP

reverie

1. Auflage 2024
Originalausgabe
© 2024 reverie in der
Verlagsgruppe HarperCollins Deutschland GmbH, Hamburg
Gesetzt aus der Loretta
von GGP Media GmbH, Pößneck
Druck und Bindung von GGP Media GmbH, Pößneck
Printed in Germany
ISBN 978-3-7457-0440-2
www.reverie-verlag.de

Für Martin.
Dafür, dass Du seit über elf Jahren
mein Zuhause bist.

Liebe Leserinnen, liebe Leser,

dieses Buch enthält potenziell triggernde Inhalte.
Deshalb findet ihr am Romanende eine Themenübersicht,
die demzufolge Spoiler enthalten kann.

Wir wünschen euch das bestmögliche Erlebnis
beim Lesen dieser Geschichte.

Euer Team von reverie

PLAYLIST

BEAUTIFUL THINGS – *Benson Boone*

NO ROOTS – *Alice Merton*

HOME – *AVEC*

THIS LONELY NIGHT – *KY.*

LIVING IN THE CITY – *Rhys Lewis*

ALONE – *Rhys Lewis*

TO BUILD A HOME – *The Cinematic Orchestra, Patrick Watson*

WRITING'S ON THE WALL – *Sam Smith*

LOVE ME LIKE YOU DO – *Ellie Goulding*

YELLOW – *Coldplay*

UNWRITTEN – *Natasha Bedingfield*

HEAVEN – *Niall Horan*

LEVITATING – *Dua Lipa*

COUNTING STARS – *OneRepublic*

ZUHAUSE – *Fynn Kliemann*

CALL YOU HOME – *Kelvin Jones*

PROLOG

Scarlett

Ich blase meinen warmen Atem zwischen meine gefalteten Hände. Der grob gehäkelte rote Baumwollstoff meiner Handschuhe bietet schon seit Stunden keinen wirklichen Schutz mehr vor der alles durchdringenden Kälte. Das Licht der Straßenlaterne lässt die Eiskristalle, die sich auf der Frontscheibe gebildet haben, glitzern. Nur mit Mühe kann ich meine Finger davon abhalten, nach dem Autoschlüssel zu greifen, der im Zündschloss steckt und mir Wärme für meine vor Kälte starren Glieder verspricht. Ein Blick auf meine Armbanduhr verrät mir, dass es sechs Uhr am Abend ist. Mit anderen Worten zu früh, um den Wagen für die Nacht aufzuheizen. Oder zumindest lange genug, bis ich in meinem Schlafsack weggedämmert bin und mich in meinen Träumen an wärmere Orte flüchten kann.

Unruhig rutsche ich auf dem Fahrersitz von rechts nach links. Stampfe mit meinen Füßen, die in dicken Wollsocken und Stiefeln stecken und trotzdem eiskalt sind, auf den Fahrzeugboden, bis der Wagen ins Schwanken gerät wie ein Segelboot auf dem Ozean. *Es hat keinen Sinn!* Wenn ich im Auto sitzen bleibe, werden meine zu tiefgefrorenen Chicken Nuggets mutierten Finger und Zehen heute Nacht nicht mehr warm. Und damit schwindet gleichzeitig die Hoffnung auf ein paar Stunden Schlaf, auf ein paar Stunden fernab der Realität.

Mit steifen Fingern öffne ich die Fahrertür und komme ungelenk auf die Beine. Vielleicht sollte ich noch einmal zurück zur Shoppingmall gehen. Mich auf einem der Stühle zusammenrollen und die Wärme der Heizungsluft in meine Muskeln aufsaugen. Doch so gern ich auch Zeit in dem riesigen Einkaufskomplex verbringe, sorgt es jedes Mal dafür, dass sich ein Knoten in meinen Eingeweiden bildet. Zur Weihnachtszeit herrscht auf den Gängen und in den Geschäften ein buntes Treiben. Menschen mit prall gefüllten Papiertüten eilen an den weihnachtlich dekorierten Schaufenstern vorbei. Lichterketten hängen von der Kuppeldecke bis hinab ins Erdgeschoss. Der Duft nach gebrannten Mandeln und Tannennadeln hängt in der Luft und lässt sowohl mein Herz als auch meinen Magen gleichermaßen vor Sehnsucht schmerzen.

Energisch schüttele ich den Kopf und hüpfe auf der Stelle, um meinen Kreislauf in Schwung zu bringen. Nachdem ich beinahe eine Stunde lang bewegungslos auf dem Fahrersitz meines Hondas verharrt habe, fühlen sich meine Gelenke steif an; meine rechte Pobacke ist eingeschlafen und kribbelt unangenehm. Eisiger Wind bläst mir ins Gesicht, und ich ziehe die Mütze so tief in die Stirn, bis meine Wimpern beim Blinzeln über die Baumwolle schaben.

Vielleicht kurbelt ein kleiner Sprint meinen Kreislauf wieder an. Ich lasse meinen Blick über den Gehweg gleiten. Es handelt sich um eine ruhige Seitenstraße in einem der äußeren Stadtbezirke Seattles. Ich habe meinen Wagen am Straßenrand geparkt und im Vorbeifahren gesehen, dass ich bei Weitem nicht die Einzige bin, die hier ihr Lager für die Nacht aufzuschlagen gedenkt. Ein bis zur Decke vollgestopfter Toyota parkt direkt hinter mir. Der Fahrer ist unter den vielen Schichten an Pullovern und Jacken kaum auszumachen. Doch ab und an bewegt sich der Klamottenberg und bestätigt mir, dass in diesem Auto wirklich jemand lebt.

Ich schlage den Kragen meines Mantels hoch und stecke meinen Schal noch einmal fest, um dem eisigen Wind keine Angriffsfläche zu bieten. Dann nehme ich einen tiefen Atemzug. Die klirrende Kälte sticht in meiner Luftröhre. Ich visiere die Mülltonne am Ende der Straße an und wechsle vom Stand aus direkt in den Sprint. Die ersten Meter sind holprig, und ich stolpere beinahe über meine eigenen Füße. Doch nach kurzer Zeit habe ich meinen Rhythmus gefunden und ramme abwechselnd meine Schuhsohlen auf den Asphalt. Der Hall meiner Schritte jagt durch die ansonsten stille Straße und vermischt sich mit meinem keuchenden Atem.

Schlitternd und mit rasendem Herzen komme ich eine Handbreit vor dem Mülleimer zum Stehen. Das Blut rauscht in meinen Ohren, mein Gesicht prickelt, als hätten sich feinste Nadelspitzen in meine Haut gegraben. Gleichzeitig kann ich zum ersten Mal seit einer Stunde meinen großen Zeh spüren. Er pocht und kribbelt, nachdem er so unverhofft mit Leben geflutet wurde. Ich stemme meine Hände in die Seiten und sauge angestrengt Sauerstoff in meine Lunge. *Verdammt, ich sollte wirklich mehr Sport machen.* Bei einer Verfolgungsjagd mit der Polizei würde ich vermutlich den Kürzeren ziehen. Nicht dass ich es darauf anlege. Aber man weiß ja nie. Immerhin gehöre ich jetzt zu *den anderen.* Zu der Gruppe Menschen, die man grundsätzlich erst mal nicht als Opfer, sondern als potenzielle Täter einstuft.

Das Geräusch von aneinanderschlagenden behandschuhten Handflächen dringt an mein Ohr. Irritiert drehe ich meinen Kopf nach rechts, um die Quelle zu identifizieren. Zwei in dicke Jacken gehüllte Gestalten sitzen keine hundert Meter von mir entfernt auf Holzkisten und applaudieren mir. Ihre Gesichter werden vom Flackern eines Lagerfeuers erleuchtet. Schatten huschen über ihre Körper, rote Flammen züngeln zwischen ihnen empor. Ich bemerke erst, dass sich meine Füße wie von selbst auf das Feuer zubewegen, als mich nur noch wenige Schritte von den beiden trennen.

»Und, hast du sie abgehängt?«, fragt der Mann, der zu meiner Rechten sitzt, und grinst mich an.

Obwohl der Ausdruck auf seinem Gesicht freundlich ist, spüre ich ein unruhiges Kribbeln in meinem Bauch. Immerhin wird uns als Kindern nicht grundlos eingetrichtert, uns von Fremden fernzuhalten. Für das weibliche Geschlecht gilt diese Regel leider viel zu häufig auch im Erwachsenenalter noch.

»Ich fürchte, nur temporär«, erwidere ich daher kurz angebunden und vergrabe meine Hände tief in den Taschen meiner Jacke.

»Setz dich doch zu uns.« Der andere Mann deutet auf eine unbesetzte Holzkiste.

Ich zögere. Obwohl ich noch mindestens zehn Schritte entfernt bin, spüre ich die Ausläufer des Lagerfeuers auf meiner Haut. Jede Zelle meines Körpers zieht mich in die Richtung der prasselnden Wärme. Gleichzeitig ermahnt mich meine Vernunft, dass ich die beiden Männer nicht kenne.

»Keine Angst, wir tun dir nichts«, sagt der Typ, der als Erster das Wort an mich gerichtet hat, so als hätte er meine Gedanken gelesen. »Ich bin Kyle, und das da drüben ist mein Kumpel Caleb«, fügt er hinzu und deutet zuerst auf sich und dann auf seinen Freund.

Dieser nickt mir zu und schenkt mir ein offenes Lächeln, unter dem ich mich augenblicklich entspanne. Vielleicht ist es an der Zeit, meine anerzogene Skepsis gegenüber obdachlosen Menschen aufzugeben. Schließlich habe ich erst vor Kurzem am eigenen Leib erfahren, wie schnell man auf der Straße landen kann. Und damit fühle ich mich diesen beiden Männern aktuell näher als jedem Besucher der Mall, dem ich heute begegnet bin.

»Danke, das ist nett von euch. Ich heiße Scar.« Vorsichtig lasse ich mich auf der Holzkiste nieder und rutsche so nah wie möglich an das Feuer heran.

Ich stöhne leise auf, als die sengende Hitze meine Wangen streift und ein Prickeln bis in meine Haarspitzen sendet.

»Der Winter in Seattle ist ziemlich scheiße, was?«, sagt Kyle und grinst mich vielsagend an.

Ich nicke und würde am liebsten in das Feuer hineinkriechen.

»Caleb und ich wollen uns morgen auf den Weg in Richtung Kalifornien machen, da sind die Winter deutlich milder. Falls du dich anschließen möchtest?«, fügt er hinzu.

Augenblicklich versteife ich mich. Wieso fragen sie eine Wildfremde, ob sie mit ihnen einen Roadtrip machen will? Das geht für meinen Geschmack eindeutig über belanglosen Small Talk hinaus.

»Du wohnst in dem Honda Civic, oder?«, fragt Caleb und nickt in Richtung der Straßenecke, um die ich gerade eben gebogen bin.

Trotz der Hitze des Feuers rieselt ein eiskalter Schauer über meinen Rücken. Woher weiß er das?

»Danke für das Angebot, aber ich werde vorerst in Seattle bleiben. Ich habe einen Job in einem Café in Downtown«, sage ich und weiche bewusst seiner Frage nach meinem Schlafplatz aus.

Caleb wechselt einen schnellen Blick mit Kyle, und wieder spüre ich, wie sich Kälte in mir breitmacht. Etwas in mir – *Instinkt?* – gefällt überhaupt nicht, in welche Richtung sich dieses Gespräch entwickelt.

Langsam erhebe ich mich, um den beiden Männern meine Panik nicht zu zeigen, und strecke ein letztes Mal meine Finger den Flammen entgegen. Der schwere Geruch von verbranntem Holz sticht mir in die Nase. Ein Scheit lässt ein bedrohliches Knacken hören, als es unter der Intensität des Feuers nachgibt und zerberst.

»Ich gehe dann mal wieder. Danke für eure Gastfreundschaft. Und viel Erfolg in Kalifornien.« Ich hebe meine rechte Hand zum Abschied, während ich gleichzeitig einen Schritt vom Feuer wegtrete.

»Bleib doch noch ein bisschen.« Kyle steht ebenfalls auf, was mich dazu veranlasst, weiter zurückzuweichen.

»Ich muss jetzt wirklich gehen. Ich habe die Frühschicht im Café und muss zeitig raus. Aber es war nett, euch kennenzulernen«, sage ich, ohne es zu meinen.

Als Caleb mit einem Ruck ebenfalls auf die Füße kommt, setzt mein Überlebensinstinkt ein. Ich mache auf dem Absatz kehrt und renne über den Gehweg zurück zu der Straßenecke, hinter der mein Auto wartet. Beim Abbiegen bin ich so schnell, dass ich beinahe mit dem am Straßenrand geparkten Range Rover zusammenstoße. Im letzten Augenblick kann ich meinen Körper nach links reißen und stolpere weiter über den viel zu leeren Gehweg. Die Lichter in den Fabrikgebäuden, die die Straße zu beiden Seiten säumen, sind erloschen. Niemand, der meine abgehackten Atemzüge und das panische Klatschen meiner Schuhsohlen auf dem Asphalt hört.

»Wo willst du denn hin? Du brauchst doch nicht vor uns wegzulaufen«, höre ich Calebs Stimme viel zu nah in meinem Rücken.

Der Klang ihrer Schritte wird mit jeder Sekunde lauter, während mein Herz immer hektischer schlägt. Mein rostroter Honda taucht in meinem Sichtfeld auf, und ich weine beinahe vor Erleichterung. Ich beschleunige mein Tempo. Zwinge meine Beine, so schnell zu laufen wie nie zuvor. Ignoriere das Brennen meiner Muskeln, die sich gegen die Behandlung wehren. In meinem Kopf ist für nichts anderes Platz als für diese alles verschlingende Panik.

Dann erreiche ich das Auto. Ich zerre an dem Türgriff, und ein Ruck geht durch meinen Arm, als ich auf Widerstand stoße. *Fuck! Fuck! Fuck!*

Natürlich habe ich den Wagen vorhin abgeschlossen. Wie konnte ich dieses überlebenswichtige Detail vergessen? Hektisch suche ich in meinen Jackentaschen nach dem Autoschlüssel. Die Schritte meiner Verfolger hallen in meinen Ohren wider. Sie dröhnen so laut, dass mein Körper unter den Schwingungen zu taumeln beginnt. Als stünde ich zu nah an einem Verstärker, gerät mein Herzschlag vollkommen aus dem Takt. Meine Hände zittern mittlerweile unkontrolliert, und Tränen laufen mir über die Wangen.

Endlich schließe ich die Finger um ein flaches Stück Metall. Im nächsten Augenblick stecke ich den Schlüssel ins Schloss und reiße die Fahrertür auf. Ich falle auf den Sitz und taste blind nach dem Türgriff, um sie zuzuziehen. Ich schaffe es, sie bis auf zehn Zentimeter zu mir heranzuziehen, bevor ich auf Widerstand stoße und mir der Plastikgriff mit solcher Gewalt aus den Händen gerissen wird, dass ich beinahe mit dem Gesicht voran auf dem Asphalt lande.

Kyle lehnt im Türrahmen und sieht auf mich herab. In seinen Augen blitzt etwas Dunkles auf. Ein spöttisches Lächeln verzieht seine Mundwinkel zu einer Fratze. Ich sauge tief Luft in meine Lunge, doch der Schrei, der sich in meiner Brust bildet, findet niemals den Weg nach draußen. Kyle legt die behandschuhte Hand über meine Lippen und erstickt jeden Ton. Der Stoff seines Handschuhs fühlt sich rau und zerschlissen an auf meiner Haut. Ein muffiger Geruch geht von ihm aus, der mich an eine Mischung aus Alkohol, Motoröl und Schweiß erinnert. Mir dreht sich der Magen um.

»Na, na, wir wollen doch nicht unnötig Aufmerksamkeit auf uns ziehen.« Er hebt den Zeigefinger seiner freien Hand warnend vor seine Lippen und blickt mich mit Kälte in den Augen an.

Ich bin zu geschockt, um meinen Kopf zu einem Nicken zu bewegen. Aus den Augenwinkeln sehe ich, wie Caleb die Tür zur Rückbank öffnet und eine Umzugskiste nach der anderen hinaus auf den Gehweg zerrt. Alles in mir will schreien, als er die Kisten nacheinander aufreißt und den Inhalt auf der Sitzbank verteilt. Fotos aus einem früheren Leben fliegen durch den Innenraum des Wagens. Besteck und Teller fallen klirrend und scheppernd in den Fußraum. Caleb greift in meine Kleiderkiste und wirft T-Shirts, Pullover, Jeans und Unterwäsche wie Konfetti durch die Luft. Saure Galle steigt meine Kehle empor, und ich muss gegen den Reflex ankämpfen, zu würgen.

»Bitte nicht«, wispere ich, doch meine Worte versickern im Stoff von Kyles Handschuh.

Dieser wirft lediglich einen Blick über seine Schulter zu seinem Komplizen, der mittlerweile die letzte Box geöffnet hat und sich durch Notizbücher, Kugelschreiber und anderen Krimskrams wühlt. Er stößt ein frustriertes Schnauben aus und schüttelt knapp den Kopf.

Kyle wendet sich wieder mir zu. Ein harter Ausdruck füllt seine braunen Augen, als er auf mich herabblickt.

»Wo hast du deine Wertsachen?«, fragt er leise. Mit der linken Hand fährt er durch mein Haar, beinahe zärtlich.

Eine neue Welle der Übelkeit ballt sich in meinem Magen zusammen. Selbst wenn ich nicht vor Angst erstarrt wäre, würde ich es ihm nicht verraten. Seine Hand vergräbt er in meinen schulterlangen rotblonden Haaren und reißt meinen Kopf mit einem harten Ruck in den Nacken. Ein Schrei schraubt sich meine Kehle empor, wird jedoch von seinem Handschuh verschluckt. Tränen bilden sich in meinen Augenwinkeln. Meine Kopfhaut brennt wie Feuer, und der Schmerz gräbt sich wie Speerspitzen in meinen Schädel.

»Wir können das hier auf die nette Tour machen oder ...«
Er vollendet seinen Satz nicht, doch das dunkle Funkeln ist in seine Augen zurückgekehrt. Es ist ein Versprechen, dass ich es bereuen werde, sollte ich mich ihm widersetzen.

Mein Blick schnellt wie von selbst hinüber zum Handschuhfach. Sofort zwinge ich meine Aufmerksamkeit zurück zu Kyle und hoffe, dass er das Flackern nicht bemerkt hat.

Ich hoffe vergebens.

Ein triumphierendes Lächeln breitet sich auf seinen Lippen aus, als er Caleb zuruft: »Komm nach vorne. Ich glaube, die Kleine hat ihr Zeug in der Ablage versteckt.«

Tief in meinem Inneren schreie ich. Brülle ihnen jedes Schimpfwort entgegen, das mir einfällt. Es sind erstaunlich viele. Trotzdem muss ich hilflos mitansehen, wie Caleb sich auf den Beifahrersitz fallen lässt und die Klappe des Fachs öffnet.

»Jackpot.« Er pfeift durch die Zähne, als er hineingreift und mein Tablet herauszieht.

Ich winde mich in Kyles Griff, doch der packt mein Haar nur noch fester, was mir erneut Tränen in die Augen treibt. Sein Kopf schwebt nur wenige Zentimeter vor meinem, als er sich weiter ins Innere des Wagens lehnt, um besser sehen zu können, was sein Freund gefunden hat. Der Geruch von ungewaschenen Haaren in Kombination mit dem Rauch des Lagerfeuers lässt mich erneut würgen.

In der Zwischenzeit zieht Caleb die kleine Rolle aus Geldscheinen aus dem hintersten Teil des Fachs. Es sind fünfhundert Dollar. Für mich ein halbes Vermögen. Für jeden verdammten Dollar habe ich hart geschuftet. Habe mir dumme Sprüche von Gästen anhören müssen. Habe stundenlang Teller hin und her getragen. Habe mir Blasen gelaufen. Ich habe jeden Dollar gespart, den ich verdient habe. An den meisten Tagen bin ich mit einem Knurren im Magen schlafen gegangen, um das Geld nicht antasten zu müssen. Und jetzt steckt Caleb es einfach in seine Jackentasche, ein breites Grinsen auf den Lippen.

Als er ein weiteres Mal in das Fach greift und die kleine Holzschatulle hervorzieht, wird mir schlecht. Meine Sicht verschwimmt, das Blut pulsiert in meinen Adern und rauscht in meinen Ohren. Ohnmächtig muss ich zusehen, wie er den Riegel zur Seite schiebt und den mit Ranken und Blumen verzierten Deckel aufklappt. Einen Herzschlag später baumelt eine Perlenkette zwischen seinen Fingern herab. Mit der anderen

Hand greift er erneut hinein und zieht den grazilen Rubinring mit goldener Fassung hervor. Hass kocht so heiß in meinen Adern, dass ich fürchte, er wird mich jeden Augenblick versengen. Sie können von mir aus mein Tablet mitnehmen. Sie können mein Bargeld einstecken. Aber nicht den Schmuck meiner Mutter. Das Einzige, was mir von ihr geblieben ist.

Mein Körper reagiert instinktiv, und ich lasse meinen Kopf ein Stückchen weiter in den Nacken sinken. Kyles Griff lockert sich. Ich nutze den Moment und reiße mich mit einer ruckartigen Bewegung los. Mein Schädel trifft sein Kinn mit voller Wucht, und er keucht vor Schmerz auf. Er löst die Finger von meinem Mund, und ich versenke meine Zähne in dem Stoff seines Handschuhs, bis ich seinen Handballen spüre. Er schreit auf und taumelt zurück. Ich versetze ihm einen Tritt in den Bauch, der ihn mit dem Hintern voran auf den Gehweg befördert, und endlich bin ich frei.

Als Nächstes wende ich mich Caleb zu. Blanker Hass pulsiert durch meine Adern und muss sich in meinem Blick widerspiegeln. Zumindest zuckt Caleb vor mir zurück und will aus dem Auto flüchten, doch ich werfe mich über die Mittelkonsole und erwische ihn am Ärmel. Ich zerre an seiner Hand und bekomme einen Teil der Perlenkette zu fassen. Caleb lässt jedoch nicht los, und in der nächsten Sekunde falle ich nach hinten, als die Schnur nachgibt und zerreißt. Perlen schießen wie Flipperkugeln in einem Spielautomaten durch das Innere des Wagens. Verursachen ein klackerndes Geräusch, als sie auf das Plastik der Armatur treffen.

Entsetzt starre ich auf die Schnur zwischen meinen Fingern, an der eben noch die Perlen gehangen haben. Ein Schrei entkommt meinen Lippen. Er klingt wie der eines angeschossenen Tiers. Mit fahrigen Bewegungen versuche ich die Perlen aus dem Fußraum einzusammeln. Zu spät merke ich, dass Kyle sich in der Zwischenzeit aufgerappelt hat. Er packt mich von hinten an der Taille und zerrt mich zurück auf den Fahrersitz.

»Du kleine Schlampe!«, zischt er, bevor er mit der bloßen Hand ausholt und mir eine schallende Ohrfeige verpasst.

Mein Kopf wird nach rechts geschleudert. Die Stelle, die Bekanntschaft mit Kyles Handfläche gemacht hat, prickelt wie nach einem Zusammenstoß mit einem verärgerten Bienenschwarm. Der Schmerz nimmt mir für einen Moment den Atem. Blind reiße ich meine Arme in die Luft und versuche, Kyle wegzustoßen, doch ich treffe lediglich die kalte Nachtluft. Dann ist seine Hand plötzlich in meinem Nacken, und im nächsten Moment knallt meine Stirn mit voller Wucht gegen das Lenkrad. Grelle Blitze flammen am Rand meines Bewusstseins auf, bevor meine Welt in Schwärze versinkt.

KAPITEL 1

16 MONATE SPÄTER

Scarlett

Es ist bereits kurz nach zehn Uhr am Morgen, als ich mich zum ersten Mal seit Schichtbeginn auf den Hocker hinter dem Tresen fallen lassen kann. Mit einem unterdrückten Stöhnen schlüpfe ich aus den schlichten schwarzen Ballerinas und wackele mit den Zehen. Zwischen sieben und zehn Uhr am Morgen herrscht in dem Diner ein Betrieb wie in der Ankunftshalle eines Flughafens. Der Strom an Gästen hat drei Stunden lang nicht nachgelassen. Normalerweise freue ich mich über den hohen Durchlauf, da ich so in kurzer Zeit eine ansehnliche Summe an Trinkgeld zusammenbekomme. Doch heute war es wie ein Ritt auf einem vollkommen wild gewordenen Bullen, der versucht hat, mich mit aller Gewalt niederzuringen.

Als meine Kollegin Tammy mich heute früh auf der Fahrt zu *Patty's Pies* angerufen hat, um mir mitzuteilen, dass sie es nicht ins Restaurant schafft, weil der Kindergarten wegen eines akuten Windpockenausbruchs geschlossen ist und sie so kurzfristig keinen Babysitter auftreiben konnte, habe ich ihr noch großspurig versichert, dass ich den Laden die paar Stunden, bis unsere Kollegin Sandy auftaucht, allein schaukeln könnte. Zu sagen, dass ich mich überschätzt habe, wäre eine Untertreibung. Gleichzeitig die Laufkundschaft und die Gäste vor Ort bedienen zu müssen, hat mich wünschen lassen, über mindestens zwei Klone zu verfügen. Oder tierische Helfer in Form von Mäusen und Vögeln wie in Disneys *Cinderella*. Wobei die Anwesenheit von Nagetieren im Diner vermutlich zu einem Besuch des Gesundheitsamts führen würde.

Also habe ich den Vormittag damit verbracht, wie eine Irre durch den Laden zu rennen, während ich parallel kannenweise Kaffee in die braunen To-go-Becher gefüllt habe. Liz, die heute in der Küche aushilft, war immerhin so gnädig, die ständig leere Kanne nachzufüllen und die Kuchen, für die *Patty's Pies* berühmt ist, bereits stückweise in Papiertüten zu packen.

Mittlerweile hat der Strom an Menschen endlich nachgelassen. Die arbeitende Bevölkerung hat sich, mit Kaffee und Kuchen bewaffnet, ihren Aufgaben des Tages gewidmet. Meine Fußsohlen schmerzen schon bei dem Gedanken daran, dass ich weitere sechs Stunden in den Ballerinas verbringen muss. Davon zwei, in denen ich auf mich allein gestellt sein werde. Ein kurzer Blick auf mein Handy verrät mir, dass Sandy es nicht vor zwölf Uhr ins Diner schafft.

Ich nehme einen Schluck von meinem zwischen fünf Bestellungen kalt gewordenen Kaffee und verziehe das Gesicht. Mein Magen gibt ein rumpelndes Geräusch von sich. Wie so oft bin ich ohne Frühstück bei der Arbeit erschienen und habe vor lauter Stress keinen Bissen zu mir nehmen können. Jetzt schwappt die bittere Flüssigkeit in meinem leeren Magen auf und ab. Hoffnungsvoll stecke ich meinen Kopf durch die Durchreiche zur Küche und entdecke Liz, die ein paar Schritte entfernt Kartoffeln schält.

»Hast du irgendwas zu essen für mich?«, frage ich und setze eine leidende Miene auf.

»Du kannst eins von den Croissants da drüben haben, die sind von gestern übrig.« Sie deutet mit einem Nicken auf die Arbeitsplatte neben sich, auf der ein Körbchen steht. Mit dem Ellenbogen versetzt sie ihm einen Stoß, sodass es über das glatte Metall in meine Richtung schlittert. Bevor die wertvolle Fracht über die Tischkante auf den Boden segeln kann, strecke ich schnell meine Hand durch die Öffnung und halte sie auf.

»Danke, du rettest mein Leben!«, sage ich an Liz gewandt, während ich mir eines der Croissants angle.

»Das ist reiner Selbstschutz. Wenn du tot umfällst, muss ich deinen Job auch noch übernehmen.« Liz grinst mich an, und ich strecke ihr die Zunge heraus, bevor ich in das Croissant beiße.

Der Blätterteig ist etwas trocken, doch das intensive Aroma nach Butter lässt meine Geschmacksknospen trotzdem vor Freude Salsa tanzen. Ich spüle den Bissen mit einem Schluck Kaffee herunter und widme mich dann wieder der Arbeit.

Wie eine Schafhirtin lasse ich meinen Blick über meine Herde beziehungsweise die Gäste schweifen. *Patty's Pies* ist einer dieser typischen Diner, wie man sie überall in Amerika finden kann. Mit Nischen, die aus zwei Sitzbänken mit rot-weiß gestreiftem Kunstlederüberzug und einem verchromten Tisch bestehen, auf dem jeweils ein Serviettenspender im Retrolook, eine große gläserne Zuckerdose und je eine überdimensionale rote und gelbe Plastiktube mit Ketchup und Senf auf ihren Einsatz warten. Im Fenster neben der Eingangstür hängt ein Neonschild in Kuchenform, das blinkend verkündet, dass wir die besten Pies in L. A. haben.

Auf einem der Drehstühle am Tresen sitzt ein älterer Mann tief über sein Kreuzworträtsel gebeugt. Neben ihm steht eine Tasse Kaffee, aus der Dampfschwaden aufsteigen. Mein Blick wandert weiter zu zwei Frauen, die Anfang dreißig sind und es sich im hinteren Bereich des Diners gemütlich gemacht haben. Sie nippen an ihren Gläsern, in denen sich zuckerfreier Eistee befindet. Vor einer halben Stunde haben sie ihr Frühstück beendet und sind seitdem in ihr Gespräch vertieft. Ihr Lachen schallt in regelmäßigen Abständen zu mir herüber. Direkt neben der Tür sitzt ein Mann mit Trucker-Cap an einem Zweiertisch und schaufelt sich eine Gabel Rührei mit Bacon nach der anderen in den Mund. Seine Tasse Kaffee ist zu zwei Dritteln gefüllt. Er ist somit ebenfalls für den Moment versorgt.

Zuletzt lasse ich meinen Blick zu meiner Rechten gleiten. Diesen Bereich übernimmt sonst Tammy. Nur der Tisch in der Ecke ist besetzt. Ein Hinterkopf mit kurzen schwarz gelockten Haaren ragt über die knallig roten Sitzpolster.

Hemingway.

So haben wir den jungen Mann getauft, der fast jeden Tag im Diner auftaucht und sich an den immer selben Platz setzt. Für gewöhnlich kreuzt er gegen halb zehn auf, wenn der erste Ansturm nachgelassen hat, und verlässt das Restaurant erst kurz vor Abend wieder. In der Zeit trinkt er literweise Kaffee und isst vormittags und nachmittags jeweils ein Stück Pie.

Ich frage mich, ob wir auf unsere Servietten nicht eine Warnung schreiben sollten. *Vorsicht, übermäßiger Verzehr kann zu Diabetes und einem frühen Ableben führen.*

Da ich heute Morgen im Stress war, habe ich seine Bestellung so schnell ausgeliefert, dass ich kaum auf ihn geachtet habe. Er ist einfach in dem Meer aus Gesichtern untergegangen, die ich bedient habe. Dabei habe ich in den letzten Monaten viele Minuten – mittlerweile sind es vermutlich schon Stunden – damit zugebracht, auf seinen Hinterkopf zu starren und mir mit Tammy Geschichten über ihn auszudenken. Er hat stets einen Laptop, den er jedoch nur gelegentlich aufklappt, und ein Notizbuch dabei. Vielleicht ist er ein berühmter Schriftsteller? Vielleicht schreibt er Liebesbriefe an seine Freundin, die auf einem anderen Kontinent lebt? Meine heißeste Theorie ist die, dass er ein Trickbetrüger ist, der Briefe an ältere alleinstehende Damen schreibt, in denen er sich als ihr lang verschollener Enkel ausgibt, der ihre Hilfe in Form einer Überweisung braucht. *Catfishing vom Feinsten.*

Mit einer vollen Kaffeekanne bewaffnet, schreite ich langsam den Gang hinab auf seinen Tisch zu. Er sitzt wie immer über sein Notizbuch gebeugt da, den Kopf in die rechte Hand gestützt. Überall auf der Tischplatte liegen zerknäulte Blätter aus dem linierten Heft herum. Verschmierte Tinte zieht sich über seinen Handballen bis zu seinem Gelenk. Der Anblick bringt mich zum Schmunzeln. Er sieht aus wie der Inbegriff eines zerstreuten Schriftstellers.

»Darf ich dir nachschenken?«, frage ich und deute auf seine leere Tasse.

Er hebt den Kopf und schaut mich mit einem entrückten Ausdruck in den kastanienbraunen Augen an. Offensichtlich war er so in seine Notizen versunken, dass er mich nicht hat kommen hören. Sein verwirrter Blick verrät mir, dass ihm meine Frage ebenfalls entgangen ist.

»Ich wollte nur wissen, ob du noch etwas Koffein gebrauchen kannst«, kläre ich ihn mit einem Schmunzeln auf.

Augenblicklich erwacht er zum Leben, so als hätte allein die Nennung des Getränks eine energetisierende Wirkung auf ihn.

»Ja, bitte. Und dazu hätte ich gern …«

»Ein Stück Apfelkuchen?«, vervollständige ich seine übliche Bestellung.

Seine Hand, mit der er den leeren Becher zu mir geschoben hat, verharrt in der Bewegung. Er betrachtet mich eingehend, während er bestätigend nickt. »Woher wusstest du das?«, fragt er mit einer Mischung aus Neugier und Irritation in der Stimme.

»Weil es jetzt …« Ich blicke hinüber zu der großen Wanduhr, die halb elf anzeigt. »… schon nach zehn ist und du noch nicht deinen morgendlichen Zuckerschub geordert hast.«

Er blinzelt ein paarmal und scheint nicht recht zu wissen, was er von meiner Antwort halten soll.

Augenblicklich bereue ich meinen lockeren Ton, immerhin ist er ein Kunde. Im Gegensatz zu Tammy habe ich bisher noch nie ein Wort mit ihm gewechselt und kann absolut nicht einschätzen, was für ein Typ Mensch er ist. Gemessen an dem silbrig glänzenden Apple MacBook auf dem Tisch und dem schlichten, aber hochwertig aussehenden Material seiner Kleidung könnte er auch einer dieser reichen Schnösel sein, die auf unbedeutende Kellnerinnen, wie ich eine bin, herabsehen und Wert auf förmlichen Abstand legen.

»Ich kann sonst auch gern später noch mal kommen«, rudere ich zurück, während ich so schnell den Kaffee in seiner Tasse nachfülle, dass ein paar Spritzer auf der Tischplatte landen.

Doch der junge Mann schüttelt den Kopf, ein Lächeln breitet sich langsam auf seinen vollen Lippen aus.

»Kuchen klingt prima. Danke.«

Erleichtert erwidere ich sein Lächeln und flüchte in Richtung des Tresens, bevor noch mehr unüberlegte Worte aus mir herausprudeln. Offenkundig fehlt mir die tägliche Kabbelei mit Tammy. Anders kann ich es mir nicht erklären, weshalb ich das Gespräch mit dem Fremden gesucht habe.

Als ich ein paar Minuten später mit einem extragroßen Stück Kuchen an seinen Tisch zurückkehre, hat der junge Mann das Notizbuch zugeklappt und blickt mir stattdessen entgegen. Er betrachtet mich eingehend, so als würde er mich heute zum allerersten Mal wahrnehmen. Dabei arbeite ich seit drei Monaten in diesem Diner, und bis auf wenige Ausnahmen war Hemingway jeden Tag hier. Ein bisschen beneide ich ihn um die Fähigkeit, vollkommen zwischen seinen Zeilen zu versinken und die Außenwelt komplett zu vergessen. Seit ich auf der Straße lebe, kann ich mir diesen Luxus der Unachtsamkeit nicht mehr erlauben.

»Lass es dir schmecken.« Ich stelle den Teller vor ihm auf dem Tisch ab und will schon auf dem Absatz kehrtmachen, als mich seine Stimme aufhält.

»Arbeitest du schon länger hier?«, fragt er und schenkt dem Apfelkuchen keinerlei Beachtung, mir dafür viel zu viel.

»Warum willst du das wissen?« Obwohl es eine harmlose Frage ist, fahren meine Schutzmauern wie von selbst nach oben. Wie immer, wenn mir jemand eine auch nur ansatzweise persönliche Frage stellt.

»Du weißt, dass ich jeden Morgen ein Stück Kuchen bestelle. Aber ich bin mir sicher, dass es mir aufgefallen wäre, wenn du diejenige gewesen wärst, die mir die letzten schätzungsweise neunzig Portionen serviert hätte.« Ein verschmitztes Funkeln blitzt in seinen Augen auf.

Obwohl ich die Anmachversuche, die inflationär gestiegen sind, seitdem ich als Kellnerin arbeite, mittlerweile nicht mehr zählen kann, zaubert mir das Kompliment, das er geschickt in seine Worte verwoben hat, ein Lächeln auf die Lippen.

Ich lasse meinen Blick an ihm auf und ab wandern. Die Morgensonne, die durch die Fensterfront scheint, verleiht seiner hellbraunen Haut einen bronzefarbenen Teint. Über seine Wangen erstreckt sich ein Dreitagebart bis hinab zu seinem Kinn und umrahmt seine vollen Lippen. Seine warmen braunen Augen funkeln nur so vor Leben. Er trägt ein aufgeknöpftes Jeanshemd über einem schlichten weißen Shirt mit V-Ausschnitt, das den Blick auf eine definierte, aber nicht übertrieben trainierte Brustmuskulatur freigibt.

»Ich würde eher darauf tippen, dass es mindestens hundert Stücke Kuchen waren«, erwidere ich grinsend, bevor ich nachlege: »Aber bilde dir lieber nichts darauf ein, dass ich deine Essgewohnheiten so gut kenne. Wir Kellnerinnen tauschen uns aus. Besonders über die Stammgäste, bei denen wir uns Sorgen machen, dass sie irgendwann an Diabetes erkranken könnten.«

Sein Lächeln verrutscht kurz, und erneut frage ich mich, wieso es mir so leichtfällt, mich mit ihm zu unterhalten. So leicht, dass ich erneut eine Grenze überschritten habe. Doch dann platzt ein lautes Lachen aus ihm heraus. Es klingt dunkel und warm wie eine Tasse heiße Schokolade.

»Was soll ich sagen, süße Kuchen sind meine Schwachstelle.« Er schenkt dem Stück Apfelkuchen einen so liebevollen Blick, dass ich schmunzeln muss.

»Wenn du noch mehr Kaffee zum Nachspülen brauchst, weißt du ja, wo du mich findest«, verabschiede ich mich von ihm.

Auf dem Weg zurück zum Tresen ertappe ich mich dabei, dass das Schmunzeln noch immer an meinen Lippen hängt wie klebriger Zuckerguss. Der kurze Austausch mit Hemingway war eine viel zu schöne Ablenkung von meiner sonst so stressigen und monotonen Arbeit. Doch viel zu schnell warten neue Bestellungen auf mich, und mir bleibt keine Zeit, einen weiteren Gedanken an den Mann mit den kastanienbraunen Augen zu verschwenden. Was vermutlich auch besser ist.

***

Als ich das nächste Mal auf die Uhr sehe, ist es bereits halb zwölf. Bevor gleich die zweite Rushhour des Tages startet, sollte ich sichergehen, dass alle bereits anwesenden Gäste versorgt und glücklich sind. Ich weiß nicht, wieso mein Blick als Erstes nach rechts hinten an den Ecktisch wandert. Genauso wenig weiß ich, wieso sich ein Lächeln auf meinen Lippen ausbreitet, als ich Hemingway entdecke, der mit seiner leeren Kaffeetasse in der Luft herumwedelt und offenkundig versucht, meine Aufmerksamkeit zu erlangen. Mit der Kaffeekanne in der Hand gehe ich zu ihm.

»Ich weiß nicht, ob ich mir mehr Sorgen um deinen Zucker- oder deinen Kaffeekonsum machen sollte«, ziehe ich ihn auf.

»Das zählt beides zur Nervennahrung«, erwidert er und macht eine ausladende Geste, die das Notizbuch und das Meer aus zusammengeknüllten Seiten umfasst, das die Tischplatte flutet.

Damit liefert er mir die perfekte Vorlage, um das Geheimnis, was er hier tagtäglich fabriziert, ein für alle Mal zu lüften. Tammy wird morgen große Augen machen, wenn ich ihr von den Ergebnissen meiner investigativen Recherche berichte. Mit der freien Hand angle ich nach der Papierkugel, die mir am nächsten ist. »Und wie läuft es bisher so mit dem Bestseller, Ernest?«

»Sagen wir es mal so, aktuell sind die Chancen, dass ich Diabetes bekomme, deutlich höher, als dass ich einen Bestseller schreibe«, sagt er trocken. »Aber wieso nennst du mich Ernest?«, schiebt er hinterher und hebt eine Augenbraue.

»Na, Ernest wie Ernest Hemingway«, erkläre ich. Als er mich lediglich mit schief gelegtem Kopf ansieht, führe ich aus: »Ich habe dich gerade mit einem der größten Schriftsteller Amerikas verglichen. Du darfst dich ruhig geschmeichelt fühlen.«

Erkenntnis blitzt in seinen Augen auf und mischt sich mit Belustigung. »Soweit ich weiß, hat der sich immer nur in Bars herumgetrieben und literweise Whiskey getrunken.«

»Und ich dachte schon, deine Kaffee- und Kuchensucht sei bedenklich.«

Er rollt mit den Augen, doch dann gleitet sein Blick zurück zu dem aufgeschlagenen Notizbuch. Ein Stift liegt quer über zwei blütenreinen Seiten. Die Unbeschwertheit verschwindet aus seinen Zügen und macht Schwermut Platz.

»Ich wünschte, jedes Problem ließe sich mit einem Stück Kuchen und einer Tasse Kaffee lösen.« Er gibt ein Seufzen von sich, das so verzweifelt klingt, dass ich ihm augenblicklich ein weiteres Stück Kuchen bringen möchte, um ihn zu trösten.

»Schreibblockade?«, frage ich.

»Eher eine ausgewachsene Lebenskrise.« Er fährt sich mit der Hand über die kurz geschorenen Haare.

»Bist du dafür nicht noch etwas zu jung?«

»Für eine existenzialistische Krise ist es nie zu früh«, erwidert er mit so viel Theatralik in der Stimme, dass ich grinsen muss.

»Okay, das hast du doch jetzt nur gesagt, um mich mit deinem prätentiösen Vokabular zu beeindrucken.«

Zwei Sekunden lang starrt er mich mit leicht geöffnetem Mund an, dann lacht er laut auf. »Touché! Meine Freunde nennen mich übrigens Will.«

»Wie William Shakespeare?« Mein rechter Mundwinkel zuckt verdächtig.

»Ich glaube, mein Vater hat sich eher von Wilhelm dem Eroberer inspirieren lassen.« Er verzieht das Gesicht.

»Dann bleibe ich bei Hemingway. Besser eine liebenswerte Schnapsnase als einen blutrünstigen Eroberer als Vorbild.« Ich schenke grinsend Kaffee in seine leere Tasse.

»Und mit wem habe ich das Vergnügen?« Sein Blick gleitet zu meiner rechten Brust, an der mein Namensschild befestigt ist. »Candy? Du arbeitest in einem Kuchenladen und heißt wirklich Candy?« Er sieht mich derart ungläubig an, dass ein blubberndes Lachen meine Kehle emporsteigt.

»Nein, meine Mutter hat mir keinen Stripperinnennamen verpasst. Das ist – wie sagt man in der Schriftstellerwelt? – mein Pseudonym.« Ich blicke ihn fragend an, und er nickt.

»Was muss ich tun, damit du mir deinen richtigen Namen verrätst?« Die Eindringlichkeit, mit der er mich mustert, lässt meine Gedanken für einen Moment stillstehen. *Gefährliches Terrain, Scarlett!*

Dann bemerke ich aus dem Augenwinkel, wie der Typ mit der Truckermütze seine Kaffeetasse hebt und auffordernd in meine Richtung schwenkt.

»Mein richtiger Name gegen eine Geschichte von dir«, sage ich aus einem Impuls heraus und greife nach der Kaffeekanne, die ich während unseres Gesprächs auf dem Tisch abgestellt habe.

»Was?! Das ist nicht fair. Ich habe dir gerade offenbart, dass ich in der schlimmsten Schreibblockade seit Menschengedenken stecke, und du forderst eine Geschichte, als wäre es nicht mehr als ein Kaugummi!« Er zeigt anklagend auf den Haufen zerknüllten Papiers vor sich.

Ich zucke mit den Schultern. »Dann sieh es als Ansporn.«

Damit drehe ich mich um und gehe mit beschwingten Schritten zu dem Gast mit der leeren Kaffeetasse.

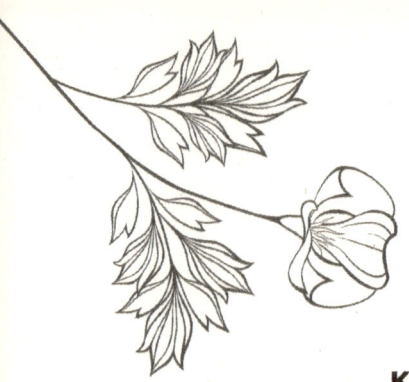

KAPITEL 2

Scarlett

Gegen zwölf Uhr startet pünktlich zu Beginn unseres Mittagsangebots die zweite Rushhour des Tages. Sandy kommt zusammen mit den ersten Gästen durch die Tür, und vor Erleichterung umarme ich sie, als sie hinter den Tresen tritt.

»Gott sei Dank bist du da!« Ich seufze erleichtert. »Meine Füße killen mich jetzt schon.«

Sie tätschelt mir mitfühlend den Arm. »Entschuldige, Scar, aber ich konnte leider nicht früher. Mein Wagen war noch in der Werkstatt.«

Routiniert bindet sie die weiße Schürze im Rücken zusammen und streicht den Stoff über dem rot-weiß gestreiften Rock in Glockenform glatt. Dann öffnet sie den obersten Knopf der eng anliegenden ärmellosen weißen Bluse und richtet den goldenen Anhänger in Herzform an ihrem Dekolleté. Bis auf die Kette sind unsere Outfits identisch. Tammy hat sich schon mehrfach beim Manager Tony über die Arbeitskleidung beschwert. Sie ist der Meinung, dass der ausgestellte Rock ihre ohnehin leicht füllige Hüfte nur noch voluminöser erscheinen lässt und manche Gäste damit förmlich zu unangebrachten Kommentaren einlädt.

Ich bin zwar selbst kein Fan des Outfits, aber insgeheim bin ich froh, dass wir die Klamotten gestellt bekommen. Ich besitze nicht mehr als sieben T-Shirts, zwei Pullover, ein Kleid für besondere Anlässe – auch wenn es von solchen im letzten Jahr wenige bis gar keine gab –, eine Jacke und zwei Hosen. Durch die Uniform komme ich wenigstens nicht in die unangenehme Situation, meinen Kolleginnen erklären zu müssen, warum ich jede Woche dieselben Sachen trage. Ich möchte nicht, dass sie mich voller Missbilligung ansehen oder, noch schlimmer, voller Mitleid.

Die nächsten anderthalb Stunden verbringen Sandy und ich damit, immer wieder zwischen den Tischen und der Küche hin und her zu laufen. Unser täglich wechselndes Mittagsmenü ist beliebt, und so wird jeder frei gewordene Tisch sofort von den nächsten Gästen besetzt. Trotzdem erwische ich mich immer wieder dabei, wie ich meinen Blick zu dem Tisch hinten rechts in der Ecke schweifen lasse. Die meiste Zeit erkenne ich nur Wills Hinterkopf, doch ab und zu sieht er über seine Schulter und erwischt mich beim Starren. Jedes Mal verzieht er sein Gesicht zu einer verzweifelten Grimasse und formt mit den Lippen das Wort *Bitte*. Aber ich bleibe hart und schüttle nur grinsend den Kopf, bevor ich mich wieder auf meine Arbeit konzentriere.

Als die letzten Mittagsgäste gegen halb drei endlich das Restaurant verlassen, werfe ich mich Sandy gegenüber auf einen der Barhocker. Tony sieht es nicht gern, wenn wir es uns vor dem Tresen gemütlich machen, aber erstens ist Tony nicht da, und zweitens schmerzen meine Knöchel so sehr, dass ich keine Sekunde länger stehen kann. Ich schnappe mir eine der Pommes frites, die Sandy aus der Küche stibitzt hat, und versenke sie in meinem Mund. In einvernehmlichem Schweigen essen wir die knusprig frittierten Köstlichkeiten, bis die Glocke in meinem Rücken das Eintreffen neuer Kunden ankündigt.

»Lass nur, ich mache das schon«, sagt Sandy, als ich mich soeben mit einem Seufzen vom Barhocker hieven will.

»Danke«, sage ich und stecke mir gleich darauf zwei Pommes auf einmal in den Mund.

»Ich danke *dir*«, erwidert Sandy und grinst mich verschlagen an. Dann zieht sie den Ausschnitt ihrer Bluse ein Stückchen tiefer, setzt ihr strahlendstes Lächeln auf und wirft ihre blond gefärbte Mähne über die Schultern zurück.

Ich beobachte, wie sie auf die Neuankömmlinge zusteuert, und muss grinsen. Es sind drei Typen der Sorte California Surferboy. Die Haare in den Farben Hellblond bis Karamell sind vom Salzwasser leicht verfilzt und hängen wirr in ihre von der Sonne gebräunten Gesichter. Ich höre Sandys glockenhelles Lachen, als sie sich über irgendetwas, das einer der Typen gerade gesagt hat, köstlich zu amüsieren scheint.

Schmunzelnd wende ich mich wieder meinem fettigen Mittagessen zu und verdrücke die letzten Pommes. Mein Magen, der den ganzen Tag nicht viel mehr als Kaffee und ein Croissant bekommen hat, gibt ein zufriedenes Schnurren von sich. Ich lecke mir gründlich die Reste von Fett und Salz von den Fingern. Vielleicht sollte ich mir zum Nachtisch noch einen Apfel aus der Küche stibitzen. Ich meine, mich zu erinnern, mal irgendwo etwas darüber gelesen zu haben, dass man am Tag mindestens fünf Portionen Obst und Gemüse zu sich nehmen soll. Immerhin habe ich heute Kartoffeln gegessen. *Das bisschen Frittierfett hat den Vitaminen bestimmt nichts anhaben können, oder?*

Mit dem Zeigefinger zwischen den Lippen wende ich den Kopf in Richtung des Ecktischs zu meiner Linken und treffe auf ein kastanienbraunes Augenpaar, das mich beobachtet. Wills Blick gleitet hinab zu meinem leicht geöffneten Mund, und das Braun seiner Iris scheint aufzuleuchten wie auflodernde Flammen in einem Kamin. Es ist schon verdammt lange her, dass mich ein Mann auf diese Art angesehen hat, und mir schießt die Hitze in die Wangen.

Ich greife nach der Kaffeekanne, um mich an etwas festzuhalten, und mache mich auf wackeligen Beinen – was definitiv einzig und allein dem Umstand zuzuschreiben ist, dass ich heute bereits einen Halbmarathon zurückgelegt habe – auf den Weg zu seinem Tisch. Während ich durch den Gang auf ihn zugehe, richte ich meinen Blick bewusst nicht auf ihn, sondern auf die anderen Gäste. Es gibt mir Zeit, meine Gedanken zu sortieren und das professionelle Lächeln zurück auf mein Gesicht zu zwingen.

»Und, wie läuft es mit meiner Geschichte?«, frage ich ihn, als ich neben seiner Sitzecke zum Stehen komme.

Er nimmt seine Hand von der Seite des Notizbuchs, auf die er eben etwas geschrieben hat, und gibt damit den Blick frei auf immer neue Satzfragmente, die alle der Reihe nach durchgestrichen wurden. Teilweise sogar zweimal. Als hätte er den Anblick der Worte nicht ertragen.

»Doch so gut?«, necke ich ihn und schenke Kaffee nach.

»Es ist aussichtslos.« Er wirft die Arme theatralisch in die Luft und vergräbt im Anschluss sein Gesicht zwischen den Handflächen.

»Du willst es einfach zu sehr. Du musst die Geschichte zu dir kommen lassen«, sage ich und fühle mich, als würde ich einen Spruch aus einem Abreißkalender zitieren.

Er schnaubt, lässt seine Hände aber sinken. »Sagt ausgerechnet diejenige, die mich mit einer Geschichte erpresst.«

Ich lache leise. *Wo er recht hat.*

»Warum willst du es eigentlich so sehr? Das Schreiben?« Ich nehme einen der zerknüllten Zettel in die Hand und will ihn entfalten, doch Will entwindet ihn mir, bevor ich auch nur eine Zeile gelesen habe. Seine Fingerspitzen berühren versehentlich meinen Handrücken und hinterlassen ein Prickeln auf meiner Haut.

»Hast du noch nie von etwas geträumt?«, fragt er und knüllt den Zettel zu einem kleinen festen Ball zusammen.

»In letzter Zeit nicht«, sage ich und überrasche nicht nur ihn, sondern auch mich selbst mit meiner Ehrlichkeit. Das Einzige, wovon ich in diesen Tagen träume, ist ein Dach über dem Kopf und eine warme Mahlzeit im Magen. Für mehr reicht es nicht. Alles andere würde mich innerlich nur noch mehr zerreißen.

»Das solltest du aber, Jennifer«, sagt er und streckt mahnend seinen Zeigefinger in die Luft.

»Jennifer?« Ich runzle verständnislos die Stirn.

»War einen Versuch wert.« Er zuckt mit den Schultern. »Dann vielleicht Jane?«

Ich schüttele lachend den Kopf. »Nein und nein. Willst du noch ein Stück Kuchen, oder gibst du dich für heute geschlagen?«, frage ich.

Er seufzt und lässt seinen Blick über die mit herausgerissenen und zusammengeknüllten Zetteln bedeckte Tischplatte gleiten.

»Die heutige Schlacht magst du gewonnen haben, aber den Krieg wirst du verlieren«, sagt er und hebt seinen Kugelschreiber so kämpferisch in die Luft, als hielte er ein Schwert in der Hand.

»Kommt da gerade dein Namensvetter Wilhelm der Eroberer durch?«

»Vielleicht sollte ich heute Abend einen ordentlichen Whiskey trinken, um meinen inneren Hemingway herauszulocken.« Er prostet mir mit der Kaffeetasse zu und leert den Inhalt in einem großen Schluck.

»Bei dem Zug, den du draufhast, könnte dieser Versuch möglicherweise im Krankenhaus enden oder in einer Ausnüchterungszelle. Das kann ich nicht verantworten«, sage ich und nehme ihm die leere Tasse ab. Dieses Mal achte ich sorgsam darauf, seine Finger nicht zu streifen. Das Gespräch mit Will bringt mich stärker durcheinander, als es sollte. Dabei weiß ich doch aus schmerzhafter Erfahrung, wie wichtig es ist, Abstand zu wahren.

»Dann verrate mir doch einfach deinen Namen und erspare uns beiden dieses grausame Schicksal.« Er wirft mir einen Welpenblick zu.

»Hat dir schon mal jemand gesagt, dass du zum Dramatisieren neigst? Ich habe schließlich keinen Bestseller von dir gefordert. Ein bisschen mehr, als in einem Glückskeks steht, darf es gern sein, aber ansonsten sind meine Ansprüche nicht besonders hoch. Ich beobachte dich immerhin schon seit Wochen und habe gesehen, wie viele Worte du in der Zeit zu Papier gebracht hast. Und wie viele davon überlebt haben.« Ich zwinkere ihm zu und wende mich, die Sammlung zerknüllter Zettel in der einen Hand, die Kaffeekanne in der anderen, zum Gehen.

»Du hast mich also beobachtet?« Er folgt mir den Gang entlang in Richtung Tresen, und ich beiße mir für diese unbedachte Bemerkung auf die Unterlippe.

Bedächtig stelle ich die Kanne auf der Anrichte ab und lasse die Papierkugeln eine nach der anderen in den Mülleimer fallen, um Zeit zu gewinnen.

»*Wir* haben dich beobachtet. Meine Kolleginnen und ich«, sage ich, als ich mich wieder zu ihm umdrehe. Seine rechte Augenbraue wandert in die Höhe, und er grinst noch immer etwas zu selbstsicher. »Wir wollten schließlich wissen, ob wir es mit einem potenziellen Bestsellerautor zu tun haben oder mit einem Trickbetrüger.«

»Trickbetrüger?«

»Meine Kollegin Tammy meinte, du könntest die nächste männliche J. K. Rowling sein, die hat den Anfang von Harry Potter immerhin auch auf die Papierservietten eines Cafés gekritzelt. Ich hingegen fand die Theorie, dass du Briefe an ältere Damen schreibst und den Enkeltrick abziehst, deutlich wahrscheinlicher.« Ich zucke mit den Schultern.

»Sehr schmeichelhaft.« Er schneidet eine Grimasse.

»Du hast jederzeit die Möglichkeit, mich von Tammys Theorie zu überzeugen.«

Er seufzt tief, dann zieht er sein Portemonnaie aus seiner Hosentasche und kramt einen Fünfziger daraus hervor.

»Der Rest ist für Tammy. Dafür, dass sie an mich glaubt.« Er schiebt mir den Schein über die Theke zu, ein freches Grinsen auf den Lippen.

»Hallo?! Wer hat dich heute den ganzen Tag mit Kaffee und Kuchen versorgt und dir auch noch zusätzliche Motivation zum Schreiben gegeben?« Ich stemme in gespielter Entrüstung die Hände in die Seiten.

Sein Lachen ist tief und kehlig.

»Okay, auch wieder wahr. Wenn du mir jetzt deinen Namen verrätst, packe ich noch einen Fünfziger drauf.« Herausfordernd mustert er mich.

Kurz bin ich versucht, auf das Angebot einzugehen. Immerhin kann ich jeden Cent gebrauchen, um den Berg an Schulden zu tilgen, der mir manchmal unbezwingbar vorkommt. Gleichzeitig warnt mich meine innere Stimme davor, zu viel preiszugeben. Zu frisch ist die Erinnerung daran, wie es die letzten Male ausgegangen ist, als jemand hinter mein Geheimnis gekommen ist. Zu frisch ist die Wunde, die das Getuschel hinter vorgehaltenen Händen hinterlassen hat. Zu präsent sind die Blicke, die mich durchbohrt haben. Die Ablehnung und die Geringschätzung, die in ihnen gelegen haben.

»Ciao, Hemingway.« Ich schüttle den Kopf und zwinge ein Grinsen auf meine Lippen, während ich die dreißig Dollar Trinkgeld in meiner Schürze verstaue.

»Einen Versuch war es wert«, murmelt er vor sich hin, bevor er das Portemonnaie wieder in seiner Hosentasche verstaut, seine rechte Hand zum Abschied hebt und sich zum Gehen wendet.

Ich sehe ihm nach, als er den Gang hinabläuft. Die dunkle Jeanshose schmiegt sich eng an seine Rückseite, und obwohl ich nicht starren will, verfolge ich jeden seiner Schritte, bis er an der Tür ankommt. Die Hand bereits an der Klinke, dreht er sich noch einmal zu mir um. Als er meinen Blick bemerkt, blitzt ein wissender Ausdruck in seinen Augen auf, und seine Mundwinkel kräuseln sich. Schnell senke ich den Kopf und sortiere die akkurat ausgerichteten Speisekarten unnötigerweise noch einmal neu.

Erst als mir das leise Klingeln der Glocke über der Tür verrät, dass er das Diner verlassen hat, wage ich es, wieder aufzublicken. Die Schwere, die mich erfasst, schmeckt verdächtig nach Enttäuschung. Möglicherweise habe ich den Schlagabtausch etwas zu sehr genossen. Es fühlt sich an, als hätte ich durch mein Geplänkel mit Will eine Tür geöffnet, die ich besser verschlossen gelassen hätte. Auch wenn er nur etwas derart Unverfängliches wie meinen richtigen Namen wissen wollte, bewege ich mich auf gefährliches Terrain zu. Er macht es mir besorgniserregend leicht, ihn zu mögen. Und das ist keine Option. Auch wenn ich mir in diesem Moment wünsche, es wäre anders.

KAPITEL 3

William

»Nur ein paar Seiten, nur eine Handvoll Sätze. Wie schwer kann das bitte sein?!« Frustriert starre ich auf die geraden Linien, die das cremefarbene Papier in regelmäßigen Abständen überziehen und mich zu verspotten scheinen.

Ich hatte gehofft, dass der Ortswechsel meiner Kreativität neuen Schwung verleihen würde. Doch stattdessen sitze ich seit einer Stunde am Esstisch, und das Einzige, was ich in dieser Zeit geschafft habe, ist, ein Käse-Sandwich zu verspeisen. Ich nehme das inzwischen welke Blatt Salat ins Visier, das unsere Köchin Martha mit einer Tomatenscheibe dekorativ auf dem Teller arrangiert hat. Vielleicht könnte ich eine Geschichte aus der Sicht des Salatblatts schreiben. Vom Samen bis hin zum kümmerlichen Ende als verschmähte Dekoration für das Sandwich eines Möchtegernschriftstellers. Eine Tragödie in drei Akten.

»Was meinst du, Queenie?« Ich werfe meiner Katze, die sich der Länge nach auf der Tischplatte ausgestreckt hat, einen fragenden Blick zu.

Sie legt den Kopf leicht schief, und ihre jadegrünen Augen nehmen einen abschätzigen Ausdruck an – vielleicht ist es aber auch bloß die Langeweile. Ihr weißes Gesicht hebt sich leuchtend von der weinroten Tischdecke ab. Nur an den Spitzen ihrer weichen Öhrchen sitzen zwei orangefarbene Tupfer. Ihr flauschiger Bauch ist ebenfalls weiß, von ihrem Rückgrat aus erstreckt sich ein Fellteppich aus verschiedensten Schattierungen von Braun und Orange bis zu ihrer Schwanzspitze.

Ich reiße die Seite aus dem Notizbuch, die mich mit ihren leeren Zeilen zu verhöhnen scheint, und knülle sie zu einem kleinen Ball zusammen. Diesen lege ich auf die Tischdecke und schnippe ihn mit Daumen und Zeigefinger in Richtung meiner Katze. Das Knäuel kommt wenige Millimeter vor ihrer orangeweiß gestreiften Tatze zum Liegen. Queenies Blick wandert zu dem Papierball, bevor sie wieder mich ins Visier nimmt und mich stumm zu fragen scheint, ob ich sie geistig für derart beschränkt halte, dass ich ernsthaft erwarte, sie würde dem Papier hinterherjagen. Als hätte sie nicht erst gestern eine Stunde lang mit dem Schnürsenkel meines Turnschuhs gespielt.

»Tut mir leid, meine Kreativität scheint mich heute auf allen Ebenen verlassen zu haben.« Ich tippe mit dem Ende des Kugelschreibers auf das nächste leere Blatt Papier, als könnte ich damit wie durch Geisterhand Wörter erscheinen lassen.

Meine Katze erhebt sich langsam aus ihrer liegenden Position und streckt sich ausgiebig. Ihren buschigen Schwanz, der an einen Staubwedel erinnert, reckt sie in die Luft. Mit anmutigen Schritten läuft sie über den Tisch und beginnt, sich an meiner Faust zu reiben, mit der ich noch immer den Stift umklammere. Mit ihrer feuchten Nase stupst Queenie meinen Handrücken an und schnurrt.

»Vielleicht hast du recht. Vielleicht habt ihr beide recht, und ich will es zu sehr«, murmle ich und muss an Candys Worte im Diner denken.

Wenn ich es nicht einmal schaffe, für sie ein paar Zeilen zu Papier zu bringen, wie kann ich dann ernsthaft daran glauben, dass es mir gelingen wird, in den nächsten Wochen einen kompletten Roman zu schreiben? Gedankenverloren kraule ich Queenies Köpfchen. Sie streckt mir ihren Hals entgegen und schnurrt genießerisch, als ich sie unterhalb des Kinns mit sanftem Druck massiere. Je länger ich hier sitze und meine Katze streichle, desto entspannter werde ich selbst. Die Anspannung fließt langsam aus meinen Schultern. Meine Gedanken, die ich in den letzten Stunden auf der Suche nach einer genialen Idee – oder irgendeiner Idee – nur so durch die Gegend gepeitscht habe, kommen zur Ruhe. Queenies leises Schnurren ist das einzige Geräusch, das die Stille des Esszimmers durchbricht. Es spricht von so viel Geborgenheit, dass man gar nicht anders kann, als sich ebenfalls wohlzufühlen.

Ich habe den kleinen Fellball aus dem Tierheim geholt, als ich dreizehn Jahre alt war. Es war der Sommer, in dem ich die Einsamkeit in dem Haus, das mein Zuhause sein sollte und es doch nie wirklich gewesen ist, nicht mehr ertrug. Queenie hat mich damals gerettet. Sie war die Einzige in diesem großen und zugleich leeren Haus, die mir ein Gefühl von Geborgenheit geschenkt hat. Ich kann die vielen Abende nicht zählen, an denen sie meine Verlorenheit gespürt und sich an mich geschmiegt hat. Ich habe mein Gesicht in ihrem weichen Fell vergraben und mich an diesem Ort ein kleines bisschen mehr zu Hause gefühlt.

Meine Eltern davon zu überzeugen, eine Katze zu adoptieren, war denkbar leicht. Ich habe sie einfach nicht um Erlaubnis gefragt. Stattdessen habe ich meiner Mutter das Formular vom Tierheim unter die Nase gehalten und ihr erzählt, dass es die Einverständniserklärung für einen Schulausflug sei. Sie hat mir mit einem abwesenden Lächeln auf den Lippen den Kopf getätschelt und unterschrieben. Damals war sie von den ganzen Beruhigungstabletten ständig weggetreten. Es hat eine Woche des gemeinsamen Zusammenlebens gedauert, bis sie bemerkt hat, dass eine Katze eingezogen war.

Mein Vater war schneller. Als er an Queenies erstem Abend

in der Villa spät nach Hause kam, stromerte sie gerade durch den Flur. Die beiden haben sich für einen unendlich langen Moment taxiert, bevor sie gleichzeitig, wie in stiller Übereinkunft, den Blick abwandten. Obwohl mein Vater kein Fan von Haustieren egal welcher Art ist, hat er mich damals nur eine einzige Sache gefragt: »Ist sie stubenrein?«

Als ich bejahte, nickte er und wirkte beinahe zufrieden. Er sah mich eindringlich an und sagte mit seiner volltönenden Stimme: »Du bist jetzt für diese Katze verantwortlich. Es wird dir guttun, Verantwortung zu übernehmen. Damit kann man nie früh genug beginnen.« Meinem Vater, der schon von Kindesbeinen an nach Großem gestrebt hat, war immer ein Dorn im Auge, dass ich in dieser Beziehung keinerlei Ambitionen habe erkennen lassen. Ihm missfiel, dass ich meine Nase stets in Bücher steckte und meine Gedanken häufiger in fremden Welten unterwegs waren als in dieser. Vermutlich hoffte er, dass Queenie mich erden und mein Verantwortungsbewusstsein fördern würde. Denn das war seiner Meinung nach unabdingbar, wenn ich in seine Fußstapfen trat. *Wenn*, nicht falls.

Mein Handy vibriert und lässt mich zusammenzucken. Das Geräusch wirkt unnatürlich laut in der entspannten Stille, die sich über den Raum gelegt hat. Queenie gibt ein unzufriedenes Brummen von sich, als ich mit der linken Hand nach dem Handy taste und meine Kraulbewegungen mit der rechten dabei ins Stocken geraten.

Es ist eine Nachricht von meinem Kumpel Carlos. Seitdem er seine Ausbildung bei der Polizei abgeschlossen hat und nicht mehr gefühlt jede Nacht auf Streife gehen und betrunkene Leute einbuchten muss, hat er offensichtlich ein bisschen zu viel Zeit.

Carlos: Wie sieht's aus? Wollen wir später was zusammen trinken gehen?

> **Will:** Tut mir leid, ich kann nicht. Ich arbeite noch an einer Idee.

Die aufgeschlagene leere Seite lacht gellend. Ich klappe das Notizbuch zu und lege möglicherweise etwas zu energisch meinen Unterarm quer über den marineblauen Einband.

> **Carlos:** Jetzt komm schon! Sei kein Spielverderber. Wir können gemeinsam über einer Flasche Bier brainstormen.

> **Will:** Eine Flasche wird da nicht reichen ...

> **Carlos:** Kein Problem, ich organisiere ein ganzes Fass.

Ich muss lachen und bin kurz davor, einzuknicken. Ein entspannter Abend mit meinem besten Freund in unserer Lieblingsbar klingt verdammt reizvoll. Gleichzeitig muss ich an ein Paar smaragdgrüner Augen denken, die von einer Kaskade aus rotblondem Haar eingerahmt werden. Ich weiß nicht genau, ob ich die Tatsache, dass Candy mich anscheinend schon seit Wochen beobachtet und mit ihrer Kollegin Theorien über mich gesponnen hat, beunruhigend oder schmeichelhaft finden soll. Was ich jedoch weiß, ist, dass sie mich fasziniert. Dass sie sich geschickt vor jeder persönlichen Frage gedrückt hat, ist mir nicht entgangen und hat meine Neugier nur noch verstärkt. Irgendetwas in mir muss unbedingt ihren Namen kennen. Ihren richtigen Namen. Also vertröste ich Carlos auf ein andermal.

Queenie hat sich in der Zwischenzeit auf den Rücken gerollt und streckt mir ihr Bäuchlein entgegen. Gerade als ich mit den Fingern hindurchwuscheln will, flammen die Glühbirnen des Kronleuchters über dem Tisch auf und fluten den Raum mit grellem Licht. Meine Augen, die sich bereits an das Halbdunkel gewöhnt hatten, werden von der plötzlichen Helligkeit überrascht. Ich kneife die Lider zusammen und drehe meinen Kopf in Richtung des Rundbogens, der in den Flur führt.

Im Eingang steht mein Vater. Mit seinen zwei Metern zehn füllt er beinahe den gesamten Rahmen aus und gibt eine beeindruckende Erscheinung ab. Er trägt wie immer Hemd und Krawatte; sein Jackett hängt locker über seinem linken Arm. Sein Bart ist akkurat zu einem Henriquatre zurechtgestutzt. Die grau melierten Haarstoppeln umrahmen seine Lippen und schmiegen sich an sein kantiges Kinn. Seine dunkelbraunen Augen sind auf Queenie gerichtet, seine Stirn ist in Falten gelegt.

»Was soll das, William?! Die Katze hat nichts im Esszimmer zu suchen und erst recht nicht auf dem Tisch!« Seine ohnehin volltönende Stimme gewinnt mit jedem Wort mehr Raum.

Queenie legt die Ohren an und faucht meinen Vater mit Todesverachtung in ihren jadegrünen Augen an. Als er das Esszimmer betritt und mit den Händen eine unmissverständliche Geste in ihre Richtung macht, springt sie von der Tischplatte und landet lautlos auf dem blau-gelben Perserteppich. Nach einem letzten mörderischen Blick, der meinem Vater gilt, huscht sie durch die geöffneten Flügeltüren ins Wohnzimmer, wo sie sich zweifellos auf dem sündhaft teuren Ledersofa zusammenrollen wird. Ihre weißen Haare auf dem dunkelbraunen Wildleder sind meinem Vater stets ein Dorn im Auge.

Dieser ist mittlerweile zu mir an den Tisch getreten und mustert die zerknüllten Seiten Papier auf der Tischplatte.

»Hast du deine Zeit schon wieder mit diesem Geschreibsel vergeudet?« Verachtung trieft aus jedem seiner Worte.

Meine Schultern verspannen sich augenblicklich, und ich verwandele mich in den zwölfjährigen Jungen, der unter seinem strengen Blick immer kleiner wird.

»Ich habe noch ein halbes Jahr«, sage ich durch zusammengebissene Zähne. Meine Fingernägel graben sich in meine Haut, als ich sie zur Faust balle.

Mein Vater schnaubt. »Denkst du nicht, dass es so langsam an der Zeit ist, realistisch zu sein? Andere würden für die Chance, die ich dir biete, einen Mord begehen. Und du willst das alles wegwerfen für ein paar Seiten Papier? Glaubst du wirklich, dass die Welt ausgerechnet auf dein Buch gewartet hat?«

Die Wut steigt wie ein feuerspeiender Drache in mir auf. Er bläht die Nüstern, und heißer Zorn fließt durch meine Adern wie ein Strom aus Lava.

»Lieber jage ich meinen Träumen nach, als reich und unglücklich zu sein.« Ich bemühe mich, das Zittern in meiner Stimme zu unterdrücken. An dem abschätzigen Blick, den mein Vater mir zuwirft, erkenne ich, dass es mir nicht geglückt ist.

»Du weißt ja nicht einmal, was es bedeutet, arm zu sein. Du wurdest verhätschelt, seitdem du auf der Welt bist.« Er lacht trocken, und mir stellen sich die Nackenhaare auf. »Ich wurde als jüngster Sohn von vier Kindern geboren. Mein Vater hat jeden Tag zehn Stunden in einer Tischlerei gearbeitet, und trotzdem hat das Geld hinten und vorne nicht gereicht. Mit zwölf Jahren habe ich bereits Zeitungen ausgetragen, den Rasen der feinen weißen Leute gemäht und habe anderen Kindern Nachhilfe gegeben.« Mein Vater steht vollkommen aufrecht vor mir, sein Kreuz durchgestreckt; der Inbegriff von Tugend und Strebsamkeit.

Ich schlucke das Stöhnen herunter, das sich bei seinem Vortrag in meiner Kehle gebildet hat. Es ist nur der Auftakt zu einer weiteren Predigt darüber, wie er sich von ganz unten hochgearbeitet hat und wie groß seine Enttäuschung ist, dass ich ein verhätschelter Taugenichts geworden bin, der den Kopf in den Wolken trägt. Wenn es das erste Mal wäre, dass ich mir diesen Vortrag anhören muss, wäre ich vielleicht sogar beeindruckt. Mein Vater hat hart gearbeitet, um sein Imperium aufzubauen. Er ist wahrscheinlich eines der Paradebeispiele für den amerikanischen Traum.

Meine Urururgroßeltern wurden damals gegen ihren Willen mit einem der ersten Schiffe aus Afrika verschleppt, um in den

Staaten als Sklaven auf einer Plantage ausgebeutet zu werden. Auch nach dem Bürgerkrieg blieben meine Vorfahren als Bedienstete auf dem Anwesen ihres früheren Besitzers. Mein Vater war der Erste in der Familie, der größere Ambitionen verfolgen durfte, der aus den ärmlichen Verhältnissen ausgebrochen ist. Er machte seinen Abschluss als Jahrgangsbester und erhielt ein Stipendium für die Harvard University. Danach erarbeitete er sich Stück für Stück ein eigenes Imperium. Heute gehört die *Walker Real Estate Corporation* zu den größten Immobilieneigentümern in Los Angeles.

»Ich habe zu hart gearbeitet, um tatenlos mitanzusehen, wie mein eigener Sohn sein Erbe mit Füßen tritt und lieber fantastischen Träumereien hinterherjagt. Von Träumen kannst du nicht leben, mein Junge.«

Hinter seinen harschen Worten verbirgt sich die Sorge um mich. Zumindest versuche ich, mir das einzureden. Es ist die einzige Möglichkeit, wie ich die Wut darüber ertrage, wie er über meine Träume redet. Wie ich seine Herablassung unkommentiert herunterschlucken kann. Trotzdem schmerzen seine Worte. Denn er könnte nicht deutlicher machen, wie wenig er an mich und meine Träume glaubt. Dabei kann ich es ihm aktuell nicht einmal verdenken. Seitdem ich vor einem halben Jahr den Deal mit meinem Vater geschlossen habe, hängt er wie ein Damoklesschwert über mir und zerschneidet jeden Anflug von Kreativität im Keim.

Mein Vater greift nach dem Papierball, den ich vorhin Queenie vor die Nase gestupst habe, und entfaltet ihn. Als er bemerkt, dass die Seite leer ist, schnaubt er mit einer Mischung aus Verachtung und Bestätigung.

»In sechs Monaten wirst du in meiner Firma anfangen, ob es dir gefällt oder nicht.« Er knüllt das Papier erneut zu einem Ball zusammen und lässt mich allein im Esszimmer zurück.

Meine Brust schmerzt von all den Worten, die ich nicht gesagt habe. Mein Vater hat diese Wirkung. Mit seiner bloßen

Anwesenheit saugt er das Selbstbewusstsein aus jedem Lebewesen, das sich im selben Raum aufhält. Unter seinem messerscharfen Blick besteht niemand. Ich kann mich nicht daran erinnern, dass er mich jemals mit Wohlwollen oder – Gott bewahre – Stolz gemustert hätte. Und solange unsere Vorstellungen von einem erfüllten Leben so vollkommen gegensätzlich sind, wird sich daran vermutlich nie etwas ändern.

Am Anfang habe ich unseren Deal als Chance betrachtet. Als Chance darauf, meinem Vater endlich einen Funken Anerkennung abringen zu können. Doch mittlerweile frage ich mich, ob ich ihm nicht wie eine ahnungslose Fliege ins Netz gegangen bin. Während ich es als einmalige Möglichkeit gesehen habe, endlich meinen Traum von einem eigenen Buch zu verwirklichen, ist es für meinen Vater die Chance, mich an sein Unternehmen zu binden.

Ein Jahr schreiben, ohne mir Sorgen um meinen Unterhalt machen zu müssen. Das war der Köder. Wenn ich es in der Zeit nicht schaffe, einen Vertrag bei einer Literaturagentur zu bekommen, muss ich in die Fußstapfen meines Vaters treten und meinen Platz in seinem Imperium einnehmen.

Jetzt bleiben mir noch sechs Monate. Sechsundzwanzig Wochen. Hundertzweiundachtzig Tage. Ich mag nicht viel Erfahrung im Buchgeschäft haben, doch selbst ich weiß, dass das verdammt wenig Zeit ist. Und alles, was ich bisher fabriziert habe, ist ein Stapel zerknüllten Papiers in der Höhe des Mount Everests.

Ich schnappe mir mein Handy und schreibe Carlos, dass wir uns in zwanzig Minuten in unserer Lieblingsbar treffen. Dann stehe ich auf und verlasse das Esszimmer, ohne einen weiteren Blick auf das Notizbuch zu werfen.

KAPITEL 4

William

Es ist voll für einen Donnerstagabend. Der verwinkelte Raum des *Black Orchid* ist in schummriges Licht getaucht. Die gesamte Rückwand der Bar ist mit meterhohen Spiegeln verkleidet, die den Innenraum größer erscheinen lassen, als er in Wirklichkeit ist. Der imposante Tresen bildet das Zentrum des Etablissements.

Billy, der Barkeeper, hebt grüßend die Hand, als er mich am Eingang stehen sieht. Hinter ihm ragen Regale voller Flaschen mit Rum, Wodka, Tequila und vielem mehr drei Meter in die Höhe. LED-Leuchten tauchen sie in samtig goldenes Licht, sodass sie einen krassen Kontrast zu den schwarz gestrichenen Wänden bilden. Gedämpfte Jazzmusik vermischt sich mit dem Klirren von Gläsern und den Gesprächen der Gäste. An dem Granittresen sitzen Frauen in kurzen Cocktailkleidern und Männer mit Hemden, deren Ärmel sie locker bis zu den Ellbogen hochgekrempelt haben. Billy deutet mit dem Daumen nach rechts, um mir den Weg zu Carlos zu weisen, der anscheinend schon in einer der Sitznischen auf mich wartet.

Ich schiebe mich an den zahlreichen Grüppchen vorbei, die sich an den Stehtischen in der Nähe der Tanzfläche zusammengefunden haben und es offensichtlich kaum erwarten können, dass die Zeiger der großen, in Gold gefassten Uhr über der Bar auf elf springen und sich der Laden in einen hippen Club verwandelt.

Einer der Gründe, warum ich diese Bar liebe, ist das Gefühl, das sie einem vermittelt. Rund um den Tresen kann man sich von den Menschen treiben lassen, abseits davon in den einzelnen Sitznischen herrscht eine private Atmosphäre, die einen vergessen lässt, dass man gar nicht allein ist. Carlos und ich sind seit Jahren Stammgäste.

Als ich um die Ecke biege und in den Dunstkreis der Glühbirne trete, die über dem schwarz lackierten Holztisch hängt, wartet Carlos bereits auf mich.

»Hey, Kumpel. Schön, dass du dich doch noch von deinem Notizbuch loseisen konntest.« Er prostet mir zu.

»In erster Linie bin ich vor meinem Vater geflüchtet«, gestehe ich und lasse mich, begleitet von einem tiefen Seufzen, neben Carlos auf die schwarze Samtcouch sinken. Der Stoff schmiegt sich weich an meinen Rücken, und augenblicklich fällt die Anspannung von mir ab.

»Und ich dachte, die Aussicht auf meine grandiose Gesellschaft sei Ansporn genug gewesen.« Er verzieht beleidigt das Gesicht, bevor sein Blick mitfühlend wird. »Irgendwas Neues an der Roman-Front?«, fragt er und nimmt einen Schluck von seinem Bier.

Augenblicklich wünsche ich mir ebenfalls ein alkoholisches Getränk herbei. Als hätte Billy meine Gedanken gelesen, taucht er wie aus dem Nichts neben mir auf und fragt mich nach meinem Getränkewunsch. Im Gegensatz zu Carlos, der jedes Mal dieselbe Biermarke bestellt, bin ich experimentierfreudiger. Nachdem ich einen Whiskey on the Rocks bestellt habe – obwohl Billy mehrfach insistiert, dass das eine Beleidigung für jeden Kenner sei, da die Eiswürfel den Geschmack verwässern –, lasse ich mich noch ein bisschen tiefer in den Samtbezug sinken.

»Manchmal fühle ich mich wie Arielle, nachdem sie den Deal mit dieser schmierigen Meerhexe Ursula eingegangen ist.« Ich seufze erneut.

Carlos lacht. »Du fühlst dich wie eine Meerjungfrau?«, fragt er und zieht die Augenbrauen bis hinauf zu seinen hellbraunen Locken, die ihm wirr in die Stirn hängen. In seinen grün-braun gesprenkelten Augen blitzt es amüsiert auf.

»Nein. Aber ich habe das Gefühl, dass er mich in eine Falle gelockt hat. Nur dass er mir statt meiner Stimme meine Kreativität und mein Selbstbewusstsein gestohlen hat.« Ich stütze meine Ellbogen auf der polierten Tischplatte ab und versenke mein Gesicht in den Händen.

»Klingt definitiv nach etwas, was dein Vater tun würde.« Carlos klopft mir aufmunternd auf den Rücken.

»Ich wünschte einfach, ich könnte so unbekümmert schreiben wie damals in der Schule.«

Carlos lacht. »Ich weiß noch, wie Mr. Scott dir eine Fünf auf die Matheklausur gegeben hat, aber eine Eins für die Kurzgeschichte, die du druntergeschrieben hast. Die Geschichte über die steile Kurve, die davon träumt, eine Gerade zu werden, wenn sie mal groß ist, war aber auch genial.«

Wir lachen beide bei der Erinnerung. Damals sind die Worte nur so aus meinen Fingern geflossen. Die Ideen sind mir einfach zugeflogen. Oft zu den ungünstigsten Gelegenheiten, wie beispielsweise während der Matheklausur in der siebten Klasse.

Doch das war vor meinem Schulabschluss. Bevor ich all meinen Mut zusammengenommen, eine der vielen Ideen zu einer Geschichte ausgearbeitet und sie an unzählige Literaturagenturen geschickt habe. Bevor mir die Abwesenheit von Antwortschreiben in meinem E-Mail-Postfach entgegengeschrien hat. Bevor Absagen eingetrudelt sind, die mit spitzen Worten gespickt waren, an denen ich mich geschnitten habe. Bevor ...

In dem Moment taucht Billy mit meinem Whiskey auf und stellt das breite Glas begleitet von einem missbilligenden Seufzen vor mir ab. In der bernsteinfarbenen Flüssigkeit schwimmen die verpönten Eiswürfel, die das gedämpfte Licht reflektieren.

»Darauf einen Drink«, sage ich und hebe mein Getränk in die Höhe.

Carlos stößt mit seiner Bierflasche gegen den kristallenen Tumbler. Es klirrt dumpf.

Ich setze das Glas an meine Lippen und rieche den rauchigen und zugleich süßen Duft des Whiskeys. Die Eiswürfel prickeln erfrischend kalt an meiner Haut. Dann nehme ich einen großen Schluck. Die Flüssigkeit brennt in meiner Kehle, und ich ziehe scharf die Luft zwischen die Zähne, als der Whiskey mit der Intensität eines Lagerfeuers in meinem Magen aufbrandet.

»Fuck, ist der stark.« Ich kneife die Augen zusammen und versuche, mich auf den karamelligen Nachgeschmack zu konzentrieren, der sich in meinem Mund ausbreitet.

»Was hast du denn erwartet?« Carlos verzieht die Lippen zu einem amüsierten Schmunzeln.

»Keine Ahnung, ich wollte lediglich meinen inneren Hemingway erwecken«, sage ich und nehme voller Verachtung einen weiteren Schluck. Dieses Mal bin ich auf das Brennen vorbereitet und verziehe nur kurz die Lippen.

»Eben warst du noch eine Meerjungfrau, jetzt willst du in die Haut eines versoffenen Schriftstellers schlüpfen? Durchlebst du gerade eine besonders schräge Art der Selbstfindung oder so?« Carlos mustert mich spöttisch.

»Haha, sehr lustig. Ergötz dich nur an meinem Leid und meiner Verzweiflung.« Theatralisch hebe ich das Glas, und die goldbraune Flüssigkeit schwappt bedenklich auf und ab.

»Entschuldige, ich habe vergessen, wie zartbesaitet ihr empfindsamen Künstlerseelen seid.« Mein sogenannter bester Freund versteckt sein Grinsen hinter seiner Bierflasche. Ich werfe ihm einen bösen Blick zu, bevor ich den Drink abstelle.

»Ich bin verloren, Carlos. Ich schaffe es nicht einmal, eine einfache Kurzgeschichte zu schreiben.« Ich versenke meinen Blick in dem Whiskeyglas und beobachte das Auf und Ab der Flüssigkeit, die sich an den Eiswürfeln bricht, sie umschmeichelt und schließlich zu einem goldbraunen Spiegel verebbt.

»Eine Kurzgeschichte? Ich dachte, du willst einen Roman schreiben?«

»Ja, das will ich auch, aber gerade arbeite ich an einer Idee für eine Kurzgeschichte. Es ist eine Art Challenge.« Ich spüre, wie sich meine Mundwinkel trotz der Ausweglosigkeit meiner Lage heben.

»Was für eine Challenge?« Er nippt an seinem Bier, und ich erkenne an der Art, wie sein Blick kurz durch den Raum huscht, bevor er zu mir zurückfindet, dass er eigentlich nur aus Höflichkeit fragt. Im Gegensatz zu mir weiß mein bester Freund nicht besonders viel mit Büchern anzufangen, weshalb ich es ihm hoch anrechne, dass er sich bisher jede noch so unausgegorene Idee angehört hat, bevor er sie stundenlang mit mir analysiert und zerpflückt hat.

»Möglicherweise hat es etwas mit einer Frau zu tun«, sage ich absichtlich vage.

»Uh, das klingt vielversprechend. Erzähl mir alles!« Carlos richtet sich auf dem Sofa auf; seine Neugier ist quasi mit Händen greifbar.

»Sie arbeitet als Kellnerin in dem Diner, in dem ich immer schreibe. Oder besser gesagt so tue, als würde ich auch nur etwas halbwegs Interessantes produzieren. Auf jeden Fall will sie mir ihren richtigen Namen nur im Austausch für eine Geschichte verraten. Also werde ich ihn wohl niemals erfahren.« Ich seufze in mein Glas und nehme einen weiteren Schluck. Mittlerweile schmeichelt die Wärme meinem Hals. Sie hüllt mich in einen schützenden Kokon und lässt meine Gedanken leicht werden.

»Gott, Will! Ich glaube, die Hälfte der Zeit stehst du dir bloß selbst im Weg. Warum musst du denn auf Biegen und Brechen etwas Neues erfinden? Jede Geschichte wurde schon einmal erzählt, du musst ihr nur deinen eigenen Stempel aufdrücken oder so ähnlich. Habe ich mal bei Oprah gehört«, sagt er und zieht dabei eine wissende Miene.

»Oprah? Ehrlich jetzt, Carlos?« Ich kann nichts dagegen tun, dass sich ein fettes Grinsen auf meinen Lippen ausbreitet.

»Was denn?! Grandma Sofia ist absolut verrückt nach ihrer Show, was bleibt mir da anderes übrig, als ihr Gesellschaft zu leisten?«

Ich hebe beschwichtigend die Hände, schließlich weiß ich, dass man seiner Großmutter Sofia keinen Wunsch abschlagen kann. Mit ihren achtzig Jahren hat sie es noch immer faustdick hinter den Ohren.

»Hast du nur nichtssagende Ratschläge oder auch konkrete Ideen?«, frage ich Carlos.

»Wenn du auf der Suche nach Mord und Totschlag bist, kann ich dir Hunderte nennen.« Er nimmt einen großen Schluck von seinem Bier.

»Ich glaube nicht, dass die Frau, für die die Geschichte ist, mir ihren Namen verraten wird, wenn sie denkt, dass ich ein blutrünstiger Serienkiller bin.«

Mein Freund lacht und kratzt sich nachdenklich am Kinn. »Nimm doch ein Märchen, die mag jeder gern«, sagt er und nickt, sichtlich zufrieden mit seiner Idee, vor sich hin.

»Eine Geschichte für Kinder? Soll ich ihr etwa was über Hänsel und Gretel erzählen? Willst du mir deinen Namen nicht verraten, wirst du im Ofen gebraten?« Ich schaue ihn an, als hätte er nicht nur eine Schraube locker.

Carlos verschluckt sich vor Lachen an seinem Bier. Als er sich wieder gefangen hat, sagt er trocken: »Wenn morgen ein anonymer Tipp von einer jungen Frau bei der Polizei eingeht, dass ein verrückter Serienmörder mit Vorliebe für Märchen der

Gebrüder Grimm durch die Diner von L. A. zieht, wissen wir auf jeden Fall, dass deine Geschichte sie überzeugt hat.«

Ich bin kurz versucht, ihm einen meiner halb geschmolzenen Eiswürfel an die Stirn zu werfen.

»Da gibt es doch dieses Märchen, in dem die Hauptfigur den Namen einer anderen herausfinden muss.« Er schnipst in der Luft herum, während er nach dem Titel der besagten Geschichte sucht.

»Du meinst Rumpelstilzchen? Das ist aber schon ein eher brutales Märchen. Wenn mich nicht alles täuscht, stirbt er am Ende an einem Tobsuchtsanfall, oder so was in der Art.« Skeptisch lege ich den Kopf schief.

»Ich bin Cop, ich bin Schlimmeres gewohnt. Aber du bist doch angeblich Schriftsteller. Lass dir halt was einfallen.« Carlos macht eine wegwerfende Handbewegung.

Gar nicht mal so dumm. In meinem Kopf beginnen sich die ersten Fäden zu spinnen, ähnlich wie die Goldfäden der Bauerstochter in dem besagten Märchen.

»Verdammt, Carlos. Hinter deinem hübschen Gesicht steckt doch mehr Grips, als man denkt.« Ich klopfe ihm kumpelhaft auf die Schulter.

Mein Freund schnaubt empört, aber ich erkenne an dem Aufblitzen in seinen Augen, dass er sich geschmeichelt fühlt.

»Dafür kannst du mir jetzt erst mal ein Bier spendieren«, sagt er und schiebt die inzwischen leere Flasche zu mir herüber.

»Okay, ich sage Billy auf dem Weg nach draußen, dass er dir noch eins bringen soll.« Ich trinke den letzten Schluck meines Whiskeys, bevor ich mich beschwingt vom Sofa erhebe.

»Wie? Du willst jetzt schon los?« Carlos zieht die Stirn kraus.

»Sorry, Kumpel, aber da ist eine Geschichte in meinem Kopf, die erzählt werden muss.« Ich proste ihm mit dem leeren Whiskeyglas zu und wende mich zum Gehen.

Die kribbelige Lebendigkeit, die durch meine Adern pulsiert, habe ich schon so lange nicht mehr gespürt, dass ich beinahe vergessen habe, wie gut sie sich anfühlt. Ich heiße sie wie einen alten Freund willkommen und kann es kaum abwarten, sie auf Papier zu bannen. Die Geschichte beginnt bereits in meinen Gedanken Gestalt anzunehmen.

Morgen, Candy. Morgen wirst du mir deinen Namen verraten.

KAPITEL 5

Scarlett

Heute ist ein guter Abend. Ich setze den Blinker und biege in die Auffahrt zum Parkplatz ein. Vor der Schranke bringe ich den in die Jahre gekommenen Honda Civic, den ich Herb getauft habe, mit einem kreischenden Geräusch zum Stehen. Das Getriebe gibt ein angestrengtes Schnaufen von sich, als ich den Schalthebel in den Leerlauf drücke.

Charles schiebt die Plexiglasscheibe des Wachhäuschens zur Seite und legt den Kopf schief, um zu mir herab in die Fahrerkabine blicken zu können. Als er mich erkennt, huscht ein Ausdruck von Bedauern über seine Züge.

»Scarlett, wie schön, dich zu sehen. Du warst lange nicht mehr hier«, sagt er, und ich höre in seinem Tonfall, dass es ihm lieber gewesen wäre, wenn wir uns nie wiedergesehen hätten.

»Hey, Charles. Ich wollte mir zur Abwechslung mal etwas Luxus gönnen«, scherze ich, doch die Worte schmecken schal auf meiner Zunge.

Er lächelt pflichtschuldig, seine Miene ist betrübt. In Kombination mit den tiefen Falten, die sich um seine Augen und seinen Mund gegraben haben, wirkt er mit einem Mal schrecklich alt und müde. Als wäre er es genauso leid wie ich, sich an genau diesem Ort zu befinden. An einem der zahlreichen Tage, die ich hier schon mit meinem Honda verbracht habe, hat er mir nur halb im Scherz erzählt, dass er vermutlich so lange hier arbeiten muss, bis er tot umfällt. Seit er vor acht Jahren bei einem Autounfall seinen rechten Unterschenkel verloren und sein damaliger Arbeitgeber ihn nach über dreißig Jahren Unternehmenszugehörigkeit fristlos gekündigt hat, muss er sich mit Gelegenheitsjobs herumschlagen. In einer besseren Welt könnte Charles es sich heute Abend in einem Sessel gemütlich machen und seinen Ruhestand genießen. Doch leider gehören wir beide einer anderen Welt an.

»Wie lange wirst du dieses Mal unser Gast sein?«, fragt er und greift nach einem Kugelschreiber, um mir ein Ticket auszustellen.

»Erst mal nur bis Mittwoch.« Ich reiche ihm einen Zwanzig-Dollar-Schein und versuche dabei, nicht an den Mann zu denken, der ihn mir heute Nachmittag im Diner gegeben hat.

Charles verstaut ihn in seinem Portemonnaie und reicht mir das gelbe Papierticket, auf dem er das heutige Datum und eine Parkdauer von zwei Nächten notiert hat.

Ich lege das Ticket vorne gut sichtbar auf das Armaturenbrett und will gerade wieder in den ersten Gang schalten, als Charles erneut seine Hand durch das Fenster streckt. Er wedelt mit einer Minipackung Gummibärchen vor meiner Nase herum, die man sonst nur in Hotels auf dem Kopfkissen findet.

»Herzlich willkommen im Smarter Parking L. A. Ich wünsche Ihnen einen angenehmen Aufenthalt. Zögern Sie nicht, bei Fragen auf mich zuzukommen. Oder wenn ich Sie mal wieder beim Blackjack abziehen soll.« Dieses Mal ist sein Lächeln echt, und eine wohlige Wärme breitet sich in meiner Brust aus.

»Danke, Charles. Du bist der Beste.« Ich versuche, ihn nicht zu deutlich sehen zu lassen, wie nah mir diese kleine freundliche Geste geht.

»Nichts zu danken«, sagt er, und der traurige Zug um seine Lippen verrät mir, dass er gern so viel mehr tun würde.

Die Schranke öffnet sich auf seinen Knopfdruck hin, und ich fahre, nachdem ich dankend meine Hand gehoben habe, hindurch.

Der Parkplatz ist zur Hälfte gefüllt. Insgesamt bietet die betonierte Fläche etwas mehr als fünfzig Autos Platz. Ich fahre bis zum anderen Ende des Areals, wo ein Dixi-Klo und eine kleine überdachte Außenküche aufgestellt worden sind. Im Vergleich zu dem Walmart-Parkplatz, auf dem ich jede Nacht der vergangenen Woche übernachtet habe, fühlt es sich so an, als hätte ich gerade im Ritz-Carlton eingecheckt.

Nachdem ich den Honda in eine der Lücken navigiert habe, gönne ich mir eine kurze Pause, in der ich die Augen schließe und meinen Kopf gegen die Stütze sinken lasse. Durch das geöffnete Fahrerfenster weht eine angenehme Frühlingsbrise und kitzelt mich in der Nase. Der zarte Duft der aufblühenden Knospen vermischt sich mit dem Gestank nach Gummi und Abgasen. Einem Geruch, der mir im vergangenen Jahr schrecklich vertraut geworden ist.

Um nicht über die Zeit davor nachdenken zu müssen, steige ich aus. Ich strecke meine Arme über den Kopf und lasse die Gelenke knacken. Dann öffne ich die Tür zur Rückbank und klappe diese nach vorne. Aus dem Kofferraum hole ich eine dünne Matratze, die ich über der gesamten Fläche ausbreite. Als Nächstes ziehe ich aus dem Fußraum meinen Schlafsack hervor und werfe ihn der Länge nach auf mein improvisiertes Schlaflager.

Trautes Heim, Glück allein!

Erinnerungen an mein früheres Zuhause brechen über mich herein und lassen meinen Magen verkrampfen. Das kleine weiß gestrichene Holzhaus mit der Veranda, den Blumenkästen voller bunter Veilchen vor den Fenstern und dem roten Giebeldach. Der in die Jahre gekommene Holzzaun, an dem bereits an einigen Stellen der weiße Lack abblätterte. Der Briefkasten mit dem Fähnchen, das der Postbote immer nach oben geschoben hat, wenn er etwas für uns in der metallenen Box hinterlegt hat. Die Wiese vor dem Haus mit den Wildblumen, die im Sommer in allen Farben des Regenbogens erblühten. Meine Mom, die in der Schaukel auf der Veranda saß und auf mich gewartet hat.

Ich schlage die Klappe des Kofferraums mit so viel Schwung zu, dass das gesamte Auto ins Wanken gerät. In meinen Augenwinkeln brennt es verräterisch, weshalb ich mir die Papiertüte vom Beifahrersitz schnappe, den Wagen verriegele und mit energischen Schritten in Richtung der Küchenzeile gehe. Unter dem Wellblechdach stehen zwei lange, schmale Klapptische, die jeweils von einem Set Bierbänken flankiert werden. Rechts davon ist eine improvisierte Kochnische aufgebaut worden. Die Oberflächen bestehen aus glänzendem Stahl, der jedoch durch die ständige Benutzung bereits einige Kratzer davongetragen hat. Auf der Arbeitsplatte stehen zwei Camping-Gaskocher, ein verbeulter Topf und eine Pfanne, die ich noch nie verwendet habe, aus Angst, danach mehr von der abbröckelnden Beschichtung als von meinem Essen auf dem Teller zu haben. Meistens begnüge ich mich mit einem Sandwich, oder ich wärme mir Reste aus dem Diner in der Mikrowelle auf. Es gibt außerdem ein Spülbecken mit fließendem Wasser. Alles in allem ist die Kochecke nicht deutlich schlechter ausgestattet als die eines durchschnittlichen amerikanischen Studenten.

Heute Abend ist wenig los im Essbereich. Eine ältere Frau in grauer Jogginghose und Crocs steht an einem der Campingkocher und wärmt eine Dose Chili con Carne auf. An dem Tisch daneben sitzt eine vierköpfige Familie. Der Vater rührt gedankenverloren in seiner Tasse. Alles an ihm wirkt müde, von den zusammengekniffenen Augen bis hin zu den herabhängenden Schultern. Seine Frau flicht währenddessen ihrer jüngsten Tochter, die nicht viel älter als drei Jahre sein kann, die langen braunen Haare. Die Kleine hat ein Stück Apfel in der linken Hand, mit der rechten malt sie mit einem roten Buntstift Kreise auf ein Blatt Papier. Ihre Schwester, die ein paar Jahre älter ist, hat Kopfhörer in den Ohren und summt selbstvergessen irgendeinen Song mit. Es könnte ein ganz normaler Anblick sein. Eine Familie, die nach einem langen Arbeitstag zusammenkommt. Doch das Setting ist so falsch, dass es mir in den Augen schmerzt.

Ich wende meinen Blick ab, als der Kloß in meinem Hals unerträglich groß wird. Zielstrebig nähere ich mich der Arbeitsplatte und ziehe aus der Plastikbox darunter ein Brett und ein ziemlich stumpfes Messer hervor. Vermutlich haben die Betreiber des Parkplatzes Angst, dass wir einander im Schlaf abmurksen, wenn sie uns richtige zur Verfügung stellen. Nur eines der zahlreichen Vorurteile, mit denen uns Obdachlosen begegnet wird. Dabei habe ich im vergangenen Jahr gelernt, dass es auf der Straße nicht anders zugeht als im Rest der Gesellschaft. In beiden Welten gibt es anständige Menschen und schwarze Schafe. Letztere bilden dabei eher die Ausnahme als die Mehrheit.

Meine rechte Hand wandert automatisch zu der kleinen Perle, die ich an einer Lederschnur um meinen Hals trage.

Das Leben auf der Straße hat mich einiges gelehrt. Und nicht jede Lektion war leicht verdient. Einige musste ich auf die harte Tour lernen. Sie haben Spuren hinterlassen. Wieder andere haben mein Leben ein bisschen besser gemacht.

»Ein Stück Pizza für deine Gedanken.« Die Stimme zu meiner Linken erklingt so plötzlich, dass ich vor Schreck zusammenzucke und das Messer mit einem dumpfen Laut auf dem Schneidbrett aufschlägt.

Ich wirbele zu der Person herum, die mich beinahe zu Tode erschreckt hat, und sofort verrauchen meine Panik und der Ärger. Dave steht nur einen Schritt von mir entfernt, ein breites Grinsen im Gesicht und einen großen Pizzakarton in den Händen.

»Fuck, Dave! Willst du, dass ich einen Herzinfarkt bekomme?« Ich boxe ihm spielerisch gegen den Oberarm. »Ich habe mindestens zweimal deinen Namen gesagt, aber du warst anscheinend in irgendeinem Paralleluniversum«, verteidigt er sich.

»Ich verzeihe dir, wenn du mir ein Stück deiner Pizza überlässt.« Auffordernd strecke ich ihm die leere Handfläche entgegen.

Er öffnet den Pappkarton und zaubert ein Pizzadreieck daraus hervor. Als ich danach greifen will, zieht er seine Hand jedoch blitzschnell in die Höhe und wedelt mit dem Stück vor meiner Nase herum. »Vorher musst du mir aber verraten, was dich so beschäftigt hat. Hast du eine Lösung für die globale Erderwärmung gefunden? Oder eine Idee, wie wir den Weltfrieden herstellen können?«

Ich schnaube. »Na gut, wenn du es unbedingt wissen willst: Ich habe über schwarze Schafe nachgedacht.«

Seine Augen weiten sich, und er zieht ratlos die Stirn in Falten. Ich nutze seine Irritation, schnappe mir das Pizzastück und beiße die Spitze ab, bevor er es mir entwenden kann. Fruchtige Tomatensoße und cremiger Mozzarella umschmeicheln meine Geschmacksknospen, und mein Magen brummt zufrieden. Mit vier großen Bissen habe ich es vernichtet und wende mich wieder der Zubereitung meiner eigentlichen Mahlzeit zu. Ein wehmütiger Seufzer entfährt mir, als mein Blick zum Toastbrot wandert. Dabei kann ich mich glücklich schätzen, überhaupt etwas zu essen zu haben. Vor noch nicht allzu langer Zeit habe ich mich abends mit einem knurrenden Magen schlafen gelegt.

Ich fördere eine Packung Sandwichkäse und eine Tomate aus der Papiertüte. Das Gemüse schneide ich, so gut es mit dem stumpfen Messer geht, in Scheiben. Ich belege drei der Toastscheiben erst mit Käse, dann mit der Tomate und ziehe mit einem triumphierenden Grinsen das gewisse Extra aus der

Tüte. Ein Päckchen Mayonnaise. Es hat durchaus Vorteile, in einem Diner zu arbeiten. Während ich die himmlische Creme aus Fett und Ei auf die noch leeren Brotscheiben streiche, die den Abschluss der Sandwiches bilden sollen, stellt Dave seine Pizzareste in die Mikrowelle.

»Ich habe dich lange nicht mehr hier gesehen. Dachte schon, du wärst einfach ohne ein Wort abgehauen.« Er steht mit dem Rücken an die Arbeitsplatte gelehnt und sieht mir dabei zu, wie ich Mayonnaisereste von meinen Fingern lecke.

»Das würde ich doch niemals tun«, erwidere ich, obwohl ich weiß, dass das nicht der Wahrheit entspricht. In den letzten Monaten habe ich nicht nur ein Mal Hals über Kopf meine Sachen gepackt und bin weitergezogen.

»Das will ich dir auch geraten haben.« Er hebt mahnend den Zeigefinger.

Die Mikrowelle macht sich mit einem durchdringenden *Pling* bemerkbar, und Dave holt seinen Teller mit den dampfenden Pizzastücken heraus. Ich folge dem Geruch nach geschmolzenem Käse und lasse mich ihm gegenüber auf eine der Bänke fallen. Hinter mir sitzt noch immer die Familie an dem Nachbartisch. Die Kleine, die eben mit dem Buntstift gemalt hat, ist quengelig. Ich höre ihr leises Wimmern und die beruhigenden Laute ihrer Mutter. Mein Hunger verpufft von der einen auf die andere Sekunde.

»Also, wo warst du die letzte Woche? Hast du einen neuen guten Spot entdeckt?«, fragt Dave und zwingt meine Aufmerksamkeit wieder zu meinem eigenen Tisch.

Ich schüttle den Kopf und knabbere lustlos an einem meiner Sandwiches. Nicht einmal der intensive Geschmack der Mayo kann meinen Hunger erneut entfachen.

»Ich konnte mir das Ritz am Ende des Monats nicht mehr leisten«, gestehe ich und vollführe eine weite Geste mit meiner Hand, die das gesamte Gelände des Parkplatzes einschließt.

Dave lacht nicht. Er sieht mich mit Sorge und Bedauern an. Er will etwas sagen, beißt jedoch dann stattdessen in seine Pizza. Denn egal, was er sagen würde, es wird nichts ändern. Er kann nichts an meiner Situation ändern. Er kann ja nicht einmal an seiner eigenen etwas ändern.

»Ich habe übrigens einen neuen Job«, sagt Dave, nachdem wir ein paar Minuten lang stumm in unser Essen versunken waren. Er setzt sich aufrechter hin, und ich erkenne den Stolz in seinen Augen.

»Wow, das ist toll! Herzlichen Glückwunsch. Etwas im IT-Bereich?« Ich bereue meine Nachfrage in dem Augenblick, in dem meine Lippen die Worte entlassen.

»Nein, leider nicht. Ich habe einen Job in dem Supermarkt in der Mall gleich um die Ecke. An der Kasse.« Daves Schultern sacken drei Zentimeter nach unten, sein Lächeln wirkt gezwungen.

»Also doch etwas mit IT-Bezug«, necke ich ihn und versuche, die Leichtigkeit in unser Gespräch zurückzuholen.

Er lacht rumpelnd. »Vielleicht kann ich das Kassensystem so programmieren, dass mir bei jedem Kauf ein Trinkgeld direkt aufs Konto überwiesen wird.«

»Pass nur auf, dass du deinen Platz im Auto nicht gegen den in einer Zelle tauschst«, scherze ich.

»Da würde ich immerhin dreimal am Tag eine Gratismahlzeit bekommen. Und Kabelfernsehen sollen sie da auch haben.« Er legt den Kopf schief, so als würde er ernsthaft darüber nachdenken.

»Falls du dich für einen Umzug entscheidest, melde ich mich freiwillig, um auf Molly aufzupassen«, sage ich und suche den Parkplatz nach der vertrauten strahlend weißen Kuppel von Daves raumschiffartigem Auto ab. Die hinteren Türen lassen sich per Fernsteuerung automatisch nach hinten schieben. Die Fenster sind verdunkelt, und wenn man beide Sitzbänke umklappt, könnte man im Inneren locker eine Matratze im Kingsize-Format unterbringen.

»Du würdest Herb einfach so hergeben?« Er hebt in gespieltem Schock seine rechte Hand vor den Mund und macht große Augen.

»Nein, wahrscheinlich nicht.« Ich lasse meinen Blick zu dem rostroten Honda wandern, der nicht nur mein Auto, sondern mein Zuhause ist. Auch wenn er so viele Jahre auf dem Buckel hat, dass er vermutlich die letzten Mammuts noch persönlich kennengelernt hat, hänge ich an ihm. Er ist nicht nur mein aktuelles Zuhause, er ist auch ein Teil meines alten. Der letzte Teil, der mir aus meinem früheren Leben geblieben ist.

Wir unterhalten uns noch eine Weile. Dave erzählt mir von einer Messe, die nächstes Wochenende am Pier stattfindet und auf der angeblich tonnenweise Gratishäppchen verteilt werden. Ich berichte ihm im Gegenzug von meinen Top Five der nervigsten Kunden aus dem Diner. Platz eins belegt diese Woche eine junge Frau, die mir die Hölle heißgemacht hat, weil ich statt der halbfetten Milch versehentlich die vollfette genommen habe. O-Ton: *Ich muss auf meine Figur achten!* Um sich dann keine Sekunde später ein Stück Blaubeertorte mit Sahne zu bestellen. Am liebsten hätte ich ihr auf der Serviette die Anzahl der Kalorien notiert.

Bei meinen Erzählungen kommt mir immer wieder ein gewisser zerstreut aussehender Schriftsteller in den Sinn. Ich muss mehrmals blinzeln, um das kastanienbraune Augenpaar aus meinen Gedanken zu vertreiben.

Als die Parkplatzbeleuchtung für die Nacht gedimmt wird, packen wir unsere Sachen zusammen und verabschieden uns. Ich habe noch ein Sandwich übrig, das ich zurück in die Papiertüte verfrachte. Morgen früh werde ich mich darüber freuen, nicht mit leerem Magen ins Diner fahren zu müssen. Der Gedanke an *Patty's Pies* zaubert ein Lächeln auf meine Lippen, das absolut nichts mit der Begeisterung für meinen Arbeitsplatz zu tun hat. Ob Hemingway mir morgen tatsächlich die Geschichte mitbringen wird? Obwohl meine Vernunft mir sagt, dass es besser wäre, wenn er es nicht täte, hofft ein kleiner Teil darauf, dass er sich etwas für mich ausgedacht hat.

Gemächlich schlendere ich unter dem Licht der Laternen über den Parkplatz. Viele Menschen, mit denen ich mir heute den Schlafplatz teile, haben sich bereits in ihre Autos zurückgezogen und schlafen oder dösen vor sich hin. Das Schrillen einer Sirene zerreißt die Luft, drei Sekunden später taucht das Licht des Feuerwehrfahrzeugs den Asphalt und die Wagenkolonnen in ein grelles Blau, das in den Augen brennt. Ich wende den Kopf ab, weg von der Fahrbahn und dem Aufruhr. Ein ganz normaler Abend auf L. A.s Straßen. Eine Stadt, die nie schläft. Auch wenn New York sich dieses Motto zu eigen gemacht hat, trifft es doch auf die meisten amerikanischen Großstädte zu. Es ist ein Wechselspiel aus dröhnenden Motoren, aufgeregt kreischenden Sirenen und einem Stroboskop aus Blau- und Rotlicht.

Ein Krankenwagen folgt dem Feuerwehrzug, und das rote Licht erleuchtet das Innere des Kombis, an dem ich gerade vorbeigehe. Die verzerrten Züge des kleinen Mädchens, das vorhin hinter mir gesessen hat, starren mir entgegen. Das Rot spiegelt sich in den Tränen wider, die ihr lautlos über die Wangen laufen. Aus dem halb heruntergelassenen Fenster dringt die Stimme ihrer Mutter.

»Es tut mir so leid, mein Schatz. Ich weiß, du hast Hunger. Morgen früh bekommst du in der Schule dein Frühstück. Versuch zu schlafen, dann ist es im Handumdrehen morgen. Versprochen«, sagt sie und streicht ihrer Tochter übers Haar.

Die Kleine wimmert, legt sich aber zurück auf die Matratze neben ihre Schwester. Mein Herz zieht sich zusammen, und meine Füße tragen mich wie ferngesteuert zum geöffneten Seitenfenster. Die junge Frau bemerkt mich erst, als ich direkt neben dem Wagen zum Stehen komme und ihr die Papiertüte mit meinem Käsesandwich entgegenstrecke.

Ihr Blick fliegt zwischen meinem Gesicht und der Tüte hin und her, als kämpfte sie mit sich.

»Bitte, nehmen Sie das Sandwich. Die Kleine sollte nicht mit leerem Magen schlafen müssen«, flüstere ich ihr zu und navigiere die Tüte durch den Fensterspalt.

»Nein, das sollte sie nicht.« Die Stimme der Frau klingt verzweifelt und resigniert zugleich. In ihrem Ausdruck liegen Scham und Dankbarkeit.

Ich nicke ihr in stiller Anteilnahme zu.

Dann drehe ich mich um und gehe weiter in Richtung meines Hondas. In meinem Rücken höre ich, wie die junge Frau ihre Tochter mit leiser Stimme weckt.

KAPITEL 6

Scarlett

»Gott sei Dank, du bist wieder da!« Ich falle Tammy um den Hals, kaum dass ich ihre dunkelbraune Lockenpracht hinter dem Tresen erspähe.

»Meine Mom passt heute auf den kleinen Racker auf. Ich schwöre dir, wenn ich mir noch eine Folge mit diesem pinken Schwein hätte anschauen müssen, wäre ich verrückt geworden.« Sie zieht mich in eine herzliche Umarmung, und der Duft ihres süßen Parfüms weht mir in die Nase. Die zimtige Note lässt mich an frisch gebackenen French Toast denken; mein leerer Magen grummelt sehnsuchtsvoll.

Doch statt dem nagenden Gefühl in meiner Magengegend nachzugeben, streiche ich lediglich die Schürze glatt und setze mein Servicekraft-Lächeln auf. Keine Sekunde zu früh. Im nächsten Augenblick stürmen die ersten Kunden den Laden, um sich mit Koffein und Zucker für den anstehenden Tag zu stärken. Dank Tammy komme ich heute glücklicherweise nicht so ins Schwitzen. Wir sind ein eingespieltes Team und arbeiten Seite an Seite, bis der erste Ansturm sich lichtet.

»Will jemand eine etwas zu dunkle Waffel?« Liz streckt ihren Kopf durch die Durchreiche und sieht uns fragend an.

Mein Magen knurrt so laut, dass er uns beiden die Antwort abnimmt. Liz schiebt grinsend den Teller über die weiß lackierte Oberfläche.

»Lass es dir schmecken«, sagt sie, bevor sie wieder in der Küche verschwindet.

»Du solltest wirklich nicht mit nüchternem Magen zur Arbeit kommen. Irgendwann fällst du noch um. Und stell dir vor, was Tony macht, wenn du mit dem Kopf in einem der Pies landest«, neckt Tammy mich, doch ich höre die darunterliegende Sorge in ihrer Stimme.

»Es ist wissenschaftlich erwiesen, dass es dem Körper guttut, wenn man ihn nicht vierundzwanzig Stunden am Tag mit Nahrung verwöhnt«, erwidere ich und muss mich zügeln, um nicht zu gierig in den knusprigen Teig zu beißen. Als der erste Bissen der in Ahornsirup getränkten Waffel in meinem Mund landet, muss ich ein Stöhnen unterdrücken. Eigentlich bin ich kein besonders großer Fan von Süßspeisen, aber wer kann schon Nein zu Ahornsirup sagen?

»Ja, ist klar«, brummt Tammy und wirkt nicht ansatzweise überzeugt. Ihr Zweifel lässt den berauschend süßen Geschmack auf meiner Zunge schal werden. In den letzten Wochen habe ich häufiger gespürt, wie meine Kollegin mir Blicke zuwirft, wenn sie denkt, dass ich es nicht bemerke. Ihr Unterbewusstsein sagt ihr, dass etwas nicht stimmt. Erinnerungen klopfen an mein Bewusstsein an wie ungebetene Gäste. Mein Magen verkrampft sich.

Mit einem Mal ist mir der Appetit vergangen, trotzdem zwinge ich mich, den Rest der Waffel zu essen. Nach dem kargen Abendessen letzte Nacht ist mein Körper auf die Proteine dringend angewiesen. Meine Beziehung zu Tammy ist die erste, die seit Ewigkeiten an eine Freundschaft heranreicht. Normalerweise achte ich sorgsam darauf, niemanden nah an mich heranzulassen. Meistens bleibe ich sowieso nie lange genug an einem Ort, damit sich die Mühe lohnt. Doch mit Tammy ist es anders. Mit ihr lag ich von Anfang an auf einer Wellenlänge. Wir teilen fast jede unserer Schichten, und so habe ich in der verhältnismäßig kurzen Zeit schon sehr viel über sie gelernt. Ich weiß zum Beispiel, dass sie das Haus nie ohne ihren kirschroten Lippenstift und ihre goldglänzenden Creolen verlässt. Dass sie einen kleinen Sohn namens Seth hat, der vier Jahre alt ist, und einen Ex-Freund, der sie noch vor der Geburt hat sitzen lassen. Ich weiß, dass sie bei ihren Eltern lebt und genauso wie ich zu kämpfen hat.

Sie hingegen kennt nur einzelne Details. Informationen, die ich zuvor sorgsam ausgewählt habe. Gerade genug, dass sie nicht misstrauisch wird. Gerade genug, dass sie mich als Freundin bezeichnen kann.

»Mein Stammgast ist heute gar nicht da. Hast du ihn gestern etwa vertrieben?« Tammy reißt mich aus meinen Gedanken, und ich brauche ein paar Sekunden, um zu verstehen, dass sie von Hemingway redet.

»Im Gegenteil. Ich weiß jetzt, dass er Will heißt und eine ziemlich üble Schreibblockade hat.« Ich werfe ihr einen triumphierenden Blick zu. Seitdem ich hier arbeite, versucht Tammy schon, ihn zum Reden zu bringen, und ist jedes Mal mit einem enttäuschten Kopfschütteln zurück an den Tresen gekommen.

»Er hat mit dir gesprochen?!« Sie reißt die Augen auf.

Ich nicke und versuche, das warme Kribbeln zu verscheuchen, das mich bei der Erinnerung überfällt. »Nicht nur das, er will sogar etwas für mich schreiben.« Hoffentlich übersieht Tammy, dass meine Wangen ziemlich warm werden.

»Warte! Was? Wieso schreibt er etwas für dich? Und wieso zur Hölle hat er das noch nie für mich gemacht? Ich sorge jetzt schon seit mehr als fünf Monaten jeden verdammten Tag dafür, dass seine Kaffeetasse niemals leer ist.« Sie stemmt die Hände in die Hüfte und blickt dabei so entrüstet drein, dass ich lachen muss.

»Tja, sieht so aus, als könntest du noch etwas von mir lernen.«

Tammy gibt ein Schnauben von sich, dann lässt sie ihren Blick demonstrativ durch den Raum gleiten.

»Das werden wir ja sehen. Bis jetzt ist er nämlich noch nicht aufgetaucht. Und normalerweise kommt er immer zur selben Zeit. Wehe, du hast einen meiner Stammgäste vergrault.« Sie pikst mit ihrem Zeigefinger gegen meine Brust.

Der Gedanke, dass ich Will möglicherweise tatsächlich mit meiner Aufgabe aus *Patty's Pies* vertrieben haben könnte, erfüllt mich mit Unruhe. Die nächste Stunde über ertappe ich mich immer wieder dabei, wie mein Blick in Richtung der Tür schnellt, sobald die Glocke einen neuen Besucher ankündigt. Doch Will scheint wie vom Erdboden verschluckt. Gegen Mittag habe ich die Hoffnung aufgegeben, dass er kommt. Ich fokussiere mich wieder auf meinen Job und sage mir, dass er nur ein Gast von vielen ist. Niemand Besonderes. Wir haben schließlich nur ein Mal miteinander geredet.

Ich pfeffere etwas zu energisch die Speisekarten auf den Stapel hinter dem Tresen. Der Turm gerät ins Wanken, und mit einem dumpfen Knall segelt eine Handvoll der laminierten Bögen auf die weißen Fliesen. Leise fluchend klaube ich sie vom Boden auf und erhebe mich schwungvoll.

»Hey, Candy. Bist du bereit, mir deinen Namen zu verraten?« Wills Gesicht taucht so plötzlich vor mir auf, dass ich vor Schreck die Karten erneut fallen lasse. Die Spitze eines laminierten Bogens bohrt sich in meinen Fußrücken, doch ich nehme den Schmerz kaum wahr.

Will, der offenkundig ein schlechtes Gewissen hat, weil er mich derart erschreckt hat, geht neben mir in die Hocke und beginnt, die losen Karten aufzusammeln. Mit Verzögerung tauche ich ebenfalls hinter dem Tresen ab und greife nach zwei weiteren Speisekarten, die links von mir liegen.

»Ich dachte schon, du hättest die Flinte ins Korn geworfen und dir einen neuen Diner gesucht.« Ich hebe den Kopf und blicke direkt in seine kastanienbraunen Augen. Dabei versuche ich möglichst gleichgültig zu wirken, um ihn nicht sehen zu lassen, wie sehr mich der Gedanke beunruhigt hat.

»Selbst wenn ich gewollt hätte, wäre das keine Alternative gewesen. Es hätte mich vermutlich in den Wahnsinn getrieben, deinen Namen nicht herauszufinden.« Er zwinkert mir zu und erhebt sich mit den Speisekarten im Arm langsam wieder.

Die schlechte Laune, die sich im Laufe des Vormittags wie eine graue Nebelwolke um mich gelegt hat, löst sich bei seinen Worten auf. Ich weiß, ich sollte mich nicht so über seinen Anblick freuen, doch ich kann nichts gegen das warme Kribbeln in meinem Bauch ausrichten.

»Du wirkst erstaunlich zuversichtlich in Anbetracht dessen, dass du mir noch keine Geschichte präsentiert hast.« Mit der rechten Hand umfasse ich die Kante des Tresens und ziehe mich nach oben.

Er öffnet die Riemen seiner Umhängetasche aus hellbraunem Wildleder und zieht drei handbeschriebene Seiten Papier hervor.

»Ich will mich ungern selbst loben, aber ich bin mir sicher, dass sie dir gefallen wird.« Ein zufriedenes Grinsen legt sich auf seine Lippen und lässt mich an eine Katze denken, die soeben ein Schälchen Milch leer geschleckt hat. »Ich habe die ganze Nacht daran gearbeitet, deshalb bin ich heute auch etwas später dran.« Er unterdrückt ein Gähnen.

Ich stelle eine leere Tasse vor ihn auf das polierte Holz und fülle sie anschließend mit dampfend heißem Kaffee. Will schließt mit einem erleichterten Seufzen seine Hände um den Becher und wirft mir einen dankbaren Blick zu.

»Na dann, wollen wir mal sehen, ob du deinem Spitznamen gerecht wirst.« Ich greife nach den Blättern, während sich Will auf einen Hocker gegenüber dem Tresen sinken lässt.

Aus dem Augenwinkel nehme ich wahr, wie Tammy an uns vorbeiläuft. Ich spüre ihre fragenden Blicke auf meiner Haut. Glücklicherweise hält sie ihre Neugier im Zaum und bedient stattdessen netterweise das Ehepaar, das sich soeben in meinem Bereich an einem Zweiertisch niedergelassen hat.

Gespannt blättere ich durch die eng beschriebenen Seiten. Wills Handschrift ist gestochen scharf, jeder Buchstabe schwungvoll und präzise. Das überrascht mich, ich hätte ihn eher für den Typ »krakelige Arztschrift« gehalten.

Es war einmal ein gut aussehender junger Mann, der sich nichts sehnlicher wünschte, als ein berühmter Schriftsteller zu sein.

Ich werfe Will einen amüsierten Blick der Marke »Ist das wirklich dein Ernst?« zu, doch er nickt nur auffordernd in Richtung der beschriebenen Blätter, während er einen Schluck aus seiner Tasse nimmt. Also lese ich mit einem Schmunzeln weiter.

Jeden Tag saß der angehende Schriftsteller über seine Schriftrollen gebeugt und flehte die Musen an, sich seiner zu erbarmen und ihm eine Idee zu schenken. Eines Tages wurde er erhört, und eine engelsgleiche Frau mit rotblondem schulterlangem Haar, milchweißer Haut und smaragdgrün funkelnden Augen erschien in seinem Arbeitszimmer. Trotz der kleinen sichelförmigen Narbe, die sich durch ihre linke Augenbraue zog, wirkte sie vollkommen.

Ich sehe zu Will auf. Das Aussehen der Muse kommt mir verdächtig bekannt vor. Mein Puls beschleunigt sich leicht, als ich erneut die Worte überfliege, mit denen er mich beschrieben hat. Unwillkürlich fahre ich mit dem Zeigefinger über die hauchzarte Linie, die meine linke Augenbraue teilt. Er muss mich wirklich eingehend studiert haben, um sie zu bemerken. Wärme breitet sich auf meinen Wangen aus, weshalb ich schnell den Kopf senke und meine Aufmerksamkeit zurück auf die Geschichte lenke. Eines muss ich ihm lassen, er weiß, wie er Frauen um den Finger wickelt.

Die Muse versprach ihm, eine Idee in seinen Kopf zu pflanzen und diese zu hegen und zu pflegen, bis sie zu einem Roman gereift sei, der die Herzen aller Menschen berühren würde. Im Gegenzug verlangte sie einen Gefallen von ihm. Er stimmte dem Vorschlag sofort zu, ohne zu wissen, um was für eine Gegenleistung es sich handelte.
In der Nacht träumte er von einem jungen Mann, der durch die Welt zog, auf der Suche nach sich selbst und seinem Schicksal. Am nächsten Tag setzte er sich an seinen Schreibtisch und füllte Zeile um Zeile mit den Bildern aus seinen Träumen. In der darauffolgenden Nacht begleitete er im Schlaf erneut den Mann auf seinem Abenteuer. Von da an träumte er jede Nacht von dem jungen Helden und seinen Erlebnissen und schrieb sie nach dem Erwachen nieder. Dies ging mehrere Wochen so, bis er das Manuskript vollendet hatte.
Er las die Geschichte noch einmal von Anfang bis Ende und wusste, dass er einen Bestseller geschrieben hatte. Als er das Buch schließlich aus den Händen legte, materialisierte sich die schöne junge Frau mit den rotblonden Haaren und der milchweißen Haut neben seinem Schreibtisch.
Sie fragte ihn: »Seid Ihr zufrieden mit Eurem Werk?« Der Schriftsteller nickte und bedankte sich überschwänglich bei ihr.
»Dann fordere ich nun meinen Gefallen ein«, sagte die Frau.
»Ihr könnt alles von mir haben, was Ihr wollt«, erwiderte der Mann und meinte es auch so.
»Ich verlange Eure Geschichte«, sagte die Frau.
Der Mann erbleichte und fiel vor der Muse auf die Knie. Er flehte sie an, ihm das Manuskript zu überlassen. Er

war sich sicher, dass er nie wieder etwas ähnlich Gutes schreiben würde und sich somit niemals sein Traum erfüllen würde, ein erfolgreicher Schriftsteller zu werden. Sein Flehen erweichte das Herz der Frau, und sie stellte ihm eine Aufgabe. Wenn er es schaffen sollte, innerhalb von drei Tagen ihren Namen zu erraten, dürfte er das Manuskript behalten.

Der Mann setzte sich sofort an seinen Schreibtisch und schrieb jeden Vornamen auf, den er kannte. Bei ihrem nächsten Treffen las er ihr die Liste vor, doch der richtige war nicht darunter. Am darauffolgenden Tag zog der Mann durch die Straßen und fragte alle Frauen, denen er begegnete, nach ihrem Namen. Am Abend las er der Muse erneut die Liste vor, doch auch dieses Mal konnte er ihre Aufgabe nicht lösen. Den letzten Tag verbrachte er in der Stille seiner Kammer. Kein einziges Mal hob er die Feder, um etwas zu notieren. Als die Frau ihn am dritten Abend aufsuchte, trug sie ein siegessicheres Lächeln auf den Lippen.

»Wie lautet Eure heutige Antwort?«, fragte sie. Ihre Finger liebkosten die oberste Seite des Manuskripts, das zwischen ihnen auf dem Tisch lag.

Er antwortete vollkommen ruhig: »Ich habe keine Antwort für Euch.«

Die Frau runzelte die Stirn. »Ihr wollt keinen weiteren Versuch wagen, Euer Meisterwerk zu behalten?«

Er schüttelte den Kopf, nahm den Stapel eng beschriebener Seiten in die Hand und überreichte ihn ihr. »Ich muss deinen Namen nicht kennen, um zu wissen, dass du ein Teil von mir bist.«

Ein warmes Lächeln breitete sich auf ihren Lippen aus, als sie ihm zunickte. Einen Wimpernschlag später war die Frau verschwunden. Die losen Seiten schwebten an der Stelle, an der sie eben noch gestanden hatte. Gemächlich segelten sie dem Boden entgegen.

»Und?« Will lehnt sich über den Tresen. Neugier spiegelt sich in seinen Augen, gemischt mit etwas Dunklerem. *Nervosität?*

»Ich bin in dieser Geschichte also deine Muse?«, hake ich nach und kann nicht verhindern, dass meine Stimme amüsiert klingt.

Er grinst. »Alle Figuren entstammen meiner Fantasie. Übereinstimmungen mit lebenden Personen sind rein zufällig.«

»Mhm, ist klar.«

»Also, was sagst du?« Will trommelt ungeduldig mit den Fingern auf die Holzplatte.

»Sagen wir mal so, die grundlegende Idee kommt mir vage bekannt vor, die Gebrüder Grimm lassen grüßen.« Ich zwinkere ihm zu, und er zieht eine Grimasse. »Aber«, fahre ich fort, »du hast dem Ganzen eine persönliche Note gegeben. Und natürlich noch die tiefere Bedeutung, dass man an sich selbst glauben soll. Alles in allem eine runde Sache.«

Er nickt und versucht, keine Miene zu verziehen, doch an seinen zuckenden Mundwinkeln erkenne ich, dass er sich über mein Lob freut. Seine zuvor verspannten Schultern sinken langsam nach unten und spiegeln seine Erleichterung wider.

»Also?« Die Neugier ist zurück in seinem Blick, als er zwischen den Papierseiten und meinem Gesicht hin und her wandert.

Ich weiß, was er eigentlich fragen will. Die Antwort liegt mir auf der Zunge, und dennoch zögere ich. Plötzlich erscheint es mir gefährlich, ihm meinen richtigen Namen zu verraten. Als würde ich ihn durch diese kleine Information schon zu nah an mich heranlassen. Als könnte es der erste Dominostein sein, der eine Kette in Gang setzt, die ich nicht mehr stoppen kann.

KAPITEL 7

Scarlett

»Ich heiße Scar«, sage ich schließlich trotzdem. Er hat sich so viel Mühe gegeben. Es erscheint mir nicht richtig, ihm einen falschen Namen zu nennen.

»Wie in Scarface?« Will legt den Kopf leicht schräg und mustert mich, als wäre ich ein Wesen von einem fremden Planeten.

»Nein, wie in Scarlett.« Ich ziehe ein Gesicht, als hätte ich mich an den Buchstaben verschluckt.

»Wie Scarlett O'Hara?« Er bekommt einen verträumten Gesichtsausdruck.

»Eher wie in Scharlachrot. Ich bin mit einem Feuermal im Nacken zur Welt gekommen. Ich weiß, das ist wahnsinnig uninspirierend. Meine Mom hat es im Nachhinein auf die Schmerzmittel geschoben.« Ich zucke mit den Schultern und schlucke die Welle von Sehnsucht herunter, die mich bei dem Gedanken an meine Mutter überkommt.

»Scarlett.« Er spricht meinen Namen aus, als würde er eine exotische Frucht kosten. Oder ein besonders süßes Stück Kuchen.

Gänsehaut breitet sich auf meinen Unterarmen aus, und ich verschränke sie schnell vor der Brust, bevor er es bemerken kann.

»Das ist wahnsinnig poetisch«, sagt er und wirkt beinahe, als wäre er neidisch, dass seine Eltern ihm keinen ähnlich klangvollen – beziehungsweise verstaubten – Namen verpasst haben. »Gott, du bist echt ein Schriftsteller durch und durch.« Ich rolle lachend mit den Augen.

»Was denn? Darf ich einen so schönen Namen nicht gebührend würdigen? Außerdem hätte es dich deutlich schlimmer treffen können. Immerhin hätte deine Mutter dich Candy nennen können.«

Ich schnaube, muss aber trotzdem lächeln.

»Wenn dir dein Name nicht gefällt, nenne ich dich einfach O'Hara. Scar ist nämlich absolut grauenhaft. Da stellen sich mir sämtliche Nackenhaare auf.« Er schüttelt energisch den Kopf. »Also, schön, dich kennenzulernen, O'Hara.« Er streckt mir seine Hand entgegen, ein Lächeln liegt auf seinen Lippen.

»Die Freude ist ganz meinerseits, Hemingway«, erwidere ich und ergreife sie zögernd. Als seine Fingerspitzen meine Handfläche streifen, fühlt es sich für einen Augenblick an, als würde sich elektrische Spannung entladen. Unsere Blicke treffen sich, und unsere Finger berühren einander einen Tick zu lange, als dass es noch als harmloser Handschlag durchgeht.

»Ich störe euch ja nur ungern beim Bonden oder was auch immer ihr da macht, aber ich könnte deine Hilfe gebrauchen.« Tammy reißt mich aus meiner Trance. Schnell ziehe ich meine Hand zurück und wende mich ihr zu.

»Natürlich, entschuldige.« Ich greife nach der Kaffeekanne und schiebe Will die drei Bögen Papier über den Tresen zu. »Danke für die Geschichte, aber ich muss jetzt leider der Beschäftigung nachgehen, für die ich bezahlt werde.«

Er faltet die Seiten zweimal und steckt sie dann in die vordere Tasche meiner Schürze. »Die Geschichte habe ich für dich geschrieben. Du kannst sie behalten.«

»Oh, danke.« Mein Herz klopft mit einem Mal ein bisschen zu schnell in meiner Brust, weshalb ich die Flucht ergreife.

Als ich ein paar Minuten später mit der halb leeren Kanne und einem Block voller Bestellungen zum Tresen zurückkehre, sitzt Will noch immer dort. Seine Umhängetasche liegt auf dem Barhocker neben ihm, das in dunkelblaues Leder gebundene Notizbuch vor ihm auf der Tischplatte. Es ist zugeschlagen. Will ist in das Innere seiner Tasse vertieft, in der er mit dem Löffel rührt. Als versuchte er, aus dem Strudel dunkelbrauner Flüssigkeit die nächste Idee für eine Geschichte zu ziehen.

»Brauchtest du einen Perspektivenwechsel?«, frage ich ihn, während ich die Bestellungen in unser Kassensystem eingebe und die Bons, die die Maschine ausspuckt, an Liz weiterreiche.

»Was?« Er hebt den Kopf und sieht mich mit einem fragenden Ausdruck an.

»Na ja, sonst hast du immer an dem Tisch da hinten in der Ecke gesessen. Heute der Tresen?«

»Ich bin nur näher an die Quelle gerückt.« Er grinst und nickt in Richtung der Kaffeekanne und der Kuchenvitrine.

»Das ist dann wohl mein Stichwort«, sage ich und öffne die gläserne Schiebetür der Vitrine. »Welcher darf es heute sein?«

Will zieht nachdenklich die Augenbrauen zusammen und lässt es so wirken, als müsste er eine lebensverändernde Entscheidung treffen. »Apfel«, sagt er schließlich.

Ich ziehe das Messer aus dem mit Wasser gefüllten Behälter und schneide ihm ein besonders großes Stück ab. *Als Belohnung für die Geschichte. Sonst nichts*, beruhige ich die argwöhnische Stimme in meinem Kopf, die mich ermahnt, dass ich vorsichtig sein muss.

Als ich den Teller vor ihm abstelle, schenkt er mir ein strahlendes Lächeln, das den Goldton seiner Augen zum Leuchten bringt. Er schiebt sich eine große Gabel des klebrig süßen Teigs in den Mund. Ein verzückter Ausdruck erscheint auf seinen Gesichtszügen und zaubert Grübchen in seine Wangen.

»Also, O'Hara, jetzt, da wir quasi Freunde sind, ist es, finde ich, an der Zeit, dass du mir mehr von dir erzählst.« Während er einen Schluck von seinem Kaffee nimmt, formt sich in meinem Magen ein harter Klumpen. »Wo kommst du zum Beispiel her? Wenn ich raten müsste, würde ich auf den englischen Königshof des achtzehnten Jahrhunderts tippen. Wegen der vornehmen Blässe und so.« Er grinst. »Oder wohnst du schon immer hier und hast einfach einen enorm hohen Sonnencremeverbrauch? Lässt du dich regelmäßig auf Hautkrebs untersuchen?« Wills Blick gleitet über meine mit Sommersprossen bedeckte Nase, macht einen Abstecher zu meinem Dekolleté, auf dem sich ebenfalls ein paar lästige braune Flecken breitgemacht haben, bevor er schnell wieder zu meinem Gesicht zurückkehrt.

Meine Wangen fühlen sich heiß an, und es hat definitiv nichts damit zu tun, dass Wills Fokus einen Herzschlag zu lange an meinem Ausschnitt hängen geblieben ist.

Ich habe es dir gesagt! Der Typ bedeutet Ärger, meldet sich die Stimme in meinem Kopf zu Wort.

»Du bist ganz schön neugierig«, sage ich ausweichend.

»Berufskrankheit, schätze ich. Ich gehe den Dingen immer gern auf den Grund. Je mehr Informationen ich über eine Person habe, desto besser kann ich mich in sie hineinversetzen und sie beschreiben.« Er zuckt in einer entschuldigenden Geste mit den Schultern.

»Du willst doch wohl nicht über mich schreiben?« Ich versuche, die aufkeimende Panik in meiner Stimme zu unterdrücken. Mein Herz hämmert aufgeregt gegen meine Rippen.

»Wenn ich Figuren erschaffe, bediene ich mich gern an Eigenschaften von echten Menschen. Das lässt die Protagonisten für mich realer werden. Aber das heißt natürlich nicht, dass ich gleich ihre ganze Lebensgeschichte klaue. Wenn du mir regelmäßig ein Stück Kuchen spendierst, könnte ich mir allerdings vorstellen, eine der Figuren nach dir zu benennen.« Er zwinkert mir zu, und mein Herzschlag schaltet zwei Gänge runter.

»Ich glaube, dass das ein schlechter Deal für mich wäre. Wenn ich an den Haufen zerknäulter Zettel von deinem letzten

Besuch zurückdenke, habe ich das Gefühl, dass du in etwa so weit von der Vollendung deines Romans entfernt bist wie ich von einer Villa in den Hollywood Hills.« Ich hebe eine Augenbraue.

Er verzieht das Gesicht, als hätte er auf eine Zitrone gebissen. »Danke für den Reminder.« Er schiebt sich ein weiteres Stück des Apfelkuchens in den Mund und kaut angestrengt darauf herum.

Augenblicklich meldet sich mein schlechtes Gewissen, weil ich in der Wunde gebohrt habe.

»Wie wäre es, wenn ich dir stattdessen helfe, deinen Roman zu schreiben?«, höre ich mich fragen. Meine innere Stimme schreit mich an, ob ich verrückt geworden sei, und würde am liebsten meinen Kopf in einen der Kuchen drücken.

Will verschluckt sich beinahe an einem Stück Apfel und wirkt genauso verwundert wie ich selbst. »Und was genau schwebt dir da vor?« Die Skepsis ist ihm deutlich anzumerken. Gleichzeitig schimmert etwas in seinen Augen auf, das wie ein schwacher Hoffnungsschimmer aussieht.

Das ist eine gute Frage. Wie soll ausgerechnet ich ihm helfen, seine Geschichte zu schreiben? Mit dem Grund, warum ich ihm überhaupt helfen will, möchte ich mich lieber nicht allzu genau auseinandersetzen.

»Ich habe das Gefühl, du bist einfach zu verkrampft. Du bist so besessen von dem Wunsch, einen Roman zu veröffentlichen, dass du dir selbst im Weg stehst. Wann hattest du das letzte Mal wirklich Spaß beim Schreiben?«, frage ich.

Er legt den Kopf schief, und auf seiner Stirn bilden sich Falten, als er angestrengt nachzudenken scheint.

»Als ich das Märchen für dich verfasst habe«, sagt er schließlich und wirkt überrascht von dem Eingeständnis. »Es ist die erste Geschichte, die ich seit langer Zeit zu Ende geschrieben habe.«

Ich nicke. »Und was war dieses Mal anders?«

»Ich hatte einen Ansporn.« Er grinst, und ich rolle mit den Augen.

»Ich hatte eigentlich nicht den Eindruck, dass es dir bisher an Motivation gefehlt hat. Immerhin sitzt du seit Wochen jeden Tag hier und fabrizierst einen Haufen Papierkugeln.«

Will nimmt den Kugelschreiber zwischen seine Finger und dreht ihn auf und zu. Gerade als ich mich bei Liz erkundigen will, wie weit sie mit meinen Bestellungen ist, hebt er wieder den Kopf.

»Ich denke, es lag daran, dass der Druck nicht so groß war. Versteh mich nicht falsch, ich wollte unbedingt deinen Namen wissen, O'Hara, aber ich wusste, dass du ihn mir so oder so verraten würdest. Auch wenn die Geschichte grottig gewesen wäre.« Er sieht mich mit einem siegessicheren Lächeln an.

Liz enthebt mich einer Antwort, indem sie die kleine silberne Klingel zum Läuten bringt, die auf der Durchreiche zur Küche steht. Ich schnappe mir die beiden Teller, die mit Burger und Pommes beladen sind, und navigiere damit zu einem der Zweiertische im hinteren Bereich. Als ich an meinen Platz hinter dem Tresen zurückkehre, weiß ich, wie ich Will helfen kann.

»Eine Frage für eine Geschichte«, sage ich, kaum dass ich vor ihm zum Stehen komme.

»Bitte was?« Seine Hand, die eben noch damit beschäftigt war, die Kaffeetasse zu seinem Mund zu führen, erstarrt mitten in der Bewegung.

»Du hast gesagt, du willst mehr über mich wissen. Also schlage ich dir einen Deal vor. Ich beantworte dir jeweils eine Frage für eine Geschichte.« Ich grinse ihn an und bin ziemlich stolz auf diesen Einfall. Meine innere Stimme schlägt währenddessen die Hände über dem Kopf zusammen.

Wills Gesichtszüge entgleisen. »Ich werde alt und grau sein, bis ich weiß, wer du wirklich bist, O'Hara«, protestiert er.

Umso besser. Will entdeckt seine Leidenschaft fürs Schreiben wieder, während ich ihn damit gleichzeitig auf Abstand halte.

Ich zucke mit den Schultern. »Dann solltest du besser so schnell wie möglich mit dem Schreiben beginnen.«

»Das ist Erpressung.«

»Ich sehe es eher als freundschaftlichen Schubs in die richtige Richtung. Du hast doch gesagt, dass wir jetzt Freunde sind. Und dafür sind Freunde schließlich da.« Ich kann mir das Grinsen nur schwer verkneifen, als ich seinen gequälten Gesichtsausdruck bemerke.

Dann geht ein Ruck durch seinen Körper, und aus der leidenden Maske wird Entschlossenheit. »Okay, Challenge accepted. Jede Frage ist erlaubt?«, hakt er nach.

Ich zögere. Es gibt definitiv Fragen, die ich ihm nicht beantworten kann. Doch im Grunde lässt sich immer eine Antwort finden, auch wenn ich die Wahrheit dafür eventuell etwas weiter auslegen muss.

Ich nicke.

Er streckt mir seine Hand entgegen, und dieses Mal ergreife ich sie, ohne zu zögern. Er soll nicht merken, welche Wirkung seine Berührung zuvor auf mein Nervensystem hatte.

»Zieh dich besser schon mal warm an, O'Hara. Ich bin genial im Fragenstellen. Da kann selbst Oprah noch etwas lernen.«

»Schreib erst mal deine nächste Geschichte, dann sehen wir weiter«, sage ich und ziehe meine Hand wieder zurück.

»Morgen zur selben Zeit am selben Ort«, erwidert Will, und es klingt wie ein Versprechen. Verheißungsvoll und beängstigend zugleich.

»Da ich hier arbeite, habe ich wohl keine andere Wahl«, gebe ich trocken zurück, während meine Mundwinkel zucken.

»Ich weiß doch, dass du es insgeheim gar nicht erwarten kannst, mich wiederzusehen.« Sein Selbstvertrauen ist unerschütterlich.

Er packt sein Notizbuch und den Kugelschreiber in seine Umhängetasche. Dann zieht er einen Zwanzig-Dollar-Schein aus seinem Portemonnaie und legt ihn neben den leeren Teller, auf dem nur noch ein paar Krümel Kuchenteig übrig sind.

»Bis morgen, O'Hara«, verabschiedet er sich. Sein warmes Lächeln hüllt mich ein und bringt meinen Herzschlag aus dem Takt.

Ich hebe zum Abschied die Hand und sehe ihm nach, wie er den gefliesten Gang hinabläuft. Kurz bevor er die Tür erreicht, finde ich meine Stimme wieder.

»Ach, Hemingway? Noch eine Sache.«

Er bleibt stehen und dreht seinen Oberkörper in meine Richtung.

»Ich hätte dir einen falschen Namen genannt.«

Seine Augenbrauen ziehen sich fragend zusammen.

»Wenn mir deine Geschichte nicht gefallen hätte«, erkläre ich.

Er lacht dieses tiefe, kehlige Lachen, von dem ich eine Gänsehaut bekomme.

Irgendwie beschleicht mich das Gefühl, dass mir Will durch diesen Deal nur noch näherkommen wird. *Du bist am Arsch*, bemerkt die Stimme in mir wenig taktvoll. Und dummerweise könnte sie damit sogar recht haben.

KAPITEL 8

William

»Meine Lieblingsfarbe ist Orange.« Scarlett lässt die letzte der vier beschriebenen Seiten mit einem Lächeln sinken.

»Ich glaube, ich habe noch nie jemanden getroffen, der von sich behauptet hat, dass Orange seine Lieblingsfarbe ist.« Irgendwie hätte ich sie mehr für den Typ feuriges Rot gehalten, vielleicht habe ich mich aber auch etwas zu klischeehaft von ihrem Namen inspirieren lassen.

»Tja, ich bin halt nicht irgendjemand.« Sie zuckt mit den Schultern, ihr Lächeln ist verschmitzt.

Und Himmel, da kann ich ihr nur zustimmen. Scarlett ist nicht irgendjemand, sie ist etwas Besonderes. Sie hat das Wunder vollbracht, meine Freude am Schreiben wieder zu entfachen. Seit unserem ersten Gespräch sind zehn Tage vergangen. Zehn Tage mit zehn Geschichten und zehn Antworten, die sie mir gegeben hat. Obwohl es nur so banale Dinge wie die Frage nach ihrem Lieblingsessen – Makkaroni mit Käse –, der Existenz möglicher Geschwister – sie ist wie ich Einzelkind – oder ihrer Lieblingsfarbe war, hat es mich enorm angespornt. Die Worte sind nur so aus mir herausgeflossen. Mittlerweile befinden sich auf der Tischplatte vor mir nur noch meine Kaffeetasse und je nach Tageszeit ein Teller mit Kuchen. Die Tage, an denen ich in zerknüllten Zetteln ertrunken bin, liegen hinter mir. Jetzt fliegt die Spitze meines Kugelschreibers über das blütenweiße Papier und setzt Buchstaben zu Worten und Sätzen zusammen, bis sie eine Geschichte erzählen.

»Kein grelles Orange, sondern ein mattes, das eher in Richtung Terrakotta geht. Wie die Felsschluchten im Grand Canyon, wenn die Abendsonne sie streift.« Scarlett hebt die Hand an ihren Hals und streicht mit einer abwesenden Geste über die Perle, die sie an einer Lederschnur trägt. Mental notiere ich, dass ich sie bei Gelegenheit nach dem Schmuckstück frage. Sie hat es bisher jeden Tag getragen, weshalb ich vermute, dass es eine besondere Bedeutung hat.

»Wer von uns beiden ist jetzt die Schriftstellerin?« Ich pfeife anerkennend durch die Zähne. Gleichzeitig mustere ich sie eingehend. Da lag etwas Sehnsüchtiges in ihrer Stimme, als sie vom Grand Canyon gesprochen hat. Nicht dieses typisch Entrückte, wenn man Fernweh hat, sondern etwas Dunkleres. Etwas, das eine Saite in mir zum Schwingen bringt. Doch der Augenblick ist verflogen und mit ihm das kurze Aufblitzen dieser Sehnsucht in ihr.

»Du wirst mit jedem Tag besser. Für diese Story würde ich dir sogar das zweite Stück Kuchen spendieren.« Ihr Ton ist neckend, doch ihre smaragdgrünen Augen strahlen voller Wärme. Es sind diese Momente, für die ich die Geschichten eigentlich schreibe. Nicht für das Frage-Antwort-Spiel. Okay, zumindest nicht nur. Aber in erster Linie bin ich süchtig nach ihrem Lächeln, das sich beim Lesen auf ihre Lippen stiehlt. Nach dem Funkeln in ihren Augen.

Ich habe nicht vergessen, was sie zu Beginn unserer Bekanntschaft zum Thema Träume gesagt hat. Dass sie keine hat. Der Gedanke schmerzt mich, denn mir entgeht nicht, wie sie manchmal gedankenverloren aus dem Fenster sieht, wenn sie denkt, dass niemand es bemerkt. Wie das einstudierte Servicekraft-Lächeln verwischt und der Glanz in ihren Augen durch etwas Mattes ersetzt wird. Deshalb fühlt sich jedes echte Lächeln, das ich ihr mit meinen Geschichten entlocken kann, umso wertvoller an. Doch am liebsten würde ich wissen, was sie so traurig macht.

»Was soll ich sagen, das *Patty's Pies* ist voller inspirierender Persönlichkeiten.« Ich grinse und sehe hinüber zu dem Typen mit der olivgrünen Trucker-Cap, der meine heutige Inspirationsquelle war. Er sitzt drei Tische weiter tief über seinen Teller mit Rührei und Bacon gebeugt. Auf seinen Wangen sprießen Bartstoppeln, unter seinen Augen graben sich dunkle Ringe und Fältchen in die Haut. Er sieht aus wie jemand, der die ganze Nacht mit seinem Truck über die Highways gefahren ist und den allein die Aussicht auf ein warmes, fettiges Frühstück wach gehalten hat.

Ob der Mann wirklich Lkw-Fahrer ist, weiß ich nicht. Auf dem Parkplatz des Diners wäre auf jeden Fall nicht ansatzweise genug Platz für ein zwanzig Meter langes Ungetüm auf Rädern. Doch der Trucker in meiner Geschichte ist noch so viel mehr als ein einfacher Chauffeur von Frachtgut. Er ist ein heimlicher Held, der sich jeden Tag in Gefahr begibt, wenn er über die Grenze nach Mexiko fährt und Flüchtlinge aus südamerikanischen Ländern nach Amerika schmuggelt.

Schon nach dem ersten Absatz bin ich so leicht in seine Rolle geschlüpft, als würde ich mir eine Jacke überstreifen. Ich habe das Adrenalin durch meine Adern pulsieren spüren. Die Angst davor, aufzufliegen und die Zukunftsträume meiner illegalen Passagiere zerplatzen zu sehen. Die Schweißperle, die an der Schläfe des Mannes hinuntergelaufen ist, als er rausgewunken wurde, war meine. Der Herzschlag, der sich wie eine Waschmaschine im Schleudergang mit jeder Sekunde gesteigert hat, als der Grenzschutzpolizist die Plane hinten am Lkw gehoben hat, hat auch meinen Brustkorb beinahe zertrümmert. Die Erleichterung, nachdem der Polizist die Trennwand und die dahinter verborgene menschliche Fracht nicht entdeckt und mich weitergewunken hat, hat mir beim Schreiben eine Gänsehaut verursacht.

Nachdem ich die letzten Zeilen auf Papier gebannt hatte, habe ich ein paar Minuten gebraucht, um mich wieder im Hier und Jetzt einzufinden. Zu präsent waren die Empfindungen meines Protagonisten. Das Glücksgefühl darüber, anderen die Chance auf ein neues Leben ermöglicht zu haben. Das Adrenalin, das nur langsam abebbte. Nach und nach hat sich das Rauschen des Fahrtwinds in meinen Ohren mit den Stimmen, dem Lachen und dem Klirren von Besteck vermischt. Der würzige Geruch nach Präriegras ist dem nach Kaffee gewichen.

Scarlett hat recht damit, dass ich mit jedem Tag, mit jeder Geschichte besser werde. Die ersten haben sich noch erzwungen angefühlt. Sie waren nicht schlecht, aber ich bin auch nicht in ihnen versunken. Bei dieser war es anders. Zum ersten Mal seit Monaten bin ich richtig in einen Schreibfluss gekommen. Habe nicht immer wieder vom Papier aufgesehen und gegrübelt, wie es weitergehen soll. Stattdessen bin ich mit meiner Figur verschmolzen. Es ist ein berauschendes Gefühl, wenn mich die Worte mitreißen und ich für einen Augenblick alles um mich herum vergesse. Es macht genauso süchtig wie das Lächeln, das Scarlett mir noch immer schenkt.

»Es freut mich, dass der Knoten endlich geplatzt zu sein scheint. Wenn du in dem Tempo weiterschreibst, wirst du in wenigen Wochen meine gesamte Lebensgeschichte kennen.« Obwohl ihr Ton neckend ist, blitzt etwas in ihren Augen auf, das im krassen Kontrast zu ihrem offenen Lächeln steht. Doch bevor ich es genauer analysieren kann, ist es bereits verschwunden, und ich frage mich, ob ich mit meinen Gedanken möglicherweise noch immer nicht wieder ganz im Diner angekommen bin.

»Ich hatte eigentlich gehofft, wir könnten die Sache etwas abkürzen«, erwidere ich und versuche, mir nicht anmerken zu lassen, wie nervös ich bin. Schon seit ich zum ersten Mal mit

Scarlett gesprochen habe, ist da dieses Flattern in meinem Magen. Ich will sie unbedingt näher kennenlernen. Abseits des Diners, in dem ich trotz unseres kleinen Spielchens doch nie mehr sein werde als ihr Kunde.

Scarlett sieht mich jedoch nur fragend an.

Ich schlucke gegen die Trockenheit an, die sich in meinem Mund ausbreitet. »Morgen Abend findet am Santa Monica Pier eine Party statt. Mit Lagerfeuer und Livemusik. Ich dachte, wir könnten nach deiner Schicht vielleicht gemeinsam hingehen.« Obwohl ich versuche, möglichst beiläufig zu klingen, als würde es mich nicht groß kümmern, sollte sie mir eine Abfuhr erteilen, ist der Rest meines Körpers in Aufruhr. Mein Herz schlägt ein bisschen zu schnell, mein Atem geht schwerer als gewöhnlich.

Scarlett sagt ein paar endlose Sekunden lang kein Wort. Ihre Gesichtszüge verraten nichts darüber, was in ihr vorgeht. Ihre smaragdgrünen Augen umso mehr. Gefühle und Gedanken jagen hindurch wie lose Blätter bei einem Sturm.

Schließlich räuspert sie sich. »Ist das eine Frage?«

Eigentlich ist es viel mehr als das. Es ist die Hoffnung auf ein Date mit ihr, doch der wachsame Ausdruck in ihren Augen lässt mich lediglich nicken.

»Du weißt doch, nur eine Frage pro Geschichte. So sind die Regeln.« Damit schnappt sie sich die Kaffeekanne, die sie während unseres Gesprächs auf der Tischplatte abgestellt hat, und wendet sich mit einem Zwinkern ab.

Luft, die ich unbewusst angehalten habe, entweicht zischend. Sie hat mir nicht direkt einen Korb gegeben. Aber sie ist auch nicht vor Freude im Kreis gehüpft. Will sie mich nur herausfordern, oder hat sie nach einer Ausrede gesucht, die mich nicht verletzen soll? Ist sie einfach nur vorsichtig? Ich bin vermutlich nicht der erste Gast, der mit ihr flirtet und sie zu einem Date überreden will. Hat sie möglicherweise in der Vergangenheit schlechte Erfahrungen gemacht? Bei dem Gedanken zieht sich alles in mir schmerzhaft zusammen.

Nachdenklich betrachte ich Scarlett, die mittlerweile an der Kaffeemaschine herumhantiert. Ihre Haare trägt sie heute zu einem Pferdeschwanz gebunden, sodass ich das Feuermal an ihrem Nacken sehe. Aus der Entfernung erinnert es mich an eine rosafarbene Pusteblume. Unwillkürlich frage ich mich, wie es sich wohl anfühlt, mit den Fingerspitzen darüberzustreichen. Ob es ein Prickeln über ihren Rücken senden würde. Ob ihr Atem so schwer werden würde wie meiner.

In diesem Moment dreht sie sich um. Ihr Blick fängt meinen auf und hält ihn gefangen. Ihre Augen weiten sich, und ich bilde mir ein, dass ihre Wangen sich in diesem sanften Roséton färben, der innerhalb weniger Tage zu meiner absoluten Lieblingsfarbe geworden ist. Dann blinzelt sie und schüttelt kurz den Kopf, als würde sie aus einem Traum erwachen, bevor sie sich mit einem flüchtigen Lächeln von mir abwendet.

Da ist etwas zwischen uns. Ich bin zwar schon seit einigen Monaten Stammgast in dem Diner, aber mit den zwei Stück Kuchen und dem Kaffee, der hier kostenlos nachgefüllt wird, sorge ich nicht unbedingt dafür, dass die Kasse klingelt. Warum also hat sie mir einen Anreiz gegeben, jeden Tag hierherzukommen?

Zuversicht durchfährt mich wie eine warme Brise und lässt meine Fingerspitzen kribbeln. Nur eine Frage pro Geschichte. Dann wird heute wohl der Tag sein, an dem ich nicht nur eine, sondern gleich zwei Antworten von ihr erschreibe.

Ich greife nach meinem Stift und schlage eine neue Seite in dem Notizbuch auf. Sie ist weiß und leer. Noch vor einer Woche hat mich der Anblick zur Verzweiflung gebracht. Noch vor einer Woche hat es sich angefühlt, als würden die leeren Zeilen mich verhöhnen. Jetzt sind sie eine Möglichkeit. Der Beginn einer neuen Geschichte. Vorfreude erfüllt mich, als ich den Stift ansetze.

KAPITEL 9

William

Es war einmal ein kleines Marshmallow. Es lebte zusammen mit vielen anderen Marshmallows in einer rechteckigen Plastiktüte mit bunten Punkten im Süßigkeitenregal auf dem zweiten Regalbrett von oben. Während sie darauf warteten, dass sich die vorbeilaufenden Kundinnen und Kunden für sie entscheiden würden, tauschten sie sich über ihre Hoffnungen und Träume aus.

»Welche Bestimmung möchtest du erfüllen?«, fragte das kleine Marshmallow seinen fluffigen Nachbarn.

»Ich möchte in einem Bad aus heißem Kakao schwimmen und einem Kind ein Lächeln schenken«, antwortete dieser.

»Das einzig Wahre ist, zusammen mit zwei Butterkeksen und einem Stück Schokolade zu einem S'more zu verschmelzen. Das ist mein größter Traum«, ließ sich von weiter unten in der Tüte ein anderes Marshmallow vernehmen.

»Ach was, das ist doch alles Schnickschnack. Ihr solltet euch mit dem zufriedengeben, was ihr seid. Ich möchte pur genossen werden«, mischte sich eine weitere Stimme ein.

»Und wovon träumst du?«, fragte das Marshmallow, das gern als Topping für heiße Schokolade enden wollte, das kleine Marshmallow.

»Ich möchte ein Mal in meinem Leben von einer Frau geküsst werden«, erwiderte es und blickte sehnsüchtig hinüber zu dem Schokoladenregal, in dem Pralinenschachteln in goldener Folie aufgereiht waren. Auf der Packung genau gegenüber führte eine junge Frau mit blonden Haaren eine herzförmige Praline an ihren Mund. Das Bild war exakt an dem Punkt aufgenommen worden, an dem ihre Lippen die Schokoladenschicht berührten. Das Lächeln, das um ihre Mundwinkel spielte, war so genießerisch, dass die Sehnsucht des kleinen Marshmallows so groß wurde, dass es glaubte, sie müsste gleich das Cellophan der Verpackung sprengen.

Die anderen lachten bei seinen Worten, und der Purist unter ihnen warnte davor, dass der Fall umso tiefer sein würde, je unerreichbarer seine Träume wären. Doch das kleine Marshmallow ließ sich nicht verunsichern und hielt an seinem Wunsch fest.

Die Tage vergingen, und niemand griff nach der Packung, bis sich eines Morgens zwei Hände um die Palette legten, auf der sich zahlreiche Tüten mit den zuckrigen Köstlichkeiten befanden. Als das kleine Marshmallow in dem Kunden einen jungen Mann erkannte, sank seine Hoffnung. Doch es sagte sich, dass der Käufer unmöglich alle Marshmallows allein essen könnte, und vielleicht wartete in seinem Zuhause noch eine Frau, die sich ebenfalls auf die Süßigkeiten freute.

Im Dunkel des Kofferraums fuhren sie über holprige Straßen, die die Marshmallows hüpfen ließen.

Vermutungen über ihren Zielort schwirrten durch die Tüte. Doch als Tageslicht in das Auto fiel, fanden sie sich weder vor einem Einfamilienhaus noch vor einem Wolkenkratzer wieder. Stattdessen drangen die Schreie von Möwen durch

das Plastik, vermischt mit dem Rauschen einer sanften
Brise. Der Mann trug die Kiste über Sand bis zu einem
Campingtisch. In einigen Metern Entfernung erkannte das
kleine Marshmallow das tiefblaue Meer und die weiße
Gischt am Strand. Davor waren Holzscheite zu einem Berg
aufgestapelt worden.
»Ein Lagerfeuer! Leute, es gibt ein Lagerfeuer!«, rief das
Marshmallow freudig, das davon träumte, Teil eines
S'more zu werden.
Das kleine Marshmallow wagte es, erneut zu hoffen. Über
dem Feuer geröstet, würde seine karamellisierte Kruste
bestimmt genauso verlockend sein wie die knackige
Schokolade einer Praline. Die geschmolzene zuckrige
Masse würde an den Lippen der Frau hängen bleiben, und
wenn sie daraufhin mit ihrer Zungenspitze darüberleckte,
würde es sich noch himmlischer anfühlen als alles, was
das kleine Marshmallow sich erträumt hatte.
Die Sonne sank hinab ins Meer, und immer mehr
Menschen versammelten sich am Strand. Schließlich
züngelten die ersten Flammen an den Holzscheiten empor,
und die Marshmallows warteten ungeduldig auf ihren
Einsatz. Endlich griffen zwei Hände nach der Packung, und
das Cellophan zerriss. Die Tüte wurde reihum gereicht, und
mit jedem Mal, dass einer seiner Kameraden ausgewählt
wurde, stieg die Nervosität des kleinen Marshmallows. Als
es schon Angst hatte, zurückzubleiben, schlossen sich zwei
Finger um es. Doch noch bevor es die Tüte verlassen hatte,
spürte es, dass etwas falsch war. Die Fingerkuppen waren
zu rau, die Glieder zu breit. Es war ein Mann.
Das Marshmallow war so enttäuscht, dass es kaum
mitbekam, wie es auf einem Stock befestigt und dem
Feuer entgegengehalten wurde. Die Hitze prickelte auf
seiner Oberfläche. Es spürte, wie der Zucker schmolz und
zu einer geschmeidigen Masse wurde. Wie die Kristalle
karamellisierten, bis es die perfekte Bräune erreichte.

Welch Vergeudung, dachte das kleine Marshmallow.

Als der Mann den Stock aus dem Feuer zog, strich die kalte Nachtluft über seine erhitzte Karamellkruste und kitzelte es. Doch selbst das Kribbeln konnte die Enttäuschung nicht mindern, die das kleine Marshmallow in diesem Augenblick fühlte.

»Scarlett? Wie schön, dass du gekommen bist. Du hast das perfekte Timing.« Der Mann wedelte mit dem Stock herum. Das Marshmallow musste sich mit aller Kraft festklammern, um nicht hinab auf den Sand zu tropfen. Doch die Aussicht auf die junge Frau, die sich auf das Rufen des Mannes hin auf sie zubewegte, ließ seine Kraftreserven ins Unermessliche wachsen. Ihr Haar war blond und schimmerte rötlich im Schein des Feuers. Sie war noch schöner als die Frau auf der Pralinenschachtel.

»Ich liebe geröstete Marshmallows. Danke.« Die Frau ließ sich auf einen der Baumstämme sinken, die rund um das Lagerfeuer platziert worden waren, und griff nach dem Stock. Sanft, beinahe zärtlich, pustete sie auf die karamellisierte Kruste, bevor sie von der geschmolzenen Zuckermasse kostete. Ein Klecks blieb an ihrer Unterlippe haften, und die Frau angelte lachend mit der Zungenspitze danach.

»Köstlich.« Sie seufzte zufrieden, als das Marshmallow auf ihrer Zunge zerschmolz. Und es war schwer zu sagen, wer von beiden in diesem Moment glücklicher war.

Ich lege den Stift zur Seite und wackle mit meinen Fingern. Die Muskulatur fühlt sich verkrampft an, weil ich die Geschichte ohne Pause heruntergeschrieben habe. Die Worte haben zwar nicht dieselbe Sogwirkung auf mich gehabt wie die, mit denen ich das Abenteuer des heldenhaften Truckers beschrieben habe – was daran liegen könnte, dass ich mich mit dem Trucker stärker identifizieren konnte als mit einem Marshmallow –, trotzdem bin ich zufrieden. Ein Blick auf mein Handydisplay verrät mir, dass ich für die vier Seiten weniger als eine Stunde gebraucht habe. Im besten Fall bekomme ich dafür eine Zusage für ein Date morgen, im schlechtesten zumindest ein Schmunzeln von Scarlett.

Ein paar kleine Kurzgeschichten machen noch keinen Roman, wispert mein innerer Kritiker. Ein kalter Schauer kriecht über meinen Rücken, denn ich weiß, dass er recht hat. *Aber es ist ein erster Schritt in die richtige Richtung,* sage ich mir und schüttle die dunklen Gedanken ab.

Stattdessen lenke ich meine Aufmerksamkeit durch die Fenster des Diners hinaus, wo soeben die Sonne hinter den Giebeln der gegenüberliegenden Häuserfront verschwindet. Der Nachmittag geht langsam, aber sicher in den Abend über, was mein Signal ist, aufzubrechen. Queenie erwartet mich vermutlich schon sehnsüchtig, beziehungsweise vielmehr meine Dienstleistung als Napfbefüller. Bevor ich den Stift und mein Notizbuch in meiner Umhängetasche verstaue, reiße ich die vier Seiten heraus und schreibe meine Frage darunter:

Und was sagst du, Scarlett, kommst du morgen mit zum Frühlingsfest? Wenn schon nicht für mich, dann wenigstens für das arme kleine Marshmallow?

Meine Handynummer notiere ich ebenfalls auf dem Zettel und weiß bereits jetzt, dass ich mich damit dazu verdamme, alle fünf Sekunden auf das Display zu schauen, kaum dass ich das Diner verlasse. Auf dem Weg zum Tresen krame ich ein paar Dollarscheine aus meinem Portemonnaie.

Scarlett steht an der Kasse und sieht mir entgegen. »Genug Worte für heute?«, neckt sie mich, während sie mir meine Rechnung über den Tresen zuschiebt.

»Genug, dass es für eine weitere Frage gereicht hat.« Ich kann nichts dagegen tun, dass sich ein breites Lächeln auf meine Lippen stiehlt, als ich ihr mit dem Geld die gefalteten Zettel überreiche.

Ihre Augen weiten sich, und ich sehe die Überraschung darin aufblitzen. Doch bevor sie auch nur eine Zeile lesen kann, wende ich mich zum Gehen.

»Willst du meine Antwort gar nicht hören?«, ruft sie mir hinterher.

»Wenn du die Geschichte gelesen hast, wirst du wissen, wie du mich erreichen kannst.« Ich hebe meine rechte Hand an mein Ohr und deute durch das Spreizen meines Daumens und kleinen Fingers ein Telefon an, während ich mit der linken die Tür aufstoße und im nächsten Augenblick hinaus auf den Gehweg trete. Eine frische Brise begrüßt mich.

Das Vibrieren in meiner Hosentasche lässt meinen Puls kurz in die Höhe schnellen. Doch dann grätscht meine Vernunft dazwischen. In den wenigen Sekunden, die seit unserer Verabschiedung vergangen sind, kann Scarlett unmöglich die Handynummer entdeckt und eingetippt, geschweige denn die Geschichte gelesen haben.

Stattdessen blinkt mir auf dem Display der Name meiner Mutter entgegen. Dass ich sie mit ihrem Vornamen Aurora eingespeichert habe, sagt schon alles über unsere Beziehung aus, was man wissen muss.

»Hey. Was gibt's?«, frage ich und versuche, sie nicht merken zu lassen, wie sehr es mich verletzt, dass sie sich zum ersten Mal seit über einem Monat persönlich bei mir meldet. Die Bilder, die sie mir sporadisch schickt und die sie an irgendwelchen karibischen Stränden zeigen, zähle ich nicht dazu.

»Hey, Honey. Wie geht es dir?« Ihre Stimme ist so voll guter Laune und Energie, dass es mir jedes Mal aufs Neue schwerfällt, mir vorzustellen, wie sie und mein Dad sich jemals ineinander verlieben konnten. Dass sie mittlerweile schon seit acht Jahren überall lebt, nur nicht in Los Angeles, bestätigt meine Theorie, dass die beiden es selbst nicht wissen.

»Gut. Ich habe wieder mit dem Schreiben begonnen und ...« Bevor ich den Satz beenden kann, fällt sie mir ins Wort.

»Das freut mich, Liebling. Könntest du mir einen Gefallen tun?«

Ich schlucke das Seufzen zusammen mit der Enttäuschung herunter. Natürlich hat sie nicht angerufen, weil sie wirklich wissen will, wie es mir geht. Wenn wir ehrlich sind, hat sie das noch nie interessiert.

»Was soll ich machen?«, frage ich ergeben, denn meine Mutter ist einer dieser Menschen, denen man nichts abschlagen kann.

»Meine Kreditkarte läuft diesen Monat aus. Die neue müsste an unsere Adresse in L. A. geschickt worden sein. Könntest du bitte mal nachsehen und sie mir weiterleiten?«

Beinahe muss ich lachen, weil sie unsere Adresse gesagt hat. Selbst als ich noch jünger war, war meine Mutter viel unterwegs, doch in den letzten Jahren hat sich ihr Lebensmittelpunkt immer weiter von Los Angeles weg verschoben. Es gab deshalb in der Vergangenheit einige lautstarke Auseinandersetzungen zwischen ihr und meinem Vater, dem ihre Anwesenheit zumindest bei geschäftlichen Anlässen wichtig war. Obwohl es in der High Society ein offenes Geheimnis ist, dass meine Eltern nur noch auf dem Papier verheiratet sind, waren beide stets darauf bedacht, den Schein zu wahren.

»Ich schaue nach, sobald ich zu Hause bin«, verspreche ich ihr.

»Du bist ein Schatz!« Sie macht ein schmatzendes Geräusch, als sie mir einen Kuss durchs Telefon schickt.

»Wohin soll ich sie senden?« Die Frage schmerzt. Nicht zu wissen, wo die eigene Mutter gerade lebt, fühlt sich wie ein Schlag in die Magengrube an. Ich weiß, dass sie über Silvester in Aspen war, weil sie mich von dort aus gefacetimt hat. Die Sommermonate verbringt sie gern in den Hamptons.

»Ich bin bei Valerie auf den Virgin Islands. Ich schicke dir die Adresse gleich zu«, sagt sie. Im Hintergrund höre ich das Plätschern von Wasser, gefolgt von Gelächter.

»Weißt du schon, wann du mal wieder nach L. A. kommst?«
Die Worte sprudeln über meine Lippen, bevor ich sie herunterschlucken kann. Das letzte Mal, dass wir uns gesehen haben, war an Weihnachten. Sie hat es einen ganzen Abend ausgehalten, bevor sie erneut geflohen ist. Mein Vater musste an dem Tag zufällig Überstunden machen.

Meine Mutter seufzt leise. Ich höre, wie jemand ihren Namen ruft.

»Ich muss jetzt leider Schluss machen, aber lass uns ein anderes Mal reden, okay?«

»Klar«, erwidere ich, obwohl ich weiß, dass es ein leeres Versprechen ist. Ich glaube nicht, dass sie mir absichtlich wehtun will, aber ich vermute, dass sie so wenig Berührungspunkte mit ihrem alten Leben haben möchte wie möglich, und ich bin nun einmal einer dieser Punkte. Ich weiß, dass ihr neues Leben abseits von L. A, abseits von meinem Vater und mir sie deutlich glücklicher macht. Ich höre es in ihrer Stimme, sehe es in ihren leuchtenden Augen, die nicht mehr trüb und unfokussiert sind von all den Beruhigungspillen, die sie sich damals wie Smarties eingeworfen hat. Trotzdem tut es weh zu wissen, dass ich kein Teil davon bin.

Die Leichtigkeit, die ich im Diner verspürt habe, mischt sich mit etwas Dunklem, das sich wie ein Schleier um mich legt.

KAPITEL 10

Scarlett

»Und es macht dir wirklich nichts aus, dass wir erst zu mir fahren?« Tammy sieht zu mir herüber, während sie die Spur wechselt.

Ich kralle meine Finger in den Stoff des Beifahrersitzes und schicke im Stillen ein Stoßgebet Richtung Himmel.

»Natürlich nicht. Ich finde es total schön, dass dir das Zubettgeh-Ritual mit deinem Sohn so wichtig ist. Außerdem springt so ein Gratisabendessen für mich raus.« Ich lächle ihr zu und atme erleichtert aus, als sie den Blick endlich wieder auf die Fahrbahn richtet.

»Danke, dass du so verständnisvoll bist. Das ist nicht selbstverständlich.« Ihre Lippen werden schmal.

»Du bist seine Mom und solltest dich niemals dafür entschuldigen müssen, dass du für ihn da sein möchtest.« Ein Kloß bildet sich in meiner Kehle, als ich an meine eigene Mutter denke. An die vielen Abende, die wir zusammen mit einer Schachtel Pizza vor dem Fernseher verbracht haben. An die gemeinsamen Gespräche. An ihre Umarmungen. An ihr Lachen. Mit jedem Tag, der vergeht, entgleiten mir mehr Details.

»Meine ehemaligen Schulfreundinnen haben das leider

etwas anders gesehen.« Tammy schüttelt kaum merklich den Kopf, als versuchte sie, die Erinnerungen zu verscheuchen. Ich kann mir nicht einmal ansatzweise vorstellen, wie es für sie gewesen sein muss, unmittelbar nach ihrem Highschool-Abschluss herauszufinden, dass sie schwanger ist. Ein Stadium, in dem man sich sowieso schon verloren fühlt, weil sich das eigene Leben mit einem Schlag grundlegend verändert. Zwölf Jahre lang ist man jeden Morgen zur Schule gefahren, hat Freundinnen und Freunde getroffen, sich allerhöchstens über den nächsten Test Gedanken gemacht, bis plötzlich die Abschlussprüfungen vor der Tür stehen und alles vorbei ist. Mit einem Mal sind da unendlich viele Möglichkeiten, unendlich viele Richtungen, in die man gehen kann. Unendlich viele Wege, sich zu verwirklichen oder grandios zu scheitern. In diesem Stadium der Orientierungslosigkeit auch noch die Verantwortung für ein anderes Lebewesen zu tragen, muss sich überwältigend angefühlt haben. Ich bewundere Tammy zutiefst dafür, dass sie es trotzdem geschafft hat, sich ein Leben aufzubauen. Auch wenn es nicht leicht gewesen sein kann.

»Immerhin hast du deine Eltern, auf die du zählen kannst«, erwidere ich und bemühe mich, die Sehnsucht nach meiner Mutter nicht durchscheinen zu lassen.

»Versteh mich nicht falsch, ich liebe meine Mom, und ohne sie wären Seth und ich aufgeschmissen, aber sie hat vollkommen andere Ansichten, was einen spaßigen Abend ausmacht, als ich. Ich sage nur Telenovelas. Von meinem Dad fange ich lieber gar nicht erst an.« An dem liebevollen Ausdruck, der auf Tammys Gesicht erscheint, kann ich ablesen, wie nah die drei sich stehen. Wieder spüre ich diesen Schmerz in der Brust.

»Dafür hast du ja jetzt mich«, erwidere ich und kann selbst nicht glauben, dass ich das gerade gesagt habe. Dass ich mit Tammy in ihrem Auto sitze und zu ihr nach Hause fahre. Dass wir heute einen Mädelsabend machen. Wir haben schon seit ein paar Wochen davon gesprochen, abends mal gemeinsam auszugehen, doch bisher hat sich nie die Gelegenheit ergeben. Mein letzter Mädelsabend ist so lange her, dass es sich nach einem anderen Leben anfühlt. Was es streng genommen auch war. Ein Leben, in dem ich noch Perspektiven hatte. In dem ich Freunde hatte. In dem ich meine Mutter hatte.

Kurz drohen die Erinnerungen meine gute Laune zu ersticken, doch dann schüttele ich sie energisch ab. Ich habe diesen Abend verdient. Ich habe es verdient, mich wenigstens einen Abend lang normal zu fühlen.

»Das wird genial! Nur du und ich, ein paar Margaritas und Musik aus den Neunzigern.« Sie bewegt ihren Oberkörper rhythmisch von rechts nach links, während sie die Melodie von *Baby One More Time* summt. Durch den Beat beflügelt, drückt sie das Gaspedal durch und jagt den in die Jahre gekommenen Toyota Corolla über die dunkelgelbe Ampel.

»Vorausgesetzt, wir überleben diese Autofahrt«, murmle ich so laut, dass meine Fahrerin mich hört, und kralle meine Fingernägel in das Sitzpolster. Tammys Fahrstil spiegelt definitiv ihr lebhaftes Temperament wider.

Meine Freundin schnaubt belustigt, scheint den Rest der Fahrt jedoch Rücksicht auf mein Sicherheitsempfinden zu nehmen. Zumindest sieht sie von weiteren riskanten Fahrmanövern ab.

Im letzten Licht der untergehenden Sonne lenkt Tammy den Wagen in die Auffahrt eines kleinen zweistöckigen Gebäudes, das mit hellbraunen Holzlatten verkleidet ist. Auf der Veranda steht eine Hollywoodschaukel. Durch den Vorgarten windet sich ein Pfad, den zu beiden Seiten Goldmohn säumt. Die Pflanzen stehen in voller Blüte, wodurch es wirkt, als würden wir durch ein Meer aus gelb-orangefarbenen Punkten laufen. Der blumige Duft hüllt mich ein, und für einen Augenblick katapultiert er mich zurück nach Montana. Zurück zu dem Haus, in dem ich zu Hause war. Zurück zu unserem Vorgarten und den Wildblumen, die meine Mutter dort jedes Jahr gesät hat.

»Wer in deiner Familie hat denn den grünen Daumen?«, frage ich, während wir auf den Eingang zulaufen und ich mit den Fingerspitzen über die Blütenblätter streiche. Sie fühlen sich so zart an wie Seide.

»Meine Mutter hat vor Jahren mal Samen verstreut, weil sie als Gratisbeilage in einem ihrer Frauenmagazine waren. Seitdem hat sich das Zeug wie Unkraut ausgebreitet. Meine Mom würde es nicht einmal schaffen, eine Plastikpflanze am Leben zu erhalten. Aber verrate ihr nicht, dass ich das gesagt habe.« Sie bleibt vor der Tür stehen und sieht mich so lange eindringlich an, bis ich nicke. Erst dann steckt sie den Schlüssel ins Schloss.

Das Trappeln von heraneilenden Schritten, die von einem begeisterten »Mommy! Mommy! Mommy!« begleitet werden, begrüßt uns. Tammy geht in die Hocke und schließt ihren Sohn in die Arme, der so breit strahlt, dass ich nicht anders kann, als ebenfalls zu lächeln. Die Grübchen, die sich in seine Wangen graben, sind einfach zu süß.

»Schau mal, Mommy!« Der Kleine streckt seiner Mutter ein Blatt Papier mit bunten Kreisen und Dreiecken entgegen.

Tammy begutachtet das Bild und nickt bewundernd. »Das sieht toll aus, Seth. Was meinst du, willst du es auch meiner Freundin Scarlett zeigen?«

Erst jetzt scheint der Kleine zu bemerken, dass seine Mutter nicht allein ist. Er blickt herauf zu mir, und seine Augen werden groß. Verlegen tritt er von einem Bein aufs andere. Seine Finger verkrampfen sich um die Zeichnung.

»Hey, Seth. Ich bin Scarlett, du darfst aber auch gern Scar sagen. Schön, dich kennenzulernen.« Ich schenke ihm das gleiche offene Lächeln, mit dem er eben seine Mutter angestrahlt hat, und gehe in die Hocke, um mit ihm auf Augenhöhe zu sein.

Er macht einen Schritt auf mich zu, die Schüchternheit ist schon wieder aus seinem Gesicht verschwunden. Stattdessen spiegelt sich Neugierde in seinen grünbraunen Augen, die von dichten schwarzen Wimpern umrahmt sind.

»Warum hast du goldene Haare?«

Seine Frage kommt so unerwartet, dass ich ihn ein paar Sekunden lang nur mit offenem Mund anstarre. Erst Tammys unterdrücktes Lachen weckt mich aus der Erstarrung.

»Tja, weißt du, ich bin schon so auf die Welt gekommen. So wie du deine schönen dunkelbraunen Haare von deiner Mama geerbt hast, habe ich meine rotblonden von meiner Mom bekommen.«

»Darf ich die anfassen?« Seths Aufmerksamkeit wird noch immer vollkommen von meinen Haaren in Beschlag genommen.

»Schatz, ich glaube nicht, dass Scarlett das recht wäre«, schaltet sich Tammy ein und wirft mir einen entschuldigenden Blick zu, in dem gleichzeitig Belustigung aufblitzt.

»Schon okay.« Ich zucke mit den Schultern, und Seths Augen strahlen vor Begeisterung.

Er macht noch einen Schritt auf mich zu, und ich neige den Kopf, damit er eine der Strähnen berühren kann. Innerlich mache ich mich darauf gefasst, dass gleich ein Ruck durch meine Kopfhaut fahren wird, doch Seth streicht so vorsichtig über meine Haare, dass es sich anfühlt wie ein Windhauch.

»Die von Tommys Katze sind weicher.« Seine Stimme klingt ein kleines bisschen enttäuscht.

Tammy bricht in schallendes Gelächter aus, während ich vermutlich ziemlich verdutzt aus der Wäsche schaue. Seth zuckt grinsend mit den Schultern, bevor er den Flur hinunterläuft. Am Ende des Ganges führt eine Tür in einen hell erleuchteten, gefliesten Raum, aus dem ein verführerischer Duft herüberzieht, weshalb ich darauf tippe, dass es sich um die Küche handelt.

»Entschuldige, falls er dich gekränkt hat. So ist das Leben mit einem Kleinkind. Die sagen, was ihnen gerade durch den Kopf geht. Manchmal bewundere ich ihn ein bisschen dafür.« Tammy seufzt.

»Schon okay. Gegen eine Katze hatte ich wohl nie eine Chance.« Ich folge ihr grinsend in die Küche.

Ein süßer und zugleich würziger Duft begrüßt uns beim Eintreten. Er kommt aus den zwei Töpfen auf dem Gasherd. Eine Frau mit Schürze steht mit einem Kochlöffel bewaffnet davor.

»Hey, Mom. Ich habe meine Freundin Scarlett mitgebracht. Ich hoffe, du hast genug zu essen gekocht.« Tammys neckender Ton unterstreicht ihre Behauptung, dass ihre Mutter grundsätzlich immer zu viel kocht.

Sie dreht sich zu uns um und lächelt mir zu. Die Ähnlichkeit zu ihrer Tochter ist kaum zu übersehen. Beide haben die gleichen hellbraunen Augen und das voluminöse Haar.

»Wie schön, eine Freundin von Tammy kennenzulernen.« Sie kommt auf mich zu und schließt mich in eine herzliche Umarmung.

Überrumpelt tätschele ich ihren Rücken, während ich stammle: »Freut mich ebenso.«

Nachdem sie mich losgelassen hat, mustert sie mich skeptisch von oben bis unten, bevor sie sich an ihre Tochter wendet. »Warum hast du deine Freundin nicht schon früher mitgebracht? Sie kann definitiv etwas mehr auf den Rippen vertragen.«

Verblüfft blicke ich zwischen Tammy und ihrer Mutter hin und her, doch meine Freundin zuckt nur mit den Schultern. »In dieser Familie nehmen nicht nur die Kleinkinder kein Blatt vor den Mund«, raunt sie mir grinsend zu, bevor sie lauter sagt: »Wir decken schon mal den Tisch.«

Während Tammy vier Teller aus Porzellan und einen aus Plastik aus einem der Regale holt, staple ich die Gläser, die bereits auf der Anrichte bereitstehen, zu einem Turm und folge ihr durch eine Schwingtür in das angrenzende Esszimmer. Der Raum ist klein, aber gemütlich eingerichtet. Die Wände sind in einem warmen Gelbton gestrichen, und überall stehen Pflanzen.

»Ich liebe meine Mutter wirklich sehr, aber ihre direkte Art bringt mich manchmal echt an den Rand eines Nervenzusammenbruchs.« Tammy zieht eine Grimasse.

Ich verkneife mir den Kommentar, dass sie diese Eigenschaft von ihr geerbt hat. »Ja, sie wirkt nicht wie jemand, der Dinge in Watte verpackt«, stimme ich ihr grinsend zu.

Meine Freundin schnaubt. »Das kannst du aber glauben. Als ich ihr erzählt habe, dass ich schwanger bin, wollte sie wissen, was sie mir angetan hätte, dass ich sie mit Mitte vierzig schon zur Großmutter mache.«

Lachend verteile ich die Gläser auf der bunt gewebten Tischdecke.

»Du lachst, aber letztens war ich mit ihr und Seth auf dem Spielplatz, und als ich kurz weggegangen bin, um uns einen Kaffee zu holen, hat sie den anderen Müttern erzählt, dass Seth ihr Sohn sei. Es hat ihr wahnsinnig geschmeichelt, dass die Frauen es ihr geglaubt haben.« Sie schüttelt grinsend den Kopf.

In dem Moment schwingt die Tür auf, und ihre Mutter kommt mit einem Topf in den Händen hinein. Seth folgt ihr hüpfend mit einem Untersetzer. Er klettert auf einen der Stühle und platziert das gehäkelte Stück Stoff in der Tischmitte.

»Bist du so lieb und holst deinen abuelo, cariño?«, trägt Tammys Mutter ihrem Enkel auf.

Dieser nickt eifrig und flitzt erneut durch die Schwingtür.

»Ich hole den Rest«, bietet Tammy ihrer Mutter an, als diese Seth in Richtung Küche folgen will.

»Das riecht sehr lecker, Mrs. Sanchez«, sage ich, während ich in den Topf linse.

»Danke, meine Liebe. Hast du schon mal puerto-ricanisches Essen probiert?« Sie lässt sich auf einen der Stühle sinken, und ich folge ihrem Beispiel.

»Bisher noch nicht, aber wenn es nur halb so gut schmeckt, wie es riecht, habe ich definitiv etwas verpasst«, erwidere ich. Der würzige Duft nach Fleisch und Brühe lässt meinen Magen vor Vorfreude knurren.

»Du bist jederzeit willkommen.« Mrs. Sanchez' Lächeln ist so offen und ehrlich, dass ich weiß, es ist nicht bloß eine

Floskel. Wärme breitet sich in meiner Brust aus, und ich muss mehrmals blinzeln, um die Tränen zurückzuhalten, die sich in meinen Augenwinkeln sammeln.

Reiß dich zusammen, Scar!, rufe ich mich zur Ordnung. Eine simple Einladung zum Essen ist kein Grund, um in Tränen auszubrechen. Sollte es zumindest nicht sein. Aber nach über einem Jahr ohne Zuhause ist der Besuch bei der Familie Sanchez wie ein Flashback in mein altes Leben. Ein Leben, an das ich versuche, so wenig wie möglich zu denken. Denn jedes Mal, wenn ich es doch tue, zerbricht etwas in mir aufs Neue. Also zwinge ich meine Aufmerksamkeit zurück in das Esszimmer von Tammys Familie.

Ihr Vater kommt soeben begleitet von seinem Enkel durch die Tür. Tammy folgt mit dem zweiten Topf. Es gibt Carne Guisada, einen Eintopf mit Rindfleisch, und dazu Reis. Ein traditionelles Gericht aus der puerto-ricanischen Küche, wie Mrs. Sanchez mir erklärt. Das Fleisch ist so lange gekocht worden, dass es die Gewürze eingesaugt hat und so zart ist, dass es auf meiner Zunge zerfällt. Ich kann mich nicht erinnern, wann ich das letzte Mal etwas derart Gutes gegessen habe, und so protestiere ich nicht, als Mrs. Sanchez mir ungefragt einen großzügigen Nachschlag auf den Teller häuft.

Die Unterhaltung am Tisch wird hauptsächlich von Tammy, ihrer Mutter und Seth bestritten. Letzterer berichtet freudestrahlend von den neuesten Ereignissen aus dem Kindergarten. Sie haben heute eine Exkursion ins Planetarium gemacht, und der Kleine listet eifrig alle möglichen Sternbilder auf. Von einigen bin ich sicher, dass sie erfunden sind, so zum Beispiel das große Gummibärchen. Danach löchert mich Mrs. Sanchez so lange mit Fragen, bis Tammy dazwischengrätscht. Ihr ist anscheinend nicht entgangen, wie unwohl ich mich damit fühle, im Zentrum der Aufmerksamkeit zu stehen. Obwohl Mrs. Sanchez es bestimmt nicht böse meint und einfach nur Interesse zeigen möchte, kann ich erst wieder tief durchatmen, als sich das Gespräch anderen Themen zuwendet. Der lokale Klatsch und Tratsch, den Tammys Mutter im Anschluss zum Besten gibt, sorgt für den ein oder anderen Lacher bei mir und für Augenrollen bei ihrer Tochter.

Tammys Vater gibt sich ebenso wie ich mit der Rolle des stummen Beobachters zufrieden. Meine Freundin hat mir mal erzählt, dass ihr Vater kein Mann großer Worte ist, was ein Glück sei, da ihre Mutter ganz im Gegenteil nie um diese verlegen sei. Ich hingegen bin froh, dass die Aufmerksamkeit nicht mehr auf mir liegt. So kann ich das Essen in vollen Zügen genießen, ohne Angst vor der nächsten Frage haben zu müssen. Ohne mir Ausreden einfallen zu lassen oder die Wahrheit so sehr zu dehnen, dass niemand hinter mein Geheimnis kommt.

Nach dem Abendessen bringt Tammy Seth ins Bett. Die beiden bewohnen das obere Stockwerk, das aus zwei kleinen Zimmern mit Schrägen und einem Bad besteht. Während meine Freundin ihrem Sohn eine Geschichte über einen Bären vorliest, der Schwierigkeiten hat, Freunde zu finden, stöbere ich in Tammys Kleiderschrank. Da der Club, in den sie mich schleppen will, einen Dresscode hat, der das Tragen mindestens eines schwarzen Kleidungsstücks erfordert, und ich nur mein weißes mit dem Blumenaufdruck anbieten kann, hat Tammy mich kurzerhand eingeladen, mich an ihren Klamotten zu bedienen. Da sie jedoch deutlich kurviger gebaut ist als ich, fallen die meisten Kleider und Röcke raus. In einem Stapel aus T-Shirts fische ich schließlich ein schwarzes Oberteil hervor, auf dem sich bronzefarbene Pailletten in verschlungenen Mustern winden.

»Wie ich sehe, bist du fündig geworden.« Tammy kommt in dem Moment ins Zimmer, als ich ihr Shirt über meinen Kopf ziehe.

»Ich hoffe, das wolltest du nicht anziehen? Sonst suche ich mir gern etwas anderes«, beeile ich mich zu sagen, doch sie winkt ab.

»Das Oberteil besitze ich nur aus reiner Nostalgie. Seit der Schwangerschaft passe ich da höchstens in meinen Träumen rein.« Sie seufzt theatralisch, während sie mir zuzwinkert.

Da ich mindestens zwei Körbchengrößen weniger habe, umspielt der Stoff meinen Oberkörper luftig.

»Eine Sache fehlt allerdings noch. Darf ich?« Tammy deutet auf den Saum des Shirts, und als ich nicke, knotet sie den unteren Teil, sodass der Stoff knapp oberhalb meines Bauchnabels endet.

»Ich habe eher das Gefühl, dass jetzt etwas fehlt«, kommentiere ich mit einem Blick in den Spiegel.

Tammy grinst bloß verschmitzt und lässt mir keine Zeit für einen Einspruch, indem sie mich einhakt und aus dem Zimmer zieht.

KAPITEL 11

Scarlett

Eine halbe Stunde später sitzen wir in zwei Ohrensesseln, die mit dunkelblauem Samtstoff bezogen sind. Vor uns steht jeweils ein Glas Sekt auf dem runden Glastisch, den es heute im Rahmen der Ladies Night gratis für jeden weiblichen Gast gibt. Da Alkohol ein Luxus ist, den ich mir in den letzten Monaten nicht gegönnt habe, fühlt sich mein Kopf bereits nach den ersten Schlucken leicht benebelt an. Als würde mein Gehirn mit einem Mal aus fluffiger Zuckerwatte bestehen.

»Wie läuft es mit deinem Schriftsteller?«, mustert Tammy mich neugierig über den Rand ihres Glases hinweg.

»Er ist nicht *mein* Schriftsteller«, korrigiere ich sie.

»Und warum sitzt er dann seit letzter Woche nicht mehr in meinem Bereich, sondern in deinem?«

»Vielleicht war ihm der Service nicht schnell genug.« Ich zucke mit den Schultern.

Tammy wirft mir anstelle einer Antwort eine der Erdnüsse, die in dem Schälchen zwischen uns stehen, an den Kopf. »Tu doch nicht so, als wüsstest du nicht, dass er auf dich steht.« Sie deutet anklagend mit einer weiteren Nuss auf mich, bevor sie sich diese in den Mund steckt.

»Er ist mir einfach nur dankbar dafür, dass ich ihm geholfen habe, seine Schreibblockade zu überwinden.« Zumindest ist das die Erklärung, die ich mir immer wieder selbst vorsage. Leider nutzt sie sich mit jedem weiteren Tag, an dem wir uns sehen, ein bisschen mehr ab. Ich trinke einen Schluck von meinem Sekt und weiche Tammys Blick aus. Unwillkürlich wandern meine Gedanken zu dem gefalteten Stück Papier in meiner Handtasche. Ein Flattern macht sich in meinem Magen bemerkbar, und dieses Mal hat es nichts mit dem Sekt zu tun.

»Ja klar, es ist reine Dankbarkeit, die ihn dazu bringt, dir jeden Tag eine Geschichte zu schreiben.« Meine Freundin schnaubt.

»Heute waren es zwei«, rutscht es mir heraus.

»Und welche Antworten hast du ihm im Austausch gegeben?« Tammy angelt nach einer weiteren Erdnuss. Da Wills bisherige Fragen sehr zahm waren – meine Freundin würde sie vermutlich als langweilig betiteln –, ist ihre Neugier offenkundig nicht allzu groß.

»Er kennt jetzt meine Lieblingsfarbe«, erwidere ich und versuche, möglichst beiläufig zu klingen, damit sie nicht nachfragt.

Leider hat meine kurz geratene Antwort Tammys Neugier erweckt, denn nun lehnt sie sich über den Tisch und hakt nach: »Und was war seine zweite Frage?«

Ich nehme einen weiteren Schluck von meinem Sekt und lasse meinen Blick durch den Raum wandern, um Zeit zu schinden, bis mir eine möglichst harmlose Antwort einfällt. Da es für einen Freitagabend verhältnismäßig früh ist, halten sich die meisten Gäste des *Blue Trumpet* in dem vom Club abgetrennten Barbereich auf. Die blau angemalte Trompete, der das Etablissement seinen Namen verdankt, hängt hinter der Theke an der Wand und wird prominent von zwei Strahlern angeleuchtet. Obwohl Ladies Night ist, sind die Männer aktuell noch in der Mehrzahl. Einer von ihnen fängt meinen Blick auf und prostet mir mit seinem Cocktail zu. Bevor er auf die Idee kommen kann, dass ich auf der Suche nach einem Date für den Abend bin, wende ich mich schnell wieder Tammy zu. Diese klimpert bereits ungeduldig mit ihren bordeauxroten Fingernägeln gegen ihr Sektglas.

»Er hat gefragt, ob ich auf das Frühlingsfest gehen will.« Mein Herz gerät bei den Worten ins Stolpern. Bisher habe ich es erfolgreich vermieden, über den Vorschlag und meine Reaktion darauf nachzudenken. Denn mir ist klar, dass ich mit einer Zusage eindeutig eine Grenze überschreiten würde. Dann könnte ich mir nicht länger einreden, dass es nur ein harmloser Arbeitsflirt ist.

»Mit ihm?!«, fragt Tammy so laut, dass sich eine Frau am Nachbartisch zu uns umdreht.

Ich nicke bestätigend und stopfe mir eine Handvoll Erdnüsse in den Mund, um eine Ausrede zu haben, nicht antworten zu müssen.

»Und was hast du gesagt?«

Natürlich ist ein Mund voll halb zermahlener Nüsse kein Grund für meine Freundin, ihre Befragung einzustellen. Hätte ich mir eigentlich denken können. Langsam und bedächtig kaue ich zu Ende und muss mir ein Grinsen verkneifen, als Tammy in ihrer Ungeduld beinahe vom Stuhl rutscht, weil sie sich so weit über den Tisch gelehnt hat.

»Er ist ein Kunde. Ich denke nicht, dass das angebracht wäre«, erwidere ich schließlich.

Tammy schnaubt belustigt. »Du bringst ihm nur seinen Kaffee und wickelst keine hochgeheimen Transaktionen ab. Ich bin mir sicher, dass unser Boss nichts dagegen einzuwenden hätte. Solange er weiterhin für seinen Kaffee bezahlt.«

»Ich weiß nicht.« Gedankenverloren starre ich in die hellgoldene Flüssigkeit und beobachte, wie die Kohlensäurebläschen vom Grund des Glases emporsteigen, um an der Oberfläche zu zerplatzen. Der Teil von mir, der sich nach einem normalen Leben sehnt, will nichts mehr, als Ja zu diesem Date zu sagen. Doch der vorsichtige Teil will kein Risiko eingehen. Die Freundschaft zu Tammy ist bereits ein Wagnis. Ein Date mit Will wäre so viel mehr und kann eigentlich nur in einer Katastrophe enden. Denn wenn es so läuft, wie ich es mir vorstelle, wird es nicht bei einem Date bleiben. Dann würde ich ihm mit jedem Treffen näherkommen und er mir. Bis er über kurz oder lang mein Geheimnis aufdecken und mich fallen lassen würde. Und ich weiß nicht, ob ich mich davon erholen könnte. Will mir nicht einmal ausmalen, welche tiefen Wunden seine Ablehnung reißen würde.

»Komm schon, sag Ja! Du magst ihn doch. Und sag nicht, dass es nicht so ist.« Sie hebt ihren Zeigefinger, als ich meinen Mund öffne, um zu widersprechen.

Seufzend schließe ich ihn wieder, denn dummerweise hat sie recht. Wem will ich etwas vormachen? Bei jedem Klingeln der Türglocke im *Patty's Pies* macht mein Herz einen Hüpfer, nur weil die Möglichkeit besteht, dass es Will ist. Ich könnte mich in seinen kastanienbraunen Augen verlieren, die so voller Wärme sind.

»Oder hast du Angst, dass er bei dem Date etwas versuchen könnte, was du nicht willst?« Augenblicklich ist alles Neckische aus ihrer Stimme verschwunden, und sie mustert mich eingehend. »Du kannst mir jederzeit schreiben, wenn du dich unwohl fühlst. Ich könnte in irgendeinem Café in der Nähe warten und wäre schneller zur Stelle, als du ›Mistkerl‹ sagen kannst.«

Ihr Angebot rührt mich zutiefst. Es ist lange her, dass sich jemand Sorgen um mich gemacht hat. Und noch länger ist es her, dass jemand gewillt war, meine Schlachten für mich zu schlagen. Dankbarkeit und Wärme breiten sich in meinem Inneren aus.

»Danke, das ist lieb von dir, aber das ist es nicht. Ich bin einfach nicht auf der Suche nach etwas Festem«, weiche ich aus, obwohl alles in mir genau das Gegenteil verlangt. Auf der Straße zu leben, kann verdammt einsam sein. Und selbst wenn ich unter Menschen bin, so wie jetzt, fühle ich mich oft separiert. Als befände sich eine Wand zwischen uns. Sie ist durchsichtig. Die anderen können sie nicht sehen, aber ich pralle immer wieder dagegen. Spüre, wie anders mein Leben ist. Spüre, wie mich mein Geheimnis von ihnen trennt. Gleichzeitig weiß ich, dass die Wahrheit mich noch weiter ins Aus treiben würde.

»Du musst ihn ja nicht gleich heiraten. Die Zwanziger sind dazu da, Spaß zu haben, und du arbeitest viel zu viel.« Sie bedenkt mich mit einem strengen Blick der Marke »besorgte Mutter«.

»Wann hattest du denn dein letztes Date?« Ich hebe herausfordernd die Augenbrauen.

»Ich habe Seth, welche Ausrede hast du?« Sie streckt mir die Zunge raus, doch ich sehe, wie etwas in ihren Augen aufblitzt. Sehnsucht? Augenblicklich möchte ich meinen unbedachten Kommentar zurücknehmen.

»Tammy, es tut mir …«, setze ich an, doch sie hebt die Hand.

»Schon gut. Seth wird für mich immer an erster Stelle stehen, aber er ist mittlerweile alt genug, dass ich nicht mehr 24/7 auf ihn aufpassen muss. Außerdem habe ich meine Eltern. Auf Dates zu gehen, wäre also nicht vollkommen abwegig.« Sie seufzt, bevor sie mit leiser Stimme fragt: »Kann ich dir ein Geheimnis anvertrauen?«

»Natürlich.« Ich nicke und rutsche unwillkürlich auf dem Polster nach vorne.

»Ich habe Angst davor, mich zu verabreden.« Sie macht eine kurze Pause, in der sie den Rest Sekt in einem Schluck herunterkippt. Als sie das Glas auf dem Tisch abstellt, zittern ihre Finger leicht. »Ich habe Angst, mich wieder verletzlich zu machen. Ich habe Angst, wie Seth darauf reagieren wird. Ich habe Angst, dass mich als alleinerziehende Mutter sowieso niemand will.«

Intuitiv greife ich über den Tisch und lege die Hand auf ihre. »Du hast einen tollen Sohn und bist eine großartige Mom. Jeder Kerl kann sich glücklich schätzen, wenn du Interesse an ihm zeigst. Und das mit dem Verletzlichmachen: Ich glaube, so geht es uns allen. Das kann einem eine Scheißangst einjagen. Aber manchmal kann es sich auch auszahlen, mutig zu sein.« Ich lächle ihr aufmunternd zu und drücke sanft ihre Hand. Wenn es etwas gibt, in dem ich gut bin, dann ist es, Angst zu haben. Sie ist mein ständiger Begleiter. Sie sorgt dafür, dass ich niemanden zu nahe an mich heranlasse. Sie hat mich schon oft dazu gebracht, Hals über Kopf in mein Auto zu steigen und die Stadt zu verlassen, wenn es doch einmal jemand hinter meine Schutzmauern geschafft hat.

Tammys Augen glänzen, als sie mein Lächeln erwidert. »Danke, das habe ich gebraucht. Und das hier auch.« Sie nickt in Richtung ihres leeren Glases. »Ich hole mir noch einen, und dann machen wir endlich die Tanzfläche unsicher! Soll ich dir was mitbringen?«

Ich schüttle den Kopf. Die zehn Dollar Eintritt waren bereits teuer genug, und wie immer, wenn ich mir etwas Luxus gönne, meldet sich mein schlechtes Gewissen zu Wort.

Kaum ist Tammy in Richtung der Theke verschwunden, ziehe ich mein Handy aus der Tasche. Gedankenverloren scrolle ich durch die Kontakte, bis mein Zeigefinger über dem Eintrag *Hemingway* schwebt. Nachdem ich die Geschichte über das Marshmallow gelesen hatte, bei der sich Schmunzeln und Augenrollen in etwa die Waage gehalten haben, habe ich seine Nummer eingespeichert. Warum, kann ich mir selbst nicht erklären. Immerhin kann es nur eine Antwort auf seine Frage nach einem Date geben.

Kann es? Die Stimme ist leise und zaghaft, dennoch setzt sie mein Gedankenkarussell in Gang. Bilder von Will und mir am Strand. Die Meeresbrise in meinen Haaren, sein Lachen in meinen Ohren. Warme Finger, die vorsichtig meine streifen. Die Sehnsucht, die sich bei dieser Vorstellung in mir regt, ist so überwältigend, dass sie mir kurz den Atem nimmt.

Du musst ihn ja nicht gleich heiraten. Tammys Worte kämpfen gegen die Angst in mir an, die alles und jeden auf Abstand halten will.

Mit meiner freien Hand greife ich nach meinem Getränk und exe das halbe Glas. Der Alkohol strömt durch mich hindurch. Er lässt die Angst verstummen und kitzelt den Wagemut in mir hervor. Bevor ich wieder in dem Strudel aus negativen Gefühlen und Gedanken untergehe, tippe ich das Chatsymbol an und beginne zu schreiben.

KAPITEL 12

William

»Du hast ihr eine Geschichte über ein Marshmallow geschrieben, das erst von einem Stock durchlöchert und dann quasi bei lebendigem Leib über den Flammen gebrutzelt wird?« Carlos sieht mich an, als hätte ich nicht mehr alle Tassen im Schrank.

Wenn er es so formuliert, klingt es tatsächlich nicht halb so romantisch, wie ich es mir vorgestellt habe.

»Aber es ist doch sein sehnlichster Wunsch. Quasi seine Bestimmung«, erkläre ich. Da ich mich zeitgleich an einer Stange hochziehe, gerät meine Antwort etwas kurzatmig.

Ich weiß nicht, ob ich Carlos dafür danken oder ihn verfluchen soll, dass er mich überredet hat, mit ihm ins Fitnessstudio zu gehen. Nachdem ich zehn Tage am Stück von früh bis spät auf der nicht gerade ergonomisch geformten Bank im Diner gesessen habe, fühlt sich mein Rücken an, als hätten Akrobaten ihn als Trampolin benutzt. Deshalb war ich nicht abgeneigt, als mein bester Freund mich vor einer halben Stunde angerufen und gefragt hat, ob ich ihn zu einem abendlichen Work-out begleiten will. Da ich zu Hause sowieso nichts Besseres zu tun hatte, als Queenie bei der Fellpflege zu beobachten und immer wieder mein Handy auf neue Nachrichten zu checken, war es am Ende eine leichte Entscheidung.

»Nimm es mir nicht übel, aber ich würde mich fragen, ob mit der Kleinen etwas nicht ganz richtig ist, wenn sie dir nach der Geschichte keine Abfuhr erteilt.« Carlos lacht und klingt im Gegensatz zu mir kein bisschen atemlos. Er stemmt die Gewichte, die die Größe von Autoreifen haben, mit einer Leichtigkeit in die Höhe, die dafür sorgt, dass sich mein Selbstbewusstsein mit einem Drink in den Umkleideraum verabschiedet.

»Sie hat schon verrücktere Sachen von mir zu lesen bekommen«, erwidere ich, obwohl der Zweifel an mir nagt, denn tatsächlich hat sich Scarlett noch immer nicht gemeldet. Dabei ist es jetzt exakt vier Stunden und siebenunddreißig Minuten her, seitdem ich das Diner verlassen habe. Nicht dass ich zählen würde.

»Verrückter als ein Marshmallow mit Todeswunsch?« Carlos lacht, während er die Gewichte am Boden ablegt und seine Arme dehnt.

»Ich habe ihr vorgestern eine Geschichte über Queenie geschrieben, in der sie nachts als Detektivin mit Doktor Hops Kriminalfälle gelöst hat. Die hat ihr sehr gut gefallen!« Mit einem Schnaufen löse ich meine Finger von der Stange und lasse mich zu Boden fallen. Meine Oberarme brennen und geben mir einen Vorgeschmack auf den Muskelkater, der morgen mit ziemlicher Sicherheit auf mich wartet.

»Ich nehme an, bei Doktor Hops handelt es sich um einen Hasen?« Ein amüsiertes Grinsen liegt auf Carlos' Lippen. Als ich nicke, erwidert er: »Geschichten mit Tieren gehen immer. Wenn die Protagonisten flauschig und süß sind, kann die Handlung noch so bescheuert sein, deine Leser und Leserinnen werden es dir verzeihen.«

»Hey! Die Storyline war extrem ausgeklügelt. Es ging um einen Käsediebstahl, bei dem natürlich Mister Maus als Erstes in Verdacht geraten ist, aber am Ende war es Berti das Backenhörnchen.« Noch während ich die letzten Worte ausspreche, fängt Carlos lauthals an zu lachen.

Die Blicke der Männer und Frauen, die an den Geräten trainieren, wandern zu uns, und ich wünschte, ich hätte ihm niemals von der Story mit dem Marshmallow erzählt.

»Vielleicht solltest du dich als Kinderbuchautor versuchen. Dann würde ich die Sache mit dem Marshmallow mit Todessehnsucht aber weglassen.« Er klopft mir kumpelhaft auf die Schulter.

»Haha, sehr lustig.« Ich schüttle seine Hand ab und setze mich an ein Rudergerät.

»Entschuldige. Ich habe nur noch nie jemanden gesehen, der sich so sehr ins Zeug legt, um ein Date zu bekommen.« Carlos nimmt mir gegenüber an einem der Geräte Platz, an denen man Gewichte mit den Füßen von sich stemmen muss.

»Ich schreibe die Geschichten nicht nur für Scarlett«, verteidige ich mich.

Mein bester Freund nickt. »Ich weiß, und es freut mich sehr für dich, dass du endlich wieder etwas zu Papier bringst. Ich habe nur Bedenken, dass du den Fokus verlierst.«

»Wie meinst du das?« Ich halte in der Ruderbewegung inne.

»Lautet der Deal mit deinem Vater nicht eigentlich, dass du einen Roman schreibst?« Carlos' Worte sind Brandbeschleuniger für meinen inneren Kritiker, der sich von meinen kleinen Erfolgen nicht beeindrucken lässt.

»Keine Sorge, das habe ich nicht vergessen. Wie könnte ich auch?!« Meine Antwort gerät ungewollt scharf. Bitterkeit schleicht sich zwischen die Silben.

»Entschuldige, Kumpel. Ich wollte dir nicht die Laune verderben.« Carlos sieht so zerknirscht aus, dass ich ihm nicht lange böse sein kann. Zumal er dummerweise recht hat. Die letzten Tage konnte ich verdrängen, dass eine schier unlösbare Aufgabe vor mir liegt. Konnte mich in die kleinen Geschichten flüchten und mich von Scarletts Lächeln aufbauen lassen.

»Ich weiß, dass mir die Zeit langsam davonläuft, aber ich kann den Agenturen keine mittelmäßige Idee präsentieren, wie sie sie jeden Tag massenhaft zugeschickt bekommen.« Unwillkürlich wandern meine Gedanken in die Vergangenheit. Zu meinem jüngeren Ich, das voller Naivität und Zuversicht sein Manuskript auf die Reise geschickt hat. Zu den harschen Worten eines Agenten, der meine Träume mit wenigen Zeilen so tief in die Erde gestampft hat, dass es Jahre gedauert hat, bis ich genug Selbstvertrauen gesammelt habe, um überhaupt wieder etwas zu Papier zu bringen.

Dieses Mal wollte ich alles anders machen. Wollte es professionell angehen. Deshalb habe ich die ersten Monate damit vergeudet, einen Schreibratgeber nach dem anderen in mich aufzusaugen. Am Anfang habe ich mir noch eingeredet, dass ich mich damit einfach nur optimal vorbereiten wollte, doch je mehr Zeit verstrichen ist, desto klarer wurde mir, dass ich Angst hatte, wieder zu schreiben. Dass ich Angst vor einem erneuten Scheitern hatte und noch immer habe. Es fühlt sich wie meine letzte Chance an, was den Druck noch verstärkt.

»Sei nicht so hart zu dir. Für mich war jede deiner Geschichten ein Meisterwerk«, versichert mir Carlos. Obwohl ich seine Begeisterung und Unterstützung zu schätzen weiß, ist mir natürlich klar, dass er stark voreingenommen ist, wenn es um meine Texte geht. Immerhin ist er mein bester Freund.

»Ich brauche einfach noch ein bisschen Übung, bevor ich mich an einen richtigen Roman setzen kann. Außerdem ist es meine einzige Chance, etwas aus Scarlett herauszukitzeln«, versuche ich die dunkle Stimmung zu vertreiben. Wie groß meine Angst davor ist, dass die zündende Idee ausbleibt, verrate ich meinem besten Freund lieber nicht. Es laut auszusprechen, würde nur dafür sorgen, dass die Panik in mir erneut die Oberhand gewinnt. Mit den Kurzgeschichten kann ich sie in Schach halten. Sie geben mir die Hoffnung, dass meine kreative Ader nicht durch den Handel mit dem Teufel – aka meinem Vater –

kläglich verkümmert ist. Sie lassen mich darauf hoffen, dass die Ideen irgendwo tief in mir schlummern und nur hervorgekitzelt werden müssen.

»Vielleicht solltest du dich stattdessen doch lieber an Tinder und Co. halten. Da kommst du deutlich einfacher und schneller ans Ziel.« Er hebt vielsagend die Augenbrauen, während er wieder beginnt, Gewichte mit den Füßen zu stemmen.

»Frauen wie Scarlett findet man nicht auf solchen Dating-plattformen«, sage ich und greife ebenfalls erneut nach dem Griff des Rudergeräts. In erster Linie, um meine Finger davon abzuhalten, nach meinem Handy zu tasten und es nach einer Nachricht von ihr abzusuchen.

Eine Weile bearbeiten wir schweigend unsere Sportgeräte, bis das Ziehen in meinen Oberarmen so unangenehm wird, dass ich die Übung beende.

»Mir reicht's für heute«, verkünde ich und strecke meine Arme über den Kopf, was den stechenden Schmerz einen Augenblick verschlimmert. Ich verziehe das Gesicht, was Carlos mit einem Grinsen quittiert.

»Du hättest keinen Tag an der Police Academy ausgehalten«, spottet er, während er sich ebenfalls von seinem Trainingsgerät trennt. Im Gegensatz zu mir glitzert auf seiner Stirn nicht eine Schweißperle. Sein T-Shirt sieht aus, als hätte er es eben erst angezogen. Meines weist hingegen so viele Schweißflecken auf, dass schwer zu sagen ist, welche Farbe das Kleidungsstück ursprünglich hatte.

»Ich trainiere halt lieber das hier.« Ich tippe an meine Schläfe.

»Und wie erfolgreich bist du mit deiner Methode bisher bei Frauen gewesen?« Carlos legt den Kopf zur Seite, so als würde ihn die Antwort ernsthaft interessieren.

Ich werfe mein Handtuch nach ihm, mit dem ich mir gerade den Schweiß vom Gesicht gewischt habe. Er fängt es lachend auf und schickt es umgehend zu mir zurück.

»Wie stehst du zu einem After-Work-Milkshake?«, fragt er,

während wir durch das inzwischen komplett leere Studio in Richtung der Umkleidekabinen gehen.

»Wie lange sind wir jetzt schon befreundet?« Ich bedenke ihn mit einem anklagenden Blick.

»Hast ja recht, warum frage ich überhaupt. Gibt es irgendetwas mit Zucker, nach dem du nicht verrückt bist?« Sein Grinsen verrät mir, dass er die Antwort bereits kennt.

***

Eine halbe Stunde später sitzen wir frisch geduscht im *Shake-it-Up*. Der Laden sieht aus, als hätte Barbie ihn auf einem Kokstrip eingerichtet. Bis auf die weißen Fliesen ist alles in dem Raum pink angemalt und mit Glitzer verziert. Selbst auf den Gläsern funkeln Glitzerpartikel. Carlos und ich wirken in dieser Umgebung wie zwei Fremdkörper. Insbesondere mein bester Kumpel mit seiner schwarzen Lederjacke und den Bikerboots. Wenn ich nicht wüsste, dass er als Polizist arbeitet, hätte ich vermutet, dass er irgendeiner Gang angehört. Wie er mit vor Verzückung geschlossenen Augen eine rosafarbene Flüssigkeit durch seinen Strohhalm saugend in dieser Rosa-Glitzer-Explosion sitzt, hat etwas so Absurdes, dass ich mir das Lachen nicht verkneifen kann.

Carlos hebt den Blick, behält den Strohhalm aber zwischen den Zähnen, als er nuschelt: »Was denn?! Darf ein Kerl nicht seinen Erdbeer-Milchshake genießen?«

Ich schüttle grinsend den Kopf, bevor ich ebenfalls einen Schluck von meinem Getränk nehme. Es ist ein Traum aus Schokolade mit Sahne und Karamellsoße, garniert mit Cookie-Bröseln. Kaum sind meine Geschmacksknospen mit dem Milchshake in Kontakt gekommen, feuern meine Synapsen Glückshormone durch meinen Körper. Der Shake ist eiskalt, was dafür sorgt, dass sich ein Kribbeln hinter meiner Stirn ausbreitet. Gleichzeitig ist die Flüssigkeit so cremig, dass sie wie

Seide meine Kehle hinabrinnt. Die Kombination aus dunkler Schokolade und Karamell ist zum Reinlegen. Nicht zu süß, aber auch nicht zu herb. Einfach perfekt.

»Wie läuft es eigentlich bei dir? Hast du schon einen großen Fall geknackt?« In den letzten Wochen und Monaten ging es bei unseren Gesprächen meistens nur um mich und die ausweglose Situation, in die ich mich mit der Hilfe meines Vaters manövriert habe. Jetzt nagt das schlechte Gewissen an mir, dass ich nicht häufiger nachgefragt habe, was bei ihm los ist.

Carlos verzieht das Gesicht und lässt von seinem Milchshake ab. »Ich dachte, nachdem ich den Streifendienst hinter mir gelassen habe, würde ich endlich richtige Fälle bekommen. Mein aufregendster Einsatz war bisher ein Nachbarschaftsstreit, bei dem eine der beiden beteiligten Parteien der anderen eine Stinkbombe in den Garten geworfen hat. Diese hat daraufhin mit der Kettensäge die Hecke ihres Nachbarn geköpft.«

Ich muss lachen und verschlucke mich dabei so sehr an meinem Milchshake, dass etwas von der Flüssigkeit in meine Luftröhre gelangt und ich heftig huste.

»Immerhin hat mir im Gegensatz zum Streifendienst noch niemand auf die Uniform gekotzt«, fährt Carlos fort, während er mir mit der flachen Hand auf den Rücken klopft.

»Kannst du nicht deine Vorgesetzte bitten, dir anspruchsvollere Aufgaben zu geben?«, frage ich, nachdem ich endlich wieder frei atmen kann.

Mein bester Freund gibt ein Schnauben von sich. »Die guten Jobs schnappen die sich doch selbst. Auf dem Revier herrscht eine strenge Hackordnung, und ich stehe dummerweise ziemlich weit unten.«

»Ich bin mir sicher, dass du bald die Gelegenheit bekommst, zu zeigen, was du wirklich kannst.«

»Dein Wort in Gottes Ohr oder besser in das meines Sergeants. Nach dem Gespräch mit den beiden Streithähnen hätte ich am liebsten selbst Gebrauch von der Kettensäge gemacht.«

Carlos umklammert seinen Becher und saugt so fest an dem Strohhalm, dass er den Inhalt in Sekundenschnelle inhaliert hat. »Ich brauche noch so einen.« Er hebt das leere Glas in die Höhe. »Soll ich dir auch einen Refill besorgen?«

»Danke, aber ich bin noch bedient.« Ich deute mit dem Kinn zu meinem Milchshake, den ich erst zur Hälfte getrunken habe.

Carlos nickt und geht hinüber zur Theke, wo die Angestellte seine Bestellung entgegennimmt. Passend zum Barbie-Motto ist sie in eine knallpinke Schürze gekleidet. Augenblicklich muss ich an Scarlett denken. Ohne dass ich meinen Fingern die Erlaubnis erteilt habe, finden sie ihren Weg in meine Jackentasche und ziehen mein Handy hervor. Zu meiner Überraschung blinkt mir eine Benachrichtigung entgegen. Ich versuche erfolglos, die Hoffnung im Zaum zu halten, die in mir aufbrandet. Bestimmt ist es nur irgendein Newsletter. Trotzdem zittert mein Daumen leicht, als ich ihn gegen das kühle Glas presse, um den Bildschirm zu entsperren. Ich navigiere zu der Nachrichten-App und halte den Atem an, als ich eine neue Mitteilung von einer unbekannten Nummer entdecke.

> **Unbekannte Nummer:** Bisschen makaber, das mit dem Marshmallow. Gefällt mir.

Mein Herz setzt einen Schlag aus, bevor es geradezu davon-galoppiert. Schnell prüfe ich, wann Scarlett die Nachricht geschickt hat. Um zweiundzwanzig Uhr achtundvierzig. Also vor zehn Minuten. Perfektes Timing. Wenn ich ihr jetzt schreibe, liegt genug Zeit dazwischen, sodass sie nicht denkt, ich hätte ungeduldig auf ein Lebenszeichen von ihr gewartet.

> **Will:** Freut mich, dass dir die Geschichte gefallen hat. Und wie lautet deine Antwort? Wirst du dem kleinen Marshmallow seinen sehnlichsten Wunsch erfüllen?

Scarlett: Ich fürchte, das kann ich nicht.

Ich lese ihre Worte mehrmals in der Hoffnung, dass sich der Sinn verändert. Tut er aber leider nicht. Meine Brust fühlt sich eng an, als würde nicht genug Sauerstoff in meine Lunge passen. Gerade als ich versuche, eine möglichst lockere Antwort zu verfassen, die ihr nicht verrät, wie sehr mich ihre Abfuhr trifft, hüpfen drei Punkte auf dem Display. Scarlett schreibt.

Scarlett: Sosehr ich auch helfen möchte, es geht einfach nicht. Ich verrate dir jetzt ein Geheimnis … Ich ekle mich vor Marshmallows. Vor allem vor geschmolzenen.

Es folgt ein kotzendes Smiley, und mit einem Mal ist das unsichtbare Band, das sich um meine Brust geschnürt hat, verschwunden. Ein erleichtertes Lachen entschlüpft mir. Sie hat dem Marshmallow einen Korb gegeben. Nicht mir. Die Erkenntnis lässt die Glückshormone in meinem Körper wie beim Autoscooter durcheinanderschießen.

Will: Ich tue jetzt mal so, als hättest du das gerade nicht gesagt. Ich meine, was kann es Besseres geben als ein fluffig weiches Marshmallow mit leicht karamellisierter Haut?!

Es folgen gleich mehrere kotzende Smileys hintereinander, was mich grinsen lässt.

Will: Wie stehst du zu Hotdogs?

Scarlett: Bekomme ich Pommes dazu?

Will: Sogar mit Ketchup und Mayo!

Scarlett schickt mir ein sabberndes Smiley, was mich erneut schmunzeln lässt. Da ich ihre Antwort als Zusage deute, tippe ich:

Will: Wann soll ich dich abholen?

Scarlett: Ich habe um sechs Uhr Schichtende, aber hängst du nicht sowieso wieder den halben Tag im Diner herum?

Will: Vorsicht, sonst könnte ich noch auf die Idee kommen, dass ich dein Lieblingsgast bin.

Scarlett: Dafür müsstest du deutlich großzügiger mit dem Trinkgeld sein ...

Will: Hey! Immerhin bekommst du von mir Geschichten gratis. Wenn ich erst mal ein berühmter Schriftsteller bin, werden die Zettel ein Vermögen wert sein.

Scarlett: Erlangen nicht viele Künstler erst Ruhm und Ehre, nachdem sie gestorben sind?

Will: Danke für dein Vertrauen ...

Scarlett: Du weißt, dass ich dich nur aufziehe, oder? Ich mag deine Geschichten. Sogar sehr.

Ich lese ihre letzte Nachricht mehrmals hintereinander. Meine Wangen schmerzen, so breit ist mein Grinsen. Wärme prickelt durch meine Adern. Ihre Reaktionen beim Lesen haben mir bereits verraten, dass sie mein Geschreibsel nicht vollkommen schrecklich findet, aber es schwarz auf weiß bestätigt zu bekommen, sendet Glückswellen durch mich.

Will: Wie läuft das dann morgen? Gibst du dich mit Hotdogs und Fritten zufrieden, oder muss ich mir schnell noch eine Wagenladung an Geschichten aus den Fingern saugen, damit ich ein richtiges Gespräch mit dir führen kann?

Scarlett: Hm, eventuell mache ich eine Ausnahme.

Will: Was bin ich für ein Glückspilz. Dann hole ich dich pünktlich um sechs Uhr ab?

Scarlett: Okay. Bis morgen.

»Ist dir gerade die Idee für einen Bestseller gekommen, oder warum strahlst du so?« Carlos lässt sich mir gegenüber auf die Sitzbank fallen.

»Besser! Sie hat Ja gesagt.« Dass mir ein Date mit Scarlett in diesem Moment mehr bedeutet als meine Karriere, sollte mir vermutlich zu denken geben. Doch ich bin viel zu aufgekratzt vom Zucker des Milchshakes und dem Gespräch mit ihr, um mich dem zu stellen.

»Trotz der Geschichte mit dem Marshmallow? Sie muss dich wirklich mögen.« Carlos grinst.

Obwohl er mich bloß aufziehen will, hallen seine Worte in meinem Kopf wider. Denn er spricht genau das aus, worauf ich hoffe. Mit jeder Geschichte, die ich für sie geschrieben habe, hat Scarlett sich tiefer in mein Herz gegraben.

KAPITEL 13

Scarlett

Ich schließe die Augen und genieße das Prickeln des heißen Wassers auf meiner Haut. Bis auf das Rauschen der Dusche ist es still in dem mit anthrazitgrauen Kacheln gefliesten Raum. Die wenigen Leute, die auf ihrem Weg zur Arbeit einen Stopp im Fitnessstudio einlegen, sind gerade erst eingetroffen und werden sich in der nächsten halben Stunde an den Geräten verausgaben. Doch im Gegensatz zu ihnen nehme ich das Sportangebot nicht in Anspruch. Der einzige Grund für meine Mitgliedschaft sind die gepflegten Waschräume, die mir zumindest für kurze Zeit das Gefühl geben, ein normales Leben zu führen.

Den Tipp mit dem kostenlosen Probeabo hat mir vor einem halben Jahr eine Frau in Las Vegas gegeben. Damals wusste ich noch nicht, wie wertvoll ihr Rat sein würde, sonst hätte ich mich sicherlich deutlich überschwänglicher bedankt. Die meisten Fitnessstudios bieten einen Schnuppermonat an. Da ich bisher in jeder Stadt nur wenige Monate gelebt habe, bin ich einfach von einem Studio zum nächsten gegangen, wann immer der kostenlose Zeitraum abgelaufen ist. Manche waren luxuriöser als andere, doch besser als ein Besuch im städtischen Schwimmbad waren sie alle.

Das regelmäßige Prasseln des Wassers versetzt mich in eine Art Trance. Die Wärme umgibt mich wie ein Kokon, und das Rauschen übertönt meine Gedanken. Zumindest so lange, bis ich den Hahn abdrehe und nach der Shampooflasche greife. Während ich das nach Kokosnuss duftende Gel in meine Haare einmassiere, versuche ich angestrengt, nicht an die vergangene Nacht zu denken, was mir kläglich misslingt. Kaum sind die Erinnerungen an meinen Clubbesuch mit Tammy in meinem Kopf aufgeploppt, klopft mein Herz schneller. Ich hätte niemals diesen vermaledeiten Sekt trinken sollen. Er hat mich leichtsinnig gemacht. Anders kann ich mir meine Nachrichten an Will nicht erklären.

Wieso habe ich mich dazu hinreißen lassen, ihm eine Zusage für das Frühlingsfest heute Abend zu geben?

Weil ich es wollte. Doch das ist eine schwache Entschuldigung. *Es ist nur eine Verabredung. Ihr lauft ein bisschen über das Fest, esst einen Hotdog, und dann verabschiedest du dich wieder*, schlägt meine innere Stimme vor und nimmt mir damit etwas von meiner Nervosität. Und sie hat recht. Es wird ein netter Abend werden und mehr nicht. Denn mehr darf es nicht sein, erinnere ich mich.

Eine halbe Stunde später betrete ich das *Patty's Pies*, wo Tammy schon auf mich wartet. Sie strahlt mich an, und noch bevor ich meine Schürze angezogen habe, beginnt sie mich mit Fragen zu überschütten. Seitdem ich ihr gestern gestanden habe, dass ich mit Will auf das Frühlingsfest gehe, ist sie vollkommen aus dem Häuschen.

»Hast du dir schon überlegt, was du anziehst? Wenn du willst, kann ich dir später die Haare machen. Und du darfst dich natürlich auch gern an meinem Schminkkram bedienen.« Meine Freundin flattert um mich herum wie eine aufgeregte Vogelmutter.

»Was hast du gegen die Schürze?«, frage ich gespielt verwundert und zupfe an der weißen Spitze.

Tammy verpasst mir einen Klaps mit einer der Speisekarten, die auf dem Tresen bereitliegen.

»Keine Angst, ich habe noch ein Wechselshirt und eine Jeans dabei.« Ich klopfe auf meine Umhängetasche, die ich auf einem der Hocker abgelegt habe, um mir die Schürze umzubinden. »Und meine Haare sind frisch gewaschen, das muss reichen. Trotzdem danke für das Angebot.«

Bevor meine Freundin mir doch noch ein Makeover aufschwatzen kann, klingelt die Glocke über der Eingangstür, und die ersten Kunden strömen ins Diner. Während ich meine persönlichen Sachen im Umkleideraum verstaue, versorgt Tammy die Gäste mit heißem Kaffee und Kuchen. Die nächsten Stunden bin ich ausreichend abgelenkt, um die Gedanken an mein Date zu verdrängen. Doch je näher der Zeiger der Uhr in Richtung der Sechs wandert, desto unruhiger werde ich. Tammy ist ebenfalls keine Hilfe, da sie mir die ganze Zeit vielsagende Blicke zuwirft. Eine Stunde vor Schichtende beginnt mein Herz jedes Mal nervös zu hüpfen, sobald die Glocke einen neuen Gast ankündigt. Doch die Minuten verstreichen, ohne dass Will auftaucht. Als Tammy mich um zehn vor sechs nötigt, Feierabend zu machen, bin ich so nervös, dass mir die Kaffeekanne vermutlich sowieso beim nächsten Klingeln aus den Fingern gleiten würde.

Es ist nur Will, sage ich mir, doch genau da liegt das Problem. Es ist Will. Der erste Mann, den ich seit Monaten nahe genug an mich herangelassen habe, um Dinge zu empfinden, die mir gefährlich werden könnten. Obwohl ich ihm nur Informationshäppchen zugeworfen habe, weiß er mehr über mich als sonst irgendjemand, von Tammy mal abgesehen. Meine Schutzmauern sind in seiner Gegenwart bedrohlich porös.

Während ich in das mitgebrachte Shirt und die Jeans schlüpfe, konzentriere ich mich auf meine Atmung, um meine aufgewühlten Gefühle unter Kontrolle zu bekommen. Kurz erwäge ich, einfach durch den Hinterausgang zu verschwinden.

Doch das hat Will nicht verdient. Außerdem ist da dieser Teil von mir, der voller Vorfreude ist. Der die kribbelnde Aufregung genießt, die jede meiner Zellen angesteckt zu haben scheint.

Als ich durch die Schwingtüren in den Verkaufsraum trete, sitzt Will auf einem Hocker an der Theke und unterhält sich mit Tammy. Da er abgelenkt ist, nutze ich den Moment, um ihn von oben bis unten zu mustern. Er trägt ein olivgrünes Shirt, das sich an seinen Oberkörper schmiegt, und darüber eine hellbraune Lederjacke. Seine sandfarbene Chinohose und die braunen Sneaker vervollständigen das Outfit. Es harmoniert perfekt mit seinem Teint und lässt seine kastanienbraunen Augen leuchten. Mit anderen Worten, er sieht verdammt gut aus. Ich atme einmal tief ein und aus, bevor ich mich gefasst genug fühle, um auf ihn zuzutreten.

»Hi«, begrüße ich ihn.

Er wendet mir augenblicklich seine Aufmerksamkeit zu, und ein Lächeln breitet sich auf seinen Lippen aus, das mein Herz kurz aus dem Takt bringt.

»Bereit für einen Abend voller Spiel, Spaß und Spannung?«, fragt er mit einem Zwinkern.

»Mir wurde in erster Linie Essen versprochen«, ziehe ich ihn auf.

»Das zählt zu Spaß und vielleicht auch zu Spiel. Je nachdem, wie du dazu stehst, dass ich dir deine Portion Pommes einzeln zuwerfe und du sie mit dem Mund auffangen musst.«

Tammy lacht, während ich grinsend die Augen verdrehe.

»Dann viel Spaß euch beiden«, sagt meine Freundin und scheucht uns mit beiden Händen in Richtung Tür.

Als ich an ihr vorbeigehe, raunt sie mir noch zu: »Ich will morgen jedes Detail wissen!«

Da sie mich vermutlich in ein Kreuzverhör nehmen wird, bleibt mir sowieso keine Wahl, also nicke ich bloß ergeben, bevor ich Will nach draußen folge. Da der Venice Beach, an dem das Frühlingsfest stattfindet, nur wenige Blocks entfernt liegt, beschließen wir, zu Fuß dorthin zu gehen. Ein paar Schritte lang scheint keiner von uns zu wissen, was wir sagen sollen. Normalerweise laufen unsere Treffen immer nach demselben Schema ab. Will kommt ins *Patty's Pies*, ich bringe ihm seinen Kaffee und ein Stück Kuchen, er schreibt eine Geschichte und gibt sie mir, sobald er sie beendet hat. Dazwischen nutzen wir jede Gelegenheit für einen Schlagabtausch. Jenseits der vertrauten Umgebung und der gewohnten Abläufe scheinen wir beide nicht zu wissen, wie wir miteinander umgehen sollen.

Schließlich überwinde ich mich und beschließe, das zu tun, was ich immer tue: ihn aufzuziehen.

»Deshalb warst du heute Vormittag also nicht im Diner«, necke ich ihn und deute auf seine Klamotten.

Er lacht. »Ich muss dir doch beweisen, dass ich mehr Looks draufhabe als bloß den leicht verwahrlosten, aber trotzdem liebenswerten Schriftsteller.«

»Ich mag den leicht verwahrlosten, aber trotzdem liebenswerten Schriftsteller.« Die Worte sind so schnell über meine Lippen geflutscht, dass ich sie nicht rechtzeitig einfangen und herunterschlucken kann.

Wills Augen weiten sich kaum merklich, bevor ein sanfter Ausdruck in sie tritt. Der Blick, mit dem er mich bedenkt, fühlt sich an wie eine Liebkosung.

»Also den Look«, schiebe ich hinterher und spüre, wie meine Wangen verräterisch heiß werden.

»Mhm, klar«, bestätigt Will mit einem Schmunzeln, das für meinen Geschmack etwas zu selbstbewusst ist. Als er erneut zum Sprechen ansetzt, verschwindet jedoch sämtliche Leichtigkeit aus seiner Mimik. »Mein Vater würde mich deutlich lieber im Business-Outfit sehen.«

»Damit wärst du im Diner möglicherweise etwas overdressed«, scherze ich, doch Will zieht nur pflichtschuldig die Mundwinkel nach oben.

»Wenn es nach meinem Vater ginge, würde ich meine Tage auch nicht im *Patty's Pies* zubringen.«

»Macht er sich Sorgen um deinen Cholesterinspiegel?«

»Er macht sich Sorgen um seine Nachfolge.« Seine Worte klingen bitter.

»Deinem Vater gehört ein Geschäft?« Natürlich ist mir schon häufiger aufgefallen, dass Will Markensachen trägt, und sein MacBook wird auch nicht billig gewesen sein. Dass er sich das alles nicht durch seine Kurzgeschichten finanziert, ist offensichtlich, daher habe ich bereits vermutet, dass er von seiner Familie finanziell unterstützt wird.

»Er ist Inhaber der Walker Real Estate Corporation«, sagt er so beiläufig, als würde er über das Wetter reden.

»Wow, gehört denen nicht quasi ganz Los Angeles?«, hake ich nur für den Fall nach, dass ich mich irre.

»Alles, was das Licht berührt«, zitiert Will Mufasas Worte aus *König der Löwen* und zieht eine Grimasse. Er scheint von dieser Tatsache nicht halb so beeindruckt zu sein wie ich.

»Und du sollst die Firma irgendwann übernehmen?«, frage ich, denn ich kann mir eindeutig schlimmere Jobs vorstellen. Zum Beispiel Kellnerin im *Patty's Pies* zu sein und mir jeden Tag die Füße wund zu laufen.

»Nicht, wenn ich es verhindern kann.« Mit einem Mal ist etwas Kämpferisches in seiner Stimme.

Als ich ihm einen fragenden Blick zuwerfe, beißt er sich auf die Unterlippe und scheint zu überlegen, wie viel er mir von seinem Plan verraten will.

»Ich schreibe nicht nur zum Spaß«, sagt er schließlich nach einem tiefen Seufzer. »Ich habe einen Deal mit meinem Vater. Wenn ich es schaffe, innerhalb eines Jahres einen Vertrag für einen Roman zu ergattern, akzeptiert er, dass ich Schriftsteller werden will.«

»Und wenn du es nicht schaffst?«

»Dann muss ich in seine Fußstapfen treten und bei der Walker Real Estate Corporation arbeiten.« Will lässt es klingen, als würde ein Damoklesschwert über seinem Kopf schweben.

»Kannst du nicht einfach beides machen? Du könntest doch erst mal Teilzeit in der Firma deines Vaters arbeiten und die freie Zeit dazu nutzen, dir Geschichten auszudenken?«, schlägt die Realistin in mir vor.

»So einfach ist das nicht. Für meinen Vater gibt es nur ganz oder gar nicht«, erwidert er, doch in meinen Ohren klingt es, als würde dasselbe auch für ihn gelten.

»Kein Wunder, dass du mit einer Schreibblockade zu kämpfen hast.« Auch wenn ich mir persönlich schlimmere Schicksale vorstellen kann, ist offensichtlich, dass Will sich für sein Leben etwas anderes erträumt.

»Dieser hast du ja glücklicherweise ein Ende bereitet.« Er lächelt mir zu.

»Hast du denn schon eine Idee für einen Roman?«, frage ich.

So schnell, wie sein Lächeln erschienen ist, erlischt es wieder.

»Lass uns lieber über etwas weniger Deprimierendes sprechen als meine Zukunft.« Er zieht eine Grimasse. »Wie sehen deine Pläne aus?«

Fast lache ich laut auf. Wenn er seine Zukunftsaussichten bereits als deprimierend einstuft, sind meine nicht viel weniger als katastrophal.

Glücklicherweise biegen wir in diesem Augenblick auf den Venice Beach Boulevard ein und stehen plötzlich mitten auf einem Festival.

KAPITEL 14

William

»Wow, als du von einem Frühlingsfest gesprochen hast, habe ich an ein paar vereinzelte Buden am Strand gedacht.« Scarlett blickt mit großen Augen auf die beeindruckende Ansammlung an Ständen, Bühnen und die sich dazwischen tummelnde Menschenmasse.

»Du wohnst noch nicht besonders lange in Los Angeles, oder?«, frage ich grinsend. Meinen Nachfragen, wo sie ursprünglich herkommt, ist sie bisher erfolgreich ausgewichen.

Sie schüttelt den Kopf. »Ich bin erst vor drei Monaten hergezogen.«

Mir entgeht nicht, dass sie wie immer, wenn ich ihr eine Frage stelle, nur das Nötigste preisgibt. Diese geheimnisvolle Aura, die sie umgibt, macht mich nur noch neugieriger.

»Das Fest findet dreimal im Jahr statt und bietet lokalen Künstlern und Geschäften die Möglichkeit, ihre Produkte auszustellen. Dazu gibt es jede Menge zu essen und verschiedene Bühnen mit Livemusik und Shows«, erkläre ich, während ich mir einen mentalen Vermerk mache, sie zu einem späteren Zeitpunkt noch einmal auf ihre Vergangenheit anzusprechen.

»Das klingt großartig.« Scarlett wendet ihren Kopf von rechts nach links und scheint nicht zu wissen, wo sie als Erstes hinsehen soll.

»Wollen wir eine Runde über das Fest drehen, oder möchtest du lieber zuerst etwas essen?«, frage ich sie.

»Ich würde mir gern erst mal die Stände anschauen, wenn das okay ist?«

»Natürlich.« Am liebsten würde ich ihr meinen Arm zum Einhaken anbieten, aber dafür ist der Markt mit seinen lockeren Hipstervibes nicht der richtige Ort. Also deute ich stattdessen eine leichte Verbeugung an.

»Nach Ihnen, Mylady.«

Sie verdreht grinsend die Augen, bevor sie in Richtung des ersten Standes geht. Wir kommen an Schmuckhändlern vorbei, die Anhänger aus Löffeln und Gabeln fertigen, an Künstlern, die ihre Bilder auf T-Shirts gedruckt haben, und an Schreinern, die Holzblöcke in die verrücktesten Formen gehobelt haben. Scarlett sieht sich alles mit glänzenden Augen an, doch jedes Mal, wenn ich sie frage, ob sie eines der Stücke kaufen will, schüttelt sie nur den Kopf. Erst als wir an einem Stand haltmachen, an dem eine Frau Bücher mit selbst bemalten Buchschnitten verkauft, wird Scarlett schwach. Zumindest streicht sie so behutsam über die Buchrücken, als handelte es sich um kleine Kätzchen.

»Die sind wunderschön«, murmelt sie, während sie ein Buch nach dem anderen aus dem Regal nimmt und es betrachtet.

»Für mich zählt ja eher, was zwischen den Buchdeckeln steckt«, erwidere ich.

Scarlett zieht schnaubend ihre Augenbrauen hoch.

»Okay, ich gebe zu, dass die Zeichnungen sehr hübsch anzusehen sind«, füge ich hinzu.

»Typisch Mann«, murmelt Scarlett, wirkt aber amüsiert.

Eines der Bücher betrachtet sie besonders eingehend. Es handelt sich um eine Ausgabe von Jack Kerouacs *On the Road*. Über den Buchschnitt windet sich passend zum Titel eine Straße mit einem einzelnen Auto, das durch eine verwaschene Landschaft in Gelb- und Grüntönen fährt. Im Gegensatz zu einigen anderen ausgestellten Werken ist das Design simpel gehalten. Was sie ausgerechnet an dem Buch reizt, ist mir ein Rätsel.

»Das ist mein Lieblingsbuch«, sagt Scarlett, als hätte sie meine stumme Frage gehört.

»Liest du viel?« Irgendwie habe ich sie nicht für einen Bücherwurm gehalten. Gleichzeitig frage ich mich, wie ich zu dieser Einschätzung gelangt bin. Weil sie in einem Diner arbeitet? Mit einem Mal fühle ich mich wie ein selbstgerechter Arsch. Immerhin hat sie sich von Beginn unseres Aufeinandertreffens an für meine Geschichten interessiert. Ich bin mir sicher, in ihren Augen jedes Mal Vorfreude aufleuchten zu sehen, wenn ich ihr die eng beschriebenen Seiten zustecke.

»Früher mehr als heute.« Sie zuckt mit den Schultern. In ihren Augen flackert etwas auf, das wie Sehnsucht aussieht. »Ich war zwei Semester lang auf einem Community College und habe Literatur im Hauptfach belegt. Wir haben querbeet gelesen, aber ich habe die Klassiker immer am meisten geliebt. Sie entführen einen in die Vergangenheit. Egal, ob es sich um wahre oder fiktive Geschichten handelt, finden sich in jedem Werk Spuren der damaligen Epoche.«

»Warum hast du das Studium abgebrochen?« Sie spricht mit der gleichen Leidenschaft darüber, die ich für das Schreiben empfinde.

»Ich konnte es mir nicht mehr leisten.« Sie stellt das Buch zurück in das Regal.

Am liebsten möchte ich mir eine Ohrfeige geben. Nur weil ich mir während meines Studiums nie Gedanken um Geld machen musste, ist mir natürlich bewusst, dass dies auf den Großteil meiner Mitstudierenden nicht zugetroffen hat. Amerikanische Universitäten lassen sich ihre Ausbildung gut bezahlen, und auch wenn die Community Colleges meistens deutlich günstiger sind, müssen viele dafür trotzdem ein Darlehen aufnehmen.

»Das tut mir leid«, sage ich die belanglosesten Worte, die je erfunden wurden.

Scarlett zuckt mit den Schultern, als wäre es keine große Sache, doch ich erkenne an ihrer verkrampften Haltung und ihrer versteinerten Miene, dass das Gegenteil der Fall ist.

»Wenn wir mal ehrlich sind, wären meine Jobaussichten mit einem Abschluss in Literatur eher bescheiden gewesen. Ein Professor hat uns gleich in der Einführungsveranstaltung gefragt, ob wir Auto fahren können. Ich glaube, es war nur halb als Scherz gemeint.« Die Erinnerung zaubert ein leichtes Lächeln auf ihre Lippen.

Ich hingegen stehe auf dem Schlauch. »Auto fahren?«

»Kennst du nicht den Spruch, dass alle Geisteswissenschaftler irgendwann als Taxifahrer enden, weil sie keinen Job finden?«

»Das war mir neu«, erwidere ich mit einem Schmunzeln. »Aber ich habe BWL studiert, und da sparen die Leute auch nicht mit Vorurteilen. Denn, wie sagt man so schön, wer nicht weiß, was er studieren soll, wird BWLer. Oder BWL-Studierende sind alle reich und verwöhnt, ganz nach dem Motto: *Gelfrisur und Polohemd, ich bin BWL-Student.* Wobei man fairerweise sagen muss, dass in meinen Kursen auch Leute saßen, die wandelnde Klischees waren.« Dabei war es genau diese Sorte Mensch, die mich dazu gebracht hat, wieder mit dem Schreiben zu beginnen. Mit dem vor Augen, was ich auf keinen Fall werden wollte, ist der Wunsch, Schriftsteller zu werden, neu aufgeblüht. Er hat den gekränkten Stolz und die Angst vor erneuter Ablehnung in den Hintergrund gedrängt.

Scarlett blinzelt ein paarmal, bevor sie anfängt laut zu lachen. Das Geräusch verursacht ein Flattern in meinem Brustkorb.

»Sagt ausgerechnet der Erbe eines millionenschweren Unternehmens«, bringt sie noch immer prustend heraus.

»Hey, hast du mich schon mal ein Polohemd oder Gel im Haar tragen sehen?« Ich pikse ihr gespielt empört meinen Zeigefinger in die Seite. »Und das Gucci-Täschchen habe ich immer extra zu Hause gelassen«, füge ich mit einem Grinsen hinzu, was sie erneut laut auflachen lässt. Vermutlich stellt sie sich soeben vor, wie ich catwalkmäßig mit einer Designertasche bewaffnet im Diner umherstolziere.

Als Scarlett sich nach ein paar Minuten wieder beruhigt, reibt sie sich über den Bauch. »Das hat gerade so viele Kalorien verbraucht, dass ich glatt eine Stärkung vertragen könnte. Hattest du nicht etwas von Hotdogs gesagt?«

»Willst du den klassischen oder einen im California Style?« Auch wenn für mich die lokale Variante alternativlos ist, sind nicht alle Touristen von der Version begeistert.

»Was ist denn der California Style? Braun gebrannt und mit Schickimicki-Glitzer-Topping?«

»Wo wir wieder bei Klischees wären.« Ich schüttle grinsend den Kopf. »Lass dich einfach überraschen.«

Zehn Minuten später halten wir beide je ein fluffig weiches Brötchen aus Brioche in den Händen. Scarlett beäugt den Inhalt, ein mit Bacon ummanteltes Würstchen, das mit Guacamole und Käse garniert ist, mit einer ordentlichen Portion Skepsis. Doch nach dem ersten Bissen gibt sie ein zufriedenes Brummen von sich.

»Und?«, erkundige ich mich, bevor ich ebenfalls in meinen Hot Dog beiße.

»Überraschend gut. Die Kombination aus Speck und Avocado ist wirklich genial.«

»Wenn du ein Mal einen im California Style gegessen hast, wirst du nie wieder etwas anderes wollen«, stimme ich ihr zu.

Den Rest unseres Essens genießen wir in einvernehmlichem Schweigen. Wir sitzen auf einer der Bänke neben dem Foodtruck mit Blick auf den Strand und den Ozean, in dem vor wenigen Minuten die Sonne versunken ist. Der Himmel erstrahlt in pastelligen Orangetönen, während das Meer in tiefdunkles Blau getaucht ist. Eine sanfte Brise weht zu uns herüber und trägt den salzig frischen Duft des Meerwassers mit sich. Er vermischt sich mit dem nach gebrannten Mandeln, frittierten Köstlichkeiten und dem rauchigen Geruch der Steaks und Würstchen. Obwohl es erst Frühling ist, riecht es nach Sommer.

Nachdem wir unser Mahl beendet haben, schlendern wir in Richtung des Strandes, an dem soeben ein großer Stapel an Brennholz entzündet wird. Innerhalb weniger Minuten lecken Flammen an den Scheiten, und schwarzer Rauch steigt empor. Wir lassen uns auf einem der Baumstämme nieder, die im Halbkreis um die Feuerstelle arrangiert worden sind. Jemand reicht eine Schale mit Marshmallows herum, die Scarlett umgehend an mich weitergibt, nicht bevor sie den Inhalt der Schüssel mit krausgezogener Nase betrachtet hat. Ich hingegen greife zu und spieße die Süßigkeit auf einen Bambusstock, den mir die Frau zu meiner Linken anbietet.

»Ich liebe Lagerfeuer. Da erwacht direkt meine poetische Seite«, sage ich, während ich in die Flammen schaue, über denen ich mein Marshmallow röste.

»Na, dann lass mal hören. Immerhin habe ich heute noch nicht meine tägliche Dosis Geschichten bekommen. Ich bin schon auf Entzug.« Scarlett dreht mir den Kopf zu, ein keckes Lächeln umspielt ihre Lippen.

Obwohl ich weiß, dass sie mich bloß necken will, breitet sich Wärme in meiner Brust aus. Ihre Begeisterung ist Balsam für meine stets von Zweifeln heimgesuchte Künstlerseele.

»Es ist weniger die Inspiration für eine neue Geschichte als die Atmosphäre.« Ich streife meine Schuhe von den Füßen und vergrabe sie im Sand. »Das seidige Gefühl von Sandkörnern, die zwischen meinen Zehen hindurchrinnen. Der Geruch von verbranntem Holz, der sich wie eine Erinnerung in den Haaren festsetzt. Das Knistern der Holzscheite, wenn sie von den Flammen verschlungen werden. Die Wärme des Feuers, das auf deiner Haut kribbelt und dich beißen kann, wenn du ihm zu nahe kommst. Der Geschmack von karamellisiertem Zucker.«

Ich sehe zu Scarlett in der Erwartung, dass sie sich wegen der Erwähnung des Marshmallows schüttelt, doch sie hängt an meinen Lippen. Als sich unsere Blicke treffen, fühle ich mich wie elektrisiert. Unsere Körper sind nur wenige Zentimeter voneinander entfernt. Der Schein des Feuers malt Schatten auf Scarletts Gesicht. Am liebsten möchte ich die Konturen mit den Fingerspitzen nachzeichnen.

Plötzlich ertönt ein Zischen, und wir blicken beide in die Flammen. An meinem Stock hängen nur noch verkohlte Überbleibsel des Marshmallows. Der Rest ist vom Flammenmeer verschlungen worden.

»Ups.« Schnell ziehe ich den Bambusstab aus dem Feuer und werfe ihn hinter mir in den Sand.

Als ich mich wieder zu Scarlett umdrehe, kaut diese auf ihrer Unterlippe herum. Die Spannung, die eben noch Funken zwischen uns geschlagen hat, verdichtet sich zu einer drückenden Schwere. Bevor sie undurchdringlich wird, räuspere ich mich.

»Und, wie war ich?«, frage ich in dem Versuch, die Leichtigkeit erneut heraufzubeschwören.

Kurz blinzelt sie verwirrt, bevor ihr einfällt, worüber wir eben gesprochen haben. »Der Wahnsinn. Es hat sich angefühlt, als wäre ich dabei gewesen.« Sie grinst.

»Haha.« Ich schnaube.

»Nein, ehrlich. Es war wunderschön formuliert. Deine Worte haben mich wirklich berührt.« Sie legt ihre Hand auf meinen Unterarm, und ein Kribbeln breitet sich auf meiner Haut aus. Als würden ihre Finger Funken darauf entfachen.

Die Flammen tanzen in ihren dunklen Pupillen, und die Hitze, die mich durchfährt, hat nichts mit dem lodernden Feuer nur wenige Schritte entfernt zu tun. Bevor die Spannung zwischen uns erneut eskalieren kann, zieht Scarlett ihre Hand zurück und wendet ihren Kopf dem Lagerfeuer zu. Ich hingegen kann meinen Blick nicht von ihr lösen. Das warme Licht unterstreicht den Rotton ihrer Haare und lässt es aussehen, als würden Flammen um ihr Gesicht tanzen. Dieser Eindruck wird noch verstärkt, als sie mit ihrer rechten Hand hindurchfährt. Dabei wird meine Aufmerksamkeit auf die sichelförmige Narbe gelenkt, die ihre linke Augenbraue kreuzt.

»Wie wäre es, wenn du mir zur Abwechslung mal eine Geschichte erzählst?«, frage ich sie, um nicht direkt mit der Tür ins Haus zu fallen.

»Ich lese zwar gern, aber um mir selbst etwas auszudenken, fehlt mir, fürchte ich, die Kreativität«, erwidert sie und zieht eine Grimasse.

»Hinter dieser Narbe an deiner Augenbraue steckt doch bestimmt eine spannende Geschichte«, schlage ich vor und beobachte sie genau.

Scarlett geht immer so sparsam mit Details aus ihrer Vergangenheit um, dass ich das Gefühl habe, nur eine Version von ihr zu kennen. Eine, die aus sorgsam ausgewählten Informationen besteht. Dabei möchte ich so viel mehr wissen. Ich will herausfinden, wer hinter der Fassade steckt und aus welchem Grund sie diese Schutzmauern erbaut hat.

Scarlett fährt mit dem Zeigefinger die weiße Linie nach. Ihr Blick ist auf die Flammen geheftet, scheint aber durch sie hindurchzugehen, so als wäre sie in Gedanken an einem anderen Ort zu einer anderen Zeit.

»Ich war unvorsichtig«, sagt sie nach ein paar Sekunden der Stille.

»Okay? Das heißt, du warst unachtsam und bist über deine eigenen Füße gestolpert und mit der Stirn gegen einen Pfosten geknallt? Oder du hast dich im Supermarkt zu schnell umgedreht und bist mit einem Berg Konserven zusammengestoßen? Oder hast du eine Abkürzung über eine Baustelle genommen und bist mit einem schwebenden Stahlträger kollidiert? Oder warst du mit deinen Eltern im Zoo und hast deine Finger in den Affenkäfig gesteckt, und einer hat dich gepackt und deinen Kopf gegen die Gitterstäbe geknallt? Oder ...«

Sie presst ihre Handfläche auf meinen Mund, um meinen Redefluss zu stoppen.

»Du bist manchmal eine schreckliche Nervensäge, weißt du das?« Das Lächeln in ihrer Stimme straft den genervten Ausdruck in ihren Augen Lügen. Doch in diesem Moment kann ich mich nur auf das Gefühl ihrer Finger auf meinen Lippen konzentrieren. Überall, wo ihre Haut meine berührt, prickeln meine Nervenenden.

Mit einem beinahe schockierten Gesichtsausdruck löst sie blitzschnell den Hautkontakt und lässt die Hand in ihren Schoß sinken. Enttäuschung ergießt sich wie ein Eimer Eiswasser über mich. Wie so oft hat Scarlett sich mir in dem Moment entzogen, in dem wir uns zu nahe gekommen sind. Doch sonst sind es nur ihre neckenden Worte, die eine unsichtbare Schutzmauer zwischen uns spannen. Die Berührung war so viel intensiver und die Zurückweisung umso schmerzhafter.

»Wenn du es unbedingt wissen musst, ich hatte einen Autounfall«, sagt sie. Ihre Finger, die eben noch meine Lippen berührt haben, ballt sie zur Faust. »Es war keine große Sache. Ich bin nur mit der Stirn ziemlich heftig gegen das Lenkrad geschlagen und hatte eine Platzwunde.«

Die Art, wie sie stur ins Feuer starrt, verrät mir, dass das nur ein Teil der Geschichte ist. Dass mehr dahintersteckt. Augenblicklich spinnen meine Gedanken eine Geschichte um die karge Erklärung. Ob sie jemanden bei dem Unfall verloren hat? Jemanden, der ihr viel bedeutet hat? Wie sich ihre Körperhaltung versteift hat, spricht auf jeden Fall dafür, dass mehr vorgefallen ist. Da jedoch offensichtlich ist, dass Scarlett nicht darüber sprechen möchte, bohre ich nicht weiter nach. Stattdessen ziehe ich den Stoff meines T-Shirts zur Seite und entblöße mein rechtes Schlüsselbein, das eine verblichene Narbe ziert.

»Kennst du diese Metallstangen auf Spielplätzen, an denen man Rollen machen oder sich mit den Beinen einhaken und kopfüber herunterhängen kann?« Als sie nickt, fahre ich fort: »Rate mal, wer gewettet hat, dass er hundert Umdrehungen schafft, ohne abzusetzen, nur um bei der zweiten Runde den Halt zu verlieren und mit dem Oberkörper voran auf den Boden zu knallen.«

»Autsch.« Scarlett verzieht das Gesicht, doch ihre gekräuselten Mundwinkel verraten mir, dass mein Versuch, sie aufzuheitern, geglückt ist. Und da ich in meiner Kindheit so ziemlich alles gemacht habe, um die Aufmerksamkeit meiner stets abwesenden Eltern zu erlangen, unterhalte ich sie noch eine Weile mit diversen schiefgelaufenen Plänen.

Den Grund für meine Waghalsigkeit verschweige ich jedoch. Es reicht, dass ich ihr heute bereits einen ersten Einblick in das zerrüttete Verhältnis zu meinem Vater gewährt habe. Irgendwelchen Ballast muss ich mir schließlich noch für das nächste Date aufheben. Vorausgesetzt, sie lässt sich darauf ein. Denn Scarlett ist für mich so unvorhersehbar wie die Kurse am Aktienmarkt. Jedes Mal, wenn wir uns nahekommen, meine ich, etwas in ihren Augen aufblitzen zu sehen. Die gleiche Zuneigung, die gleiche Neugier darauf zu erfahren, wie es sich anfühlen wird, uns zu küssen. Doch dann gibt es wiederum Momente, in denen sie sich vollkommen in sich zurückzuziehen scheint. Themen, denen sie um jeden Preis aus dem Weg gehen will.

Wir sitzen so lange am Feuer, bis nichts als Glut übrig ist. Obwohl der Wind aufgefrischt hat und nur noch eine Handvoll Menschen mit uns im Kreis sitzt, bewegt sich keiner vom Fleck. Als würden wir beide nicht wollen, dass der Abend endet. Dieser Gedanke wärmt mich mehr, als jedes Lagerfeuer es könnte.

KAPITEL 15

Scarlett

Kann man von der Anwesenheit eines anderen Menschen betrunken werden? Neben Will zu sitzen und den Flammen bei ihrem Spiel zuzusehen, lässt meine Gedanken unendlich leicht werden. An diesem Ort, in diesem Moment kann ich für kurze Zeit vergessen, wie verkorkst mein Leben ist. Auch wenn Wills Fragen meiner Vergangenheit manchmal so gefährlich nah kommen, dass die Angst mich mit eisigen Krallen packt. Doch jedes Mal schafft Will es, die Kälte zu vertreiben und mein Herz schneller schlagen zu lassen. Auf eine gute Art und Weise. Es fühlt sich so gut an, dass ich am liebsten für immer hier sitzen bleiben würde. Als irgendwann jedoch von dem fröhlich tanzenden Feuer nicht viel mehr als glimmende Holzreste übrig sind und die Kälte der Nacht eine Gänsehaut auf meinen nackten Armen verursacht, erhebe ich mich von dem Baumstamm.

»Wir sollten uns so langsam auf den Rückweg machen«, sage ich, obwohl der Gedanke an mein leeres Auto alles andere als verlockend ist.

Will nickt und kommt ebenfalls auf die Füße. Gemeinsam laufen wir über den Strand. Während vorhin Scharen von Menschen emsig wie Ameisenkolonien den Sand bevölkert haben, finden sich jetzt nur noch vereinzelte Paare, die Arm in Arm spazieren gehen. Will läuft so nah neben mir, dass ich meine Finger nur wenige Millimeter zur Seite strecken müsste, um ihn zu berühren. Um mich von solchen Dummheiten abzuhalten, schlinge ich meine Arme um meinen Oberkörper und reibe mit den Handflächen über meine Oberarme.

Mittlerweile verfluche ich mich dafür, keine Jacke mitgenommen zu haben. Die Brise, die vom Meer herüberweht, lässt mich frösteln. Obwohl sich der Abend wie ein Vorgeschmack auf den Sommer anfühlt, ist es eben doch erst Frühling.

»Ist dir kalt?« Wills aufmerksamem Blick entgeht wie immer nichts.

»Es geht schon«, lüge ich und beschleunige meine Schritte. Im Schutz der Häuser wird es hoffentlich erträglicher sein.

»Warte.« Will berührt mich leicht am Arm. Seine warmen Fingerkuppen senden einen wohligen Schauer über mein Rückgrat. Er schlüpft aus seiner Jacke und legt sie über meine Schultern. Augenblicklich umhüllt mich der Duft nach getrockneten Orangenschalen mit einem Hauch von Zimt.

»So besser?«, fragt er und zieht das Revers vorn zusammen. Dabei streifen seine Fingerknöchel mein Dekolleté.

Ich kann lediglich nicken, da meine Aufmerksamkeit vollkommen von dem Gefühl von Wills Fingern auf meiner Haut in Anspruch genommen wird. Die Hitze, die mich durchdringt, hat wenig mit der Wärme seiner Jacke zu tun. Als ich in sein Gesicht sehe, glitzert so viel Verlangen in seinen im Mondlicht beinahe schwarz wirkenden Iriden, dass meine Beine sich mit einem Mal so weich anfühlen wie ein geschmolzenes Marshmallow. Sein Blick wandert zu meinen Lippen und wieder zurück zu meinen Augen; eine unausgesprochene Frage, nein, vielmehr ein Flehen liegt darin. Und in diesem Augenblick will ich nichts mehr, als ihn zu küssen. Mein Körper verzehrt sich nach seiner Umarmung. Etwas in mir muss wissen, wie er schmeckt, wie sich seine Lippen auf meinen anfühlen.

Bevor die Stimme der Vernunft die Kontrolle an sich reißen kann, stelle ich mich auf die Zehenspitzen und küsse ihn. Es ist nicht viel mehr als ein hauchzartes Streifen seiner Haut, und doch fühlt es sich so an, als würde mein Körper in Flammen stehen. Will krallt die Finger tiefer in den Stoff seiner Jacke und zieht mich näher an sich, bis unsere Oberkörper sich der Länge nach berühren. Seine Fingerspitzen wandern über mein Dekolleté hinauf zu meinem Hals. Sein Daumen liebkost die empfindsame Haut knapp unterhalb meines Ohrläppchens, was prickelnde Schauer meinen Nacken entlangjagt. Der Kuss wird hungriger.

Mit der Zungenspitze stupse ich sanft gegen Wills Lippen, die er nur zu bereitwillig für mich öffnet. Unsere Zungen umkreisen einander erst langsam, dann wird ein Spiel daraus, und ich versinke in der Welle aus Endorphinen, die über mir zusammenschlägt. Es ist so schrecklich lange her, dass ich in den Armen eines anderen Menschen lag. Dass ich Nähe zugelassen habe. Jetzt fühlt es sich an, als würden meine Synapsen ein Feuerwerk veranstalten. Jeder Zentimeter meines Körpers kribbelt, und meine Gedanken sind so leicht, als hätten sie in Champagner gebadet. Als Wills Schneidezähne sanft über meine Unterlippe fahren und er seine Finger in meinem Haar vergräbt, keuche ich auf. Er verschluckt das Geräusch gierig, indem er erneut meinen Mund mit seinem verschließt. Wie ich scheint auch er nicht genug zu bekommen.

»Was hältst du davon, wenn wir noch zu dir oder zu mir gehen?«, wispert er an meinen Lippen.

In der ersten Sekunde will ich Ja sagen, doch dann lichtet sich der Schleier der Normalität, der meine Gedanken umgeben hat, und die Realität trifft mich mit der Wucht eines Sattelschleppers. Mit einem Schlag ist mein Hochgefühl verpufft. Was ich mir wünsche, liegt so meilenweit entfernt von dem, was ich mir erlauben darf, dass es mich innerlich zerreißt. Was habe ich mir nur dabei gedacht, den nächsten Schritt zu machen? Nur davon zu träumen, ihn zu küssen, war quälend genug. Zu wissen, wie viel besser es sich in der Realität anfühlt, macht es umso schwerer, mich von ihm fernzuhalten. Wills Nähe, die mich eben noch eingehüllt hat wie ein schützender Kokon, weicht kalter Leere.

Vorsichtig löse ich mich von ihm und trete einen Schritt zurück.

»Ich muss morgen früh raus und sollte jetzt wirklich nach Hause gehen. Allein.« Das letzte Wort füge ich hinzu, obwohl sich alles in mir bei dem Gedanken zusammenzieht.

»Oh, natürlich.« Seine Enttäuschung ist mit Händen greifbar und vervielfältigt meine eigene. »Dann lass mich dich wenigstens nach Hause bringen.«

Panik legt sich über mich wie ein Mantel aus Blei. Verzweifelt krame ich in meinen Gedanken nach einer plausiblen Erklärung, warum das nicht geht. Mit jeder verstreichenden Sekunde werden meine Handflächen feuchter, wird meine Atmung hektischer. Kurz erwäge ich, ihn einfach zu einem Apartmentgebäude in der Nähe zu führen. Doch wie ich Will einschätze, würde er darauf bestehen, mich bis vor die Wohnungstür zu bringen. Also würde der Schwindel spätestens dann auffliegen, wenn wir vor der verschlossenen Eingangstür des Komplexes stehen, zu dem ich offensichtlich keinen Schlüssel besitze. Ich lasse meinen Blick Hilfe suchend über die Promenade gleiten und bleibe an einem Taxischild hängen. Erleichterung drängt die Panik zurück.

»Das ist wirklich nicht nötig. Ich rufe mir einfach ein Uber«, sage ich und versuche, möglichst ruhig und beiläufig zu klingen, damit er nichts von meinem inneren Aufruhr bemerkt.

Will runzelt die Stirn und wirkt unzufrieden mit meiner Entscheidung, doch zum Glück lässt er es dabei bewenden. Als wir in Richtung der Promenade laufen, knistert die Luft vor Spannung. Ich bin viel zu aufgewühlt, um nach einem unverfänglichen Gesprächsthema zu suchen, und Will scheint in seine Gedanken versunken. Wie er seine Kiefer aufeinanderpresst, verrät mir, dass er an meiner Abfuhr zu knabbern hat. Dass er sich vermutlich gerade fragt, was in mich gefahren ist und wie sich die Stimmung innerhalb von Sekunden um hundertachtzig Grad wenden konnte.

Immer wieder treffen unsere Blicke aufeinander. Seiner ist forschend, als suchte er in meinem Gesicht nach einer Antwort. Doch ich sehe jedes Mal schnell weg, bevor er darin lesen kann, wie sehr ich mir ein anderes Ende für diesen Abend wünschen würde. Stattdessen zwinge ich meine Aufmerksamkeit hinüber zu den Verkaufsständen, über denen sich bunte Lichterketten spannen. Fetzen von Livemusik dringen zu uns herüber und geben dem Ganzen Festival-Flair. Ich wünsche mir die ausgelassene Stimmung von vorhin zurück. Die prickelnde Vorfreude und das Gefühl von Normalität. Stattdessen komme ich mir vor wie Cinderella, nachdem die Glocke Mitternacht geschlagen und sich ihr Wagen in einen Kürbis zurückverwandelt hat.

Nach fünf endlos langen Minuten erreichen wir endlich die Straße, wo wir auf unseren Smartphones nach einer Mitfahrgelegenheit suchen. Doch während Will sich ein Uber bestellt, öffne ich nur die Landkarten-App, um nach der nächstgelegenen Bushaltestelle Ausschau zu halten. Nachdem ich herausgefunden habe, dass sie nur fünfzig Meter entfernt ist, stecke ich mein Handy zurück in meine Umhängetasche. Ich spüre Wills Blick auf mir, und als ich aufsehe, entdecke ich Unsicherheit in seinen Augen. Offensichtlich kann er sich keinen Reim auf mein Verhalten machen.

Und wie könnte er auch? In der einen Sekunde falle ich ihm um den Hals, in der nächsten gehe ich auf Abstand. Wenn er nur wüsste, wie sehr es mich zerreißt, nicht tun zu können, wonach ich mich sehne. Mich erneut in seine Arme zu flüchten und ihn so lange zu küssen, bis die Realität zu einem verschwommenen Fleck zerläuft.

»Vielen Dank für den schönen Abend«, sage ich und schenke ihm ein Lächeln.

»Jederzeit wieder«, antwortet er und lässt es wie eine Frage klingen. Doch sosehr ich es auch möchte, kann ich ihm nicht die Antwort geben, die er sich wünscht. Denn dieses Date muss eine einmalige Sache bleiben. Ich muss Will auf Distanz halten, bevor er sich noch weiter in mein Herz schleicht. Dieser Abend war nichts als ein Moment der Schwäche. Ein Moment, in dem ich mir erlaubt habe, von einem anderen Leben zu träumen. Ein Moment, in dem mein nach Geborgenheit hungerndes Herz die Führung übernommen hat. Ein Moment, in dem ich meine Schutzmauern gefährlich weit gesenkt habe. Doch das wird mir nicht noch einmal passieren. Es darf mir nicht noch einmal passieren.

»Und danke für die hier.« Ich mache Anstalten, aus seiner Jacke zu schlüpfen, doch Will schüttelt den Kopf.

»Behalte sie an, bis du zu Hause bist. Ich hole sie mir morgen wieder«, erwidert er mit einem Zwinkern. Seine Worte verursachen ein flattriges Gefühl in meinem Bauch, das jedoch im nächsten Augenblick von einem Knoten ersetzt wird. Wie soll ich auf Abstand gehen, wenn Will jeden Tag ins Diner kommt?

Ein weißer Toyota hält neben uns am Straßenrand, und Will checkt die Anzeige auf seinem Handybildschirm.

»Das ist dann wohl meine Mitfahrgelegenheit.« Mit gerunzelter Stirn sieht er die Straße hinauf und hinunter. Doch außer dem Toyota ist kein anderer Wagen zu entdecken. »Ich kann gern warten, bis dein Uber-Fahrer auch da ist«, bietet er mir an.

Mein Puls schnellt in die Höhe, und meine Handflächen werden feucht. »Fahr ruhig, ich bin mir sicher, dass er jede Sekunde kommt.« Ich ziehe mein Handy aus der Tasche und klicke demonstrativ mit dem Zeigefinger auf dem Display herum. »In zwei Minuten ist er da«, behaupte ich.

Will sieht zwischen mir und dem Toyota hin und her, und ich halte unwillkürlich die Luft an. Glücklicherweise drückt der wartende Uber-Fahrer in dieser Sekunde auf die Hupe.

»Ich komme ja schon«, ruft Will dem Mann durch das geschlossene Fenster zu. »Und es ist wirklich in Ordnung für dich, wenn du hier allein wartest?« Er mustert mich eindringlich, und ich erkenne, wie unwohl ihm bei dem Gedanken ist. Seine Sorge berührt etwas in mir, und ein Kloß bildet sich in meinem Hals.

Also nicke ich so nachdrücklich wie möglich.

»Dann, schätze ich, sehe ich dich morgen im Diner.« Will tritt von einem Bein aufs andere und scheint nicht zu wissen, wie er sich von mir verabschieden soll.

Ich nehme ihm die Entscheidung ab, indem ich die Distanz zwischen uns überbrücke und ihn umarme. Dabei gebe ich ihm keine Zeit, um zu reagieren, sondern trete schnell zwei Schritte zurück, damit ich mich nicht erneut in seiner Wärme verliere.

Mit einem letzten sehnsüchtigen Blick öffnet Will die Wagentür. Noch bevor er sie vollständig hinter sich zugezogen hat, setzt sich das Auto in Bewegung. Ich sehe den Rücklichtern nach, bis sie hinter der nächsten Ecke verschwunden sind. Dann mache ich mich auf den Weg zur Bushaltestelle. Der Duft nach Orangenschalen und Zimt, der noch immer aus Wills Jacke aufsteigt, ist Trost und Folter zugleich.

***

»Uuund?« Tammy verfolgt mich von dem Augenblick an, in dem ich zur Tür hereinkomme.

»Es war nett«, erwidere ich und flüchte in Richtung der Umkleide. Denn *nett* kommt nicht einmal ansatzweise an das Gefühlschaos heran, das dieser Abend in mir ausgelöst hat. Es ist schlimm genug, dass ich die halbe Nacht wach gelegen und daran gedacht habe, wie sich Wills Lippen auf meinen angefühlt haben. Mir vorgestellt habe, wie es sich angefühlt hätte, in seinen Armen einzuschlafen. Nur um irgendwann allein zu den Gesängen der Sirenen wegzudämmern. Dass Tammy mich jetzt dazu zwingen will, diesen Abend noch mal zu durchleben, durchkreuzt meinen Plan, das Date zu verdrängen und so zu tun, als wäre nie etwas geschehen.

»Du glaubst doch nicht, dass ich dich mit einer derart nichtssagenden Beschreibung davonkommen lasse?« Meine Freundin folgt mir durch die Schwingtür in den Mitarbeiterbereich.

»Geglaubt nicht, aber gehofft«, sage ich, während ich mir die Schürze über den Kopf ziehe und die Bänder zu einer Schleife in meinem Rücken zusammenbinde.

»Dann muss ich dich leider enttäuschen. Erzähl mir alles. Jedes noch so kleine Detail!«, fordert Tammy.

»Das Fest war viel größer, als ich erwartet hatte. Es gab einen Stand, an dem eine Frau Bücher mit selbst bemaltem Buchschnitt verkauft hat, und ich habe zum ersten Mal einen Hotdog im California Style gegessen.« Ich schließe die Tür meines Spinds und drehe mich zu Tammy um.

Diese steht, die Arme vor der Brust verschränkt, vor mir. »Ich will nicht wissen, wie das dämliche Fest war. Ich will wissen, wie es mit Hemingway war.«

»Es war schön.« Die Worte fühlen sich schal auf meiner Zunge an. Geben sie doch nur einen Bruchteil dessen wieder, was Wills Nähe mich hat fühlen lassen. »Aber es wird keine Wiederholung geben«, füge ich hinzu, bevor Tammy jedes Detail des vergangenen Abends aus mir herausquetschen kann. Meine Schutzmauern sind unüberwindbar und alles unter Kontrolle.

Ihr Mund klappt auf und wieder zu, als sie offenkundig versucht, ihre Gedanken in Worte zu fassen. Ich nutze die Gelegenheit und schlüpfe an ihr vorbei in den Verkaufsraum. Dort widme ich mich mit voller Konzentration der Kaffeemaschine, die ich mit einem Filter, Kaffeepulver und Wasser bestücke. Gerade als die Maschine zu rattern beginnt und der aromatische Duft des Getränks die Luft erfüllt, taucht Tammy erneut neben mir auf.

»Wieso wird es kein weiteres Date geben? Hat er dir einen Korb gegeben?« Jetzt wirkt sie nicht mehr verblüfft, sondern derart empört, dass ich mir ein Lächeln nicht verkneifen kann.

»Nein, hat er nicht«, erwidere ich, während ich unsichtbare Staubkörner von der Theke wische.

»Was ist es dann? Du hast doch gesagt, dass der Abend schön war.« Sie legt ihre Hände an meine Schultern und dreht mich sanft zu sich, damit ich ihrem prüfenden Blick nicht länger ausweichen kann.

»Ich weiß einfach, dass das zwischen uns nicht gut gehen kann.« Ich beiße mir auf die Wange, um meine Gefühle unter Kontrolle zu behalten.

»Warum denkst du so was? Hemingway scheint mir ein anständiger Kerl zu sein, und er ist geradezu vernarrt in dich.« Ich weiß, dass sie mich mit ihren Worten aufbauen möchte, doch stattdessen wird der Druck auf meiner Brust nur noch größer.

»Wir kommen aus zwei vollkommen unterschiedlichen Welten, Tammy. Es ist nur eine Frage der Zeit, bis er das erkennt und mich fallen lässt.« Wie weit unsere Leben wirklich voneinander abweichen, kann meine Freundin nicht einmal erahnen.

»Weil er ein Möchtegernschriftsteller ist und du ›nur‹ eine Kellnerin, oder was? Lass dir bloß nicht so einen Unsinn einreden. Von niemandem! Auch nicht von dir selbst! Wir arbeiten hier hart für unser Geld und laufen uns die Füße wund. Es gibt keinen Grund, sich dafür zu schämen. Und es ist ja nicht so, als würde Hemingway Bestseller am laufenden Band produzieren.« Tammy fuchtelt mit den Händen in der Luft herum.

»Seinem Vater gehört die Walker Real Estate Corporation«, erwidere ich tonlos.

Tammys Augen weiten sich, bevor sie entschieden den Kopf schüttelt. »Und selbst wenn sein Vater Jeff Bezos wäre, das ändert doch nichts an seinen Gefühlen für dich.«

»Vielleicht, wenn das eine Hollywood-Romanze wäre, aber das hier ist das echte Leben. Ich bin mir sicher, sein Vater hat

sehr genaue Vorstellungen, wie die Zukunft seines Sohns aus-
zusehen hat, und eine Kellnerin aus einem Diner ist bestimmt
nicht Teil des Plans.« Vor allen Dingen nicht, wenn sie einen
Berg an Schulden hat und in ihrem Auto lebt.

»Aber ...«, setzt meine Freundin an, doch ich hebe die Hand.

»Bitte, lass es dabei bewenden.« Ich werfe ihr einen flehen-
den Blick zu, und schließlich gibt sie mit einem Seufzen nach.

Die nächsten zwei Stunden bin ich für jede Ablenkung dankbar, denn bei dem Gedanken daran, dass Will jede Sekunde hier
aufkreuzen könnte, verknotet sich mein Magen so sehr, dass
ich nicht einmal das Croissant herunterbekomme, das Liz mir
anbietet. Glücklicherweise ist auf unsere Kundschaft Verlass.
Die unzähligen Bestellungen und Sonderwünsche halten mich
derart auf Trab, dass ich nicht bemerke, wie die Zeit verfliegt.

Ich nehme soeben zwei Teller mit Rührei und Speck von Liz
entgegen, als ein leises Räuspern in meinem Rücken ertönt.
Noch bevor ich mich zu ihm umdrehe, weiß ich, dass es Will ist.

KAPITEL 16

William

»Guten Morgen, O'Hara.« Ich versuche, so unbeschwert wie möglich zu klingen, während ich mich frage, ob ich mich nicht doch für ein einfaches *Hey* als Begrüßung hätte entscheiden sollen. Dass ich fünf Minuten auf dem Parkplatz gestanden und darüber gegrübelt habe, wie unser Wiedersehen nach dem gestrigen Abend aussehen könnte, muss sie nicht wissen. Am liebsten würde ich sie in die Arme schließen und ihren Duft, der eine Mischung aus Kokos und Kaffee ist, einsaugen. Doch zum einen war unser Abschied gestern mehr als nur etwas holprig, und zum anderen bin ich mir sicher, dass es ihr unangenehm wäre. Hier im Diner sind wir schließlich nicht mehr als Kellnerin und Kunde.

Scarlett dreht sich mit zwei voll beladenen Tellern zu mir herum. Ihre Schultern wirken verkrampft, aber vielleicht liegt das auch an dem Gewicht von gefühlt einer Tonne Rührei und einem halben Schwein, das sich auf dem Porzellan häuft.

»Hi. Setz dich gern schon mal, ich komme gleich zu dir. Ich vermute, du nimmst das Übliche?« Sie lächelt mich an, doch etwas daran fühlt sich falsch an.

156

Bevor ich ein Nicken als Antwort zustande bekomme, ist sie schon an mir vorbeigerauscht. Während ich ihr in deutlich entspannterem Tempo den Gang hinab folge und beobachte, wie sie die Teller an einem der Tische abstellt, wird mir klar, was dieses komische Gefühl in meinem Bauch verursacht. Es ist die Art, wie sie das Pärchen anlächelt. Zuvorkommend, aber distanziert. Ihre Mundwinkel heben sich, doch ihre Augen strahlen nicht. Es ist das gleiche Lächeln, mit dem sie mich eben begrüßt hat, und es hat nichts mit dem gemein, das sie mir sonst schenkt.

Sie will sicher nur professionell erscheinen, sage ich mir und setze mich an meinen neuen Stammplatz in der Ecke, die in Scarletts Bereich liegt. Um mich abzulenken, hole ich mein Notizbuch und meinen Kugelschreiber aus meiner Tasche und schlage eine frische Seite auf. Ich weiß bereits, welche Frage ich Scarlett heute stellen will.

Auf der Suche nach Inspiration lasse ich meinen Blick durch den Raum wandern und bleibe an einem älteren Ehepaar hängen, das an ihren grauen Haaren und den tiefen Lachfältchen um Augen und Mund gemessen weit über siebzig sein muss. Die beiden teilen sich ein Stück Kuchen, und die Art, wie sie sich ansehen und sich abwechselnd den Teller über die Tischplatte zuschieben, macht deutlich, dass es sich um ein Ritual handelt. Augenblicklich ploppt eine Idee in meinem Kopf auf. Wie die beiden vor fünfzig Jahren zum ersten Mal hierhergekommen sind. Wie sie unabhängig voneinander ein Stück Kuchen bestellt haben und es nur noch eines gab. Wie sie beschlossen haben, es zu teilen, und darüber angefangen haben, sich zu unterhalten. Wie sie von da an jeden Tag wiedergekommen sind, in der stillen Hoffnung, dass der andere es ihnen gleichtun würde. Wie er schließlich den Mut gefunden hat, sie um ein richtiges Date zu bitten. Wie sie geheiratet haben und seitdem zu jedem Jahrestag ins *Patty's Pies* kommen, um sich ein Stück Kuchen zu teilen.

»Hier sind dein Kaffee und dein Apfelkuchen.« Scarlett taucht so plötzlich neben mir auf, dass ich zusammenzucke.

»Und deine Jacke. Danke noch mal.« Sie legt das Kleidungsstück auf die Sitzbank.

»Nicht der Rede wert. Wenn ich ehrlich bin, hat sie dir deutlich besser gestanden«, erwidere ich mit einem Grinsen.

»Dann lasse ich dich mal wieder in Ruhe, damit du schreiben kannst.« Bevor ich widersprechen kann, hat sie auf dem Absatz kehrtgemacht und eilt mit wehender Schürze zurück zur Theke. Dabei sind es in diesem Augenblick nicht Worte, nach denen ich mich sehne, sondern ihre Nähe. In meinem Kopf materialisieren sich Erinnerungen an die vergangene Nacht. An den Anblick des Lagerfeuers, das Schatten auf ihre Haut gezeichnet und ihre Augen zum Leuchten gebracht hat. An das Gefühl ihrer Lippen, die sich gegen meine gepresst haben.

Ich umfasse den Kugelschreiber fester und beginne, die eben grob geplottete Geschichte herunterzuschreiben. Die Worte strömen aus mir heraus, sodass ich erst eine Verschnaufpause einlege, als meine Finger krampfen. Der Kaffee ist lauwarm, dafür schmeckt der Apfelkuchen so aromatisch und saftig wie immer. Während ich eine Gabel voll nach der anderen verdrücke, lese ich, was ich bisher geschrieben habe. Einige Stellen bringen mich zum Schmunzeln, da sie ziemlich genau so zwischen Scarlett und mir stattgefunden haben. Ich streiche eine Passage, ersetze ein paar Dopplungen, bevor ich mit dem Abschnitt zufrieden bin und den nächsten Teil in Angriff nehme. Kurz nachdem die Rushhour für den Mittagstisch vorbei ist, setze ich das Wort *Ende* unter die Geschichte.

Mit einem Lächeln lehne ich mich gegen das rot-weiß gestreifte Rückenteil der Bank, das sich so elastisch wie ein Marshmallow meiner Körperform anpasst. Als ich nach meiner Kaffeetasse greife, muss ich feststellen, dass sie leer ist. Normalerweise sorgt Scarlett für stetigen Nachschub, und erneut macht sich dieses nagende Gefühl in meinem Magen breit, dass sie sich heute mir gegenüber anders verhält.

Bevor ich mir, wie so oft, den Kopf zerbreche, indem ich eine Situation überanalysiere, drehe ich meinen Oberkörper in Richtung der Theke. Der Lederbezug gibt ein protestierendes Knarzen von sich, doch ich achte gar nicht darauf. Vielmehr versuche ich, Scarlett mit meinen Blicken dazu zu bewegen, mir ihre Aufmerksamkeit zu schenken. Sie steht hinter der Theke und wischt mit einem gelben Schwammtuch über die Oberfläche. Es dauert keine zehn Sekunden, bis sie tatsächlich den Kopf hebt. Ich winke ihr mit meiner leeren Tasse zu, und ein Schmunzeln erscheint auf ihren Lippen. Dieses Mal liegt ein Hauch Belustigung darin. Der Knoten in meinem Magen löst sich bei dem Anblick, der so gar nichts mit dem Lächeln der Marke Servicekraft-will-sich-Trinkgeld-sichern zu tun hat.

»Brauchen deine grauen Zellen Nachschub?«, fragt sie, als sie mit der Kaffeekanne im Anschlag neben meinem Tisch stehen bleibt.

»Ich sehe es mehr als eine Belohnung für meine harte Arbeit«, erwidere ich und wedele mit den zehn doppelseitig beschriebenen Seiten vor ihrer Nase herum.

»Lautet der Deal mit deinem Vater nicht, dass du einen Roman schreiben sollst?«

Genauso gut hätte sie mir die Kanne mit dem heißen Kaffee über den Kopf kippen können.

»Aber wie soll ich sonst Antworten von dir bekommen?«, necke ich sie und versuche zu überspielen, wie sehr mich ihr Kommentar getroffen hat. *Weil sie recht hat*, raunt mein innerer Kritiker, dem ich wiederum gern eine Tasse Kaffee ins Gesicht schütten würde.

»Wie kannst du nach gestern Abend noch offene Fragen haben?«, erwidert sie gespielt empört. Doch da ist mehr in ihrem Blick, dieselbe Distanziertheit, die zuvor in ihrem Lächeln gelegen hat.

»Lies die Geschichte, dann wirst du es erfahren«, erwidere ich in einem lässigen Tonfall, den ich so was von gar nicht fühle.

Unter das Wort *Ende* habe ich die Frage nach einem zweiten Date geschrieben.

Ich bin mir sicher, dass ich mir die Anziehung zwischen uns gestern Abend nicht eingebildet habe. Und immerhin war sie diejenige, die den nächsten Schritt gemacht hat. Die mich mit diesem überraschenden Kuss vollkommen durcheinandergebracht hat. Auf die beste nur erdenkliche Art und Weise. Und genau deshalb muss ich herausfinden, was schiefgelaufen ist. Warum sie sich von jetzt auf gleich zurückgezogen hat. Da sind so viele Fragen in meinem Kopf, dass ich ein Dutzend Geschichten schreiben müsste und der Lösung vermutlich trotzdem keinen Schritt näher kommen würde. Also setze ich stattdessen alles auf eine Karte.

Scarlett stellt die Kanne auf der Tischplatte ab und greift zögerlich nach dem Bündel Papier. Während sie durch die Seiten blättert, bin ich so frei und schenke mir selbst Kaffee nach. Der würzige Duft steigt mir zusammen mit dem Dampf in die Nase, und ich seufze wohlig auf. Der erste Schluck ist wie immer viel zu heiß, sodass ich mir die Zungenspitze verbrühe. Leise fluchend puste ich in die Flüssigkeit und setze die Tasse gerade erneut an meine Lippen, da lässt Scarlett die Seiten sinken. Überrascht sehe ich zu ihr auf, denn sie kann unmöglich schon fertig sein.

»Ich denke nicht, dass das eine gute Idee ist.« Ihre Stimme klingt rau, als kostete es sie Mühe, die Worte auszusprechen.

»Okay, ich gebe zu, die Story ist ein bisschen cheesy, aber manchmal braucht man auch mal etwas fürs Herz«, scherze ich, obwohl ich bereits weiß, dass sie nicht von der Geschichte spricht.

»Will.« Sie seufzt. Mit den Fingerspitzen trommelt sie nervös auf dem obersten Blatt. »Ich bin mir sicher, dass die Geschichte wundervoll ist, aber ich fürchte, ich kann deine Frage trotzdem nicht mit einem Ja beantworten.«

Ich schlucke die Zurückweisung herunter, sie klebt an meinem Gaumen wie Zement.

»Aber gestern hast du gesagt, dass du einen schönen Abend hattest.« Ich wünschte, mein Stolz würde mich daran hindern, weiterzubohren, doch offensichtlich besitze ich keinen mehr. Scarlett beißt sich auf die Unterlippe. Die Situation scheint ihr mehr als unangenehm zu sein, und ich hasse mich ein bisschen dafür, dass ich es nicht dabei belassen kann. Doch die Wahrheit ist, dass sie mir zu wichtig ist, um sie einfach so gehen zu lassen.

»Es war ein schöner Abend, aber mehr kann, mehr darf es nicht sein. Du musst dich auf deine Aufgabe konzentrieren. Ein Buch schreibt sich nicht von selbst, und deine Kurzgeschichten werden dir nicht dabei helfen, sosehr ich sie auch zu schätzen weiß.« Sie sagt es mit Nachdruck in der Stimme.

»Jeder Künstler braucht eine Muse, habe ich mal gehört«, erwidere ich und taste mit meinen Fingern nach ihren. Als meine Fingerspitzen ihre berühren, zuckt sie zusammen.

»Will, es tut mir leid, aber ich bin nicht bereit für etwas Festes.«

»Ich nehme auch etwas Flüssiges oder jeden anderen Aggregatzustand, der dir beliebt.« Habe ich das gerade ernsthaft gesagt? Falls da doch noch so etwas wie Stolz in mir lebt, wäre es höchste Zeit, sich zu regen.

Ein trauriges Lächeln legt sich auf ihre Lippen. »Konzentrier dich erst einmal auf deine Abmachung mit deinem Vater, dann sehen wir weiter.« Es klingt wie eine Ausrede, trotzdem greife ich nach dem Strohhalm.

»Okay, und was ist mit unserem Deal? Eine Geschichte für eine Frage?«

»Vielleicht sollten wir einen neuen machen. Einen, der dir hilft, einen richtigen Roman zu schreiben.« Sie legt den Kopf schief und blickt nachdenklich aus dem Fenster.

Ich halte die Luft an, während sie nachdenkt. Auf der einen Seite bin ich erleichtert, dass sie mich nicht vollkommen aus ihrem Leben streicht, gleichzeitig aber auch enttäuscht darüber, dass sie die offenkundige Anziehung zwischen uns nicht weiter ergründen will.

»Wie wäre es, wenn du mir jeden Tag eine neue Idee für einen Roman vorstellst?« Sie sieht mich so erwartungsvoll an, dass mir nichts anderes übrig bleibt, als zu nicken, obwohl ich mich frage, wo zur Hölle ich auch nur eine einzige herbekommen soll. Bisher habe ich jede Idee bereits im Ansatz erstickt, weil sie mir nicht besonders genug vorkam. Weil ich zu große Angst vor einer erneuten Ablehnung hatte.

Aber vielleicht ist es an der Zeit, endlich etwas zu wagen, bevor es endgültig zu spät ist. Bevor die Zeit abläuft und ich es nicht einmal versucht habe. Und es nicht einmal versucht zu haben, ist schlimmer, als zu scheitern.

»Und was bekomme ich im Gegenzug?«, frage ich, weil es hier längst nicht mehr nur um meinen Traum vom Schreiben geht.

»Im Idealfall die Grundlage für einen Bestseller.« Mit einem amüsierten Zwinkern schnappt sie sich die Kaffeekanne und macht sich auf den Weg zurück zum Tresen. Die zehn eng beschriebenen Seiten hält sie mit der anderen Hand umschlossen.

KAPITEL 17

Scarlett

»Was hältst du von einer Adaption von *Romeo und Julia* in der modernen Zeit? Ihre Familien könnten zum Beispiel rivalisierende Mafia-Banden sein.« Will sieht mich so erwartungsvoll an, dass es mir schwerfällt, die nächsten Worte auszusprechen.

»Du meinst so in etwa wie in *Westside Story*?«

Will blinzelt ein paarmal, dann lässt er mit einem tiefen Seufzen seine Stirn auf die Tischplatte sinken.

Es ist bereits die fünfte Idee, die ich diese Woche im Keim ersticke. Vermutlich wäre es für uns beide besser gewesen, wenn ich ihn darum gebeten hätte, sich ein anderes Diner zum Schreiben zu suchen. Doch etwas in mir kann ihn nicht gehen lassen. Denn obwohl ich ihm vor wenigen Tagen eine Abfuhr erteilt habe, ist da ein Teil in mir, der es riskieren will. Der sich fragt, wie es wäre, sich auf ihn einzulassen. Wie es wäre, mit ihm am Strand entlangzuspazieren, unsere Finger miteinander verwoben. Neben ihm einzuschlafen und wieder aufzuwachen. Es muss der masochistisch veranlagte Teil sein.

Am liebsten würde ich meine Hand ausstrecken und durch seine Haare streichen. Ob die kurz geschorenen Löckchen genauso weich sind, wie sie aussehen? *Gefährliches Terrain, Scarlett!*, ermahnt mich meine Vernunft.

»Okay, wie wäre es hiermit?« Will hebt den Kopf vom Tisch und reißt mich damit aus meinem Tagtraum. »Stell dir *Romeo und Julia* in der Zukunft vor.«

»Interessant. Sprich weiter.«

»Romeo könnte von einem anderen Planeten kommen, dessen Einwohner die Erde erobern wollen. Julia gehört den Erdbewohnern an und ist Teil einer Untergrundbewegung, die die Invasion bekämpft. Die beiden verlieben sich. Dann wird Julia eines Tages von den Feinden gefangen genommen, und durch ein Missverständnis denkt Romeo, dass sie von seinen eigenen Leuten getötet wurde, woraufhin er sich vor Verzweiflung das Leben nimmt. Na ja, und den Rest kennt man ja.«

Ich mustere ihn eingehend, um herauszufinden, ob er den Vorschlag ernst meint oder mich nur verarscht. »Hat Romeo Hörner, oder ist seine Haut so blau wie die eines Schlumpfs?«, frage ich und kann mir nur mit Mühe ein Lachen verkneifen.

Will lässt seine Stirn erneut auf die Tischplatte knallen. »Es ist hoffnungslos«, murmelt er.

»Das stimmt nicht«, sage ich mit so viel Überzeugung in der Stimme, dass er zu mir aufblickt. »Ich habe genug von deinen Kurzgeschichten gelesen, um zu wissen, dass du das Potenzial dazu hast, einen wundervollen Roman zu schreiben. Vielleicht brauchst du einfach etwas Abstand und Abwechslung. Am besten schreibt es sich doch immer noch über das wahre Leben. Du kommst schon seit Wochen jeden Tag hierher und starrst auf dein Notizbuch, bestimmt könnten neue Eindrücke und Erlebnisse deiner Kreativität auf die Sprünge helfen.«

»Soll ich statt in *Patty's Pies* mal zum *Burger King* oder *Taco Bell* um die Ecke gehen?«

»Mit Abstand meinte ich nicht nur ein paar Blocks«, erwidere ich mit einem Grinsen. »Du könntest einen Ausflug ins Grüne machen. Nirgendwo fühlt man sich so lebendig wie in der Natur, und man kann wunderbar abschalten. Sich nur auf seine Füße konzentrieren, die einen Meter nach dem anderen zurücklegen. Sich von der Landschaft inspirieren lassen. Den Kopf frei bekommen. Ich war früher in jeden Sommerferien in einem anderen Nationalpark unterwegs.« Der letzte Satz ist mir ungewollt über die Lippen gekommen. Doch die Erinnerungen an die gemeinsamen Wanderurlaube mit meiner Mutter sind in diesem Moment so präsent, die Sehnsucht so stark, dass es sich vollkommen natürlich angefühlt hat, darüber zu sprechen. Trotzdem bin ich insgeheim erleichtert, als Will nicht nachbohrt.

»Keine schlechte Idee.« Er kratzt sich nachdenklich am Kinn.

»Ich muss dann mal weiterarbeiten«, sage ich, bevor er merkt, wie sehr mich mein eigener Vorschlag aufgewühlt hat. Auf dem Weg zurück zur Theke blinzle ich gegen die Feuchtigkeit an, die sich in meinen Augenwinkeln sammelt.

***

Den Rest des Tages verbringt Will an seinem Laptop. Jedes Mal, wenn ich an seinem Tisch anhalte, um Kaffee nachzuschenken, ist seine Planung für einen Wochenendtrip weiter vorangeschritten. Er zeigt mir Bilder von verschiedenen Nationalparks, die es in die nähere Auswahl geschafft haben, und fragt mich um meine Meinung. Offenkundig ist es sein erster mehrtägiger Ausflug in die Natur, und zwischendurch drängt sich mir die Sorge auf, dass er in der Wildnis verloren geht. Seine laut geäußerte Überlegung, dass ein Wanderurlaub zu zweit deutlich mehr Spaß machen würde als allein, übergehe ich trotzdem gekonnt. Dabei kann ich nicht leugnen, dass die Landschaftsaufnahmen aus dem Joshua-Tree-Nationalpark und dem Sequoia-Nationalpark mein Herz vor Sehnsucht schneller schlagen lassen.

Es ist so verdammt lange her, dass ich etwas anderes getan habe, als nur zu überleben. Als von Stadt zu Stadt zu reisen und mich irgendwie durchzuschlagen. Die Versuchung, Wills unausgesprochenes Angebot anzunehmen und ihn zu begleiten, wird mit jeder Minute stärker. Ungewollt drängen sich mir die Erinnerungen an unseren gemeinsamen Abend am Strand auf. Die Leichtigkeit, die mich förmlich hat schweben lassen. Das Kribbeln in meinem Bauch, das seine Blicke verursacht haben. Das Verlangen, das unser Kuss entfacht hat. Alles Dinge, nach denen ich mich entgegen jeder Vernunft sehne. Daher bin ich beinahe erleichtert, als er um kurz vor fünf seine Sachen packt und nach vorn an den Tresen kommt, um zu bezahlen.

»Ich fahre jetzt noch in den Outdoorladen und besorge Ausrüstung für den Trip am Wochenende«, erzählt er, während er mir einen Fünfziger über die Theke zuschiebt.

»Kauf bitte ausschließlich Dinge, von denen du auch weißt, wie du sie benutzen musst. Nur so als Tipp«, sage ich halb im Scherz. Besonders Anfänger tendieren dazu, sich jeden Schnickschnack zu holen, der ihnen über den Weg läuft, nur um dann später daran zu verzweifeln.

»Sicher, dass ich dich nicht überreden kann, mich zu begleiten? Ich könnte einen Profi an meiner Seite gebrauchen.« Er setzt einen Welpenblick auf, der den Schutzpanzer meines Herzens fast zum Schmelzen bringt. Aber nur fast.

»Du wirst das schon schaffen. Ich glaube an dich«, weiche ich seiner Frage aus und händige ihm sein Wechselgeld aus.

Er nimmt es seufzend entgegen und verstaut es in seinem Portemonnaie. »Wenn ihr euren treuesten Kunden an die Wildnis verliert, geht das auf deine Kappe.«

Ich rolle mit den Augen, kann mir ein Grinsen aber nicht verkneifen. »Das Risiko muss ich wohl eingehen.«

»Autsch, das tat weh.« Er greift sich gespielt getroffen an die Brust. »Ich werde trotzdem sicherheitshalber ein Zwei-Personen-Zelt kaufen. Man weiß ja nie.« Mit einem frechen Zwinkern dreht er sich um und verlässt den Laden.

Tammy, die unser Gespräch mitbekommen hat, wirft mir einen Blick der Marke Ich-verstehe-dich-nicht zu, wird dann aber glücklicherweise von einem Gast gerufen, bevor sie einen Kommentar abgeben kann. Unglücklicherweise hebt sie ihn sich so lange auf, bis unsere Schicht eine Stunde später endet.

»Warum begleitest du Will nicht auf den Kurztrip in die Natur? Und behaupte nicht, dass du keine Lust darauf hast. Ich habe das Glitzern in deinen Augen genau gesehen«, sagt Tammy, kaum dass wir durch die Schwingtür in den hinteren Bereich des Lokals treten.

»Ich habe dir doch schon erklärt, warum. Wir kommen aus vollkommen verschiedenen Welten, das würde nie funktionieren.« Ich öffne meine Spindtür etwas zu energisch, sodass sie mit einem Knall gegen die Wand fliegt.

»Meinst du nicht, dass diese Entscheidung euch beide betrifft? Du gibst ihm ja nicht mal die Chance, dich vom Gegenteil zu überzeugen.« Tammy kommt zu mir herüber und setzt sich neben mich auf die Holzbank. Ich spüre ihren forschenden Blick auf mir.

Für den Bruchteil einer Sekunde überlege ich, ihr die Wahrheit zu erzählen. Die unschöne, ungeschminkte Wahrheit. Doch so schnell, wie der Impuls über mich gekommen ist, verpufft er wieder. Ich weiß, sie würde mich nicht verurteilen, so ist Tammy nicht. Aber sie würde mich nicht mehr mit denselben Augen sehen. Also entscheide ich mich für den Mittelweg.

»Meine Mutter ist vor etwas mehr als einem Jahr an Krebs gestorben. Es war ein langer und harter Kampf.« Ich stocke kurz, greife Halt suchend nach dem kalten Metall der Spindtür. »Als sie schließlich gegangen ist, hat es mir das Herz gebrochen. Ich habe eine Woche lang nichts essen können. Ich habe mich so schrecklich leer gefühlt.« Meine Stimme versagt.

»Oh, Scarlett, das wusste ich nicht. Das tut mir so leid.« Tammy greift nach meiner freien Hand, die wie leblos an meinem Körper herabhängt, und drückt sie sanft.

»Es hat mich viel Kraft und Zeit gekostet, weiterzumachen. Mich anderen gegenüber öffnen zu können. Ich kann mein

Herz nicht schon wieder in Gefahr bringen, nicht, wenn ich es gerade erst notdürftig geflickt habe. Das müsstest du doch am besten nachvollziehen können.«

In ihren hellbraunen Augen glitzert es verräterisch. Mitgefühl und Verständnis schimmern darin. »Ich verstehe, dass du Angst hast, aber weißt du, welchen Rat mir eine gute Freundin vor Kurzem gegeben hat?« Ein Lächeln umspielt ihre Lippen.

Ich hebe fragend die Augenbrauen.

»Manchmal kann es sich auszahlen, mutig zu sein«, zitiert sie meine Worte von vor ein paar Tagen.

»Tja, weißt du, was man auch sagt? Es ist immer einfacher, anderen Leuten Ratschläge zu erteilen, als sie selbst zu befolgen.«

Meine Freundin lacht. »Touché.«

In einvernehmlichem Schweigen ziehen wir uns um. Als wir uns auf dem Parkplatz verabschieden, zieht mich Tammy in eine Umarmung. Ich weiß, sie will sich damit für mein Vertrauen und meine Offenheit bedanken und mir zugleich zeigen, dass sie für mich da ist. Die Geste ist so schön, dass ich mir fest auf die Wange beißen muss, um nicht ein oder zwei Tränen zu verdrücken.

»Darf ich nur noch eine Sache zum Thema Will sagen?«, fragt sie, nachdem wir uns voneinander gelöst haben.

Ich seufze schwer, nicke aber gleichzeitig.

»Ich glaube, Will ist einer der Guten, und wenn du dich doch irgendwann dazu entschließen solltest, mutig sein zu wollen, ist er der Richtige.«

»Ich weiß«.« Das Wissen darum, dass sie vermutlich recht hat, macht es nur noch schwerer.

***

Will geistert noch immer in meinen Gedanken herum, während ich Herb über die vollgestopften Straßen von Los Angeles navigiere. Wobei das Navigieren im Moment daraus besteht, mit den Fingern auf das Lenkrad zu trommeln und die Auto-schlange vor mir durch pure Willenskraft zum Weiterfahren zu bewegen. Wie so oft hat der Verkehr zur Rushhour am Abend die Infrastruktur in die Knie gezwungen. Um Benzin zu sparen, schalte ich den Motor aus und kurbele das Fahrerfenster her-unter, um wenigstens ein bisschen frische Luft abzubekommen. Obwohl sie durchsetzt ist von dem Geruch nach Benzin und dem Teer der Straßen, genieße ich die sanfte Brise, die durch mein Haar fährt.

Gedankenverloren blicke ich aus dem Fenster hinüber zu dem blau lackierten Kombi, der vermutlich noch nicht einmal in Planung war, als Herb seinen Status als Oldtimer erhalten hat. Auf der Rückbank sitzt ein kleines Mädchen mit blonden Locken, das einen Gameboy in den Händen hält und mit einem hoch konzentrierten Gesichtsausdruck darauf herumtippt. Im vorderen Teil des Wagens sitzen ein Mann und eine Frau, beide um die dreißig, die vermutlich ihre Eltern sind. Während der Vater die Backen aufbläst, wahrscheinlich um seiner Frustra-tion Luft zu machen, hat die Mutter ihre Augen geschlossen und bewegt die Lippen. Vielleicht singt sie das Lied mit, das ge-rade im Radio läuft. Eine junge Familie, die sich auf dem Weg zu einem Restaurant befindet, um gemeinsam zu Abend zu essen. Es ist nur ein kurzer Stich in der Brustgegend, aber genug, um wegzusehen.

Ich lasse meinen Blick weiter zu den Rücklichtern des Wa-gens vor mir wandern. Es ist einer dieser SUVs, die vermutlich sogar einen Raketenbeschuss überstehen würden. Im Koffer-raum, der durch ein Gitter zum Innenbereich abgetrennt ist, läuft ein Golden Retriever rastlos auf und ab. Seine Zunge hängt ihm aus dem Maul, und ich kann sein Hecheln förmlich hören. Als er mich erblickt, spitzt er die Ohren, und sein Schwanz we-delt aufgeregt.

»Ich weiß, Kumpel. Ich würde jetzt auch lieber draußen eine Runde laufen«, sage ich, obwohl er mich natürlich weder hören noch verstehen kann. Augenblicklich muss ich an Wills Geschichte über Queenie die Katze denken, die nachts zur Detektivin wird. Die Erinnerung lässt mich lächeln. Bevor meine Gedanken wieder in die Richtung eines bestimmten Schriftstellers wandern können, sehe ich in den Rückspiegel und beobachte den älteren Mann, der am Steuer seines in die Jahre gekommenen Kleinwagens sitzt. Der Seitenspiegel an der Beifahrerseite ist mit Tape festgeklebt, und eine blitzförmige Schramme zieht sich über den Kotflügel. Der Fahrer selbst sieht ebenfalls gezeichnet aus vom Leben. Um seine Augen und den Mund haben sich Falten in die Haut gegraben, seine Haare sind dunkelgrau, und die Art, wie seine Schultern hinabhängen, zeugt von tiefer Erschöpfung. Ob ich in zwanzig oder dreißig Jahren auch so aussehe? Der Gedanke ist beängstigend und hinterlässt einen herben Nachgeschmack in meinem Mund.

In diesem Augenblick kommt glücklicherweise endlich Bewegung in die Karawane. Die Rücklichter vor mir erlöschen, und ich drehe den Schlüssel im Schloss. Herb gibt ein stotterndes Geräusch von sich, bevor Stille einkehrt.

»Verdammt, tu mir das jetzt nicht an!«, fluche ich durch zusammengebissene Zähne. Ich kann mir keine Reparatur, geschweige denn ein neues Auto leisten. Erneut hantiere ich mit dem Schlüssel, und wieder ist das Stottern zu hören. Es klingt, als hätte jemand Öl in die falschen Rohre gekippt. Hinter mir ertönt das erste Hupen eines ungeduldigen Autofahrers. Neben mir bewegt sich die Autoschlange langsam, aber stetig voran. Mein Herz trommelt schmerzhaft gegen meinen Brustkorb, meine Handflächen sind feucht, als ich einen dritten Versuch starte. Endlich wird aus dem Stottern ein Rattern, und Herb macht einen Satz nach vorne. Erleichterung durchflutet mich, und ich tätschele dankbar das Lenkrad.

Der Rest der Fahrt verstreicht ereignislos, sodass ich eine halbe Stunde später auf einen der öffentlichen Parkplätze am Stadtrand fahre. Der Monat neigt sich dem Ende entgegen, was bedeutet, dass ich mir den Luxus des überwachten Parkplatzes heute nicht leisten kann. Immerhin gibt es ein Dixi-Klo, das regelmäßig gereinigt wird. Wenn man nicht den Fehler macht, im Inneren durch die Nase zu atmen, dann sind die Dinger eigentlich ganz passabel. Zum Zähneputzen benutze ich Wasser aus einem Kanister, von denen ich immer mindestens einen als Reserve im Kofferraum habe. Nachdem ich die Rückbank umgeklappt und meine Matratze für die Nacht ausgebreitet habe, lege ich mich rücklings darauf und starre an die Autodecke. Lichter vorbeifahrender Autos jagen Schatten über den grauen Filzbezug. Obwohl ich körperlich erschöpft bin, ist mein Geist viel zu wach, um direkt einschlafen zu können. Also greife ich in die Tasche, die hinter der Rückenlehne angebracht ist, und ziehe ein Bündel Papiere daraus hervor. Im Schein meines Handydisplays lese ich die erste Seite, auf der sich dicht gedrängte Worte aneinanderreihen. Die Handschrift ist mir in den letzten Wochen so vertraut geworden, dass der Anblick allein genügt, um ein warmes Gefühl in meinem Bauch zu entfachen.

Ich weiß, dass es eine dumme Idee ist, Wills Geschichten aufzuheben, und eine noch dümmere, sie immer wieder aufs Neue zu lesen und mich ihm mit jedem Mal näher zu fühlen. Trotzdem kann ich nichts dagegen tun. Es ist zu einer Art Ritual geworden. Es ist etwas, auf das ich mich abends freuen kann. Etwas, das die Realität für ein paar Minuten in den Hintergrund drängt.

KAPITEL 18

William

Ich versetze der Eingangstür des Diners einen derart festen Stoß, dass die Glocke, die darüber angebracht ist, sich vor Aufregung überschlägt und in wildes Gebimmel ausbricht. Mit einem entschuldigenden Lächeln sehe ich mich um, doch das Läuten ist in der Geräuschkulisse untergegangen, sodass niemand mir Beachtung schenkt. Aus den Boxen tönen poppige Jazzklänge, aus der Küche höre ich das Scheppern von Töpfen, darüber legen sich die Gespräche der Gäste, die mit Lachen, Reden oder Kauen beschäftigt sind. Manchmal sogar mit allen drei Aktivitäten gleichzeitig. Ich sauge den typischen Duft nach Kaffee, gemischt mit irgendetwas Gebratenem, vermutlich Speck, und den stets frisch gebackenen Pies tief ein. Mittlerweile fühlt es sich fast an, wie nach Hause zu kommen. Doch es ist nicht nur die Kulisse, die dieses Gefühl in mir auslöst. Es ist die Frau, die hinter der Theke steht und soeben in ein Telefon im Retrolook spricht.

Mit großen Schritten durchquere ich den Eingangsbereich. Die Sohlen meiner klobigen Wanderschuhe verursachen ein quietschendes Geräusch im Zusammenspiel mit den Fliesen. Das Material meiner neuesten Errungenschaft ist deutlich robuster als der Stoff meiner Sneaker, die ich sonst zu tragen pflege. Dafür kann ich mich mitten in einen reißenden Fluss stellen, ohne dass meine Füße nass werden. Hat zumindest der Verkäufer behauptet. Das knallgrüne Zelt, das ich gestern ebenfalls im Outdoorladen erworben habe, soll über dieselbe Funktion verfügen. Ich hoffe jedoch, dass ich sie nicht werde testen müssen. Da meine Wetterapp für die nächsten beiden Tage strahlenden Sonnenschein vorhersagt, stehen die Chancen gut. Nicht so gut stehen sie hingegen dafür, dass Scarlett neben mir liegen wird.

Trotzdem setze ich mich auf einen der Barhocker am Tresen und warte darauf, dass sie mir ihre Aufmerksamkeit schenkt. Irgendwie muss es mir gelingen, sie davon zu überzeugen, mich zu begleiten. Ich habe das Leuchten in ihren Augen gesehen, als sie über die Natur gesprochen hat. Es war offensichtlich, dass sie am liebsten direkt ihre Siebensachen gepackt hätte und raus in die Wildnis gefahren wäre. Wieso nur hat sie meine wenig subtilen Versuche, sie einzuladen, so rigoros abgeblockt? *Weil sie kein Date mit dir will,* flüstert meine innere Stimme, die wie immer ein totaler Miesepeter ist. Leider hat sie nicht ganz unrecht. Ein Ausflug übers Wochenende, nur wir beide und ein Zelt, klingt verdächtig nach einem Anmachversuch. *Ist es das etwa nicht?,* fragt die Stimme weiter. Ein ehrenwerter Teil will protestieren, aber ein anderer muss zugeben, dass ich mir mehr davon verspreche als einen Wanderausflug unter Freunden.

Irgendetwas in mir scheint gegen jede Vernunft darauf zu hoffen, dass ich Scarlett überzeugen kann, sich auf mich einzulassen. Sich auf uns einzulassen. Denn auch wenn ich sie auf ihren Wunsch hin nicht noch einmal nach einem Date gefragt habe, kann ich nichts gegen die Gefühle tun, die sie in mir verursacht. Das Kribbeln in meinem Bauch, wenn sie sich zu mir herabbeugt, um mir einen Kaffee nachzuschenken. Das Flattern in meiner Brust, wann immer mir ihr inzwischen vertrauter

Duft nach Kokos in die Nase steigt. Die Sehnsucht, die mich überfällt, wenn sie nachdenklich auf ihrer Unterlippe kaut.

Fokus!, ermahne ich mich selbst, bevor ich mich in meinen Tagträumen verliere. Vielleicht kann ich ihr den Wandertrip so verkaufen, dass es mehr nach Arbeit als nach einem Date klingt? Und mehr sollte es schließlich auch nicht sein. Ich muss endlich meine Blockade überwinden, wenn ich auch nur den Hauch einer Chance haben will, den Deal mit meinem Vater zu gewinnen. Ob Scarlett sich dazu breitschlagen ließe, mich als eine Art Coach zu begleiten? Ihre Ratschläge und Challenges haben mir immerhin mehr geholfen als all die Ratgeber, und die Schreibgurus auf Instagram es bisher konnten. Wenn ich es richtig verpacke, könnte es mit etwas Glück klappen. Okay – mit einer Wagenladung voll Glück.

Doch als ich versuche, sie auf mich aufmerksam zu machen, fällt mir auf, wie aufgebracht sie wirkt. Ihre Stirn liegt in Falten, ihre Schultern sind angespannt, mit ihrer freien Hand dreht sie die Schnur des Telefons so eng um ihren Zeigefinger, dass sich das Kabel in ihre Haut bohrt. Sie hat sich so weit von der Theke wegbewegt, wie es der Radius der Schnur zulässt, was nicht mehr als zwei Meter sind, weshalb ich zumindest ihren Teil des Gesprächs aufschnappen kann.

»Und wie viel kostet ein neuer Vergaser?«, fragt sie in diesem Augenblick. In ihren Augen blitzt Sorge auf, die sich mit jeder Sekunde, die sie der Person am anderen Ende der Leitung zuhört, vertieft.

»Vierhundert Dollar?!« Sie atmet zischend aus. Bevor sie die nächsten Worte spricht, wendet sie sich leicht zur Seite und der Wand zu, sodass ich nur Gesprächsfetzen aufschnappen kann. »... möglich ... Raten zahlen ...?«

Erneut lauscht sie auf eine Antwort, und als sie mir ihr Gesicht wieder zuwendet, sehe ich Erleichterung auf ihren Zügen. »Okay, können Sie ihn gleich heute austauschen, damit ich den Wagen später abholen kann?«

Die Antwort scheint ihr nicht zu gefallen, denn die Falten sind zurück auf ihrer Stirn.

»So lange kann ich nicht warten. Können Sie das nicht schneller fixen?« Sie zupft unruhig an der Schnur des Telefons.

»Ja, ich verstehe. Tun Sie einfach Ihr Bestes und rufen Sie mich an, falls es doch schneller geht.« Mit einem Seufzen beendet sie das Telefonat.

»Und, können sie deinen Wagen retten?« Tammy ist wie aus dem Nichts neben mir aufgetaucht und bestätigt meinen Verdacht.

»Dein Auto ist kaputt?«, frage ich trotzdem, und als Scarlett zu mir sieht, wirkt sie überrascht. Offensichtlich war sie derart in ihr Telefonat vertieft, dass sie mich nicht bemerkt hat.

»Ja und ja«, sagt sie zuerst an mich und dann an ihre Kollegin gewandt.

»Warum siehst du dann so aus, als müsstest du eine Beerdigung für deinen fahrbaren Untersatz organisieren?« Tammys Versuch, Scarlett aufzuheitern, kann ihr nur ein müdes Lächeln abringen.

»Der Vergaser muss ausgetauscht werden, und weil Herb so alt ist – das ist der Name meines Wagens ...«, fügt sie erklärend in meine Richtung hinzu, »... muss der Mechaniker das Modell erst bestellen. Das heißt, ich habe für mindestens zwei Tage kein Auto.«

»Wenn du willst, kann ich dich später zu Hause absetzen und morgen auf dem Weg zum Diner einsammeln«, bietet ihr ihre Kollegin an.

»Ach, mach dir keine Umstände. Ich fahre einfach mit dem Bus.« Obwohl sie locker abwinkt, ist da etwas in ihrem Blick, das ich nicht ganz deuten kann. Angst?

»Ruf dir lieber ein Uber. Ich war letztens nach Ewigkeiten mal wieder mit dem Bus unterwegs, weil Seth unbedingt damit fahren wollte, und es war wirklich spooky. Ich schwöre, ein Passagier hat sich da häuslich niedergelassen.« Tammy schüttelt sich bei der Erinnerung.

»Ich fürchte, den Luxus kann ich mir nicht leisten. Der neue Vergaser kostet vierhundert Dollar.« Scarlett seufzt.

»Wenn du willst, kann ich dir das Geld leihen.« Das Angebot kommt mir über die Lippen, ohne dass ich darüber nachgedacht hätte.

Ihr Kopf ruckt zu mir herum. Ihre Augen sind vor Überraschung geweitet. »Das kann ich nicht annehmen. Das wäre vollkommen unangebracht. Wenn mein Chef erfährt, dass ich mir Geld von seiner Kundschaft leihe, bin ich meinen Job schneller los, als du ein Stück Pie essen kannst.« Ihr Tonfall ist neckend, verbirgt aber nicht die Entschlossenheit, die darin mitschwingt.

Ich weiß nicht, ob es wirklich die Angst vor ihrem Boss ist oder ihr Stolz, der sie zurückhält. Sie gibt mir jedoch keine Gelegenheit, darüber nachzugrübeln.

»Wie läuft es mit der Planung für deinen Wandertrip?«, wechselt sie so schnell das Thema, dass mir schwindelig wird.

»Ähm, gut«, erwidere ich etwas überrumpelt. »Es würde noch besser laufen, wenn ich nicht allein fahren müsste. Ich habe gestern ein sehr komfortables Zelt für zwei Personen gekauft.«

»Hast du keine Freunde oder so?«, zieht sie mich auf.

»Ich dachte eher an jemanden, der dafür sorgt, dass ich am Ende wieder in einem Stück in L. A. ankomme, und der mich im besten Fall davon abhält, zu viel über mein noch nicht mal angefangenes Manuskript nachzugrübeln.« Dass ich gestern Carlos gefragt habe, dieser am Wochenende aber Dienst hat, werde ich ihr nicht auf die Nase binden.

»Klingt mehr nach Arbeit als Urlaub«, erwidert sie, und ich muss mir das Jubeln verkneifen, weil sie mir die perfekte Vorlage geliefert hat.

»Sagen wir ein Job, der in etwa vierhundert Dollar wert ist?«

Sie öffnet den Mund, und ich sehe die Absage schon in ihren Augen, als sie innehält. Ich wage es nicht, zu atmen, so gespannt warte ich auf ihre Antwort.

Schließlich schüttelt sie zu meiner Enttäuschung den Kopf. »So verlockend das klingt, ich kann das Angebot nicht annehmen.«

»Weil es moralisch verwerflich wäre, mir so viel Geld dafür aus der Tasche zu ziehen? Falls es das ist, mach dir keine Gedanken. Mein Vater zahlt all meine Ausgaben, und ich bin mir sicher, dass sein Geld nie besser investiert war.« Ich zwinkere ihr zu.

Ein vorsichtiges Lächeln erscheint auf ihren Lippen. »Das auch, aber vor allen Dingen kann ich nicht so spontan freinehmen.«

»Kannst du doch«, mischt Tammy sich in unser Gespräch ein.

Scarlett sieht sie überrascht an.

»Seit du hier im *Patty's Pies* angefangen hast, hast du jede Extraschicht übernommen. Du hast dich nie beschwert, hast keinen Urlaub genommen und bist immer eingesprungen, wenn jemand spontan ausgefallen ist. Ich finde, es ist an der Zeit, dass wir uns bei dir revanchieren«, sagt sie mit so viel Entschlossenheit in der Stimme, dass Scarlett für einen Moment nicht zu wissen scheint, was sie sagen soll.

Diese Chance nutze ich gekonnt für meine Zwecke: »Perfekt. Dann ist es beschlossen, wir fahren zusammen in den Sequoia-Nationalpark.«

»Aber ... ich ...«, stottert Scarlett.

»Nichts aber«, unterbricht Tammy sie, bevor sie sich an mich wendet. »Scar hat um sechs Uhr Schichtende, dann kannst du sie hier einsammeln.«

Ich nicke bereits, als Scarlett sich ebenfalls zu Wort meldet. »Wenn ihr schon über meinen Kopf hinweg entscheidet, gebt mir wenigstens Zeit, ein paar Sachen zu packen.«

»Klingt fair«, erwidere ich, was sie mit einem amüsierten Schnauben quittiert. »Gib mir einfach deine Adresse, dann sammele ich dich auf dem Weg ein. Sagen wir gegen sieben Uhr?«

Die Belustigung weicht aus ihren Gesichtszügen. »Zu Hause ist schlecht, weil ... ich muss vorher noch bei der Werkstatt vorbei, um eine Anzahlung zu machen.«

»Okay, dann treffen wir uns direkt dort, ich bezahle die Reparatur, und wir sind quitt?«, schlage ich vor, in der Hoffnung, die Sorgen damit aus ihrem Gesicht zu verbannen.

Sie zögert, und ich sehe ihr an, dass es ihr nicht leichtfällt, mein Angebot anzunehmen. Doch schließlich nickt sie. »Danke. Das wäre super.«

»Ich setze mich dann mal an meinen gewohnten Platz und plane unsere Wanderroute«, sage ich, ohne mir Mühe zu geben, mein breites Grinsen zu verbergen. Der Gedanke daran, zwei volle Tage mit Scarlett zu verbringen, lässt mein Herz vor Aufregung Purzelbäume schlagen. Ich bin mir ziemlich sicher, dass es keine wirkungsvollere Ablenkung von meinem Buchprojekt geben könnte als sie.

KAPITEL 19

Scarlett

Ob es ein Fehler war, mich auf einen Wandertrip mit Will einzulassen? Zu hundert Prozent. Jetzt ist es allerdings zu spät, denn in diesem Augenblick überqueren wir in seinem anthrazitfarbenen SUV die Stadtgrenze von Los Angeles. Die Sitze des fahrenden Ungetüms sind ergonomisch geformt und der Bezug aus Wildleder so weich, dass ich mich am liebsten schnurrend darauf zusammenrollen würde. Wenn Herb nur ansatzweise so viel Komfort und Beinfreiheit böte, könnte ich mich vielleicht sogar mit dem Leben in einem fahrbaren Untersatz anfreunden. Da ich mir die vierhundert Dollar für die Reparatur allerdings nur dank Will leisten konnte, ist ein Wagen dieser Preisklasse genauso weit außerhalb meiner Reichweite wie ein schuldenfreies Leben.

Ich bin extra eine halbe Stunde vor dem vereinbarten Zeitpunkt bei der Werkstatt eingetroffen, damit ich genug Zeit hatte, um ein paar Sachen für den Trip zu packen. Außerdem habe ich mit Earl, dem Mechaniker, abgemacht, dass er Herb am Sonntag auf dem Parkplatz der Shoppingmall zwei Blocks weiter abstellt. Da die Werkstatt an dem Tag schon gegen Mittag schließt und die Fahrt zum Nationalpark um die vier Stunden dauert, werden wir es nicht rechtzeitig zurückschaffen. Die Kisten und die zusammengerollte Matratze im Kofferraum haben Earl vermutlich genug über mich und mein Leben verraten, dass er von sich aus vorgeschlagen hat, den Wagen irgendwo abzustellen, sobald er fertig ist. Scham und Dankbarkeit haben in mir gekämpft, doch am Ende hat Letztere gewonnen, und ich habe das Angebot angenommen.

Als Will schließlich dreißig Minuten später mit seinem glänzend neuen SUV vorgefahren ist, hat es mich wahnsinnig viel Überwindung gekostet, sein Geld anzunehmen. Ich bin fest entschlossen, ihm jeden einzelnen Dollar zurückzuzahlen. Auch wenn er diesen Vorschlag vehement abgelehnt hat, werde ich einen Weg finden. Und sei es, dass ich ihm von jetzt an täglich ein Stück Kuchen spendiere, indem ich es ihm nicht in Rechnung stelle. Denn ich bin ihm so viel mehr schuldig als nur den Vorschuss für die Reparatur. Ohne meinen Wagen wäre ich die nächsten Tage obdachlos gewesen. Allein bei dem Gedanken krampft sich mein Magen schmerzhaft zusammen. Ein Hotel hätte ich mir niemals leisten können. Durch Wills Angebot habe ich somit zwei Fliegen mit einer Klappe geschlagen. Was auch die einzige logische Erklärung dafür ist, dass meine vernünftige Seite sich auf diesen Kurztrip eingelassen hat.

Zwei Nächte in einem Zelt in der Wildnis kommen mir in diesem Moment wie ein Urlaub in einem Luxusresort vor. Dass ich besagtes Zelt mit Will teilen muss, verdränge ich, so gut es geht. Jedes Mal, wenn meine Gedanken doch abschweifen, kribbelt es in meinem Magen, als hätte ich eine Flasche Zitronenlimonade geext. Schon jetzt ist der räumliche Abstand zwischen uns viel zu gering, dabei sind Platzprobleme in dem panzerartigen Gefährt eigentlich nicht vorhanden. Ich bin mir meiner linken Seite, die dem Fahrersitz zugewandt ist, deutlich bewusster als meiner rechten. Als würde mein Körper nach Schwingungen Ausschau halten. Energisch reibe ich über meinen linken Arm.

»Wenn dir kalt ist, kann ich die Klimaanlage runterdrehen«, bietet Will sofort an. Ob er sich meiner Anwesenheit genauso überdeutlich bewusst ist wie ich mir seiner?

»Nein, danke. Es geht schon. Außerdem sollte ich mich besser schon mal für die nächsten Nächte in der Wildnis abhärten«, scherze ich. Beinahe entfährt mir ein Schnauben, denn im Vergleich zu den klirrend kalten Winternächten in Seattle ist der Mai in Kalifornien ein Picknick.

»Warst du schon mal im Sequoia-Nationalpark?«, fragt Will.

Ich schüttele den Kopf, bevor mir einfällt, dass er seine Aufmerksamkeit besser auf die Straße richten sollte. »Nein, aber er steht auf meiner Liste.«

»Woher kommt deine Begeisterung fürs Wandern und die Natur? Warst du als kleines Mädchen bei den Pfadfindern?« Obwohl sein Tonfall neckend ist, höre ich die Neugierde darin mitschwingen.

»Nein, ich habe keines dieser viel zu kurzen karierten Röckchen getragen und Cookies in der Nachbarschaft vertickt.« Ich verpasse ihm einen leichten Klaps gegen den Arm. »Meine Mutter ist früher in jeden Sommerferien mit mir in einen anderen Nationalpark gefahren. Dann sind wir mit Zelt und Rucksäcken bewaffnet durch die Wildnis gelaufen und haben überall übernachtet, wo es uns gefallen hat. Abends haben wir oft ein Lagerfeuer gemacht, und meine Mom hat sich Geschichten ausgedacht und sie mir erzählt.« Wenn ich die Augen schließe, kann ich das Knistern des Feuers hören, gemischt mit ihren Worten und unserem Lachen.

»Das klingt nach wundervollen Ferien«, sagt Will.

»Das waren sie.« Ich räuspere die aufsteigenden Tränen fort.

»Macht ihr das heute auch noch regelmäßig?« Die unschuldige Frage versetzt mir einen Stich direkt ins Herz.

»Meine Mom ist vor anderthalb Jahren an Krebs gestorben.« Die Worte schlüpfen über meine Lippen, bevor meine Schutzmauern sie abfangen können. Erleichterung, gefolgt von

Entsetzen wogt in mir auf und lässt mich hin und her taumeln wie ein Kanu, das in eine Stromschnelle geraten ist. Endlich steht ein Geheimnis weniger zwischen uns. Mein Herz fühlt sich leichter an, mein Verstand beschwert von dunklen Vorahnungen.

»Shit!« Will flucht leise. Ich bemerke aus dem Augenwinkel, wie er zu mir herübersieht. »Scarlett, das tut mir so leid. Warum hast du nicht schon früher etwas gesagt?! Und ich unsensibler Arsch habe dich auch noch zu diesem Ausflug gedrängt. Soll ich zurückfahren? Soll ich ...«

»Will, stopp!« Obwohl die Tränen noch immer in meinen Augenwinkeln glitzern, treibt mir sein hektisches Geplapper ein zartes Lächeln auf die Lippen. Wie schafft er es nur immer wieder, hinter meine Schutzmauern vorzudringen? Und das auch noch, ohne dass ich ihm böse sein kann. »Ja, dieser Ausflug erinnert mich an meine Mutter, aber nicht nur auf eine traurige Weise, sondern auch auf eine schöne«, versuche ich das Gefühlswirrwarr in Worte zu fassen. »Ich fühle mich ihr dadurch sogar näher.«

Will nickt, und als ich ihm in die Augen sehe, entdecke ich dort so viel Mitgefühl, dass meine eigenen erneut feucht werden und ich den Blick schnell wieder auf die Fahrbahn lenke.

»Wenn es dir zu viel werden sollte, genügt ein Wort, und wir fahren zurück«, sagt er, und meine Schutzmauern zerbröseln endgültig unter der Wärme, die in dem Versprechen mitschwingt. Vielleicht ist er deshalb ein so guter Schriftsteller, weil er sich in andere Menschen hineinversetzen kann. Weil er so empathisch ist, dass man nicht anders kann, als ihn ins Herz zu schließen. *Was du nicht darfst!*, erinnert mich meine innere Stimme.

Kurze Zeit schweigen wir, nur die rockigen Klänge von *Sweet Home Alabama* durchbrechen die Stille. Ich befürchte, dass Will sich nicht traut, ein neues Thema anzuschneiden, aus Angst davor, in ein weiteres Fettnäpfchen zu treten. Weshalb ich beschließe, ausnahmsweise die Initiative zu ergreifen. Es fühlt sich so befreiend an, mich ihm anzuvertrauen. So befreiend, dass ich aufpassen muss, ihm nicht zu viel zu offenbaren.

»Falls du dich fragst, wie es um mein zweites Elternteil steht: Es gab immer nur meine Mom und mich. Mein Erzeuger hat sich umgehend aus dem Staub gemacht, nachdem meine Mutter ihm erzählt hat, dass sie schwanger ist. Wie sich herausgestellt hat, hatte er in einer anderen Stadt bereits Frau und Kinder. Meine Mom war für ihn anscheinend nicht mehr als eine Affäre, wenn er auf Geschäftsreise in der Stadt war. Ich hatte nie das Bedürfnis, ihn zu finden.«

Als meine Mutter krank geworden ist und das Geld immer knapper wurde, habe ich kurz darüber nachgedacht, es dann aber genauso schnell wieder verworfen. Dieser Mann hatte sie bereits in der Vergangenheit im Stich gelassen, wieso hätte er anders handeln sollen, nur weil sie krank geworden war? Obwohl ich mir seit dem Tod meiner Mutter nichts sehnlicher wünsche als ein Zuhause, weiß ich, dass ich es bei meinem biologischen Vater nicht finden werde. Immerhin hat er nie auch nur den Versuch unternommen, Kontakt zu mir aufzunehmen.

»Vermutlich bist du so besser dran. Glaub mir, ich spreche aus Erfahrung.« Will verzieht das Gesicht zu einer Grimasse. Ich weiß, dass er absichtlich übertreibt, aber trotzdem spüre ich, dass ein Funke Wahrheit in seinen Worten liegt.

»Wie hast du deine Sommerferien früher verbracht? Sind deine Eltern mit dir auf einer Jacht durch die Karibik gecruist, oder seid ihr mit dem Privatjet nach Europa geflogen?«, frage ich ihn, weil ich die Aufmerksamkeit weg von mir und meiner Vergangenheit lenken möchte. Außerdem bin ich tatsächlich neugierig darauf zu erfahren, wie er aufgewachsen ist.

»So in etwa«, erwidert er ungewöhnlich vage.

»Dafür, dass du sonst nie um Worte verlegen bist, ist das eine ziemlich magere Beschreibung deiner Kindheit«, necke ich ihn.

»Mein Vater musste eigentlich immer arbeiten, und meine Mom war nicht so der Typ für Familienurlaube.« Er zuckt mit den Schultern, seine Finger krallt er fester um das Lenkrad. »Aber ich habe viel Zeit bei meinem besten Kumpel Carlos und seiner Großmutter verbracht. Sie macht die leckersten Tacos weit und breit«, fügt er hinzu. Die Anspannung sickert aus seinem Körper, und ein Grinsen breitet sich auf seinen Lippen aus.

»Apropos Essen. Ich habe uns ein Fresspaket für die Fahrt besorgt.« Ich öffne den Reißverschluss meines Rucksacks und ziehe eine braune Papiertüte hervor. Immerhin ist es das Mindeste, was ich zu diesem Trip beisteuern kann.

»Rieche ich da etwa Apfelkuchen?« Will schnüffelt in Richtung der Tüte wie ein Trüffelschwein, das eine Fährte aufgenommen hat.

»Ich habe ein extragroßes Stück für dich abgeschnitten«, erwidere ich, und das Lächeln schleicht sich wie automatisch auf meine Lippen, als ich den freudigen Ausdruck in seinen Augen entdecke.

»Hiermit ernenne ich dich offiziell zur besten Reisebegleitung überhaupt«, erwidert er in feierlichem Tonfall.

»Mit dieser Aussage würde ich noch warten, wenn ich du wäre.«

»Worauf denn?«, fragt er verdutzt.

»Darauf, dass ich die Musikauswahl an mich reiße«, erwidere ich, gefolgt von meinem besten Disney-Bösewicht-Lachen, und beginne auf dem laptopgroßen Display herumzutippen, das an der Armatur befestigt ist.

»Wie schlimm kann es schon ...« Will wird von Taylor Swift unterbrochen. Er dreht sich zu mir um, seine Augenbrauen sind so weit nach oben gezogen, dass seine Stirn in Falten liegt. »Okay, das kam jetzt doch überraschend.«

Ich zucke lässig mit den Schultern. »Dann wird dieses Wochenende noch so einige Überraschungen für dich bereithalten.«

»Und ich freue mich auf jede einzelne.« Seine Lippen verzieht er zu einem Lächeln der Sorte, die ein Kribbeln in meiner Magengegend verursacht.

Schnell richte ich meine Aufmerksamkeit wieder auf den Screen und beginne, eine Roadtrip-Playlist zusammenzustellen.

Draußen färbt sich der Himmel langsam in ein dunkles Blau, das die Umgebung verschluckt. Was übrig bleibt, sind die Lichtkegel der Straßenlaternen, die in regelmäßigen Abständen am Straßenrand auftauchen, und die Rücklichter vorbeifahrender Autos, die wie rote Glühwürmchen durch die Nacht tanzen.

Während wir die von mir im Diner geschmierten Sandwiches essen, unterhalten wir uns über alles und nichts. Hauptsächlich redet Will, was mir nur recht ist. In seiner Gegenwart fühle ich mich oft so wohl, dass ich ihm deutlich mehr über mich verrate als geplant.

Wir reden über seine besorgniserregende Liebe zu klebrigen Süßigkeiten, die ihm vermutlich irgendwann mal Diabetes bescheren wird, und über Queenie, die ihn mit ziemlicher Sicherheit am Sonntag mit Missachtung strafen wird, weil er sie das Wochenende über allein gelassen hat. Auf mein Drängen hin überlässt er mir sein Handy, auf dem sich ein Ordner mit über eintausend Fotos der Katze befindet. Ich muss zugeben, dass ihr Name sehr passend gewählt ist. Auf dem ersten Bild thront sie auf einem roten Samtkissen, auf dem zweiten stolziert sie über eine Mauer, den buschigen Schwanz und das Kinn stolz in die Höhe gereckt.

»Vor ein paar Jahren hat sie sich einmal Läuse eingefangen, und keines der Shampoos und Tinkturen vom Tierarzt hat Wirkung gezeigt, also musste ich sie scheren. Ich weiß ehrlich gesagt nicht, für wen diese Erfahrung traumatisierender war. Sie hat zwei Paar Arbeitshandschuhe zerfetzt und mir eine ordentliche Schramme am Kinn verpasst. Es hat drei Monate gedauert, bis das Fell wieder so weit nachgewachsen ist, dass sie freiwillig das Haus verlassen wollte. In der Zeit hat sie mich nicht mal mit dem Hintern angesehen.« Will lacht in sich hinein.

»Die Arme, ihr war bestimmt kalt«, sage ich voller Mitgefühl.

»Carlos' Grandma hat ihr einen Pulli gestrickt«, erzählt Will glucksend.

»Bitte sag mir, dass es davon Fotos gibt.« Ich wische mit dem Zeigefinger über das Handydisplay, um zu den älteren Aufnahmen zu gelangen.

»Verrate ihr bloß nicht, dass du das von mir weißt.« Es wirkt so, als würde er nur halb scherzen.

»Versprochen«, sage ich im selben Augenblick, in dem ich auf das lustigste Foto stoße, das ich jemals gesehen habe. Der Pulli ist aus flauschiger Wolle in allen Farben des Regenbogens, und der Ausdruck in Queenies jadegrünen Augen ist reine Verachtung. Ich muss so laut loslachen, dass ich mich an meiner eigenen Spucke verschlucke.

Will wirft ebenfalls einen Blick auf das Display und stimmt in mein Lachen mit ein. »Das Foto wird einfach jedes Mal besser, wenn ich es ansehe.«

Es tut so gut, mit ihm zu lachen. Nachdem Herb heute Morgen auf dem Parkplatz plötzlich nicht mehr anspringen wollte und nach der darauffolgenden Hiobsbotschaft der Autowerkstatt hätte ich nicht gedacht, dass der Tag so enden würde. So voller Wärme und Ausgelassenheit.

KAPITEL 20

William

»Hier finden Sie eine Übersicht über die verschiedenen Wanderrouten und Sehenswürdigkeiten im Park. Und in diesem hier sind die Campingplätze markiert. Haben Sie sonst noch irgendwelche Fragen?« Die Parkangestellte schiebt uns zwei Prospekte über den Holztresen zu, ein freundliches Lächeln lässt die Sommersprossen auf ihren Wangen hüpfen.

»Ich habe gestern schon eine Route online recherchiert, aber trotzdem vielen Dank für das ganze Infomaterial.« Ich verstaue besagtes Material zusammen mit dem Eintrittsticket in meinem Rucksack.

Scarlett neben mir bedankt sich ebenfalls bei der jungen Frau, bevor wir das Besucherzentrum am Parkeingang verlassen und zurück zum Wagen gehen.

Da es gestern Abend schon spät war und ich die schmalen und verzweigten Straßen, die sich laut Anfahrtsbeschreibung im Zickzack durch den Park winden, nicht im Stockdunkeln befahren wollte, haben wir auf einem Campingplatz wenige Kilometer entfernt übernachtet. Nachdem wir das Zelt aufgebaut hatten – okay, eigentlich hat Scarlett es zusammengesetzt, während ich versucht habe, die Anleitung zu durchschauen –, sind wir direkt hineingekrochen. Obwohl es auf zwei Personen ausgerichtet ist, war es ziemlich kuschelig. Zuerst hatte ich Bedenken, dass ich nicht würde einschlafen können, wenn Scarlett nur Zentimeter von mir entfernt liegt, doch die vier Stunden Autofahrt haben schließlich ihren Tribut gefordert. Nur wenige Minuten, nachdem wir uns eine gute Nacht gewünscht hatten, sind mir die Augen zugefallen.

Als ich am nächsten Morgen vom Zwitschern der Vögel aufgewacht bin, war Scarlett schon aufgestanden. Mit zwei Bechern Instantkaffee hat sie draußen auf mich gewartet. Meine Befürchtung, dass sie sich während des Trips distanziert verhalten würde, hat sich glücklicherweise nicht bestätigt. So viel wie gestern auf der Fahrt habe ich sie noch nie lachen sehen. Und mit jedem Lachen ist entgegen jeder Vernunft die Hoffnung in mir gewachsen.

»Bereit für die Wildnis, Ms. Hannigan?«, frage ich sie, als ich den Schlüssel im Schloss drehe und der Motor des Wagens mit einem Schnurren zum Leben erwacht. Sie zuckt bei der Nennung ihres Namens zusammen, mit geweiteten Augen sieht sie mir entgegen.

»Ich kann auch bei O'Hara bleiben, wenn dir das lieber ist«, scherze ich, während ich den SUV vom Parkplatz steuere.

»Woher weißt du, dass ich Hannigan heiße?«, fragt sie in einem Tonfall, der nahelegt, dass ich soeben ihre Geheimidentität als Agentin aufgedeckt habe.

»Die Liste? Im Besucherzentrum?«, erinnere ich sie.

»Oh«, haucht sie. Obwohl meine Aufmerksamkeit auf die Straße gerichtet ist, die sich in engen Windungen durch die Natur schlängelt, spüre ich, wie die Anspannung aus ihrem Körper weicht.

Ob ihr Familienname sie an ihre verstorbene Mutter erinnert? Anders kann ich mir ihre heftige Reaktion nicht erklären. Noch immer mache ich mir Vorwürfe, dass ich Scarlett förmlich zu diesem Ausflug gedrängt habe. Er muss alte Wunden aufgerissen und Erinnerungen hervorgelockt haben. Trotzdem bin ich froh, dass sie mir davon erzählt hat. Dass sie mir genug vertraut hat, um diese sehr persönliche Information mit mir zu teilen. Ich kenne sie mittlerweile lange genug, um zu wissen, dass sie es nicht leichtfertig getan hat. Der Funken Hoffnung in mir strahlt seitdem umso heller.

Jetzt, da ich weiß, dass sie vor über einem Jahr ihre Mutter verloren hat, ergibt so vieles an ihrem Verhalten plötzlich Sinn. Ihre Zurückhaltung, sich anderen gegenüber zu öffnen. Ihr oft in die Ferne schweifender Blick. Die Wehmut, die manchmal in ihren Worten mitschwingt.

»Ja, ich bin bereit für die Wildnis«, beantwortet sie verspätet meine ursprüngliche Frage. »Aber ich bin hier nicht diejenige, um die du dir Gedanken machen solltest, Mr. Stadtpflanze.«

Wie so oft trifft mich ihr Stimmungsumschwung so plötzlich, dass ich einen Moment brauche, um hinterherzukommen.

»Dafür bin ich dank des Outdoorhändlers meines Vertrauens eine sehr gut ausgestattete Stadtpflanze.«

»Ich hoffe, den Rest deiner Gadgets kannst du besser bedienen als das Zelt gestern«, zieht sie mich auf.

»Hey!«, protestiere ich, werde aber im nächsten Augenblick abgelenkt. Vor uns teilt sich die Straße in zwei Abzweigungen. Die linke ist es, die meine Aufmerksamkeit auf sich zieht. Die Zufahrt ist mit einer Reihe großer Felsbrocken versperrt. Als ich dem Weg mit dem Blick folge, verstehe ich auch, warum. Ein Fels von der Größe eines kleinen Einfamilienhauses hängt wenige Meter über dem Weg in der Luft, gestützt durch die Hänge, die sich zu beiden Seiten emporrecken. Auf dem Felsmassiv posiert soeben eine fünfköpfige Familie, während darunter ein Pärchen Selfies knipst.

»Das ist der Tunnel Rock«, zitiert Scarlett neben mir aus der Broschüre, die uns die Frau im Besucherzentrum in die Hand gedrückt hat. »Früher hat die Straße durch diesen natürlich geformten Durchgang geführt. Mitte der Neunzigerjahre wurde er dann für den Verkehr gesperrt, weil immer mehr Leute mit ihren fetten SUVs ...« Hier wirft sie mir einen vielsagenden Blick zu. »... gekommen sind und diese zu groß waren. Dafür gibt es jetzt weiter drinnen im Park stattdessen einen ausgehöhlten Baum, durch den man fahren kann.« Sie hält mir die entsprechende Seite unter die Nase. Auf dem Bild schiebt sich die Motorhaube eines Jeeps durch einen mehrere Meter langen Mammutbaum.

»Du hattest recht, ein Ausflug in die Natur beflügelt definitiv die Kreativität«, sage ich, und obwohl es als Scherz gemeint war, spüre ich tatsächlich, wie meine Gedanken langsam zur Ruhe kommen.

In den letzten Monaten stand ich ständig unter Strom, habe meine Synapsen auf der Suche nach einer zündenden Idee unentwegt angefeuert. Habe mir keine Pause gegönnt. Hier draußen in der Natur gibt es so viel zu sehen und zu bestaunen, dass ich all den Druck und die Arbeit, die zu Hause in L. A. auf mich warten, einfach zur Seite schieben und mich voll und ganz auf meine Umgebung konzentrieren kann.

Wildblumen in verschiedenen Nuancen von Gelb bis Rot blühen am Straßenrand. Mit jeder Kurve, die wir nehmen, steigen wir weiter empor. Neben der Straße fällt ein bewaldeter Hang hinab in eine Schlucht. Auf der gegenüberliegenden Seite strecken sich majestätische Bergspitzen dem strahlend blauen Himmel entgegen.

Scarlett klebt förmlich an der Scheibe, ihre Augen leuchten. Durch das halb heruntergelassene Fenster dringt klare, frische Luft in den Wagen. Gänsehaut legt sich auf meine Unterarme. Wer hätte gedacht, dass es hier auch Ende Mai noch so kalt sein würde? Obwohl ich mir im Internet Bilder angesehen und die Karten des Nationalparks studiert habe, ist mir entgangen, dass wir auf unserer Strecke so viele Höhenmeter zurücklegen. Da die Aussicht mit jeder Meile beeindruckender wird und wir ständig Stopps machen, kommen wir deutlich langsamer voran, als ich geplant habe.

Es ist bereits Mittag, als wir den *Giant Forest* erreichen, der seinem Namen alle Ehre macht. Massive Baumstämme wachsen meterhoch in den Himmel, ohne dass ich vom Wagen aus die Baumwipfel ausmachen könnte. Zusammen mit den anderen Autos, die sich ihren Weg hindurchbahnen, komme ich mir so klein wie eine Ameise vor. Als wir schließlich die Stelle erreichen, an der ein gefallener Mammutbaum quer auf der Fahrbahn liegt und wir durch den ausgehöhlten Stamm fahren, halten wir beide unwillkürlich den Atem an.

»Der höchste Baum hier misst einundachtzig Meter und hat einen Umfang von elf Metern.« Scarlett hat sich erneut die Broschüre geschnappt. »Mammutbäume können mehr als dreitausend Jahre alt werden. Wow, was diese Giganten schon alles erlebt haben.«

Nachdem wir den Wagen geparkt haben, ist es so spät, dass wir auf keinen Fall mehr meine im Voraus sehr euphorisch ausgewählte Zwanzig-Kilometer-Route schaffen. Daher entscheiden wir uns für einen der deutlich kürzeren, ausgeschilderten Wanderwege. Ganz nach dem Motto *Der Weg ist das Ziel* folgen wir einem der Pfade tiefer hinein in den Wald. Ich nötige Scarlett, für ein paar Fotos zu posieren, auf denen sie versucht, einen der Baumstämme zu umarmen. Ihre Arme wirken im Vergleich zu dem meterdicken Stamm dünn wie Spaghetti.

Die Rinde der Bäume ist von tiefen Furchen geprägt und fühlt sich unter meinen Fingern rau wie Schleifpapier an. Ein harziger Duft liegt in der Luft, würzig und schwer wie Honig mit einem Hauch von Vanille. Mit jedem Atemzug spüre ich, wie sich meine Muskeln lockern. Wie sich die Gedankenspiralen der vergangenen Monate in Rauch auflösen. Selbst die von Zeit zu Zeit wie elektrisch aufgeladene Spannung zwischen Scarlett und mir scheint hier nicht mehr als eine blasse Erinnerung zu sein.

Scarlett wirkt deutlich gelöster als sonst. Ihre Schritte sind beschwingt, ein Lächeln umspielt durchgehend ihre Mundwinkel. Während wir durch den Wald laufen, sprechen wir kaum. Doch die Stille ist nicht unangenehm. Vielmehr fühlt es sich so an, als würden wir die Natur mit jedem laut geäußerten Wort stören. Nichts als das Knacken von Ästen unter unseren Schuhsohlen, das Zwitschern von Vögeln und das Rauschen der Baumwipfel, wenn eine Brise durch sie hindurchfährt, ist zu hören.

Erst hier, mitten in der Wildnis, fällt mir auf, wie laut Los Angeles ist. Nie gibt es eine Sekunde des Innehaltens. Die Stadt ist immer in Bewegung. Doch nicht auf diese natürlich fließende Art und Weise, sondern auf eine hektische, die das Potenzial hat, einen auszulaugen.

Ich bin fast ein bisschen enttäuscht, als wir am frühen Abend den Campingplatz erreichen und die Geräusche von Menschen an meine Ohren dringen. Beim Näherkommen stelle ich jedoch fest, dass außer uns lediglich zwei andere Wanderer hier ihr Lager aufgeschlagen haben. Das Pärchen grüßt uns freundlich, bevor die beiden sich wieder der Zubereitung ihres Abendessens widmen. Im Gegensatz zu den Campingplätzen, an denen wir heute Vormittag vorbeigefahren sind, ist dieser nicht mit dem Auto erreichbar, was ihn offensichtlich unattraktiv macht. Dass es außerdem einer der wenigen Plätze ohne Waschraum ist, hat vermutlich ebenfalls dazu beigetragen, dass die Besucherströme ausbleiben. Wir überqueren eine kleine Anhöhe und beschließen, unser Lager auf der von den Wanderern abgewandten Seite zwischen zwei riesigen Mammutbäumen mit Blick auf einen Bachlauf aufzuschlagen.

Da Scarlett offenkundig mehr Erfahrung im Zeltaufbauen besitzt als ich, kümmert sie sich um unseren Schlafplatz für die heutige Nacht. In der Zwischenzeit wärme ich eine Dose Nudeln mit Soße auf dem Campingkocher auf, den ich mir von Carlos geborgt habe. Kaum steigt der Duft nach Tomaten und Kräutern aus dem Topf auf, gibt mein Magen ein lautes Knurren von sich.

Scarlett lacht. »Damit kannst du beinahe den Bären hier Konkurrenz machen.«

»Haha«, erwidere ich, bevor ich die Nudeln auf zwei Plastikschalen aufteile und ihr eine davon reiche.

»Das war kein Scherz. Also zumindest nicht das mit den Bären.«

Ich verschlucke mich fast an der Nudel, die ich mir gerade in den Mund gesteckt habe. »Es gibt hier Bären?« Es klingt ein bisschen atemlos, was aber einzig und allein auf die in meinem Hals quer sitzende Ravioli zurückzuführen ist.

»Klar gibt es die. Hast du die Warnschilder nicht gesehen? Und die Essensbox?« Scarlett nickt in Richtung einer kleinen Lichtung, die sich nur wenige Meter von unserem Zeltplatz entfernt befindet und auf der eine braune Metallbox steht.

»Keine Ahnung, ich dachte, die Schilder haben sie nur aus versicherungstechnischen Gründen aufgestellt. Falls sich alle Jubeljahre doch mal ein Schwarzbär in die Zivilisation verirrt.« Ich schneide eine Grimasse.

»Dir ist aber schon bewusst, dass wir uns hier mitten in der Wildnis befinden und nicht in der Zivilisation?«, zieht sie mich auf.

»Jetzt, da du es sagst ...« Bei dem Gedanken daran, dass hinter dem nächsten Baumstamm ein Bär lauern könnte, läuft mir ein eisiger Schauer über den Rücken.

»Keine Angst, wenn wir all unseren Proviant in die Box packen, werden die Bären nicht zum Plündern vorbeikommen.«

Ich nicke, während ich mich frage, wie groß die Chance ist, dass wir trotz der Sicherheitsvorkehrung nächtliche Besucher bekommen.

Nachdem wir unser dekadentes Mahl beendet haben, macht Scarlett sich mit dem schmutzigen Geschirr und ihrem Handtuch auf den Weg zum nahe gelegenen Bach. Währenddessen krame ich sämtlichen Proviant aus meinem Rucksack hervor und trage ihn hinüber zu der Metallbox. Ich bin gerade dabei, die letzte Tüte zu verstauen, als mich ein Plätschern ablenkt. Die Sonne ist schon seit über einer Stunde hinter den Bergen verschwunden, und langsam färbt sich das pastellig roséfarbene Licht des Sonnenuntergangs in ein sattes Dunkelblau, das alle Helligkeit verschluckt. Trotzdem kann ich durch die Baumstämme hindurch Scarletts Silhouette in der Entfernung ausmachen. Ihr Oberkörper bildet eine nahtlose Fläche, was mir verrät, dass sie ihr T-Shirt ausgezogen haben muss. Hitze schießt mir in die Wangen, als sie mir ihre Seite zuwendet und dabei ihren linken Arm hebt, wodurch sich ihre Rundungen umso deutlicher abheben. Obwohl ich nicht mehr als Schemen ausmachen kann, fühle ich mich wie ein Spanner.

Schnell trete ich den Rückzug zum Zelt an. Auf dem Weg versuche ich mich auf das einsetzende Zirpen der Zikaden zu konzentrieren, um meine Gedanken davon abzuhalten, zu der halb nackten Scarlett am Bach zurückzukehren. Mit einem Mal scheint die entspannte Leichtigkeit, die den ganzen Tag zwischen uns geherrscht hat, durch pure Elektrizität ausgetauscht worden zu sein. Ich habe das Gefühl, dass die Nacht im Zelt eine sehr lange werden wird.

KAPITEL 21

Scarlett

Ich liege auf dem Rücken und starre hinauf zur Decke. Die helle Zeltplane, die sich über meinem Kopf spannt, wirkt im Dunkel der Nacht, nur durch den vollen Mond am Himmel angestrahlt, so dunkelgrün wie der Wald selbst. Wills unregelmäßige Atemzüge verraten mir, dass er ebenfalls wach ist. Hin und wieder raschelt es neben mir, wenn er sich so behutsam bewegt, als hätte er Angst davor, mich versehentlich zu streifen. Der Abstand zwischen unseren Schlafsäcken ist so gering, dass ich meine Hand nur wenige Zentimeter ausstrecken müsste, um ihn zu berühren. Der Gedanke verursacht einen Aufruhr in meinem Inneren. Obwohl mein Geist von den ganzen Eindrücken erschöpft ist und mich die frische Luft müde gemacht hat, ist mein Körper hellwach. Gestern Abend sind wir beide nach der langen Autofahrt sofort eingeschlafen, und am nächsten Morgen bin ich vor Sonnenaufgang aus dem Zelt gekrochen, um genau so eine angespannte Atmosphäre zu vermeiden.

Doch irgendetwas hat sich verändert. Seit ich vom Bach zurückgekommen bin, knistert die Luft zwischen uns. Je näher der Zeitpunkt gerückt ist, uns zum Schlafen zurückzuziehen, desto mehr unausgesprochene Möglichkeiten haben die Stille erfüllt.

Mit einem Mal war ich mir jeder seiner Bewegungen, jeder seiner Gesten überdeutlich bewusst. Habe seine Blicke so intensiv auf meiner Haut gespürt wie Berührungen. Das Gefühl hat sich verhundertfacht, seitdem wir uns in die Schlafsäcke gelegt haben. Als würde etwas in mir darauf hoffen, dass seine Fingerspitzen mich halb versehentlich streifen – dass mehr daraus wird als ein Versehen. Und obwohl meine Vernunft mahnend ihren Finger hebt, halte ich trotzdem jedes Mal die Luft an, wenn Will sich neben mir bewegt. Nur um sie enttäuscht auszustoßen, sobald wieder Stille einkehrt.

»O'Hara?« Es ist nicht mehr als ein Flüstern, doch mein Körper reagiert so intensiv, als hätte er meinen Kosenamen geschrien. Meine Muskeln spannen sich an, mein Herz beschleunigt den Takt.

»Mhm?« Mehr traue ich mich nicht zu sagen, aus Angst davor, was meine Stimme von meiner inneren Unruhe preisgeben könnte.

»Danke, dass du mit mir auf diesen Trip gekommen bist.« Zwischen seinen Worten schwingt noch so viel mehr mit, doch ich darf dem nicht nachgeben. Ich darf mich ihm nicht hingeben. Sosehr ein Teil von mir es sich auch wünscht.

»Jederzeit«, sage ich und meine es dummerweise sogar ernst.

»Dann sollte ich wohl hoffen, dass dein Auto bald wieder in die Werkstatt muss«, scherzt er.

Stille kehrt ein. Ich lausche so angestrengt auf jede seiner Regungen, dass ich stattdessen nur das Rauschen des Bluts in meinen Ohren und meinen eigenen aufgeregten Herzschlag wahrnehme.

»Gute Nacht, Scarlett.« Wie jedes Mal, wenn er meinen richtigen Namen benutzt, bekomme ich eine Gänsehaut.

»Gute Nacht, Will«, flüstere ich.

Es raschelt neben mir, als er sich auf die Seite dreht. Auf die Seite, die mir zugewandt ist. Sein warmer Atem streift meinen Hals, und ich schlucke das Verlangen herunter, das heiß in meinen Adern lodert. Es wäre so leicht, mich jetzt zu ihm zu drehen und die Distanz zu überbrücken. Es wäre so verflucht leicht, meine Lippen auf seine zu pressen. Stattdessen kralle ich meine Finger in den Stoff des Schlafsacks und zähle die Sekunden. Wills Atemzüge werden mit jeder verstreichenden Minute flacher und gleichmäßiger, bis ich mir sicher bin, dass er eingeschlafen ist.

»Ich wäre auch mit dir gefahren, wenn mein Auto nicht repariert werden müsste«, wispere ich die Wahrheit, die ich mir selbst kaum wage einzugestehen. Sogar ohne den kaputten Vergaser hätte es nicht mehr viel Überzeugungsarbeit von Will gebraucht, um mich schwach werden zu lassen.

»Ich weiß«, erwidert er zu meiner Überraschung. Seine Worte sind verwaschen, als wäre er schon im Halbschlaf, gleichzeitig kann ich das Lächeln auf seinen Lippen hören.

Kurz will ein Teil von mir ihn dafür aufziehen, dass er so selbstsicher ist, doch dann taste ich mich stattdessen so weit nach vorn, bis ich seine Hand durch den Stoff unserer Schlafsäcke spüre. Es ist nicht viel, aber es ist alles, was ich in diesem Moment zulassen kann, ohne Gefahr zu laufen, mich zu verlieren.

***

Ich erwache von dem Geräusch knisternder Cellophanfolie. Mühsam schlage ich die Augen auf. Schummriges Licht umgibt mich. Für einen Moment halte ich den Atem an und lausche angestrengt. Doch die Nacht hüllt sich in Stille. Vielleicht habe ich mir das Knistern nur eingebildet.

Ein Blick zu meiner Rechten verrät mir, dass Will tief und fest schläft. Seine Stirn, die er sonst so oft grüblerisch in Falten zieht, liegt glatt wie die Oberfläche eines Bergsees da. Seine Gesichtszüge sind entspannt. Seine Lippen sind leicht geöffnet und wirken im sanften Licht des Vollmonds samtig und weich. Das Wissen darum, dass sie nicht nur so aussehen, sondern sich genauso anfühlen, macht den Anblick nur umso verführerischer.

Schnell wende ich meinen Blick wieder der mit grünem Nylon bespannten Decke zu. Ich sollte schlafen und nicht darüber nachdenken, wie sich Wills Lippen unter meinen Fingerspitzen anfühlen. Wie sein Mund schmeckt. Ich presse meine Augenlider zusammen und versuche, zurück in die Schläfrigkeit zu finden, die mich beim Aufwachen wie ein Kokon umgeben hat. Meine Muskeln sind bleiern und müde von der Wanderung am Vortag. Ich klammere mich an diese Schwere, um mich davon zurück in den Schlaf ziehen zu lassen. Weg von der verheißungsvollen Gelegenheit, Wills Lippen erneut zu kosten.

Gerade als sich die Müdigkeit über meinen Geist zu breiten beginnt und meine Aufmerksamkeit nur noch gelegentlich wie ein kurzes Wetterleuchten aufblitzt, knackt wenige Schritte von meinem Kopf entfernt auf der anderen Seite des Nylonstoffs ein Ast. Ein Scharren ist zu hören, gefolgt von einem Rumpeln, als ein größerer Gegenstand auf dem Boden aufschlägt. Schlagartig bin ich hellwach. Jedes bisschen Müdigkeit ist aus meinem Körper gewichen und durch Adrenalin ersetzt worden. Krallen schaben über Metall, und meine Nackenhärchen richten sich auf.

»Was machst du denn für einen Lärm? Es ist doch noch dunkel drauß–« Ich presse Will intuitiv meine flache Hand auf den Mund, bevor er seinen Satz beenden kann. Seine Augen weiten sich, und in seinem Blick spiegelt sich Verwirrung.

Ich nehme vorsichtig einen Finger nach dem anderen von seinen Lippen, bis nur noch mein Zeigefinger seinen Mund versiegelt. Ich beuge mich zu ihm hinüber und wispere leise wie ein Windhauch in sein Ohr: »Schsch, draußen ist ein Bär. Mach keine ruckartigen Bewegungen oder Geräusche, die ihn auf uns aufmerksam machen.«

Ich spüre sein gemurmeltes »Fuck« unter meiner Fingerkuppe, und ein Kribbeln, das nichts mit der Gefahr zu tun hat, die hinter der Zeltplane lauert, wandert meinen Arm hinauf. Vorsichtig richte ich mich in eine sitzende Position auf und bringe damit etwas Abstand zwischen Will und mich. Er stützt sich so langsam und leise wie möglich auf seine Unterarme. Sein Blick ist auf die Wand aus hauchdünnem Stoff vor uns geheftet, als versuchte er mithilfe purer Willenskraft hindurchzuspähen. Doch unser Lager liegt umgeben von Bäumen, die das Mondlicht beinahe vollständig verschlucken und die Lichtung in Dunkelheit tauchen, auf der die Bärenbox aufgestellt ist.

Wieder sind draußen knirschende Geräusche zu hören. Als keine Sekunde später die Umrisse einer großen Gestalt durch das Licht des Vollmonds an die dünne Nylonplane geworfen werden, beiße ich mir so fest auf die Innenseite meiner Wange, dass ich Blut schmecke. Ich schlucke es zusammen mit dem Angstschrei, der sich in meiner Kehle bildet, herunter. Die Finger meiner linken Hand bohre ich panisch in den Stoff meines Schlafsacks. Vor meinem inneren Auge zerreißt die Zeltplane wie brüchiges Pergament unter der Wucht von rasiermesserscharfen Krallen. Mein Herz schlägt so hart in meiner Brust, dass es schmerzt. Nachdem ich seit über einem verdammten Jahr auf der Straße lebe und schon dem ein oder anderen Monster in menschlicher Gestalt gegenübergestanden und überlebt habe, soll ich ausgerechnet bei einem vermaledeiten Wandertrip draufgehen?! Von einem Bären als Nachtisch weggesnackt. Eine Nominierung für den Darwin-Award wäre mir damit zumindest sicher.

Das Knirschen von Kies unter einer großen Pranke holt meine hysterischen Gedanken zurück ins Hier und Jetzt. Das Adrenalin rauscht durch meine Adern und verstärkt meine Wahrnehmung um ein Tausendfaches. Meine Atemzüge hallen viel zu laut in meinen Ohren nach. Mein Herzschlag ist so dröhnend, dass er eine Lawine lostreten könnte. Meine Augen fühlen sich trocken an, weil ich den Blick so angestrengt auf die Plane geheftet habe, dass ich nicht einmal blinzle.

Als Will die Hand auf meine verkrampfte linke legt, versetzt mir die unerwartete Berührung einen Schock. Doch dann entspannen sich meine Finger unter seiner Wärme. Nur mit Mühe gelingt es mir, meinen Blick von der Gestalt zu wenden, die wenige Zentimeter entfernt, nur durch einen Streifen Stoff von uns getrennt, mit langsamen und schweren Schritten in Richtung des Flussufers verschwindet.

Wills kastanienbraune Augen haben im Zwielicht die Farbe von flüssiger Zartbitterschokolade, und obwohl ich in ihnen die gleiche Anspannung sehe, die auch mich fast zerreißt, spüre ich, wie sich meine Muskeln entspannen. Mit einem leisen Seufzen entweicht meinen Lippen die Luft, die ich unwillkürlich angehalten habe. Eine unendlich lange Zeit – vielleicht sind es aber auch nur wenige Minuten – sitzen wir einander gegenüber. Unsere Blicke ineinander verhakt. Ohne ein Wort zu sagen. Die einzigen Geräusche, die die Stille der Nacht zerschneiden, sind unsere flachen Atemzüge. Mit jedem Luftholen spüre ich, wie die Nervosität langsam aus meinen Muskeln weicht. Draußen sind weder Schritte noch schabende Laute zu hören. Der Bär muss weitergezogen sein.

»Ich glaube, er ist weg«, flüstere ich.

»Da haben wir wohl noch mal Glück gehabt.« Ich bemerke erst, dass mein rechter Zeigefinger noch immer an seinen Lippen liegt, als er zu sprechen beginnt und sich die Worte wie Hunderte kleine Küsse auf meine Fingerkuppe legen.

Ich senke meine Hand, die so intensiv prickelt, als wäre sie eingeschlafen gewesen und soeben erneut zum Leben erweckt worden. Mein ganzer Körper fühlt sich wahnsinnig lebendig an. Das Adrenalin, das die Angst durch mich hindurchgepumpt hat, zieht noch immer träge Bahnen durch meinen Organismus. Jede meiner Zellen ist bis zum Bersten gefüllt mit Lebensenergie, als wüssten sie, dass sie nur eine dünne Lage Stoff vor einem vorzeitigen Ableben bewahrt hat.

»Als du gesagt hast, dass man sich nirgendwo so lebendig

fühlt wie in der Natur, wusste ich nicht, dass du dabei an eine Nahtoderfahrung dachtest.« Ein amüsiertes Grinsen erscheint auf Wills Lippen.

»Fuck, das war echt verflucht knapp«, flüstere ich und muss lachen. Es sprudelt einfach so aus meiner Kehle hervor. Vermutlich sind es die letzten Reste der Hysterie, die durch meinen Körper wabern.

Will legt den Kopf leicht schief, und obwohl sein Gesicht größtenteils im Schatten liegt, kann ich die Intensität in seinem Blick spüren. Er streift von meinen Augen über meine Nasenspitze und bleibt etwas zu lange an meinen Lippen hängen.

Mein Lachen verebbt. Unwillkürlich befeuchte ich mit der Zungenspitze meine Unterlippe. In diesem Moment will ich nichts mehr, als ihn zu spüren. Seine Haut unter meinen Fingerspitzen. Seine Hände auf meinem Körper.

Als mein Blick zu seinem zurückwandert, entdecke ich darin das gleiche Aufflackern von Begierde. Ich kann nicht sagen, wer von uns sich als Erstes bewegt, aber wir treffen uns in der Mitte.

KAPITEL 22

Scarlett

Unsere Lippen prallen aufeinander, unsere Finger vergraben sich in der Wärme des jeweils anderen. Unser Kuss ist weder tastend noch vorsichtig. Die Energie, die nach dem Erlebnis mit dem Bären durch unsere Körper pulsiert, infiltriert unsere Bewegungen und lässt sie fiebrig werden. Meine Lippen öffnen sich ohne sein Zutun, und einen Sekundenbruchteil später erobert seine Zunge meinen Mund. Ein zufriedenes Summen steigt aus meinem Inneren empor, als würden seine Berührungen etwas in mir zum Schwingen bringen. Als würde er etwas in mir zum Leben erwecken, das ich so lange kleingehalten habe, dass es mich, nun, da es erwacht ist, zu verschlingen droht.

Seine Zungenspitze umspielt meine, neckt mich und lockt mich zu ihm. Ich folge seiner Einladung nur allzu bereitwillig. Koste seinen Geschmack, der sich mit dem der Pfefferminzzahnpasta vermischt, mit der er sich am Abend die Zähne geputzt hat. Seine vollen Lippen fühlen sich so unendlich weich an meinen an, dass ich nicht genug davon bekomme, ihn zu küssen. Mich von dem Gefühl von Wärme und prickelndem Losgelöstsein einhüllen lasse.

Seine rechte Hand gräbt er tiefer in mein vom Schlaf zerwühltes Haar und zieht meinen Kopf daran sanft, aber bestimmt nach hinten. Als meine Lippen den Kontakt zu seinen verlieren, entweicht meiner Kehle ein unzufriedenes Brummen. Ich spüre Wills Lächeln an meinem Kinn, als sein Mund eine Spur aus federleichten Küssen auf meine Haut zeichnet. Er wandert über meinen Kiefer bis zu meinem Ohrläppchen, das er spielerisch zwischen die Zähne nimmt und sanft daran zieht. Die feinen Härchen in meinem Nacken richten sich auf, und mein Puls beschleunigt sich besorgniserregend. Mit der Zungenspitze fährt er meine Halsschlagader nach, durch die mein Blut mit der Geschwindigkeit eines Düsenjets jagt. Als er mit seinen Zähnen zärtlich über die empfindsame Haut schabt, entweicht mir ein gequältes Stöhnen. Die Berührung fühlt sich so gut an, dass ich wünschte, er würde nie wieder damit aufhören, während ich mich gleichzeitig danach sehne, noch mehr von ihm zu spüren.

Als hätte er meine Zerrissenheit bemerkt, gleitet Wills linke Hand an meiner Wirbelsäule entlang und schiebt sich unter den Saum meines Schlafshirts. Ich bekomme eine Gänsehaut, als seine Fingerspitzen auf die sensible Stelle direkt oberhalb meines Steißbeins treffen. Von dort aus bahnen sie sich ihren Weg über meine rechte Seite nach vorne. Sein Zeigefinger umkreist meinen Bauchnabel und fährt dann unendlich langsam weiter bis zu meinem Rippenbogen. Er folgt der geschwungenen Linie bis zu meinem Brustbein. Ich halte unwillkürlich den Atem an, als meine Aufmerksamkeit zwischen seinen hauchzarten Küssen an meinem Hals und seinen Fingerspitzen hin und her schwankt, mit denen er träge über den Ansatz meiner Brüste streift.

Endlich bewegt er seine Hand zur Seite und zeichnet Kreise um meine rechte Brustwarze, die sich in sehnsuchtsvoller Erwartung seiner Berührung zusammenzieht. Als er mit dem Daumen über sie streichelt, keuche ich auf. Halt suchend kralle ich meine Finger in sein Shirt.

»Mehr. Ich brauche mehr von dir, Will. Bitte.« Meine Worte sind nicht mehr als ein Seufzen, aber seine Lippen halten an meinem Hals inne.

Er löst den Mund von meiner Haut, dann taucht sein Gesicht wieder in meinem Blickfeld auf. Selbst im Halbdunkel des Zeltes erkenne ich, dass seine Wangen gerötet sind und seine Augen leuchten.

»Du kannst von mir alles haben, Scarlett.«

Seine Worte verursachen ein aufgeregtes Flattern in meinem Bauch. Meinen Namen aus seinem Mund zu hören, zu sehen, wie seine perfekten Lippen die Silben formen, erfüllt mich mit einer Wärme und Geborgenheit, die ich schon seit einer Ewigkeit nicht mehr gespürt habe.

»Dann will ich dein Oberteil«, sage ich mit heiserer Stimme und einem neckenden Lächeln.

Ohne ein weiteres Wort greift er nach dem Saum seines Shirts und zieht es sich in einer fließenden Bewegung über den Kopf. Der durch die Zeltplane dringende Mondschein taucht seinen Oberkörper in sanftes Licht und lässt mich jeden definierten Muskelstrang bewundern. Er hat keine durchtrainierte Brust wie die Pumper im Fitnessstudio. Seine Statur ist eher schmal, aber trotzdem männlich. Ich zeichne die Konturen seines angedeuteten Sixpacks mit den Fingern nach. Er schließt die Augen. Seine Atmung ist flacher als noch wenige Sekunden zuvor. Ich beuge mich nach vorne und platziere Küsse auf jedem einzelnen Muskel. Als ich mit meinen Lippen seine Brustwarze streife, spannt er die Schultern an und zieht hörbar Luft durch die Zähne.

Ich löse mich von ihm, um ebenfalls mein Shirt über den Kopf zu ziehen. Als mein Gesicht wieder unter dem Stoff zum Vorschein kommt, sehe ich, wie Wills Blick langsam über meinen nackten Oberkörper wandert. Bewunderung und Begehren pulsieren in seinen dunkelbraunen Augen und sorgen dafür, dass meine Brustwarzen sich aufrichten. Gänsehaut breitet sich auf meinem gesamten Körper aus, doch ich sehne mich nach mehr. Ich will seine Hände wieder auf mir spüren, will unter seinen Berührungen erschauern.

»Weißt du, anfassen ist erlaubt. Sogar ausdrücklich erwünscht«, necke ich ihn.

Er lacht, und es klingt so rau, dass es ein Ziehen in meinem Bauch verursacht. »Das lass ich mir nicht zweimal sagen«, raunt er.

Einen Herzschlag später legt er seinen rechten Arm um meine Taille und zieht mich auf seinen Schoß. Wir keuchen gleichzeitig auf, als meine Mitte auf seine trifft und ich seine Härte unter mir spüre.

»Du fühlst dich verboten gut an.« Will hält einen Augenblick inne, so als müsste er sich erst sammeln, bevor er seine rechte Hand meinen Rücken entlang nach oben führt und in meinen Nacken legt.

Er neigt meinen Kopf behutsam zur Seite und küsst mich auf den Mund. Dieses Mal ist der Kuss zärtlicher. Langsam und trotzdem intensiv. Seine Zungenspitze teilt meine Lippen, gleichzeitig legt er seine linke Hand um meine rechte Brust und massiert sie sanft. Ich presse mein Becken enger an ihn, was uns beide aufstöhnen lässt. Mein Körper ist mehr als bereit für ihn. Ich will nicht nur seine Hände auf meiner Haut spüren. Ich will ihn in mir spüren. Will, dass er mich vollkommen ausfüllt.

Doch da ist noch immer zu viel Stoff zwischen uns.

»Will?« Ich unterbreche unseren Kuss und lehne mich ein Stück nach hinten.

»Hm?« Sein Blick ist verschleiert, seine Lippen sind leicht geschwollen. Kurz verliere ich den Faden.

»Ich will dich. Ich will dich jetzt. Sofort«, sage ich mit rauer Stimme und reibe meine Mitte an seiner Härte.

Er keucht auf, seine Augenlider flattern, als er um Fassung zu ringen scheint. Dann hebt er mich spielend leicht in die Höhe, damit er Platz hat, sich auszuziehen. Während er sich im Sitzen die Boxershorts über die Beine zerrt, streife ich in leicht gebückter Haltung meine Schlafshorts ab. Die Zeltplane drückt gegen meinen Hinterkopf. Als ich mich wieder auf seinen Schoß sinken lassen will, hält er mich mit den Händen, die er blitzschnell an meine Hüfte legt, an Ort und Stelle.

»Leg dich hin«, fordert er, und es schwingt etwas Dunkles in seiner Stimme mit, das mich dazu bringt, seiner Aufforderung unwillkürlich Folge zu leisten. Kaum liege ich auf dem Schlafsack, drückt er meine Beine sanft, aber mit Nachdruck auseinander, um sich dazwischenzuknien. Im nächsten Augenblick senkt er den Kopf und küsst sich von meinem Bauchnabel hinab zu meinem Schambein. Das Ziehen in meinem Becken verstärkt sich.

Als seine Zunge über den Punkt zwischen meinen Beinen gleitet, an dem sich alle Nervenenden vereinen, entweicht mir ein heiseres Stöhnen, das in der Dunkelheit verhallt. Ich winde mich unter seinen Liebkosungen und rutsche unruhig auf dem glatten Stoff hin und her, der keinerlei Widerstand bietet.

»Schsch«, flüstert Will an meiner Mitte. Der zarte Lufthauch schickt ein Kribbeln durch meinen gesamten Körper. »Du willst doch den Bären nicht wieder anlocken.« Ich spüre sein Grinsen, bevor er seine Aufmerksamkeit wieder meiner Mitte zuwendet.

Seine Bartstoppeln reizen die sensible Haut zwischen meinen Schenkeln und bescheren mir einen heißen Schauer nach dem anderen. Als Wills Zunge mich in einem schnellen Rhythmus verwöhnt, beiße ich fest auf meine Unterlippe, um die Laute zurückzuhalten, die er in mir weckt. Als er schließlich von mir ablässt, sind meine Muskeln weich wie Butter, die zu lange in der Sonne gestanden hat. Am Rande meines Bewusstseins nehme ich wahr, wie Will ein Stück nach hinten rutscht und in seiner Tasche herumkramt. Mit einem triumphierenden Grinsen zieht er ein Kondompäckchen hervor.

Ich weiß nicht, was ich davon halten soll, dass er im Vorfeld offensichtlich die Möglichkeit in Betracht gezogen hat, dass unser Campingtrip auf eine gemeinsame Nacht hinauslaufen könnte. Auch wenn ich in diesem Augenblick verdammt froh bin, dass er Schutz dabeihat.

Als hätte er meine kritischen Gedanken gehört, verteidigt er sich: »Das habe ich nicht extra für den Trip reingetan. Ich habe immer eines im Portemonnaie. Man weiß ja nie.«

Ich ziehe eine Augenbraue in die Höhe.

»Fändest du es etwa besser, wenn wir jetzt aufhören müssten, nur weil keiner von uns eines hätte?« Er wedelt mit dem Kondompäckchen in der Luft herum.

Der Punkt geht an ihn. Er grinst mich an, und ich verdrehe die Augen. Dann beobachte ich, wie er die Verpackung aufreißt und das Gummi überzieht. Meine Kehle wird trocken, als mein Blick seine Länge auf und ab fährt. Schließlich ist er bereit für mich und richtet sich wieder in eine sitzende Position auf. Ich folge seinem Beispiel und klettere auf seinen Schoß. Meine linke Hand lege ich auf seine Schulter, um mich zu stabilisieren, während ich mit der rechten zwischen uns greife. Als ich seinen Schaft mit den Fingern umfasse, atmet Will hörbar ein. Seine Nackenmuskulatur versteift sich, und sein Atem klingt zittrig.

Ich schiebe ihn in Richtung meiner feuchten Mitte und erschauere, als seine Spitze wenige Zentimeter tief in mich hineingleitet. Mein Blick sucht seinen, und ich halte mich an ihm fest, als ich mich langsam auf ihn sinken lasse. Immer wieder verharre ich, um meinem Körper Zeit zu geben, sich an seine Größe zu gewöhnen. Um das Gefühl der sanften Dehnung zu genießen, das mich erschauern lässt. Erst als er mich vollkommen ausfüllt, weicht die Anspannung aus Wills Muskulatur. Seine Hände fahren über meine Seiten, seine Fingerspitzen necken meine Brustwarzen, bevor sie an meinem Körper hinabgleiten. Hinab zu der feuchten Hitze, die er in mir entfacht.

Als er seinen Zeigefinger zielsicher auf den pulsierenden Punkt zwischen meinen Schenkeln legt und mit leichtem Druck darüberreibt, vergrabe ich mein Gesicht an seiner Halsbeuge, um mein Stöhnen zu dämpfen. Unerbittlich schickt er einen wohligen Schauer nach dem anderen über mein Rückgrat. Es fehlt nicht mehr viel, und ich werde mich nicht länger beherrschen können. Werde meinen Höhepunkt nicht länger hinauszögern können.

Will scheint es zu spüren, denn sein Finger verschwindet, und keine Sekunde später umfasst er mit beiden Händen meine Hüfte. Mühelos hebt er mich von seinem Schoß, nur um mich unmittelbar darauf wieder auf ihn herabzuziehen. In einem immer schneller werdenden Rhythmus bewegen wir uns aufeinander zu. Seine Atmung wird hektischer. Jedes Mal, wenn er mich bis zum Anschlag ausfüllt, keucht er auf und krallt seine Finger in meine Seiten.

Mein Körper wird von der Wucht der Empfindungen überrollt. Das Gefühl von ihm in mir, seine Nähe, die Hitze, die von seiner glühenden Haut auf meine überspringt, überwältigen mich beinahe. Jede meiner Zellen scheint unter Strom zu stehen, als hätte Will ein Feuer in meinem Inneren entfacht, das nur er zu stillen vermag. Und sosehr ich mich danach sehne, dass er mich erlöst, so sehr liebe ich das Gefühl und wünschte, es würde niemals enden.

»Verdammt, Scarlett«, keucht Will an meiner Wange, als ich noch näher an ihn heranrutsche, sodass unsere Oberkörper der Länge nach aneinandergepresst werden. Die Spannung, die sich in meinem Becken aufgebaut hat, wird zu einem tosenden Sturm, der mich mitreißt. Ich nehme nichts mehr wahr außer dem Gefühl von ihm in mir. Die Reibung wird mit jeder Sekunde intensiver, bis ich nicht länger standhalten kann und mich mitreißen lasse. Ich tauche ein in den Strudel aus sich entladender Energie und komme mit einem erleichterten Stöhnen zum Höhepunkt.

Als sich meine Muskulatur um ihn herum zusammenzieht, weicht auch aus Will die Anspannung, und er presst meine Mitte ein letztes Mal bis zum Anschlag gegen seine. Mit einem

Keuchen, das beinahe wie ein Knurren klingt, folgt er meinem Orgasmus und vergräbt sein Gesicht in meinem zerwühlten Haar.

Wir bleiben ineinander verschlungen sitzen, bis sich unser Herzschlag wieder beruhigt. Meine Haut ist von einem feinen Schweißfilm überzogen. Als ich schließlich von seinem Schoß rutsche, fröstele ich in der kalten Nachtluft.

»Ich mache mich kurz frisch«, sagt Will und kommt umständlich auf die Beine. Dabei vergisst er offensichtlich, dass wir in einem Zelt mit Hobbitmaßen schlafen, und stößt mit dem Kopf gegen die Zeltstange.

Ich verkneife mir ein Lachen, als er gebückt und leise vor sich hin fluchend hinausklettert. Die kühle Nachtluft, die durch die Luke ins Innere kriecht, lässt mich frösteln, und ich beschließe, dass das improvisierte Bad bis morgen warten kann. Stattdessen ziehe ich mir das Schlafshirt und die Shorts wieder über und kuschle mich in meinen Schlafsack. Mein Körper fühlt sich auf eine angenehme Art erschöpft und schwer an.

»Fuck! Fuck! Fuck! Ist das kalt!« Wills Flüche durchschneiden die Stille der Nacht.

Mit einem Lächeln auf den Lippen gebe ich der Erschöpfung nach und versinke in der Dunkelheit.

KAPITEL 23

William

»Guten Morgen, Schlafmütze.« Ich strecke Scarlett eine Tasse frisch aufgebrühten Instantkaffee entgegen.

Sie kräuselt auf die niedlichste Art ihre Nase, bevor sich ihr Gesicht zu einer Grimasse verformt, als sie herzhaft gähnt. Dann reißt sie ihre Augen auf und scheint mit einem Mal hellwach zu sein.

»Fuck, ist das gestern Nacht wirklich passiert?«, fragt sie.

»Das mit dem Bären oder das mit dem Sex?«

Sie zieht sich stöhnend den Schlafsack hinauf zu den Ohren. »Wie konnte das nur passieren?«, murmelt sie in den Stoff.

»Das mit dem Bären oder das mit dem Sex?«, frage ich und kann nichts gegen das fette Grinsen tun, das sich auf meinen Lippen ausbreitet.

»Halt die Klappe, Hemingway«, kommt es gedämpft unter der Decke hervor.

»Sag bloß, du würdest die letzte Nacht gern rückgängig machen.« Ich stupse sie an. Die wohlige Wärme, die mich durchflutet, seit ich vor wenigen Minuten mit Scarlett in meinen Armen aufgewacht bin, verflüchtigt sich.

Ihr zerzauster Haarschopf taucht wieder auf. Gefolgt von ihren funkelnd grünen Augen und der mit Sommersprossen verzierten Nase.

»Das mit dem Bären oder das mit dem Sex?«, fragt sie.

Ich muss laut lachen.

»Jetzt aber mal ernsthaft. Das mit gestern Nacht – was zwischen uns passiert ist ...«, verdeutlicht sie, bevor ich wieder die Frage stellen kann, »... das war eine einmalige Sache.«

Ich lächle gegen den dumpfen Schmerz in meiner Brust an. Es fühlt sich an, als hätten ihre Worte ein Loch in den Fallschirm gerissen, der mich wenige Sekunden zuvor durch die Lüfte hat gleiten lassen. Jetzt befinde ich mich im freien Fall. Starre mit offenen Augen dem Boden entgegen, auf dem ich jede Sekunde aufschlagen und zerschellen werde. Etwas in mir flüstert, dass ich es hätte kommen sehen müssen. Dass das Glück, das mich eben noch durchflutet hat, nicht von Dauer sein kann.

»Ich habe sowieso nur ein Notfallkondom dabei«, erwidere ich schulterzuckend, um zu überspielen, wie sehr mich ihre Zurückweisung verletzt.

Sie rollt mit den Augen, aber ich sehe, wie ihre Mundwinkel zucken. »Das gestern war nur das Adrenalin nach unserer Nahtoderfahrung. Ich denke, es ist das Beste, wenn wir die letzte Nacht einfach vergessen.«

Ich nicke bestätigend, obwohl ich nicht weiß, wie um Himmels willen ich das schaffen soll. Wie ich das Gefühl von ihrer weichen Haut unter meinen Fingern, ihr Stöhnen in meinen Ohren oder ihren betörenden Geschmack auf meiner Zunge vergessen soll.

Schon seit unserem Kuss auf dem Frühlingsfest spielt Scarlett die Hauptrolle in all meinen Tagträumen. Jetzt, da ich weiß, wie gut es sich anfühlt, mit ihr zusammen zu sein, weiß ich nicht, wie ich zurück zu einer freundschaftlichen Ebene finden soll. Und wann waren wir jemals nur Freunde? Doch ich weiß, dass Scarlett verdammt stur sein kann, wenn sie sich etwas in den Kopf gesetzt hat, und dummerweise hat sie beschlossen, dass es für uns beide das Beste ist, Distanz zu wahren. Der Teil von mir, der gehofft hat, sie mit dem Campingtrip umzustimmen, der dachte, dass die letzte Nacht etwas zu bedeuten hatte, möchte sich am liebsten mit einer XXL-Packung Ben & Jerry's im Schlafsack verkriechen.

Unser Frühstück besteht aus je einer Tasse Kaffee und einem Müsliriegel. Die einzigen Lebensmittel, die die nächtliche Plünderung durch den Bären überlebt haben. Wie sich herausgestellt hat, habe ich Schussel die Tür der Bärenbox gestern Abend anscheinend nicht richtig verschlossen. Obwohl ich ziemlich genau weiß, was mich dermaßen abgelenkt hat, halte ich sicherheitshalber die Klappe. Die Stimmung zwischen Scarlett und mir ist auch so schon angespannt genug.

Außerhalb des Zelts erwartet uns feiner Nieselregen, der die Umgebung in einen weißen Schleier hüllt. Auf unserem Rückweg wirkt der Wald wie verzaubert, als könnten jeden Augenblick Hobbits oder Elben hinter einem der meterdicken Baumstämme auftauchen. Obwohl ich meine Aufmerksamkeit auf die mystische Stimmung richte, die den Wald umgibt, tauchen immer wieder Bilder der vergangenen Nacht in meinem Kopf auf. Dass Scarlett nur wenige Schritte von mir entfernt in ihrer eng anliegenden Sporthose läuft, hilft nur bedingt, sie aus meiner Erinnerung zu streichen. Manchmal treffen sich unsere Blicke, und auch wenn sie ihren schnell wieder senkt, verraten mir ihre geröteten Wangen, dass ihre Gedanken ebenfalls bei der letzten Nacht sind.

Wie bereits auf dem Hinweg unterhalten wir uns kaum. Doch dieses Mal wünsche ich mir, sie würde die Stille durchbrechen.

Als wir vier Stunden später den Parkplatz erreichen, wo wir meinen Wagen zurückgelassen haben, habe ich die Hoffnung aufgegeben. Den Großteil der Fahrt verbringt Scarlett mit geschlossenen Augen. Würde sie ihre Lippen nicht manchmal lautlos zu den Lyrics der Songs im Radio bewegen, könnte ich ihr abkaufen, dass sie schläft. Dass sie mir lieber etwas vorspielt, als sich mit mir zu unterhalten, tut weh. Zwischenzeitlich bin ich beinahe so weit, zu behaupten, dass mir unsere gemeinsame Nacht nichts bedeutet hat, dass es nur Sex war, doch dann mache ich jedes Mal einen Rückzieher. Zum einen, weil es gelogen wäre, und zum anderen, weil ich Angst habe, die Sache zwischen uns noch verkrampfter zu machen. Deshalb begnüge ich mich damit, Scarlett sacht am Arm zu berühren, als ich die ersten Ausläufer L. A.s erkenne.

Sie blinzelt und sieht mich derart irritiert an, dass ich mich frage, ob sie mir vielleicht doch nichts vorgespielt hat.

»Wir sind gleich da. Soll ich dich zur Werkstatt bringen?«, erkläre ich ihr.

Sie schüttelt den Kopf. »Die schließen sonntags immer schon gegen Mittag. Ich habe mit dem Mechaniker ausgemacht, dass ich den Wagen morgen vor Schichtbeginn abhole.«

»Okay, dann fahre ich dich direkt nach Hause. Willst du die Adresse in mein Navi eintippen, oder kannst du mich lotsen?« Ich deute mit dem Kinn in Richtung der Konsole, auf der das Display des Navigationsgeräts aktuell meine Straße als Zieladresse anzeigt.

Scarlett schüttelt erneut den Kopf. Dieses Mal so energisch, dass sie möglicherweise ein kleines Schleudertrauma davontragen könnte. »Wenn es dir nichts ausmacht, könntest du mich beim Supermarkt rauslassen? Mein Kühlschrank ist komplett leer, und ich müsste schnell noch ein bisschen was einkaufen.«

»Klar, kein Problem. Sag mir einfach, welcher der nächste von deiner Wohnung aus ist. Wenn du willst, kann ich auch mitkommen und dich danach nach Hause fahren. Dann musst du nicht so schwer schleppen.« Dass ich darüber hinaus schrecklich neugierig darauf bin, zu erfahren, wo und wie sie lebt, sollte ich ihr besser nicht auf die Nase binden.

»Ach Quatsch, die paar Meter schaffe ich allein. Außerdem würde ich mir nach der langen Fahrt gern die Beine vertreten.«

»Wie du willst«, sage ich und versuche, mir die Enttäuschung nicht anmerken zu lassen.

Scarlett navigiert mich mit ihrem Handy zu einer nahe gelegenen Shoppingmall. Es ist eine von vielen. Ein großer Walmart dominiert die Front des fabrikhallenartigen Gebäudes. Daneben reihen sich in einer Arkade kleinere Läden wie ein Friseursalon und ein Florist aneinander. Kaum habe ich den Wagen auf einem der Parkplätze zum Stehen gebracht, springt Scarlett von ihrem Sitz und schnappt sich ihren Rucksack von der Rückbank. Als ich schon denke, dass sie mir ohne ein Wort des Abschieds gleich die Tür vor der Nase zuschlägt, taucht ihr Gesicht noch einmal in der offenen Beifahrertür auf.

»Danke noch mal für alles.« Ihr Lächeln ist vorsichtig, als hätte sie Angst davor, dass ich zu viel hineininterpretieren könnte.

»Ich habe zu danken. Ohne dich wäre ich vermutlich nicht lebend aus dem Park zurückgekommen«, versuche ich mich an einem Scherz, um die Stimmung aufzulockern.

»Beim nächsten Mal würde ich dir auf jeden Fall nicht mehr die Verantwortung für die Sicherung der Lebensmittel übertragen«, erwidert sie grinsend, bevor ihr aufzufallen scheint, dass sie gerade die Möglichkeit in den Raum geworfen hat, dass sich ein gemeinsamer Ausflug in die Wildnis wiederholt. »Komm gut heim und grüß Queenie von mir«, fügt sie eilig hinzu, bevor sie die Hand hebt und mit der anderen die Tür zuschlägt.

Mein »Du auch« prallt an der Scheibe ab. Ich sehe ihr nach, bis sie von der Mall verschluckt wird. Dann drehe ich den Schlüssel im Schloss und setze aus der Parklücke zurück. Dem Kreisverkehr folgend, umrunde ich einmal das komplette Areal. Dabei betrachte ich die Reklametafeln, die vor den kleineren Shops stehen. Die cartoonartig gezeichnete Sushirolle, die ein Stück Lachs-Sashimi mit Herzchenaugen anstrahlt, bringt mich zum Schmunzeln. Der Aufsteller mit dem Bild eines Brownies, über den behauptet wird, dass es sich um den besten in ganz

Los Angeles handelt, lässt mir das Wasser im Mund zusammenlaufen. Die Entscheidung, dass ich dieser Behauptung auf den Grund gehen muss, ist innerhalb einer Zehntelsekunde gefällt. Ich mache einen derart abrupten Schlenker nach rechts, um in die Parkbucht zu fahren, dass der Autofahrer hinter mir seine Hupe betätigt. Meine Aufmerksamkeit klebt jedoch an der Vitrine des Brownieladens, die durch die verglaste Fensterfront zu erkennen ist.

Zwei Minuten später stehe ich mit einer braunen Papiertüte wieder auf dem Gehweg. Der Duft nach Schokolade und frisch gebackenem Teig umhüllt mich noch immer wie ein besonders verführerisches Parfüm. Da mir klar ist, dass ich auf keinen Fall bis zu Hause warten kann, um von den süßen Köstlichkeiten zu kosten, greife ich beherzt in die Tüte und fördere eines der rechteckigen Kuchenstücke hervor. Weil ich mich im Laden unmöglich für eine Sorte entscheiden konnte, habe ich mir gleich drei Geschmacksrichtungen gegönnt. Der Brownie, den ich zu fassen bekomme, ist der klassische ohne Schnickschnack.

»Dann wollen wir mal sehen, was du kannst«, murmle ich, bevor ich einen großen Bissen nehme. Die Kombination aus herber Schokolade, Butter und Zucker gepaart mit einem Hauch Vanillearoma schickt einen Stoß an Endorphinen durch meinen Körper. *So muss der Himmel schmecken!* Genießerisch schließe ich die Augen, um den geschmacklichen Orgasmus voll auszukosten. Die Konsistenz des Brownies ist perfekt, saftig, aber nicht matschig, gleichzeitig fluffig. Wenn ich nicht aufpasse, werde ich noch auf dem Parkplatz den gesamten Inhalt der Tüte verputzen, was mehr als nur bedauerlich wäre. Solche Meisterwerke der Backkunst haben es verdient, dass man ihnen seine volle Aufmerksamkeit widmet, was mir auf dem überfüllten Gelände der Mall nur mäßig gelingt. Das Kreischen von Bremsen und die aufgebrachten Rufe eines vorbeifahrenden Autofahrers holen mich vollends zurück aus meiner brownieinduzierten Ekstase.

Blinzelnd öffne ich die Augen und entdecke Scarlett, die einige Meter entfernt über den Zebrastreifen geht. Instinktiv hebe ich die Hand, die keinen klebrigen Kuchen hält, und rufe ihren Namen. Im Lärm der übrigen Besucher verhallt mein Ruf jedoch ungehört. Währenddessen läuft Scarlett zielstrebig auf eine der Reihen an parkenden Autos zu. Erst mit Verspätung fragt sich der analytische Teil meines Gehirns, wie sie so schnell ihren Einkauf erledigt hat. Ein Blick auf mein Handy verrät mir, dass es nicht einmal fünf Minuten her ist, dass ich sie auf dem Parkplatz abgesetzt habe. Doch bevor ich eine Erklärung dafür finde, stoppt Scarlett vor einem rostroten Honda. Sie greift in ihre Hosentasche und entriegelt offensichtlich den Wagen, denn keine Sekunde später öffnet sie die Klappe des Kofferraums und verstaut ihren Rucksack darin. Dann geht sie hinüber zur Fahrerseite, und während mein Verstand noch damit beschäftigt ist, die Puzzleteile zusammenzufügen, lenkt sie den Honda rückwärts aus der Parklücke.

In meinem Kopf prallen verschiedene Fragen aufeinander. Warum steht Scarletts Auto auf dem Parkplatz irgendeiner Mall, wenn sie es doch morgen in der Werkstatt abholen wollte? Warum hat sie mir das nicht gesagt? Wozu die Ausrede mit dem Einkauf?

Obwohl es in meinem Kopf noch immer zugeht wie in einem geschäftigen Bienenstock, handelt der Rest meines Körpers intuitiv. Ich verstaue das angebissene Stück Brownie in der Papiertüte und laufe die paar Schritte hinüber zu meinem Wagen. Durch den Rückspiegel beobachte ich die vorbeifahrenden Autos, bis der rostrote Honda an mir vorbeifährt. Ich warte fünf Sekunden, bevor ich die Parkbucht verlasse und Scarlett folge. Es ist keine bewusste Entscheidung, vielmehr eine Notwendigkeit. Ich muss einfach wissen, warum sie mich angelogen hat.

Die Fahrt führt immer weiter aus der Stadt hinaus. Mit jedem Kilometer, den wir zwischen uns und das Stadtzentrum bringen, dünnt sich der Verkehr stärker aus, sodass ich alle paar Meter abbremsen und ein anderes Auto vorlassen muss, damit Scarlett mich nicht zufälligerweise im Rückspiegel entdeckt. Nach knapp zwanzig Minuten setzt sie den Blinker und biegt auf ein Grundstück am Straßenrand ein. Da ich einige Spionagefilme in meinem Leben gesehen habe, folge ich ihr natürlich nicht, sondern fahre bis zur nächsten Kreuzung, wo ich kehrtmache und auf der entgegengesetzten Straßenseite zurückfahre. Schräg gegenüber der Einfahrt, durch die Scarlett eben verschwunden ist, parke ich meinen Wagen in einer Bucht.

Das vor mir aufragende Fabrikgebäude sieht aus, als würde hier schon seit Jahren niemand mehr arbeiten. Im Rückspiegel inspiziere ich das Grundstück. Es handelt sich um einen Schotterplatz, der von einem drei Meter hohen Maschendrahtzaun umgeben ist. Es scheint sich um einen Parkplatz zu handeln. Zumindest steht eine Handvoll Autos auf der Fläche verteilt herum. Darunter ein in die Jahre gekommener VW-Bus, ein schwarzer Kombi und zwei kleinere Modelle, von denen ich jeweils nur das Heck erkenne. Scarletts Honda parkt im hinteren Bereich, halb verdeckt durch den Bus, sodass ich sie nicht entdecke.

Was will sie hier? Der Parkplatz wirkt wie das Setting eines Gangsterfilms, kurz bevor irgendjemand das Feuer eröffnet. Das ungute Gefühl in meiner Magengegend wird mit jeder verstreichenden Minute drängender. Die Sonne ist mittlerweile untergegangen, und der dunkelblaue Nachthimmel spannt sich über die Stadt. Die Straßenlaternen erwachen mit einem Flackern zum Leben, was der Szenerie zusätzlich etwas Beunruhigendes verleiht. Alles in mir verlangt danach, Scarlett zu packen und von diesem Ort zu verschwinden. Was auch immer sie hier vorhat, es kann nichts Gutes bedeuten. Doch stattdessen sitze ich wie festgewachsen in meinem Auto und starre so angestrengt hinaus in die Dunkelheit, dass meine Augen zu schmerzen beginnen.

Als sich der rostrote Honda auch nach einer weiteren halben Stunde nicht vom Fleck bewegt hat, starte ich den Motor und fahre mit einem Berg voller Fragezeichen in meinem Kopf nach Hause.

KAPITEL 24

Scarlett

»Und, wie war euer Ausflug in die Wildnis?« Tammy erwartet mich mit einer Tasse Kaffee.

Dankbar nehme ich sie entgegen, denn so langsam macht sich der Schlafentzug der letzten Tage bemerkbar. Bei unserer ersten Übernachtung im Zelt bin ich mit der Sonne aufgewacht. Über die Aktivitäten, die mich in der darauffolgenden Nacht wach gehalten haben, will ich lieber nicht allzu genau nachdenken. Exakt diese Erinnerungen waren es nämlich, die dafür gesorgt haben, dass ich auch gestern Abend ewig wach gelegen und an die Decke meines Wagens gestarrt habe, während ich mich nach Wills Nähe gesehnt habe. Denn obwohl der rationale Teil meines Gehirns längst weiß, dass es keine Wiederholung geben darf, sehnt sich der Rest von mir nach der Geborgenheit, die Will mir zumindest für eine Nacht geschenkt hat.

In seinen Armen eingekuschelt einzuschlafen, hat eine Sehnsucht in mir gestillt, von der ich nicht einmal wusste, dass sie existiert. Ich habe in den vergangenen Monaten hart darum gekämpft, mich von allen Menschen in meiner Umgebung zu distanzieren. Nur um feststellen zu müssen, dass die Lücke, die meine Mutter hinterlassen hat, dass die Sehnsucht, irgendwohin zu gehören, zu irgendjemandem zu gehören, nicht verschwunden ist, sondern sich nur in einem Winkel meines Herzens versteckt hat.

»Es war intensiv«, antworte ich verspätet auf Tammys Frage.

»Uh, das klingt vielversprechend.« Sie tippt ihre Fingerspitzen voller Vorfreude gegeneinander.

»Wir hätten beinahe als Snack eines Bären geendet.«

Tammy reißt die Augen auf. »Was?!«

»Hemingway hat die Tür der Bärenbox nicht richtig verschlossen und hat damit einen Bären zu unserem Zelt gelockt.«

»Oh mein Gott. Geht es dir gut? Geht es ihm gut? Also Hemingway? Wobei, das Wohl des Bären würde mich auch interessieren.«

»Ja, wir hatten Glück. Der Bär hat sich an unserem Proviant bedient und ist dann wieder seiner Wege gegangen. Wie gut ihm die Packung Chips bekommen ist, kann ich dir allerdings nicht sagen.« Ich nehme schmunzelnd einen weiteren Schluck von dem Kaffee und spüre, wie das Koffein mich langsam belebt.

»Und ich dachte schon, mit intensiv meinst du, dass es heiß im Zelt geworden ist«, sagt Tammy.

Ich beiße mir unwillkürlich auf die Unterlippe, was ihrem aufmerksamen Blick dummerweise nicht entgeht. Wieder weiten sich ihre Augen.

»Oh mein Gott, es ist doch etwas zwischen euch gelaufen?!«, ruft sie so laut, dass ich ihr die Hand auf den Mund presse und prüfend hinüber in Richtung Küche sehe, um sicherzugehen, dass Liz sie nicht gehört hat.

»Ja, aber es hatte absolut nichts zu bedeuten«, versichere ich Tammy, während meine innere Stimme mich eine Lügnerin schimpft. »Es war nur das Adrenalin der Nahtoderfahrung.«

»Und wie war es?« Meine Freundin hebt vielsagend die Augenbrauen.

»Gut.« Die Worte *phänomenal, süchtig machend* und *gefährlich* schlucke ich mit Kaffee herunter.

»Gut ist die kleine Schwester von stinklangweilig«, behauptet Tammy und mustert mich aus verengten Augen, als versuchte sie, aus meinem Gesichtsausdruck mehr Informationen herauszulesen.

»Es war so wie seine Geschichten«, sage ich kryptisch und in erster Linie, um Tammy mit dieser nichtssagenden Antwort zu ärgern.

»Kurz, aber dafür wenigstens intensiv?«

Ich gebe ihr einen Klaps gegen den Oberarm. »Nein, leidenschaftlich und kreativ«, korrigiere ich und spüre, wie meine Wangen heiß werden. Denn mit einem Mal sind da wieder die Bilder der Nacht in meinem Kopf, die ein sehnsüchtiges Kribbeln in meinem Becken verursachen.

Glücklicherweise ertönt in diesem Augenblick die Glocke über dem Eingang und kündigt die ersten Besucher des Tages an. Tammy lässt natürlich trotzdem keine Gelegenheit aus, mir weitere Details über unsere gemeinsame Nacht entlocken zu wollen. Irgendwie machen mir die Neckereien sogar Spaß. Sie erinnern mich an eine andere Zeit, an mein Leben davor, zu dem Freundschaften und Albereien gehört haben. An eine Zeit, in der durchtanzte Nächte auf Semesterpartys, gemeinsame Lernnachmittage mit Freunden in der Bibliothek und Kurztrips am Wochenende dazugehört haben. Eine Zeit, in der ich noch Träume hatte. Eine Zeit, in der mir eine Zukunft als Journalistin für den Kulturteil einer Zeitung realistisch erschien.

Mein Grinsen gefriert exakt in der Sekunde, in der Will zur Tür hereinspaziert. Anstatt sich auf direktem Weg zu seinem Stammtisch zu bewegen, steuert er auf den Tresen zu und lässt sich auf einen der Barhocker fallen.

»Warum hast du mir eigentlich noch nie erzählt, dass der weltbeste Brownie-Laden direkt bei dir um die Ecke ist?«, fragt er mich, ohne sich mit einer Begrüßung aufzuhalten.

Ich blinzle ihn ein paarmal an, während mein Gehirn damit beschäftigt ist, seiner Frage einen Sinn zu entlocken. Die mir nur allzu vertraute Panik flackert hell in mir auf wie vertrocknete Holzscheite, auf denen ein Funke gelandet ist. *Er kann nicht wissen, wo du wohnst,* beruhige ich mich.

»Ich fürchte, ich kann dir nicht ganz folgen«, erwidere ich so ruhig wie möglich, obwohl der Hurrikan an Gedanken noch immer in mir wütet.

»*Brownielicious?* Der süße kleine Laden bei der Mall?« Er zieht die Augenbrauen in die Höhe, als könnte er nicht glauben, dass mir das Geschäft nie zuvor aufgefallen ist.

»Ah, jetzt weiß ich, wovon du redest. Seitdem ich bei *Patty's Pies* arbeite, hat mein Verlangen nach klebrigem Kuchen rapide nachgelassen. Außerdem konnte ich doch nicht riskieren, einen unserer besten Kunden an die Konkurrenz zu verlieren.« Ich hoffe, dass ich ihn mit der Neckerei ablenken kann.

Sein Blick ruht ein paar Sekunden lang forschend auf mir, bevor er lächelt. »*Patty's Pies* hat so viel mehr zu bieten als nur klebrige Kuchen«, sagt er und malt bei den letzten beiden Worten Anführungszeichen in die Luft. Der Ausdruck in seinen Augen ist voller Wärme, und ich muss gegen das Verlangen ankämpfen, ihn am Kragen seines T-Shirts zu packen und über die Theke zu ziehen, bis ich seine Lippen auf meinen spüre.

Glücklicherweise platzt Tammy dazwischen.

»Hey, Hemingway. Wenn ich gewusst hätte, dass Scarlett wegen dir beinahe zu Bärenfutter verarbeitet wird, hätte ich sie nicht zu dem Ausflug überredet.« Sie hebt mahnend ihren Zeigefinger und wedelt damit vor Wills Nase herum.

Dieser zieht eine Grimasse. »Die Geschichte wird mich vermutlich bis ans Ende meiner Tage begleiten, oder?«

Tammy nickt bestätigend, und in meinem Bauch kribbelt es, einfach nur, weil Will mit dieser Aussage voraussetzt, dass wir auch in ein paar Jahrzehnten noch befreundet sein könnten. Es ist dumm. Nein, es ist sogar gefährlich, dass mich diese Bemerkung dermaßen berührt. Denn es bedeutet, dass mich jetzt etwas an diesen Ort bindet. Dass ich zum ersten Mal seit Langem wieder etwas zu verlieren habe. Es bedeutet, dass etwas in mir zerreißen wird, wenn mein Geheimnis aufgedeckt werden sollte und ich weiterziehen muss. Wenn ich vor dem Getuschel und den abfälligen Blicken flüchten muss. Zu hoffen, dass es dieses Mal anders sein könnte, wäre eine Illusion, die mir das Herz nur umso gründlicher brechen wird. Nicht einmal meine Freundschaften aus der Kindheit haben den sozialen Abstieg überlebt. Wo zuerst Verständnis und Fürsorge nach dem Tod meiner Mutter waren, war irgendwann nicht mehr als distanzierte Freundlichkeit ohne Tiefgang. Wie bei den Menschen, die dich aus Höflichkeit fragen, wie es dir geht, ohne wirklich eine Antwort haben zu wollen. Wie bei den Menschen, die dich spüren lassen, welche Bürde du bist, und die eine Medaille dafür verliehen haben möchten, dass sie sich überhaupt mit dir abgeben. Als könnte mein Unglück auf sie abfärben, wenn sie mir zu nahe kommen.

Will bleibt, entgegen seiner üblichen Routine, bis ich um kurz nach sechs Feierabend mache. Als ich durch die Schwingtür in den Verkaufsraum trete, jetzt ohne den glockenartigen Rock und die Rüschenschürze, erhebt er sich von seinem Hocker am Tresen. Ein Teil von mir hofft darauf, dass er mich nach einem Date fragen wird. Der andere fürchtet sich davor, denn so zwiegespalten meine Gefühle für ihn aktuell sind, weiß ich nicht, wie meine Antwort ausfällt. Und das macht mir am meisten Angst.

Schweigend laufen wir die paar Schritte bis zur Tür. Ich konzentriere mich auf das Schachbrettmuster der Fliesen unter meinen Schuhsohlen, um das Gefühlschaos in meinem Inneren in geordnete Bahnen zu lenken.

Doch als wir draußen vor der Tür stehen bleiben, fragt Will nur: »Morgen selber Ort, selbe Zeit?« Ein neckisches Grinsen liegt auf seinen Lippen.

»Klar«, erwidere ich automatisch und schlucke die Enttäuschung herunter. Eigentlich sollte ich erleichtert sein, dass er nach meiner Ansage im Park keinen weiteren Versuch unternimmt, mich davon zu überzeugen, mit ihm auszugehen. Dummerweise will ein nicht gerade kleiner Teil von mir genau das wiederholen, was zwischen uns passiert ist.

»Dann bis morgen.« Er hebt zum Abschied die Hand, bevor er sich umdreht und in Richtung des Parkplatzes davon schlendert.

***

»Möchten Sie einen Schokoladenpudding als Nachtisch?« Das Mädchen hinter der Theke deutet auf den Stapel quadratischer Plastikbecher vor sich. Ich schätze, dass sie nicht viel älter als sechzehn sein kann. Sie ist eine der Freiwilligen, die in der Suppenküche aushelfen.

»Ja, gern. Danke.« Ich lächle sie an und stelle den Becher auf mein Tablett. Bei meinem ersten Besuch in einer der zahlreichen Suppenküchen, die es in jeder größeren Stadt gibt, hat es mich noch einiges an Überwindung gekostet, mich in die Schlange aus wartenden Menschen einzureihen. Mein Stolz hat gegen den Hunger gekämpft. Doch nachdem ich gesehen habe, dass die Leute, die das Angebot in Anspruch nehmen, sich nicht von all den anderen unterscheiden, die mir tagtäglich im Diner oder im Supermarkt begegnen, habe ich meinen Stolz heruntergeschluckt. Denn hier finden sich nicht nur obdachlos Gewordene, sondern auch Mütter mit ihren Kindern, die sich sonst keine warme Mahlzeit leisten könnten. Wenn ich mich heute Abend im Raum umblicke, sehe ich nicht nur Leid und Kummer, sondern auch Dankbarkeit und Erleichterung. An den langen Tafeln haben sich verschiedene Gruppen zusammengefunden. Einige wirken so vertraut, als würden sie regelmäßig zusammen herkommen. Andere essen in gemeinschaftlichem Schweigen.

Durch meine Arbeit im Diner kann ich mich meistens mit

den Resten und Produkten, die kurz vor dem Verfallsdatum sind, über Wasser halten. Aber manchmal komme ich trotzdem gern hierher. Das Gemeinschaftsgefühl, das in der Luft liegt, die freundlichen Worte der Freiwilligen, die einem offen und ohne Vorurteile begegnen, geben mir an Tagen wie heute Halt. Tage, an denen mich die Einsamkeit in meinem Wagen zermürben würde. Tage, an denen ich so verzweifelt von einer anderen Zukunft träume, dass die Realität sich umso erdrückender anfühlt.

Mit dem Tablett in den Händen laufe ich durch die Stuhlreihen auf der Suche nach einem freien Platz oder einem bekannten Gesicht. In dem Saal, der tagsüber als Turnhalle für die benachbarte Highschool dient, sind circa ein Dutzend Bierzeltgarnituren aufgestellt worden. An den mit hellen Holzlatten getäfelten Wänden hängen Plakate, die auf kostenfreie medizinische Dienstleistungen, Arbeitsbeschaffungsmaßnahmen und das Seelsorgetelefon hinweisen.

»Wenn du willst, kannst du dich zu uns setzen.« Das Angebot stammt von einem kleinen Mädchen, das wie aus dem Nichts neben mir aufgetaucht ist. Ihre langen braunen Haare sind zu Zöpfen geflochten und mit rosafarbenen Haargummis befestigt worden. Sie kommt mir vage bekannt vor. Als ich an ihr vorbei zu dem Tisch blicke, in dessen Richtung die Kleine zeigt, erkenne ich dort die Familie wieder, die ich vor einigen Wochen auf dem bewachten Parkplatz getroffen habe. Ihr habe ich mein Sandwich geschenkt, weil ich ihre Tränen nicht ertragen konnte. Heute Abend leuchten ihre Augen jedoch heller als die Leuchtstoffröhren, die von der Decke hängen und alles in ein klinisch weißes Licht tauchen.

»Gern«, erwidere ich und lasse mich von der Kleinen zu ihrem Tisch führen.

Ihr Vater grüßt mich freundlich, die Mutter, die mich offensichtlich ebenfalls wiedererkannt hat, drückt lächelnd meine Hand. Das ältere Mädchen hat wie beim letzten Mal Kopfhörer in den Ohren und blickt nur kurz von seinem Handy auf, als ich mich auf die Bank ihm gegenüber setze.

»Ich habe etwas für dich gemalt.« Ihre jüngere Schwester zieht einen Berg voller Papierbögen aus ihrem rosa glitzernden Schulranzen hervor. Mit einem breiten Lächeln drückt sie mir einen in die Hand. Darauf ist ein dunkelgrünes Auto zu sehen, der Länge nach zu urteilen, vermutlich ein Kombi. Aus einem der hinteren Seitenfenster schaut ein Kopf heraus. An den zwei Zöpfen und dem rosafarbenen Gummiband erkenne ich, dass es sich um das kleine Mädchen handelt. Neben dem Auto ist eine Frau in einem blauen Kleid zu sehen. Ihre Haare sind in einem intensiven Rotton gemalt worden. In den Händen hält sie einen rechteckigen braunen Gegenstand. Ich brauche ein paar Sekunden, um zu begreifen, dass die Kleine die Situation auf dem Parkplatz gezeichnet hat.

»Danke, das ist toll geworden«, sage ich an sie gewandt und bin mehr als nur ein bisschen gerührt von dieser Geste.

»Shelly, jetzt lass die arme Frau doch erst einmal etwas essen«, ermahnt ihre Mutter sie.

»Schon in Ordnung«, sage ich im selben Augenblick, in dem mein Magen knurrt.

Das Mädchen grinst mich an und blickt dann auf mein Tablett. »Du hast die Käse-Makkaroni genommen«, stellt sie zufrieden fest.

»Natürlich, was gibt es Besseres als geschmolzenen Käse?«, frage ich, während ich eine Nudel aufspieße und sie zu meinem Mund führe.

Shelly nickt so enthusiastisch, als hätte ich gerade ihre Lebensphilosophie bestätigt.

Während ich mich über den dampfenden Berg Käsenudeln hermache, lausche ich Shelly, die von einer Aufführung in der Schule erzählt. Ihre Worte überschlagen sich beinahe, als sie mir von ihrem Beitrag berichtet. Eine Tanzeinlage zu einem Song von Miley Cyrus. Obwohl ihre Eltern diese Erzählungen bestimmt nicht zum ersten Mal hören, lauschen sie ihrer Tochter mit einem Lächeln auf den Lippen. Und mit einem Mal fühle ich mich so einsam, dass es mir den Atem raubt. Umgeben von Shelly und ihrer Familie, ist das Gefühl des Verlorenseins so stark, dass es mir körperliche Schmerzen verursacht. Denn obwohl wir ein ähnliches Schicksal teilen, trennen uns Welten. Während sich die Familie den Herausforderungen gemeinsam stellen kann, bin ich auf mich allein gestellt. Während sie sich abends die Geschichten des Tages erzählen, bin ich meine einzige Gesellschaft. Während sie in den Armen der anderen einschlafen, habe ich nur mich selbst. Während sie sich in schweren Zeiten Halt geben können, fühle ich mich wie ein Stück Treibholz auf dem Ozean, das von Wellen auf und ab geschaukelt wird.

Unwillkürlich muss ich an die Nacht im Sequoia-Nationalpark denken. Daran, wie geborgen ich mich in Wills Nähe gefühlt habe. Wie unglaublich gut es sich angefühlt hat, in seinen Armen zu liegen. Wie die Enttäuschung in seinen Augen aufgeblitzt ist, als ich ihm gesagt habe, dass es eine einmalige Sache war.

Aber was, wenn es doch funktionieren könnte? Wenn ich mit ihm zusammen sein und gleichzeitig mein Geheimnis für mich behalten könnte? Wir könnten uns im Diner treffen oder an einem anderen neutralen Ort. Ich könnte behaupten, dass meine Wohnung schrecklich klein ist und wir deshalb immer bei ihm schlafen müssen. Technisch gesehen wäre das nicht einmal gelogen. Herbs Innenraum bietet tatsächlich kaum Platz.

»Isst du den noch?« Shellys Frage reißt mich aus meinen Gedanken. Irritiert sehe ich erst sie an und dann den Puddingbecher, auf den sie zeigt.

»Du kannst ihn gern haben«, biete ich ihr im selben Augenblick an, in dem ihre Mutter mahnend »Shelly« sagt.

»Ist schon in Ordnung. Ich bin sowieso kein großer Fan von Süßkram«, erwidere ich mit einem Lächeln, denn unwillkürlich muss ich an eine Person denken, die das absolute Gegenteil von mir ist.

Vielleicht werde ich morgen mutig sein.

Vielleicht werde ich uns eine Chance geben.

Vielleicht …

KAPITEL 25

William

»Was hast du herausgefunden?« Ich halte mich nicht mit einer Begrüßung auf, sondern überfalle meinen besten Freund direkt mit dem, was mich seit gestern Abend wie auf heißen Kohlen sitzen lässt.

»Dass du mir etwas schuldest, und zwar nicht zu knapp. Wenn jemand dahinterkommen sollte, dass ich dir derart vertrauliche und sensible Daten über eine andere Person verraten habe, kann ich mich nach einem neuen Job umsehen.«

»Also hast du etwas gefunden?«, hake ich nach. Mit den Fingern trommele ich unruhig auf das Lenkrad, während ich immer wieder den Hals recke, um Scarletts rostroten Honda nicht aus den Augen zu verlieren. Ich weiß, dass es falsch ist, sie erneut zu beschatten, gleichzeitig kann ich nicht anders. Ich muss einfach wissen, ob sich meine dunkle Vorahnung bestätigt. Das ist auch der Grund, warum ich Carlos gestern Abend Scarletts Kennzeichen durchgegeben und ihn darum gebeten habe, Informationen zu ihr und ihrer Mutter auszugraben.

»Der Wagen war bis vor circa anderthalb Jahren auf eine Eleonore Hannigan zugelassen. Danach ist er auf ihre Tochter Scarlett Hannigan übertragen worden. Bis auf zwei Tickets wegen Geschwindigkeitsübertretung konnte ich keine weiteren Vergehen im System finden.« Ich höre, wie Papier raschelt, als würde er eine Seite in einem Notizbuch umschlagen.

»Oh.« Ich kann die Enttäuschung über derart wenige Informationen nicht zurückhalten. Der Zeitpunkt, an dem der Wagen auf Scarlett überschrieben wurde, stimmt mit dem des Todes ihrer Mutter überein und verrät mir nichts Neues über sie.

»Aber ...«, Carlos macht eine bedeutungsschwangere Pause, bevor er weiterspricht, »... ich habe tiefer gegraben und ein paar Anrufe getätigt. Ein Kumpel, der mit mir auf der Police Academy war, ist mittlerweile in Montana stationiert, wo die letzte gemeldete Adresse von Scarlett Hannigan und ihrer Mutter war. Ich habe ihm einmal den Arsch gerettet, weshalb er mir noch einen Gefallen schuldig war.«

»Und?« Warum spannt mich mein bester Freund nur so auf die Folter?!

Scarlett biegt in diesem Augenblick auf den Parkplatz einer Schule ein. Vor einem schmucklosen rechteckigen Gebäude mit Oberlichtern, bei dem es sich vermutlich um die Sporthalle handelt, parkt sie ihren Honda in einer der Parkbuchten.

»Gegen eine Scarlett Hannigan lag eine Räumungsklage in Montana vor. Im Bericht steht, dass sie Gegenwehr geleistet hat, als die Polizei sie von dem Grundstück entfernt hat. Auf dem Haus liegen wohl einige nicht beglichene Hypotheken, weshalb die Bank es versteigert hat, um einen Teil des Geldes zurückzubekommen.« Carlos räuspert sich.

Mein Magen zieht sich fest zusammen. Der Gedanke an Scarlett, die kurz nach dem Tod ihrer Mutter vor die Tür gesetzt wurde, zerreißt mich beinahe. Ich kann mir nicht einmal ansatzweise vorstellen, wie verzweifelt und verloren sie sich gefühlt haben muss.

»Danach konnte ich keine permanente Adresse mehr ausfindig machen.« Carlos, der zu Beginn unseres Telefonats noch hörbar zufrieden mit sich und seinem Rechercheerfolg war, klingt mittlerweile so bedrückt, wie ich mich fühle. »Tut mir leid, dass ich dir keine besseren Nachrichten überbringen kann.«

In Gedanken versunken, verabschiede ich mich von meinem Kumpel. Vom gegenüberliegenden Straßenrand aus beobachte ich, wie Scarlett aus ihrem Wagen steigt und zum Eingang der Sporthalle hinüberläuft.

Ich warte noch zwei Minuten, bevor ich ebenfalls auf den Parkplatz fahre und einige Reihen entfernt von dem Honda parke. Mehrmals bin ich kurz davor, umzukehren. Es ist ein Eindringen in ihre Privatsphäre, wenn ich hier herumschnüffele. Aber da ist ein Teil von mir, der vor Sorge um sie am Durchdrehen ist. Der sich die schlimmsten Szenarien ausmalt und Gewissheit braucht. Dieser Teil ist es, der meine Schritte zu ihrem Wagen lenkt.

Immer wieder laufen Menschen an mir vorbei und verschwinden im Inneren der Halle. Es sind Männer und Frauen. Manchmal mit Kindern, manchmal in Gruppen, manchmal allein. Doch ich beachte sie kaum, meine Aufmerksamkeit ist auf den rostroten Wagen geheftet.

Vor dem Kofferraum bleibe ich stehen. Noch kann ich umkehren. Aber wenn ich ehrlich mit mir selbst bin, ist es dafür längst zu spät. Seit ich ihr gestern Abend heimlich gefolgt bin, habe ich eine Schwelle überschritten.

Ich umrunde den Wagen und blicke so unauffällig wie möglich durch die Fenster. Was mir als Erstes auffällt, sind die braunen Pappkartons im Fußraum. Es sind eindeutig Umzugskartons. Die Farbe ist ausgeblichen und das Material zerknittert, so als wären sie oft auf- und zugeklappt worden. Doch es ist die zusammengerollte dünne Matratze, die meine schlimmsten Befürchtungen Realität werden lässt. Sie ragt unter einem Stapel Klamotten auf der Rückbank hervor.

Dass Carlos keine permanente Adresse im System finden konnte, hätte mir Bestätigung genug sein müssen. Trotzdem war da dieser kleine Funke Hoffnung. Dass sie vielleicht einfach nur so oft den Wohnort gewechselt hat. Dass sie sich nie die Mühe gemacht hat, sich umzumelden. Zu wissen, dass sie stattdessen kein Dach über dem Kopf hat, fühlt sich an, als würde jemand meine Eingeweide in einen Schraubstock pressen. Gleichzeitig sträubt sich mein Verstand dagegen, diese neuen Informationen zu akzeptieren.

Scarlett hat nichts mit den Obdachlosen gemeinsam, von denen man in den Nachrichten liest und hört. Die in abgetragenen Klamotten über die Straßen stolpern. Die man riechen kann, bevor man sie sieht. Denen ihr Leid anzusehen ist.

Scarlett hat einen Job. Sie schuftet jeden Tag wie eine Irre im Diner. Sie ist stets gepflegt, und ihr berauschender Duft hat mich schon des Öfteren um den Verstand gebracht. Wie kann es sein, dass ausgerechnet sie dazu gezwungen ist, auf der Straße zu leben?

***

Der Gedanke beschäftigt mich die gesamte Heimfahrt über. Mir fällt ein, was Carlos bei seiner Recherche herausgefunden hat und was Scarlett mir gegenüber bereits angedeutet hat. Ihre Mutter hat ihr einen Haufen Schulden hinterlassen, und ihr Haus wurde zwangsgeräumt. Besonders letztere Information lässt eine dumpfe Erinnerung im hintersten Winkel meines Bewusstseins aufsteigen. Ein Kommentar von meinem Vater, als wir vor langer Zeit einmal gemeinsam gefrühstückt haben und er die Zeitung gelesen hat. Es gab einen Artikel über eine Zwangsräumung, die in einem großen Polizeieinsatz geendet hat, weil der Mieter nicht freiwillig das Feld räumen wollte und damit begonnen hat, das gesamte Haus in Schutt und Asche zu legen. Mein Vater hat nur den Kopf geschüttelt und gemeint, dass so etwas bei unseren Immobilien niemals passieren könnte. Auf meine Nachfrage hin hat er mir erklärt, dass wir nur an Personen mit einem exzellenten Credit Score vermieten. Dieser ließe sich in einer Datenbank einsehen.

Mit einem Mal kann ich es gar nicht mehr abwarten, nach Hause zu kommen. Ich drücke das Gaspedal durch und erreiche zehn Minuten später mein Ziel. Die Villa liegt verlassen vor mir. Martha hat vermutlich bereits Feierabend, und mein Vater macht wie so oft Überstunden im Büro, in dem er neuerdings zu wohnen scheint. Ausnahmsweise ist es mir mehr als nur recht, allein zu sein. So kann ich mich ungesehen in sein Arbeitszimmer schleichen.

Vorher mache ich einen kurzen Abstecher in mein Zimmer, um Queenie ihr Abendessen zu geben. Da ich heute Abend später als gewöhnlich nach Hause gekommen bin, sitzt sie vermutlich schon tödlich beleidigt vor ihrem Napf. Doch als ich die Tür öffne, ist weder etwas von ihr zu hören noch zu sehen. Vielleicht hat Martha sie gefüttert, bevor sie Feierabend gemacht hat. Seitdem ich das Wochenende mit Scarlett verbracht habe und Queenie hier allein zurückgelassen habe, zeigt sie mir die kalte Schulter. Deshalb wundert es mich nicht allzu sehr, dass meine Katze sich ihr Essen heute lieber bei unserer Köchin abgeholt hat und danach stiften gegangen ist. Spätestens morgen früh wird sie wieder da sein und mich mit ihrem herzerweichenden Miauen wecken.

Mich in den Computer meines Vaters zu hacken, gestaltet sich dank der Abwesenheit eines Passworts als erstaunlich leicht. Es kostet mich weitere zehn Minuten, um die richtige Onlineplattform und die dazu passenden Log-in-Daten zu finden. Glücklicherweise benutzt mein Vater die Speicherfunktion des Browsers, um sich Benutzernamen und Passwort zu merken, sodass ich sie automatisch ausfüllen lassen kann. Möglicherweise sollte ich mit ihm mal ein Aufklärungsgespräch zum Thema Computersicherheit führen. Jetzt bin ich allerdings froh, dass er es mir so leicht macht.

Ich füge Scarletts vollständigen Namen und die Adresse ihres ehemaligen Elternhauses ein, die ich mir von Carlos habe schicken lassen. Ein Ladebalken erscheint auf dem Bildschirm. Nervös kaue ich auf meiner Unterlippe, während sich der leere Balken unendlich langsam füllt. Als das Ergebnis schließlich angezeigt wird, schlucke ich hart. Auch wenn ich mich mit Credit Scores nicht auskenne, muss ich nicht erst googeln, um zu wissen, dass ihrer unterirdisch ist. Die rote Färbung der Zahl unterstreicht diese Tatsache nur noch. Die Skala reicht von zweihundert bis achthundert. Scarletts Score liegt mit dreihundert im dunkelroten Bereich. Kein Wunder, dass sie dazu gezwungen ist, in ihrem Auto zu schlafen. Selbst wenn sie sich eine Wohnung leisten könnte, würde kein Vermieter sie in Betracht ziehen. Besonders nicht mit dem Vermerk, dass sie in der Vergangenheit bereits einmal zwangsgeräumt werden musste.

Der Gedanke löst in mir Wut und Hilflosigkeit aus. Scarlett hat es nicht verdient, so leben zu müssen. Verdammt, niemand hat es verdient, so leben zu müssen. Doch was kann ich tun, um ihr zu helfen, wenn ich offiziell nicht einmal davon wissen darf?

Die Frage lässt mich nicht mehr los, und so liege ich später am Abend in der Dunkelheit meines Zimmers und blicke hinauf zur Zimmerdecke. Irgendwann müssen meine Augen zugefallen sein, denn als ich sie das nächste Mal aufschlage, kitzelt mich ein Sonnenstrahl im Gesicht. Seufzend muss ich feststellen, dass mir über Nacht keine Lösung eingefallen ist.

Um mich abzulenken, beschließe ich, Queenie mit einer besonders großen Portion Katzenfutter zu verwöhnen. Doch als ich mich im Zimmer umsehe, entdecke ich sie nirgendwo. Mit einem mulmigen Gefühl in der Magengegend gehe ich die Stufen hinab ins Erdgeschoss und suche nach Martha. Ich finde sie, wie so oft, in der Küche, wo sie gerade Brot backt. Der Duft nach frischem Teig bringt meinen Magen dazu, laut zu knurren.

»Guten Morgen, Will. Wenn du noch zehn Minuten wartest, kannst du ein Stück davon haben«, begrüßt Martha mich mit einem Lächeln.

»Guten Morgen. Das duftet verführerisch«, sage ich, und das Lob färbt ihre Wangen rosig. »Aber eigentlich bin ich nicht deshalb gekommen. Hast du Queenie heute schon gesehen?«

Sie runzelt die Stirn und schüttelt den Kopf. »Das letzte Mal war gestern so gegen Mittag. Ich habe ihr ein Stück gekochtes Hühnchen gegeben, und danach ist sie raus in den Garten gelaufen. Ist sie gestern Abend nicht nach Hause gekommen?«

Mein Magen verkrampft sich. Der Geruch des frischen Brots, der mir eben noch das Wasser im Mund hat zusammenlaufen lassen, verursacht mir mit einem Mal Übelkeit.

»Es ist bestimmt nichts«, erwidere ich und zwinge ein unbesorgtes Lächeln auf meine Lippen, damit sich Martha nicht auch noch unbegründet Sorgen macht. Immerhin ist es nicht das erste Mal, dass meine Katze über Nacht draußen herumgestreunt ist. Doch bisher hat sie am nächsten Morgen jedes Mal zuverlässig vor der Tür gesessen und laut maunzend Einlass gefordert. Mittlerweile ist es halb zehn, und wenn Queenie sich nicht bei einem unserer Nachbarn durchgefuttert hat, muss ihr Magen bereits knurren.

Da mir der Appetit vergangen ist, laufe ich, zwei Stufen auf einmal nehmend, zurück in mein Zimmer, wo ich mir das nächstbeste Shirt und Shorts überziehe. Bevor ich die Treppe wieder hinabstürme, schnappe ich mir die Tüte mit den Leckerlis, die auf dem Couchtisch steht. Dann mache ich mich zu Fuß auf die Suche nach meiner flauschigen Mitbewohnerin.

Ich laufe die Straßen in der näheren Umgebung ab, frage vorbeieilende Passanten und werde bei dem Versuch, die Autofahrer zu befragen, einmal beinahe von einem angefahren. Meine Stimme, die Queenies Namen ruft, schneidet durch die friedliche Stille, die der Vormittag mit sich bringt. Doch weder meine Rufe noch das Rascheln mit der Plastiktüte locken meine Katze hervor. Mit jeder Minute, die verstreicht, wird die dumpfe Sorge zu einer alles verschlingenden Panik. Was, wenn sie versehentlich in einer Garage eingeschlossen wurde? Was, wenn sie sich verlaufen hat und nicht zurückfindet? Was, wenn ein Auto sie …

Ich schüttle den Kopf, versuche, die schrecklichen Bilder loszuwerden, die wie dunkle Schatten am Rande meines Bewusstseins lauern.

»Queenie, bitte komm zu mir. Ich verspreche dir, du darfst den ganzen Vorrat Pastete auf einmal fressen.« Erneut raschle ich verführerisch mit den Leckerlis.

Die Sonne scheint mittlerweile erbarmungslos auf mich herab. Ein Blick auf mein Handy verrät mir, dass es zwölf ist. Obwohl meine Zunge an meinem Gaumen klebt, weil ich in der Eile vergessen habe, mir etwas zu trinken mitzunehmen, kehre ich nicht um. Stattdessen entferne ich mich immer weiter von der Villa, in der zunehmend kleiner werdenden Hoffnung, dass ich Queenie irgendwo finde. Abweisende meterhohe Zäune, hinter denen sich die pompösen Anwesen der Schönen und Reichen von L. A. verbergen, säumen den Weg. Als ich zum wiederholten Mal an diesem Tag in eine Sackgasse stolpere und gerade wieder kehrtmachen will, höre ich ein Fiepen. Es ist so leise, dass es von dem fröhlichen Zwitschern der Vögel fast vollständig verschluckt wird. Mein Herz schlägt augenblicklich schneller. Meine Schritte passen sich dem Tempo an.

»Queenie?«, rufe ich, und dieses Mal höre ich eindeutig ein Maunzen. Ein Maunzen, das mir nur zu vertraut ist. Es kommt aus der Buchsbaumhecke, die die natürliche Grundstücksgrenze zu einer zweistöckigen Villa bildet. Erleichterung durchflutet mich, und ich schicke ein stummes Danke in Richtung des blauen Himmels.

»Du hast mir einen riesigen Schrecken eingejagt. Was machst du denn so weit weg von Zuhau–« Ich breche mitten im Satz ab, als ich einen der Zweige zur Seite schiebe und Queenie darunter zum Vorschein kommt. Sie liegt zusammengekauert auf der Erde. Ihr rechter Hinterlauf steht in einem unnatürlich steilen

Winkel von ihrem Körper ab, und ihr helles Fell ist voller roter Strähnen.

Ich lasse die Tüte mit den Leckerlis achtlos zu Boden fallen und hebe das kleine Fellknäuel so vorsichtig wie möglich in die Höhe. Trotzdem entweicht ihr ein wimmernder Laut, der mein Herz zerreißt. Dann laufe ich so schnell, wie ich noch nie in meinem Leben gelaufen bin.

KAPITEL 26

Scarlett

»Kommt Hemingway heute nicht?«, fragt Tammy, als der Zeiger der Uhr langsam, aber sicher in Richtung der Sechs wandert und damit den Countdown zu unser beider Feierabend einläutet.

»Sieht wohl so aus«, erwidere ich in einem beiläufigen Tonfall, so als würde es mich nicht interessieren. So als wäre es mir nicht einmal aufgefallen, wenn sie mich nicht darauf angesprochen hätte. Dabei sehe ich schon seit ein paar Stunden immer wieder hoffnungsvoll in Richtung der Ecknische, in der Will für gewöhnlich zu sitzen pflegt.

»Habt ihr euch gestritten?« Ich spüre ihren prüfenden Blick in meinem Nacken.

»Wir sind nur Freunde«, fühle ich mich genötigt, klarzustellen, während eine Stimme in mir »Lügnerin!« schreit.

»Wenn es etwas gibt, das ihr definitiv nicht seid, dann *nur Freunde*. Wenn überhaupt, mindestens Freunde plus«, erwidert Tammy grinsend.

»Es war nur ein Mal!« Seitdem ich ihr davon erzählt habe, macht sie ständig Anspielungen oder wackelt vielsagend mit den Augenbrauen, wenn Will in der Nähe ist.

»Ich bin mir sicher, du könntest ihn zu einem zweiten und dritten Mal überreden.« Wieder ist da dieses anzügliche Lächeln auf ihren Lippen.

»Was ich nicht tun werde«, sage ich mit Nachdruck und werfe ihr einen genervten Blick zu.

»Okay, okay. Ich höre ja schon auf.« Tammy hebt abwehrend die Hände, bevor sie sich die beiden Teller schnappt, die Liz soeben durch die Durchreiche schiebt.

Während ich die Minuten bis Schichtende zähle, wandern meine Gedanken immer wieder zurück zu Will. Gestern Abend hat er sich mit den Worten verabschiedet, dass wir uns heute wiedersehen.

Selber Ort, selbe Zeit.

Warum ist er dann nicht aufgetaucht? Hat er nach meiner Zurückweisung beschlossen, dass er lieber auf Abstand gehen sollte? Oder ist ihm womöglich etwas zugestoßen, was ihn davon abgehalten hat, ins *Patty's Pies* zu kommen? Der letzte Gedanke beunruhigt mich derart, dass ich mich kaum auf meine Arbeit konzentrieren kann.

Ich bin gerade dabei, die Platte der Theke zum wiederholten Mal mit dem Lappen zu bearbeiten, als ich es nicht mehr länger aushalte und mein Handy aus der Rocktasche ziehe, um eine Nachricht an Will zu tippen.

> **Scarlett:** Bist du Patty's Pies mit einem anderen Diner fremdgegangen, oder wie erklärst du den Umstand, dass hier schon den ganzen Tag ein Stück Kuchen auf dich wartet?

Die grauen Häkchen am Ende der Nachricht verraten mir, dass mein Text zugestellt wurde, Will ihn aber noch nicht gelesen hat. Um mich abzulenken, greife ich nach dem Putzlappen und wische erneut über die Theke, die mittlerweile so sauber ist, dass man sich in der Oberfläche spiegeln kann. Es dauert nur zehn Sekunden, dann vibriert mein Handy, und das Display zeigt eine ungelesene Nachricht an. Mit klopfendem Herzen lasse ich den Lappen fallen und öffne den Chatverlauf.

Will: Ist das deine Art, mir zu sagen, dass du mich vermisst hast, O'Hara?

Scarlett: Interpretiere bloß nicht zu viel hinein. Ich sehe es nur nicht gern, wenn Lebensmittel verschwendet werden. Und dieses Stück Apfelkuchen hat definitiv ein besseres Schicksal verdient als die Mülltonne.

Will: Ich hätte ihm liebend gern einen Lebenssinn gegeben, aber leider musste ich heute Krankenpfleger für Queenie spielen.

Scarlett: Oh nein. Was ist passiert?

Will: Sie ist gestern Abend nicht nach Hause gekommen, und als sie heute Morgen immer noch nicht da war, habe ich mich auf die Suche nach ihr gemacht. Ich habe sie schließlich drei Querstraßen entfernt unter einem Busch gefunden. Ihr rechter Hinterlauf war blutverkrustet, also habe ich sie sofort zum Tierarzt gebracht. Doktor Keppler vermutet, dass sie angefahren wurde und sich versteckt hat, um ihre Wunden zu lecken.

Scarlett: Wie schrecklich! Das tut mir so leid, Will. Wie geht es ihr?

Will: Sie hat jetzt ein Gipsbein und ist davon in etwa genauso begeistert wie von dem regenbogenfarbenen Pullover, den Grandma Sofia ihr damals verpasst hat. Aber die Schmerzmittel haben sie so ausgeknockt, dass sie fast den ganzen Tag nur geschlafen hat.

Scarlett: Kann ich irgendetwas tun?

Will: Das Stück Apfelkuchen vor dem Mülleimer retten.

Scarlett: Das war eine ernst gemeinte Frage, Hemingway!

Will: Und das war eine ernst gemeinte Antwort, O'Hara. Wenn es um Kuchen geht, mache ich keine Scherze! Okay, vielleicht war es doch nicht ganz ernst gemeint. Du kannst nichts tun, aber es ist wahnsinnig lieb, dass du fragst.

Ich starre so lange auf seine Antwort, bis das Display schwarz wird und seine Worte verschluckt. Mein Blick wandert hinüber zu der Vitrine, in der das Stück Apfelkuchen, das ich für Will reserviert habe, noch immer darauf wartet, verspeist zu werden. Bevor meine Vernunft sich zu Wort melden kann, lege ich das Handy zur Seite und ziehe eine der Pappschachteln aus der Ablage, in der ich das Kuchenstück verstaue.

Zehn Minuten später sitze ich in Herb und navigiere mein kostbares Gut durch den Feierabendverkehr. Während die Straßen schmaler und die Grundstücke großzügiger werden, versuche ich, nicht darüber nachzudenken, dass das hier eine absolut bescheuerte Idee ist. Als mein Handy schließlich verkündet, dass ich mein Ziel erreicht habe, bin ich kurz davor, umzukehren. Das Gebäude, das zu meiner Rechten hinter einem weiß lackierten, zwei Meter hohen Zaun hervorlugt, ist nicht weniger als ein Palast. Ich verrenke mir den Hals, um vom Fahrersitz aus den Schornstein des doppelstöckigen Bauwerks zu erkennen. Sandfarbene Steinquader formen einen rechteckigen Grundriss, der von mehreren Säulen und Rundbögen aufgelockert wird, die das Ganze wie einen Palast aus dem antiken Rom wirken lassen. Durch die Gitterstäbe des Zauns kann ich einen kreisrunden Springbrunnen ausmachen, der die Einfahrt schmückt.

Verdammt, ich habe mir zwar schon gedacht, dass Wills Familie viel Geld besitzt, aber dass er in einem solchen Schloss lebt, übersteigt all meine Vorstellungen. Ich schlucke gegen den Kloß in meiner Kehle an. In welchem Universum könnte ich jemals in seine Welt hineinpassen?

Will ist nicht so, flüstert mir eine Stimme in meinem Kopf zu. Will ist nicht wie sein Vater. Er ist kein knallharter Geschäftsmann, der auf reinen Profit aus ist. Dieser Gedanke gibt mir die notwendige Kraft, um nach der Pappschachtel zu greifen und aus dem Auto zu steigen.

Mein in die Jahre gekommener Honda wirkt in der nach Reichtum schreienden Nachbarschaft wie ein Schmutzfleck. Hoffentlich steht Herb noch hier, wenn ich zurückkomme, und ist nicht abgeschleppt worden, weil einer der Nachbarn ihn als Störung der öffentlichen Ordnung bei der Polizei gemeldet hat. Die wenigen Schritte zu dem schmiedeeisernen Tor mit dem Klingelknopf geraten zaghaft. Alles hier scheint mir zuzurufen, dass ich ein Eindringling bin. Insbesondere der zu einer perfekten Kugel zurechtgestutzte Buchsbaum neben der Pforte.

Denk an deine Aufgabe, ermahne ich mich. Bevor ich doch noch einen Rückzieher machen kann, drücke ich auf die goldene Klingel, die einem Löwenkopf nachempfunden ist – was auch sonst?! Es dauert zehn lange Sekunden, bis ein Knacken ertönt. Zehn endlose Sekunden, in denen ich gegen die plötzlich einsetzende Nervosität ankämpfe.

»Hallo?« Die Stimme ist durch die Sprechanlage verzerrt und knistert wie zusammengeknäultes Bonbonpapier, doch es ist ganz eindeutig seine.

»Ich habe hier eine Speziallieferung für Mr. Walker«, erwidere ich.

Kurz ist nur elektrisches Rauschen zu hören. Unwillkürlich halte ich die Luft an.

»Scarlett? Bist du das?« In seinen Worten schwingt Erstaunen und noch etwas anderes mit. Etwas, das dafür sorgt, dass die Aufregung von mir abfällt und ich wieder richtig atmen kann. Freude.

»Wer sonst würde ein Stück Apfelkuchen quer durch L. A. kutschieren, damit du deine tägliche Dosis an klebrig süßem Kuchen bekommst?«, necke ich ihn.

»Ich ... wow ... Ich weiß nicht, was ich sagen soll.«

»Während du darüber nachdenkst, könntest du schon mal die Tür öffnen«, schlage ich vor.

Keine Zehntelsekunde später ertönt ein Summen, und das schmiedeeiserne Tor gleitet zur Seite.

KAPITEL 27

Scarlett

»Verirrst du dich manchmal hier drin?«, frage ich. Meine Hand liegt auf dem hölzernen Handlauf, der die gewundene Treppe hinauf in den ersten Stock führt, während ich gar nicht weiß, wohin ich zuerst sehen soll. Das Foyer, in welches mich Will vor wenigen Minuten gebeten hat, hat die Ausmaße eines Ballsaals. Ein gigantischer Kronleuchter baumelt von der Decke herab und glitzert im Licht der durch die Oberlichter hereinfallenden Sonnenstrahlen verheißungsvoll. Der rote Teppich auf den Treppenstufen vermittelt mir den Eindruck, als wäre ich bei einer Oscar-Verleihung.

»Manchmal finde ich sogar noch unerforschte Räume. Erst letzte Woche habe ich herausgefunden, dass wir im Keller eine Bowlingbahn haben«, erwidert Will in einem derart ernsten Tonfall, dass ich meinen Blick von dem beeindruckenden Interieur abwende und ihn mit offenem Mund anstarre.

»Ihr habt eine Bowlingbahn?!«

Will grinst, bevor er den Kopf schüttelt. »Leider nicht, Bowling war meinem Vater nicht stilvoll genug, aber es gibt einen Squash-Court.«

An diesem Satz stimmt so vieles nicht, dass ich nicht weiß, was ich dazu sagen soll. Also folge ich Will stumm die Treppenstufen hinauf und einen Korridor entlang, an dessen Wänden gerahmte Ölgemälde hängen.

»Woher wusstest du eigentlich, wo ich wohne? Hast du mich etwa gegoogelt?«, fragt er und wirft mir einen Blick über die Schulter zu, in dem definitiv Belustigung mitschwingt.

»Nachdem mir deine Adresse am Sonntag mehr als vier Stunden lang von deinem Navi-Display entgegengeleuchtet hat, brauchte es da keine detektivischen Maßnahmen.« Ich zwinkere ihm zu und registriere, dass er fast ein bisschen enttäuscht wirkt.

Bevor ich ihn deshalb aufziehen kann, biegen wir in eines der vom Flur abzweigenden Zimmer ab. Obwohl der Raum so groß ist, dass man darin problemlos Tennis spielen könnte, wirkt er im Vergleich zum restlichen Anwesen erstaunlich normal. Eine großzügige Couch mit flauschig aussehenden Kissen bildet das Zentrum. Sie steht vor einem Flachbildfernseher, der einem mit seinem Ausmaß Kino-Flair vermittelt. Fast erwarte ich, eine Popcornmaschine auf dem Couchtisch vorzufinden. Doch stattdessen stapeln sich dort nur Zeitschriften, leere Teller und eine halb volle Chipstüte. Ein Anblick, wie man ihn vermutlich in jeder Junggesellenbude vorfinden würde.

Nicht so normal ist hingegen das Bücherregal, das sich über die komplette linke Wand erstreckt. Ich zähle zehn Reihen an Büchern, die sich bis hinauf zur Decke stapeln. Eine Leiter, die unten mit Rollen versehen ist, damit man sie über die gesamte Breite von mindestens acht Metern nutzen kann, vervollständigt den Bibliothekslook. Ein alt aussehender Ohrensessel, der mit hellem Leder bezogen ist, lädt zu einer gemütlichen Lesestunde ein. Auf der gegenüberliegenden Seite des Raumes befindet sich Wills Bett. Nach dem Einrichtungsstil, der im Rest des Anwesens dominiert und mich an den französischen Königshof zu Zeiten von Marie Antoinette denken lässt, hätte ich mit nicht weniger als einem Himmelbett aus Mahagoni gerechnet. Stattdessen handelt es sich um ein schlichtes Doppelbett aus hellem

Eichenholz, wie man es dank IKEA in jeder zweiten Wohnung finden kann. Auf der zerknäulten Bettdecke, deren Design aus bunten geometrischen Formen besteht, liegt ein weiß-braun getupftes Fellknäuel.

»Wie geht es der armen Queenie?«, frage ich und mache unwillkürlich einen Schritt auf das Bett zu.

»Sie bewegt sich in etwa so grazil wie eine Robbe an Land«, erwidert Will mit einem Schmunzeln.

Ich knuffe ihn in die Seite. »Du schreitest auch nicht gerade wie ein Model über den Laufsteg. Und du hast nicht mal ein gebrochenes Bein.«

Will zieht eine entschuldigende Grimasse. »Du hast recht. Die Arme hat genug durchgemacht, auch ohne meine dummen Kommentare.«

Als hätte sie nur auf ihren Einsatz gewartet, blinzelt besagte Arme und dreht träge ihr Köpfchen in unsere Richtung. Das breite Gähnen, das daraufhin folgt, lässt mich schmunzeln. Wills Mundwinkel heben sich ebenfalls, und in seinem Blick liegt so viel Zuneigung, dass ich ihm den fiesen Kommentar nicht übel nehmen kann. Vermutlich ist er einfach nur erleichtert, dass Queenie nichts Schlimmeres zugestoßen ist.

Will setzt sich auf die Bettkante und krault seine Katze sanft hinter den Ohren, was ihr ein zufriedenes Schnurren entlockt. Aus ihren halb geschlossenen Augen mustert sie mich neugierig.

»Du kannst sie gern streicheln, wenn du möchtest. Mit Ausnahme von meinem Vater kommt sie eigentlich mit jedem menschlichen Lebewesen gut aus.«

Einmal mehr frage ich mich, wie Wills Kindheit ausgesehen hat, denn dass Queenie nicht die Einzige in diesem Haushalt ist, die Probleme mit Mr. Walker hat, ist offensichtlich. Behutsam bewege ich mich auf das Bett zu und lasse mich schließlich neben dem schnurrenden Fellknäuel auf die Matratze sinken.

Kaum habe ich Platz genommen, rappelt sich Queenie auf und versucht, ihren Oberkörper, der zuvor an Wills Bein gelehnt hat, in meine Richtung zu bewegen. Durch das eingegipste Hinterbein geraten ihre Gehversuche eher zu einem Robben, und mit einem Mal kann ich Will den Vergleich mit besagtem Tier nicht mehr übel nehmen.

»Na du?« Ich halte ihr meine Hand vor die Nase, damit sie mich beschnuppern kann. Sie kommt dem Angebot umgehend nach. Ihre Schnurrhaare, die meine Haut kitzeln, bringen mich zum Lachen. Schließlich beschließt Queenie anscheinend, dass ich würdig genug bin, sie streicheln zu dürfen, denn sie schmiegt ihr weiches Köpfchen gegen meine Fingerknöchel. Keine halbe Minute später streckt sie mir bereits ihr Bäuchlein entgegen, welches der Inbegriff von flauschig ist.

»Sie muss dich wirklich mögen. Ihren Bauch zeigt sie nicht jedem.« Die Zuneigung und Wärme, die in Wills Worten und seinen Blicken liegen, lassen mein Herz schneller schlagen.

»Was gibt es an mir auch nicht zu mögen?«, necke ich ihn, während ich durch Queenies Fell fahre.

»Da fragst du den Falschen«, erwidert Will, seine Stimme eine Nuance kratziger als wenige Sekunden zuvor. Seine Finger gesellen sich zu meinen, streicheln Queenies Bäuchlein und streifen dabei auch immer wieder meine Haut. Jedes Mal rieselt ein heißer Schauer über mein Rückgrat. Vermutlich ist Wills Katze gerade der einzige Grund, der uns davon abhält, übereinander herzufallen. Der Gedanke sorgt leider nicht dafür, dass die Flammen, die in mir auflodern, ersticken.

Irgendwann wird es dem Fellknäuel zwischen uns zu viel, und es rollt sich demonstrativ zur Seite.

»Das ist unser Zeichen, dass es an der Zeit ist, sich zurückzuziehen und Ihre Majestät weiterschlafen zu lassen.« Will erhebt sich mit einem Zwinkern.

»Wie sagt man so schön: Nur Hunde haben Besitzer, Katzen haben Personal«, erwidere ich grinsend, während ich ebenfalls aufstehe.

»Na, wenigstens habe ich jetzt Zeit, mich um dieses Schätzchen zu kümmern.« Er hebt demonstrativ die Kuchenschachtel in die Höhe und läuft damit hinüber zum Sofa.

Ich folge ihm, obwohl die Vernunft mir befiehlt, mich von ihm zu verabschieden.

»Entschuldige bitte, dass es hier so chaotisch aussieht.« Will stellt die Schachtel auf der einzigen freien Ecke des Couchtischs ab, bevor er leere Teller aufeinanderstapelt und mit einer Serviette über die Platte wischt. »Queenie hat mich so auf Trab gehalten, dass ich bisher nicht dazu gekommen bin, aufzuräumen.«

»Mach dir keine Gedanken. Du hattest Wichtigeres im Kopf«, winke ich ab und lasse mich in die Kissen sinken, die genauso bequem und flauschig sind, wie sie aussehen. Wenn Will wüsste, an welchen Orten ich schon übernachtet habe. Wenn er wüsste, dass mein Leben ein einziges Chaos ist, das in einen Honda Civic gequetscht wurde. Ein unangenehmes Ziehen macht sich in meiner Magengegend breit.

»Kann ich dir eigentlich auch etwas anbieten? Etwas zu essen oder zu trinken? Oder eine zweite Gabel?« Er deutet auf das Stück Kuchen, das er mittlerweile aus der Verpackung befreit hat.

Ich ziehe die Nase kraus. »Wenn ich das klebrige Zeug selbst hätte essen wollen, hätte ich es nicht quer durch L. A. kutschieren müssen. Aber ich würde ein Wasser nehmen.«

Will läuft um das Sofa herum in Richtung der Zimmertür, neben der ein kleiner Kühlschrank steht, wie ich jetzt erst registriere. Mit zwei Flaschen kommt er zurück und lässt sich nur wenige Zentimeter von mir entfernt auf die Kissen fallen. Dann schnappt er sich die Schachtel vom Tisch und beißt ein großes Stück von dem Apfelkuchen ab.

»Mhm, köstlich«, murmelt er mit vollem Mund, was mir ein Lächeln entlockt. »Danke noch mal für den Lieferdienst. Ich habe heute bestimmt ein paar Coolnesspunkte eingebüßt, weil ich lieber meiner Katze die Pfote getätschelt habe, anstatt ins Café zu kommen.« Mit Daumen und Zeigefinger löst er ein Stück Teig vom Kuchenrand und weicht meinem Blick aus.

»Was man nie hatte, kann man auch nicht verlieren«, necke ich ihn, um die Stimmung aufzulockern.

Er schnaubt. »Entschuldige mal, aber wie cool ist es, dass du dich dank mir in die Gefühlswelt eines Marshmallows hineinversetzen konntest?«

»Das ist natürlich ein valides Argument«, erwidere ich grinsend, bevor ich Will eindringlich ansehe. »Aber selbst wenn ich Coolnesspunkte vergeben würde, hättest du für deinen Einsatz für deine Katze definitiv eine ganze Wagenladung bekommen. Ich kenne das kleine Fellknäuel erst seit ein paar Minuten, und sie hat sich schon jetzt in mein Herz geschlichen.«

Will lächelt, doch es liegt gleichzeitig ein ernster Zug um seinen Mund. »Queenie ist nicht einfach nur ein Haustier. Sie ist für mich Familie.« Er räuspert sich und stellt den inzwischen halb verspeisten Kuchen zurück auf den Couchtisch. »Sie ist die Einzige, die diesen Ort zu so etwas wie einem Zuhause macht. Neben meinem Vater, für den ich die größte Enttäuschung seines Lebens bin, und meiner Mutter, die am liebsten überall wäre, nur nicht hier, hat mir Queenie das Gefühl gegeben, dass ich wenigstens einem Lebewesen wichtig bin.«

Dass Wills Verhältnis zu seinem Vater mehr als nur angespannt ist, habe ich aus unseren bisherigen Gesprächen bereits herausgelesen, doch dass dies anscheinend auch für seine Mutter gilt, wird mir erst jetzt bewusst. Ohne wirklich darüber nachzudenken, lege ich meine Hand auf seinen Oberschenkel. In seinen Worten liegen so viel Kummer und Verbitterung, dass sich mein Magen vor Mitgefühl zusammenzieht. Denn ich weiß genau, wie es ist, kein Zuhause zu haben. Keinen Ort und keine Person, der man sich zugehörig fühlt.

Allerdings weiß ich auch, wie es ist, einen solchen Ort zu haben. Bis vor knapp anderthalb Jahren war Great Falls in

Montana mein Zuhause. Bis vor anderthalb Jahren war meine Mom an meiner Seite. Ich schiebe die Erinnerungen beiseite, die aus den Winkeln und Ecken hervordrängen, in die ich sie verbannt habe, und konzentriere mich auf Will.

Dieser blickt gedankenverloren auf meine Hand, die noch immer auf seinem Bein liegt. Mit einem Mal spüre ich die rauen Fasern des Jeansstoffs und die darunterliegende Wärme seines Körpers überdeutlich.

»Das tut mir leid, Will. Vor allen Dingen tut es mir für deine Eltern leid«, sage ich.

Sein Kopf ruckt nach oben, und Irritation blitzt in seinen braunen Augen auf.

»Es tut mir für deine Eltern leid, dass sie nicht sehen, was für ein wunderbarer Mensch du bist«, fahre ich fort. »Dass sie nicht sehen, wie besonders du bist. Dass sie nicht erkennen, wie talentiert du bist. Dass sie die Chance verpasst haben, dich so kennenzulernen, wie ich es getan habe.«

Wills Augen haben sich mit jedem Satz etwas mehr geweitet. Und eine Stimme in meinem Kopf flüstert im Hintergrund, dass ich mich hier auf sehr dünnem Eis bewege. Mit jedem Wort, das aus meinem Mund kommt, mache ich mich verwundbarer. Zeige ich ihm, wie es in mir aussieht. Wird er erkennen, wie viel er mir wirklich bedeutet.

»Und wie hast du mich kennengelernt?« Seine Stimme ist heiser, sein Blick voller Hoffnung. Einer Hoffnung, die auch in mir lebt.

»Als einen Mann, den man nur ins Herz schließen kann.«

Als einen Mann, in den ich mich verliebt habe. Ich sage es nicht laut, doch er muss es von meinem Gesicht ablesen können, denn er fragt nach: »Sprechen wir hier von einem rein hypothetischen Herzen oder von diesem?« Will hebt seine rechte Hand und streicht mit dem Zeigefinger hauchzart oberhalb meiner linken Brust über mein T-Shirt.

KAPITEL 28

William

Bitte weise mich nicht zurück. Diesen Satz wiederhole ich in meinem Kopf wie ein Mantra, während Scarlett mich aus diesen smaragdgrünen Augen anblickt und ich förmlich sehen kann, wie die widerstreitenden Gefühle sie mal hierhin, mal dorthin ziehen.

»Ich sollte jetzt wirklich besser gehen«, erwidert sie anstelle einer Antwort. Doch ihr Körper scheint von ihren Worten unbeeindruckt zu sein, zumindest bewegt sie sich keinen Zentimeter vom Fleck.

»Für wen genau soll das besser sein?«, frage ich, weil ich nicht anders kann. Ich sehe die gleiche Sehnsucht in ihren Augen aufleuchten, die auch mich durchdringt. Die es mir schwer macht, mich auf irgendetwas anderes im Raum zu konzentrieren als auf sie.

»Im echten Leben gibt es nicht für jede Geschichte ein Happy End«, erwidert sie ausweichend.

»Aber ist das wirklich ein Grund, es gar nicht erst zu versuchen?« Vorsichtig wandere ich mit meinen Fingern weiter über den Baumwollstoff ihres T-Shirts, bis meine Fingerspitzen auf ihre warme Haut treffen.

Scarlett schnappt hörbar nach Luft. Ich verharre an Ort und Stelle, erwarte, dass sie sich mir jede Sekunde entzieht. Doch stattdessen lehnt sie sich meiner Berührung kaum merklich entgegen.

»Das ist keine gute Idee«, murmelt sie.

»Sag mir, dass du das hier nicht genauso sehr willst wie ich, und ich höre sofort auf.« Ich beiße mir auf die Innenseite meiner Wange, während ich auf ihre Antwort warte.

»Es geht nicht darum, was ich will«, erwidert sie zögerlich.

»Um was geht es dann?«, frage ich sanft, obwohl ich mir mittlerweile denken kann, wovor sie wirklich Angst hat. Dass ich ihr Geheimnis entdecke und sie fallen lasse. Ihre Vorsicht verrät mir, dass sie in der Vergangenheit schlechte Erfahrungen gemacht haben muss. Dass sie sich anderen gegenüber geöffnet hat und verletzt wurde. Dass die Menschen auf Abstand gegangen sind, sobald sie erfahren haben, dass sie obdachlos ist. Dass sie sie abgestempelt haben.

Bei dem Gedanken zieht sich mein Herz schmerzhaft zusammen. Ich wünschte, ihr wäre klar, dass ich sie nie verurteilen würde. Dass ich alles daransetzen würde, ihr etwas von ihrer Last abzunehmen. Doch ich weiß, wenn ich sie jetzt mit meinem Wissen konfrontiere, werde ich sie verlieren.

»Das ist kompliziert. Es gibt vieles über mich, was du nicht weißt.« Sie wendet den Blick von mir ab und starrt auf den Teppichboden.

Wie kann ich ihr nur klarmachen, dass ich nicht geringer von ihr denke, nur weil sie keinen festen Wohnsitz hat? Wie ihr begreiflich machen, dass ich sie für einen der stärksten Menschen halte, die ich kenne? All das kann ich ihr nicht sagen, ohne ihr zu verraten, dass ich in ihre Privatsphäre eingedrungen bin. Also bleibt mir nur die Hoffnung, dass sie sich mir von selbst anvertraut. Dass sie mir die Möglichkeit gibt, ihr zu beweisen, dass nichts meine Gefühle für sie ändern kann.

Ich weiß, dass es feige ist. Dass es falsch ist. Dass sie die Wahrheit verdient. Aber in diesem Augenblick spüre ich, wie schmal der Grat ist, auf dem Scarlett wandelt. Wie zerbrechlich das hier zwischen uns ist. So zerbrechlich, dass mein Eingeständnis alles kaputt machen könnte.

»Ich muss nicht jedes Detail über dich und dein Leben kennen, um zu wissen, dass du mir etwas bedeutest. Ich muss nicht wissen, wie dein erstes Haustier hieß, um zu sehen, dass du ein großes Herz hast. Ich muss nicht wissen, ob du deine Haare als Teenager blau gefärbt hast, um zu erkennen, wie willensstark du bist. Manche würden vielleicht sogar stur sagen.« Der letzte Kommentar zaubert ein schüchternes Lächeln auf ihre Lippen.

»Das Einzige, was ich wissen muss, ist, ob du genauso für mich empfindest wie ich für dich«, schließe ich. Meine Worte klingen leicht atemlos.

»Dazu muss ich erst einmal wissen, was genau du empfindest.« Sie beißt sich auf die Unterlippe, was verdammt verführerisch aussieht.

»Erinnerst du dich an die Geschichte mit dem Marshmallow?«

Sie nickt.

»Ich wäre gern dieses Marshmallow.«

Scarlett gibt ein Geräusch von sich, das irgendwo zwischen Lachen und Schnauben liegt. »Warum müssen Schriftsteller immer so übertreiben?«, fragt sie.

»Okay, dann sage ich es, wie es ist. Seit unserem Abend am Strand kann ich an nichts anderes denken als an deine Lippen. Seit unserer Nacht im Zelt bekomme ich das Gefühl deines Körpers an meinem nicht mehr aus dem Kopf. Seitdem du in mein Leben geplatzt bist, ist jeder Tag, an dem ich dich nicht sehen kann, nicht mit dir sprechen kann, ein verschwendeter Tag. Seit ...« Ich komme nicht weiter, denn plötzlich liegen Scarletts Lippen auf meinen. Einen Herzschlag lang bin ich zu überrumpelt, um zu reagieren, doch dann erwidere ich den Kuss.

Im Gegensatz zu den hungrigen Küssen im Zelt ist dieser sanft und zärtlich. Ich schmecke ihre Verletzlichkeit, die sie nicht in Worte fassen kann. Ich spüre ihre Hoffnung, die so zaghaft ist wie ihre Berührungen. Als wollte sie so sehr daran glauben und könne es doch nicht ganz. Behutsam fahre ich an ihrem Hals hinauf, streichle mit dem Daumen über ihre Wange, während ich meinen anderen Arm um ihre Mitte lege und sie näher zu mir ziehe. Sie tastet Halt suchend nach meinen Schultern, als sie auf meinen Schoß klettert. Mein Körper reagiert augenblicklich auf ihren. Ihr vertrauter Duft hüllt mich ein. Ihre Haarspitzen kitzeln meinen Hals. Hitze pulsiert durch meine Adern und setzt mich in Brand. Und obwohl mein Verlangen beständig wächst, genieße ich es, dass wir es langsam angehen lassen. Es macht jeden Kuss, jede Zärtlichkeit wundervoll und qualvoll zugleich.

Als Scarlett sich schließlich von mir löst und etwas Abstand zwischen unsere Gesichter bringt, sind ihre Wangen rosig, und ein Ausdruck liegt in ihrem Blick, der das Potenzial hat, mich süchtig werden zu lassen. Denn so, wie sie mich ansieht, als würde sie nur mich sehen, als wäre ich in diesem Augenblick das Wichtigste in ihrem Leben, ist es nicht weniger als überwältigend. Nicht einmal der Rauschzustand, in den ich manchmal beim Schreiben verfalle, kommt dagegen an.

»Jetzt kann ich Küssen noch hinzufügen«, sage ich mit einem neckenden Unterton.

Scarlett zieht fragend die Augenbrauen zusammen.

»Na, zu den Tätigkeiten, die ich gern mit dir machen will und ohne die ein Tag verschwendet wäre«, erwidere ich und stupse mit dem Zeigefinger gegen ihre Nasenspitze.

»Zu deinem Glück und zu meinem bist du deutlich weniger klebrig als ein Marshmallow und schmeckst besser«, sagt sie mit einem derart ernsten Gesichtsausdruck, dass ich sie ein paar Sekunden lang sprachlos anstarre. Bis ihre Miene ins Wanken gerät und sie losprustet.

»Also hättest du nichts dagegen einzuwenden, wenn wir das Ganze wiederholen würden?« Mein Blick gleitet zu ihren Lippen, die sie als Reaktion auf meinen Vorschlag mit der Zungenspitze benetzt. Ob sie weiß, was sie damit in mir auslöst?

»Vielleicht könnten wir noch ein paar andere Tätigkeiten zu deiner Liste hinzufügen?« Ihr Tonfall ist neckend, herausfordernd und unsicher zugleich.

Obwohl alles in mir sie zu mir ziehen will, hält mich eine leise, aber penetrante Stimme in meinem Kopf zurück. Was, wenn sie mich danach wieder von sich stößt? Wenn sie auf Abstand geht?

»Das kommt darauf an«, bringe ich mühsam hervor.

»Worauf?«

»Planst du, das öfter zu machen, oder muss ich mich auf eine Zukunft voller verschwendeter Tage einstellen?« Ich forsche in ihren Augen, kann ihre Emotionen wie in einem offenen Buch lesen. Die Unsicherheit. Die Sehnsucht. Die Hoffnung. Die Angst.

»Ich schätze, heute ist der Tag gekommen, an dem ich mutig bin«, murmelt sie so leise vor sich hin, dass ich mir nicht sicher bin, ob die Worte für mich bestimmt sind. Bevor ich nachhaken kann, sagt sie lauter und mit einem schelmischen Grinsen: »Das kommt wohl ganz darauf an, wie du dich anstellst.«

Erleichterung schwappt wie warmes Badewasser über mir zusammen. Sie hat eine Entscheidung getroffen. Für mich. Für uns. Auch wenn sie offensichtlich noch nicht bereit ist, ihr Geheimnis mit mir zu teilen, ahne ich, dass das ein großer Schritt für sie gewesen sein muss. Das schlechte Gewissen kratzt an meinem Bewusstsein wie spitze Fingernägel über eine Kreidetafel. Ich habe es nur getan, weil ich mir Sorgen um sie gemacht habe, versuche ich mich vor mir selbst zu rechtfertigen. Es ist eine schwache Ausrede, doch in diesem Augenblick will ich mich meinen Vergehen nicht stellen. Stattdessen konzentriere ich mich voll und ganz auf Scarlett.

»Hat dir die Kostprobe im Zelt etwa nicht gereicht?«, steige ich auf ihren neckenden Ton ein.

»Ich fürchte, du musst meine Erinnerung auffrischen.« Mit jeder Silbe wird ihre Stimme rauer.

Und dann sind keine Worte mehr nötig.

KAPITEL 29

William

Wir bewegen uns im selben Augenblick aufeinander zu und lassen unsere Körper sprechen. Ihre Lippen treffen auf meine, ich umfasse ihre Hüfte, während sie mir zeitgleich mit ihrem Becken entgegenkommt. Mir entweicht ein Keuchen, das sie verschluckt, bevor ihre Zungenspitze spielerisch über meine Unterlippe gleitet und die meine zu sich lockt. Es ist weniger eine bewusste Entscheidung als eine unausweichliche Konsequenz, dass ich ihre Einladung annehme und ihren Mund erkunde, die Geschmeidigkeit ihrer Zunge, die mich zu einem Tanz einlädt. Mal umschmeichelt sie mich zärtlich, dann fordert sie mich zu einem wilden Spiel heraus.

Ihre Hände wandern über meine Brust hinab bis zum Saum meines T-Shirts. Meine Finger kralle ich etwas fester in ihre Seiten, als sie ihre Fingerspitzen unter den Stoff schiebt und federleicht über meine Haut streicht. Ihre Berührungen hinterlassen ein Kribbeln auf meinem Bauch, das zu einem Ziehen wird, als ich merke, was ihr Ziel ist. Mit Leichtigkeit öffnet sie den Knopf meiner Jeans und macht sich im nächsten Augenblick auch schon an meinem Reißverschluss zu schaffen. Bereitwillig hebe ich mein Becken an, damit sie mir die Hose über die Beine streifen kann. Der Anblick, wie Scarlett vor mir auf die Knie geht, ist beinahe zu viel für mich. Ihre Haare sind leicht verwuschelt, ihre Lippen von unseren Küssen geschwollen.

Ich rutsche auf der Couch nach vorn, bis ich an der Kante sitze, und beuge mich zu ihr hinab, um meinen Mund auf ihren zu pressen. Sie verschränkt ihre Hände in meinem Nacken und erwidert den Kuss. Ihre Taille mit beiden Armen umschlingend, erhebe ich mich und ziehe sie mit mir, bis wir der Länge nach aneinandergepresst vor dem Sofa stehen. Ich taste nach dem Saum ihres Shirts und streife es ihr über den Kopf. Ihre Haare fliegen wie ein rotgoldener Vorhang durch die Luft. Ihre Mundwinkel heben sich zu einem Lächeln, das mich einlädt, weiterzumachen. Meine Hände zittern kaum merklich, als ich nach dem Knopf ihrer Hose taste und sie ihr ausziehe. Als Nächstes folgt mein Oberteil, dann stehen wir einander in Unterwäsche gegenüber.

Scarletts Brust hebt und senkt sich in einem schnellen Rhythmus. Ihr schwarzer BH ist schnörkellos, genauso wie die Panties, die sie trägt, und trotzdem habe ich noch nie etwas Verführerischeres gesehen. Als sie hinter sich greift und den Verschluss des BHs öffnet, um ihn von ihren Schultern zu streifen, und im selben Atemzug ihren Slip folgen lässt, muss ich dieses Urteil allerdings revidieren.

Als wir im Zelt miteinander geschlafen haben, war es zu dunkel, um mehr als Schemen zu erkennen, Umrisse und Strukturen, aber hier im Licht der untergehenden Sonne liegt jeder Zentimeter ihres Körpers entblößt vor mir. Wäre ich ein Maler, würde ich mir vermutlich umgehend eine Leinwand und Farbe besorgen, um ihren Anblick darauf zu bannen. So bleibt mir nichts anderes übrig, als ihn in mich aufzusaugen.

Doch Scarlett lässt mir kaum Zeit dazu. Sie überwindet den Abstand zwischen uns mit einem Schritt und schmiegt sich an mich. Ihre Lippen hauchen zarte Küsse auf meine nackte Brust.

Überall, wo ihre Haut auf meine trifft, lodern Flammen auf. Ich schlinge einen Arm um sie, während ich mit meiner freien Hand ihren Rücken hinaufwandere, um meine Finger in ihrem Haar zu vergraben. Vorsichtig sammle ich die Strähnen zu einem losen Zopf und ziehe sanft daran, bis sie ihren Kopf in den Nacken legt und ihren Hals entblößt. Mit den Lippen streiche ich über die zarte Haut, genieße ihre Reaktion darauf. Die Schauer, die sie erfassen, wenn ich sie meine Zähne spüren lasse. Das heisere Keuchen, wenn ich an ihrem Hals sauge.

»Du hattest recht«, murmelt sie.

»Da stimme ich dir grundsätzlich zu, aber was meinst du im Speziellen?«, hake ich nach, bevor ich an ihrem Ohrläppchen knabbere.

»Ein Tag ohne das hier ist ein verschwendeter Tag.« Eine Mischung aus einem Seufzen und Stöhnen begleitet ihre Worte.

Ein Lächeln legt sich wie von selbst auf meine Lippen. »Dann sollten wir dafür sorgen, dass wir zukünftig so wenige Tage wie möglich verschwenden.«

Sie gibt ein zustimmendes Brummen von sich. »Carpe diem und so.«

In diesem Augenblick frage ich mich, ob ich diese Frau noch mehr lieben kann, als ich es bereits tue. Mit einem Mal will ich mich nicht länger gedulden, es nicht länger hinauszögern. Also löse ich meine Finger aus ihrem Haar, um Scarletts Hüfte mit beiden Händen zu umfassen und sie hochzuheben. Sie gibt einen überraschten Laut von sich, während sie ihre Beine um meine Mitte schlingt und sich an meinen Schultern festklammert. Ihr nackter Oberkörper presst sich gegen meinen, sodass ich jede ihrer perfekt geformten Rundungen spüre. Am liebsten würde ich sie durchs ganze Haus tragen, nur um sie nicht herunterlassen zu müssen. Doch das Risiko, dass wir meinem Vater über den Weg laufen, auch wenn die Wahrscheinlichkeit dafür noch so gering ist, will ich besser nicht eingehen. Stattdessen bewege ich mich auf das Bett zu. Queenie hebt ihr

Köpfchen und beobachtet uns misstrauisch, als ich Scarlett auf der leeren Bettseite vorsichtig auf der Decke absetze.

»Wenn du mir jetzt einen flotten Dreier mit deiner Katze vorschlägst, bin ich schneller weg, als du Hemingway sagen kannst.«

»Haha.« Ich schüttle den Kopf und wende mich Queenie zu, die mich vorwurfsvoll anmaunzt, da sie anscheinend schon ahnt, was jetzt kommt.

»Wie wäre es mit einem Deal? Ich bekomme das Bett und gebe dir dafür die Gourmet-Entenpastete?«, schlage ich meiner flauschigen Mitbewohnerin vor, während Scarlett sich hinter mir unter der Bettdecke versteckt.

»Wenn du sie meinetwegen vom Bett verbannst, wird sie mir das bestimmt für immer und ewig vorwerfen«, gibt sie zu bedenken.

»Glaub mir, sobald sie die Ente riecht, ist alles andere vergessen.« Ich lese die protestierende Queenie vorsichtig von der Decke auf und trage sie ein paar Meter hinüber zu dem Katzenkörbchen, neben dem bereits zwei Schalen bereitstehen. In der einen ist Wasser, in die andere löffle ich wie versprochen die Pastete. Schon bei dem Geräusch der sich öffnenden Metalllasche wird meine Katze unruhig. Sie miaut herzzerreißend und wackelt auf drei Beinen neben mir auf und ab, während sie ihre Schnauze an meinem Handrücken reibt. Noch bevor ich die komplette Portion in die Schale gefüllt habe, hat sie ihren Kopf an meiner Hand vorbeigezwängt und macht sich gierig über den Inhalt her.

»Was habe ich dir gesagt?« Ich erhebe mich und laufe zurück zum Bett.

»So wie du mich ansiehst, könnte man meinen, dass ich deine Pastete bin«, neckt sie mich. Das Grinsen auf ihren Lippen verrät mir, dass sie nichts dagegen einzuwenden hätte, wenn ich mich mit der gleichen Begeisterung über sie hermachen würde wie Queenie über ihren Napf.

»Ich habe immerhin den Apfelkuchen für dich stehen lassen«, erinnere ich sie mit einem Nicken in Richtung des Couchtischs, auf dem der halb aufgegessene Kuchen wartet.

Mit einem koketten Augenaufschlag hebt Scarlett eine Ecke der Bettdecke an und gewährt mir einen Blick auf ihren nackten Körper. Augenblicklich verschwindet der Apfelkuchen aus meinen Gedanken.

»Du siehst zum Anbeißen aus.« Ich lasse mich am Ende des Bettes nieder und küsse ihren rechten Knöchel.

»Du darfst maximal an mir knabbern«, ermahnt sie mich mit gespielter Ernsthaftigkeit. Ihr Keuchen, das folgt, als ich auf meinem Weg hinauf an der empfindsamen Haut dieser Ermahnung Folge leiste, lässt mich vermuten, dass es sich dabei mehr um eine Aufforderung handelt. Die Geräusche, die sie von sich gibt, in Kombination mit ihrem sich unter mir windenden Körper sorgen dafür, dass erneut diese alles verschlingende Hitze in mir auflodert. Sie scheint ebenso auf Scarlett überzugreifen, denn während unsere Lippen sich zu einem leidenschaftlichen Kuss treffen, schiebt sie ihre Daumen in meine Boxershorts und zerrt das einzige Stück Stoff, das noch zwischen uns steht, über meine Hüfte. Unseren Kuss nur so kurz unterbrechend wie unbedingt nötig, taste ich blind nach der Nachttischschublade und zerre so lange daran herum, bis sie nachgibt. Die Kondompackung bekomme ich mit Daumen und Zeigefinger zu fassen.

»Und du bist dir sicher, dass du das willst?«, frage ich etwas atemlos zwischen zwei Küssen. »Also das mit uns. Nicht nur weltverändernden Sex«, scherze ich, obwohl mir gar nicht danach zumute ist.

Wenn sie sich jetzt umentscheiden sollte, könnte mich nicht mal der Apfelkuchen aufheitern.

Anstelle einer Antwort zieht sie mein Gesicht zu sich hinab und schenkt mir einen dieser Küsse, die alles andere in den Hintergrund treten lassen. Als sie mich wieder freigibt, muss ich erst Luft holen, um mich daran zu erinnern, was ich gerade im

Begriff war zu tun. Das quadratische Plastikpäckchen liegt auf der Matratze, offensichtlich habe ich es im Eifer des Gefechts fallen lassen. Ich reiße die Packung mit den Zähnen auf und streife das Gummi über.

Scarlett scheint genauso ungeduldig zu sein wie ich, denn noch im selben Augenblick, in dem ich mich auf sie sinken lasse, schlingt sie ihre Beine um meine Mitte und zieht mich an sich. Ich gleite mühelos in sie, und wir keuchen gleichzeitig auf, als ich bis zum Anschlag in sie eintauche. Kurz genieße ich das Gefühl, vollkommen von ihr umschlossen zu sein, dann beginne ich, mich in einem langsamen Rhythmus vor- und zurückzubewegen. Dabei lasse ich ihr Gesicht keine Sekunde aus den Augen. Wie sie den Kopf in den Nacken wirft. Wie ihre Augenlider flattern. Wie sie sich immer wieder auf die Lippen beißt, um die Geräusche, die aus ihrem tiefsten Inneren an die Oberfläche strömen, zu dämpfen.

»Für mich musst du nicht versuchen, leise zu sein«, raune ich ihr zu. Ganz im Gegenteil. Ich liebe das heisere Keuchen, das leise Stöhnen und Wimmern, das ihren Lippen immer wieder entschlüpft. Ich liebe es, dass ich derjenige bin, der es aus ihrem Innersten hervorlockt.

Sie presst die Lippen nur noch fester aufeinander. In ihrem Blick liegt etwas Herausforderndes. Als wollte er ausdrücken: *Bring mich doch dazu, die Kontrolle zu verlieren.*

Das lasse ich mir nicht zweimal sagen. Mit dem rechten Arm stütze ich mich neben ihrem Kopf ab, während ich mit der freien Hand über ihren Oberkörper gleite. Mit dem Daumen streichle ich ihre Brustwarze, die sich unter meiner Berührung zusammenzieht und ihr ein Stöhnen entlockt. Ich lasse meine Finger weiter hinabwandern, bis ich die Stelle zwischen ihren Beinen erreiche, die ihr Atmen in ein Keuchen verwandelt. Während ich meinen Zeige- und Mittelfinger immer schneller kreisen lasse, bäumt sich Scarlett unter mir auf. Ihr Rücken hebt sich von der Matratze, als sie ins Hohlkreuz fällt.

Langsam beginne ich mich erneut in ihr zu bewegen. Mit jedem Mal, das ich in ihr versinke, wird ihre Atmung hektischer, bis sie schließlich ihre Fersen in meinen Hintern presst und mich damit an Ort und Stelle hält. Mit einem lauten Stöhnen überrollt sie ihr Höhepunkt und lässt ihren gesamten Körper erzittern. Das Gefühl ist derart überwältigend, dass ich die Zähne fest zusammenbeiße, um mich nicht davon mitreißen zu lassen. *Noch nicht,* ermahne ich mich. Ich will das bis zur letzten kleinen Welle auskosten, will jedes Flattern ihrer halb geschlossenen Augenlider in mich aufsaugen. Erst als sich Scarletts Gesichtszüge glätten und sich eine tiefe Ruhe über sie legt, wage ich es, mich erneut zu bewegen.

Sie öffnet die Augen, und in ihrem Blick liegen so viel Wärme und Zuneigung, dass ich diesen Moment am liebsten für immer konservieren möchte. Es fühlt sich an, als müsste es meine Brust jede Sekunde sprengen. Dann kippt Scarlett ihr Becken leicht nach vorn, sodass ich noch tiefer in ihr versinke. Mit einem Lächeln legt sie einen Arm um meinen Nacken und zieht mein Gesicht zu sich heran. Ihre Lippen glühen heiß auf meinen, und als sie ihre Zunge in meinen Mund gleiten lässt, ist es endgültig um mich geschehen. Ich gebe mich dem Rauschzustand hin und komme mit einem heiseren Stöhnen. Blitze explodieren in meinem Sichtfeld, und mein Herz schlägt mit der Intensität eines Presslufthammers gegen meine Rippen.

Nach einem letzten zärtlichen Kuss rolle ich mich auf die Seite. Das Bettlaken schmiegt sich angenehm kühl an meinen Rücken.

Scarlett folgt meiner Bewegung und legt ihren Kopf auf meine Brust. Mit den Fingerspitzen malt sie träge Linien und Kreise auf meinem Bauch. Ich lege meinen Arm um ihre Taille und ziehe sie an mich, sodass sie der Länge nach an meine Seite gepresst wird. Das Adrenalin versickert langsam. Was bleibt, ist das Glücksgefühl, sie so nahe bei mir zu wissen.

KAPITEL 30

Scarlett

Mein Körper fühlt sich schwer und entspannt an. Als hätte jemand jeden einzelnen Muskelstrang so lange massiert, bis er unter seinen talentierten Fingern den Aggregatzustand geändert hat. Helle Punkte tanzen hinter meinen geschlossenen Augenlidern. Doch erst als sich das Kissen unter meinem Kopf bewegt und ein kleines Erdbeben durch meinen Oberkörper sendet, kann ich mich dazu durchringen, meine Augen aufzuschlagen.

Kurz zuckt ein Hauch von Panik durch meinen Organismus, der Fluchtreflex ist zu tief verankert, um ihn von heute auf morgen auszuschalten. Dann erblicke ich Will, der sich halb über mich gelehnt hat, um den Nachttisch zu erreichen und die Lampe einzuschalten. Mein aufgepeitschter Puls beruhigt sich wieder. Erst mit Verspätung realisiere ich, dass das Kissen, auf dem ich so gut geschlafen habe wie schon lange nicht mehr, Wills Arm war. Er hat sich perfekt an meinen Nacken geschmiegt. Genauso wie der Rest seines Körpers. Überall, wo wir uns berühren, flackert Hitze wie züngelnde Flammen über meine Haut.

»Hey«, flüstert er, als er bemerkt, dass ich ihn anstarre.

»Selber hey«, erwidere ich mit einem Grinsen, auf das ein Gähnen folgt. »Wie viel Uhr ist es?«, frage ich und spüre bereits, wie das Glücksgefühl durch Enttäuschung ersetzt wird.

»Zeit fürs Abendessen. Ich muss dringend meine Kraftreserven aufladen.« Will wackelt vielsagend mit den Augenbrauen.

Ich rolle mit den Augen, kann mir aber ein Schmunzeln nicht verkneifen.

»Was hältst du davon, wenn ich in die Küche gehe, uns etwas zu essen besorge und du solange hier im Bett bleibst?«, schlägt er vor.

Obwohl ich nichts lieber machen würde, als mit dieser unanständig bequemen Matratze zu verschmelzen, stemme ich mich in eine sitzende Position hoch und suche den Raum nach einer Uhr ab. An der gegenüberliegenden Wand werde ich fündig. Es ist bereits elf, was bedeutet, dass wir über drei Stunden geschlafen haben.

»Wahrscheinlich sollte ich mich besser auf den Weg machen. Ich muss morgen um acht Uhr im Diner sein, und es ist schon spät.« Alles in mir protestiert gegen meine eigenen Worte. Bei dem Gedanken daran, die Nacht in meinem Auto anstatt in seinen Armen zu verbringen, bildet sich ein Kloß in meinem Hals.

»Schlaf doch einfach hier«, schlägt er vor.

Kurz lasse ich mir den Vorschlag durch den Kopf gehen. Warum eigentlich nicht? Herb steht zwar für alle Passanten sichtbar auf der Straße, aber wenn ich morgen früh genug das Haus verlasse, wird Will ihn nicht bemerken. Und damit ist mein Geheimnis erst einmal sicher. Bevor ich die Entscheidung bewusst gefällt habe, spüre ich, wie ich nicke.

»Aber nur, wenn es keine Umstände macht. Ich habe das Gefühl, du bist nicht der Typ Der-frühe-Vogel-fängt-den-Wurm.« Ich bemühe mich, meiner Stimme etwas Neckendes zu geben, während sich die Muskulatur in meinen Schultern anspannt.

»Keine Sorge, Queenie hat mich abgehärtet. Sobald die ersten Sonnenstrahlen durch die Vorhänge scheinen, legt sie sich auf mich und miaut so lange, bis ich aufstehe. Ich kann mittlerweile im Halbschlaf ihren Napf füllen und danach weiterschlafen«, erwidert er.

Meine Erleichterung äußert sich in einem Lachen. Meiner Exit-Strategie steht somit nichts im Weg. »Ich verspreche, ich werde mich um mein eigenes Frühstück und um Queenies kümmern. Ich habe sowieso noch etwas wiedergutzumachen, nachdem sie für mich das Bett räumen musste.«

Ein Blick hinüber zu dem Katzenkörbchen, in dem seine Besitzerin selig schlummernd zu einem Ball zusammengerollt liegt, verrät mir, dass sie den Rauswurf gut verkraftet hat.

»Ich erwarte mindestens einen Abschiedskuss, sonst komme ich noch auf die Idee, dass ich das hier nur geträumt habe«, fordert Will und haucht einen Kuss auf meine Nasenspitze.

»Man sagt Schriftstellern wohl nicht grundlos eine rege Fantasie nach«, erwidere ich grinsend.

»Wenn das hier nur ein Traum wäre, hättest du mich auf jeden Fall erst den ganzen Kuchen essen lassen, bevor du mich verführt hättest.« Er schlägt die Bettdecke zurück und angelt nach der Boxershorts, die ich im Eifer des Gefechts achtlos auf den Boden geworfen habe.

»Ich dich verführt? Das habe ich aber anders in Erinnerung.« Ich beobachte ihn aufmerksam, während er Stück für Stück seine verstreuten Klamotten aufsammelt. Der Anblick seines knackigen Hinterns sorgt erneut dafür, dass sich Hitze in meinem Bauch sammelt.

»Tja, Pech, wenn das hier mein Traum ist, bestimme ich, wer wann was getan hat.« Will zuckt grinsend mit den Schultern, bevor er sich T-Shirt und Jeans überstreift.

»Dann hoffe ich für dich, dass dein Traum nicht so schnell endet.« Ich strecke ihm die Zunge heraus. »Kannst du mir meine Klamotten bringen, wenn du schon mal stehst?«, füge ich hinzu.

»Ha, das bestätigt es endgültig! Wenn das ein Traum wäre, hättest du nackt in meinem Bett auf mich gewartet.« In einer triumphierenden Geste streckt er seine Hand mit meinem T-Shirt in die Luft.

***

Eine Viertelstunde später kommt Will mit zwei Tellern beladen zurück. Ich habe es mir in der Zwischenzeit auf dem Sofa bequem gemacht. Auf meinem Schoß sitzt Queenie, die ich mit Streicheleinheiten davon überzeugen will, mir den Rauswurf aus dem Bett zu verzeihen. Ihrem wohligen Schnurren nach zu urteilen, ist es mir gelungen.

»Kaum bin ich ein paar Minuten weg, hast du mich schon ersetzt«, beschwert Will sich. Nachdem er meinen Teller auf dem Couchtisch abgestellt hat, lässt er sich neben mich auf die Polster sinken.

»Als ob du deiner Katze irgendetwas abschlagen könntest.«

Anstelle einer Antwort krault er Queenie am Kinn, was diese dazu veranlasst, ihr Schnurren einen Gang höher zu schalten. Die sanfte Vibration auf meinen Oberschenkeln hat etwas unheimlich Entspannendes.

Ich lehne mich behutsam nach vorn, um das Fellknäuel nicht zu zerquetschen, und schnappe mir meinen Teller. Der verführerische Duft nach geschmolzenem Käse und Gewürzen lässt augenscheinlich nicht nur mir das Wasser im Mund zusammenlaufen. Queenie reckt ihre Nase in die Luft und schnuppert erwartungsvoll.

»Warst du bei Taco Bell?«, frage ich mit einem Blick auf die gefüllten Tortilla-Dreiecke auf meinem Teller.

»Sei froh, dass Martha nicht gehört hat, wie du ihre hausgemachten Hähnchen-Quesadillas mit Fast-Food-Fraß gleichgesetzt hast.« Er hebt die rechte Hand und legt sie in gespielter Bestürzung an sein Herz.

»Martha?«

»Unsere Köchin. Sie macht die besten Hähnchen-Quesadillas der Welt.« Wie um diese Behauptung zu untermauern, nimmt er einen großen Bissen von seiner Portion und seufzt genießerisch.

»Natürlich habt ihr eine Köchin«, murmle ich. Mit einem Mal ist mir der Appetit vergangen. Manchmal ist es verdammt leicht, in Wills Gegenwart zu vergessen, wie unterschiedlich die Welten sind, in denen wir leben. Deshalb treffen mich Momente wie dieser umso heftiger. Sie säen Zweifel in mir und lassen mich alles hinterfragen. Meine Entscheidung, uns beiden eine Chance zu geben, anstatt mich zurückzuziehen. Meine Schutzmauern zu senken, obwohl meine Vernunft tadelnd den Kopf schüttelt. Mir zu erlauben, mein Herz zu öffnen, trotz der Gefahr, es am Ende in Scherben vom Boden auflesen zu müssen.

»Sie sorgt dafür, dass mein Vater und ich nicht verhungern. Wenn es nach mir ginge, würde ich einfach von Tiefkühlpizza und Kuchen leben, aber er legt Wert auf ausgewogene Ernährung.« Die Beiläufigkeit, mit der er spricht, verrät mir, dass er mir die Zweifel vom Gesicht ablesen kann und jetzt versucht, mich auf andere Gedanken zu bringen. Mein Herz wird ein bisschen leichter.

»Und was ist mit deiner Mom? Kann sie nicht kochen?«, hake ich nach.

»Meine Mutter wüsste nicht mal, wo die Küche ist. Außerdem wohnt sie nur noch auf dem Papier hier.« Aus seinen vorherigen Andeutungen habe ich bereits geschlossen, dass ihr Verhältnis kein besonders herzliches ist, aber dass sie nicht einmal im selben Haus wohnen, war mir nicht bewusst. An der Art, wie sich seine Kieferpartie bei der Erwähnung verspannt, erkenne ich, dass er nicht darüber sprechen möchte, weshalb ich nicht weiter nachbohre.

»Dann sollte ich Martha vermutlich für ihre Kochkünste danken, die verhindern, dass du frühzeitig an einem erhöhten Cholesterinspiegel stirbst.« Ich schnappe mir eines der Tortilla-Dreiecke und beiße hinein. Käse quillt an den Seiten heraus, und ich habe Mühe, ihn rechtzeitig mit den Fingern einzufangen, bevor Queenie die Käsefäden inhalieren kann. Sie reckt ihren Hals mittlerweile so weit in die Höhe, dass sie einer Giraffe Konkurrenz macht. Die Aromen des würzigen Fleisches in Kombination mit dem geschmolzenen Käse und der Frische der Guacamole als Topping bringen meine Geschmacksknospen dazu, im Takt von *La Cucaracha* auf und ab zu hüpfen.

»Oh mein Gott, sind die gut!«, nuschele ich zwischen zwei großen Bissen.

Will nickt wissend. Queenie gibt ein unzufriedenes Maunzen von sich, weil sie nichts abbekommt.

Für die nächsten zehn Minuten ist nur unser zufriedenes Schmatzen zu hören, bis wir unsere Teller leer geputzt haben. Während ich damit beschäftigt bin, mit dem Zeigefinger die Guacamole vom Service aufzuwischen, verdrückt Will den restlichen Apfelkuchen als Nachtisch.

»Morgen gibt es Lasagne«, sagt er, kaum dass ich den Teller, begleitet von einem zufriedenen Seufzen, auf dem Couchtisch abstelle, und wackelt vielsagend mit den Augenbrauen.

»Willst du mich mit Essen bestechen, damit ich bei dir übernachte?«, frage ich und streiche mit einem trägen Lächeln über meinen viel zu vollen Bauch.

»Funktioniert es?«

»Frag mich morgen noch mal. Für heute bin ich pappsatt.« Ich zwinkere ihm zu. Dabei verursacht der Gedanke, jeden Abend mit Will an meiner Seite einzuschlafen, ein warmes Flattern in meiner Brust. Doch es ist nicht nur Aufregung, sondern auch ein Hauch von Angst, die mein Herz schneller schlagen lässt. Denn je mehr ich mich an das hier gewöhne, desto mehr habe ich zu verlieren.

»Apropos morgen«, sagt Will mit einem Blick auf die Uhr. »Vermutlich sollten wir so langsam ins Bett gehen, wenn du nicht wie ein Zombie auf Schlafentzug durchs Diner laufen willst.«

Ich gähne wie auf Kommando, bevor ich auf die Beine komme und mich strecke.

»Wenn es okay ist, würde ich vorher schnell duschen.« Der Sex klebt noch immer an meiner Haut. Es ist kein unangenehmes Gefühl, gleichzeitig sehnt sich mein Körper nach einer heißen Dusche. Zumal ich die Gelegenheiten, in denen mir in den vergangenen anderthalb Jahren ein eigenes Bad zur Verfügung stand, an einer Hand abzählen kann. Diesen Luxus nicht auszunutzen, wäre eine Schande.

»Klar, das Bad ist direkt gegenüber.« Er deute mit dem Kinn in Richtung der Zimmertür.

»Besteht die Möglichkeit, dass ich da draußen jemandem in die Arme laufe?«, frage ich, obwohl Will mir vorhin erklärt hat, dass sein Vater den anderen Flügel des Hauses bewohnt und die Wahrscheinlichkeit, dass er nachts über diesen Flur wandelt, vermutlich bei null liegt.

»Mein Vater macht bestimmt wieder Überstunden. Außerdem hat er sein eigenes Bad.«

Durch seine Worte beruhigt, mache ich mich auf den Weg und durchquere den Raum. Meine Finger umschließen bereits die Klinke, als mich ein Gedanke trifft, der mich dazu veranlasst, abrupt stehen zu bleiben.

Will bemerkt mein Zögern und sieht fragend zu mir herüber.

»Ich bin eigentlich nur wegen des Kuchens vorbeigekommen«, sage ich und male mit den Zehenspitzen Halbkreise auf den Teppichboden.

»Okay?« Will zieht die Stirn in Falten.

»Ich hatte nicht geplant, hier zu übernachten«, führe ich aus und zupfe an meinem Shirt.

»Willst du mir damit sagen, dass du meine emotionale Unsicherheit nicht ausnutzen wolltest, um mich zu verführen?

Wenn es das sein sollte, übernehme ich gern sämtliche Verantwortung für all meine Taten.« Er grinst mich an.

Ich schüttle halb lachend, halb seufzend den Kopf. »Nein,
Will. Was ich eigentlich sagen möchte, ist, dass ich keine Sachen zum Übernachten dabeihabe.«

Ohne einen weiteren dummen Kommentar läuft er hinüber
zu seinem Kleiderschrank und zieht ein weißes Shirt sowie eine
Boxershorts daraus hervor. Die Sachen riechen nach Lavendel
und einem Hauch von ihm. Ich widerstehe dem Drang, meine
Nase in den Stoff zu drücken und den Geruch einzusaugen, zumindest so lange, bis ich die Zimmertür hinter mir zugezogen
habe. Der Flur liegt dunkel und verlassen vor mir. Meine nackten Zehen versinken in dem dicken Teppich.

Die kalten, glatten Marmorfliesen im Badezimmer bilden
einen krassen Kontrast dazu. Der Raum ist genauso großzügig
geschnitten wie das restliche Anwesen. Ein riesiger Spiegel, der
beinahe eine komplette Wand ausfüllt, verstärkt den Eindruck
noch. In der frei stehenden ovalen Badewanne könnte man
problemlos einen Elefanten waschen. Ich entscheide mich der
Einfachheit halber für die Duschkabine. Es kostet mich mindestens eine Minute, bis ich die verschiedenen Knöpfe und
Hebel durchschaue. Wasser prasselt wie feiner Sommerregen
auf meinen Kopf, während die Kabine in warme Orangetöne getaucht wird. Am liebsten würde ich für immer unter dem Strahl
stehen bleiben.

Der Gedanke an Will, der in seinem Bett auf mich wartet,
treibt mich schließlich doch hinaus. Ich trockne mich mit einem flauschigen Handtuch ab und föhne meine Haare, bevor
ich in die Klamotten schlüpfe, die Will mir geliehen hat. Das
weiße Baumwollshirt schwingt locker um meinen Oberkörper,
die blau-weiß karierte Boxershorts verfügt glücklicherweise
über ein Band, mit dem ich den Bund zusammenfassen kann.

Nachdem ich mir die Zähne mit einer der Ersatzzahnbürs-
ten geputzt habe, die sich in dem Schränkchen unterhalb des

Waschbeckens befinden, mache ich mich auf den Rückweg. Will saugt meinen Anblick förmlich in sich auf. Obwohl ich in seinen Klamotten vollkommen verloren aussehen muss, sieht er mich mit einem Hunger in den Augen an, als würde ich heiße Dessous tragen. Mit einem bedauernden Blick auf die Uhr, die mittlerweile kurz vor zwölf zeigt, verschwindet er stattdessen ebenfalls im Bad.

Ich mache es mir in der Zwischenzeit in seinem Bett gemütlich. Mein Hinterkopf versinkt in den Daunenfedern, und mir graut jetzt schon vor der nächsten Gelegenheit, bei der ich wieder auf der dünnen Matratze auf der Rückbank meines Autos schlafen muss.

Will braucht nur halb so lange wie ich, um sich im Bad fertig zu machen. Einladend klopfe ich auf die leere rechte Bettseite, was er sich nicht zweimal sagen lässt. Mit einem großen Satz springt er auf das Bett, was die Matratze zum Schwanken und mich zum Lachen bringt. Bevor er sich neben mich legt, beugt er sich zu mir herüber und gibt mir einen zärtlichen Kuss, der nach Pfefferminze schmeckt. Mit einem zufriedenen Seufzen lässt er sich in die Kissen sinken und tastet mit der Hand nach dem Lichtschalter, bis der Raum in Dunkelheit versinkt.

»Was für ein Typ Schläfer bist du?«, frage ich. »Eher Löffelchen oder Mann mit Gottkomplex?«

»Wie schläft denn jemand mit Gottkomplex?« Ein amüsiertes Schmunzeln begleitet seine Worte.

»Na, alle viere von sich gestreckt, als gäbe es außer ihm niemanden auf der Matratze.«

Anstelle einer Antwort rollt er sich zu mir herum. Einen Herzschlag später schlingt er seine Arme um meine Taille, sodass ich mit dem Rücken an seinen Oberkörper gepresst werde. Als er seine Nase in der Kuhle zwischen meinem Hals und meinem Nacken vergräbt, breitet sich von dort aus ein Kribbeln auf meiner Haut aus. Unwillkürlich rücke ich näher an ihn heran.

»Also Löffelchen«, kommentiere ich in einem analytischen Tonfall, als würde ich Ergebnisse für eine wissenschaftliche Studie notieren. Ich kreise leicht meine Hüfte, was Will mit einem Zischen kommentiert.

»Wenn du jetzt wirklich schlafen willst, solltest du besser nicht so viel zappeln, sonst kann ich für nichts garantieren«, raunt er mir zu. Seine Lippen sind so nah an meinem Hals, dass sie die Haut bei jeder Silbe streifen. Ein warmer Schauer rieselt über meinen Rücken.

»Gute Nacht, Hemingway«, erwidere ich und umfasse seine Arme, die sich wie ein Kokon um mich schließen.

»Gute Nacht, O'Hara«, flüstert er zurück.

So miteinander verwoben schlafen wir ein.

KAPITEL 31

William

»Gut gemacht, Hemingway!« Mit diesen Worten begrüßt Tammy mich, als ich am späten Nachmittag *Patty's Pies* betrete. Den Vormittag habe ich mit Queenie bei der Tierärztin verbracht, die sich davon überzeugen wollte, dass der Gips noch an Ort und Stelle sitzt, und ihr außerdem eine Spritze gegen die Schmerzen verpasst hat. Besonders Letzteres hat ihr einen mörderischen Blick von meiner Katze und einen Kratzer am Arm eingebracht. Da Queenie mich nach der Aktion ebenfalls mit Verachtung straft, verbringt sie den Nachmittag mit Martha, die sie mit einem Stück gekochten Lachs direkt um den Finger gewickelt hat.

»Was habe ich gut gemacht?«, frage ich etwas irritiert, denn außer die Tür zu öffnen und den Gang zur Theke hinabzulaufen, habe ich nichts Nennenswertes vollbracht.

»Du und Scarlett.« Sie wackelt vielsagend mit den Augenbrauen.

»Tammy!« Scarlett, die mit einem Tablett voller leerer Teller und Tassen auf die Theke zusteuert, entbindet mich einer Antwort. Sie wirft ihrer Kollegin einen strengen Blick zu, woraufhin diese ergeben die Hände hebt, sich aber ein breites Grinsen nicht verkneifen kann. Dann entschwindet sie, Block und Kugelschreiber für die nächste Bestellung gezückt, den Gang hinunter.

»Hey.« Scarlett setzt das Tablett auf der Holzplatte ab und wendet mir ihre Aufmerksamkeit zu. Während ich noch überlege, welche Begrüßung angemessen wäre, stellt sie sich auf die Zehenspitzen und haucht einen Kuss auf meine Wange. Von der Stelle aus breitet sich ein Kribbeln bis hin zu meinen Zehen aus.

Sie hat es sich nicht anders überlegt. Der Gedanke schickt Wellen der Erleichterung durch mich hindurch. Denn auch wenn sie mir gestern versprochen hat, dass sie uns eine Chance gibt, hat ein kleiner Teil von mir Angst gehabt, dass sie diese Entscheidung im Lichte des nächsten Tages bereuen würde.

»Selber hey«, erwidere ich und streiche ihr eine vorwitzige Haarsträhne hinter das Ohr.

»Ich hoffe, es ist okay, dass ich Tammy von gestern erzählt habe?« Scarlett beißt sich auf diese hinreißende Art auf die Unterlippe.

»Kommt darauf an, wie viele Details du mit ihr geteilt hast und wie ich abgeschnitten habe«, necke ich sie.

»Alles und sehr gut.« Tammy taucht wieder neben mir auf, und ihr Grinsen ist so süffisant, dass ich um ein Haar rot anlaufe. Doch die Freude darüber, dass Scarlett es keinen Tag lang ausgehalten hat, ohne ihrer Freundin von uns zu erzählen, überlagert alles andere.

»Zu ihrer Verteidigung, ich bin wirklich sehr gut darin, sie auszuhorchen«, ergänzt Tammy.

Scarlett seufzt lediglich, bevor sie mich zu meinem neuen Stammplatz schickt und versichert, dass sie gleich bei mir ist.

Ich lasse mich auf die Sitzbank fallen, die mir in den letzten Wochen so vertraut geworden ist. Auf der ich diverse Zusammenbrüche hatte, meine Selbstzweifel in Kaffee und Kuchen ertränkt und die Freude am Schreiben wiedergefunden habe.

Aus meiner Umhängetasche ziehe ich meinen Laptop hervor und klappe ihn auf. Ein leeres Word-Dokument starrt mir entgegen. Gedankenverloren blättere ich in meinem Notizbuch, in dem ich einige Buchideen gesammelt habe. Manche sind ernst gemeint, der Großteil wurde ausschließlich zu dem Zweck erfunden, Scarlett ein Lächeln zu stehlen. Über den Rand des Bildschirms hinweg beobachte ich, wie sie voll beladen auf einen der Tische zusteuert. Sie bringt der alten Dame, die dort sitzt, eine Tasse Tee und ein Stück Kuchen. Als diese sie in ein Gespräch verwickelt, stellt Scarlett ihr Tablett auf dem Nachbartisch ab, um sich mit der Frau zu unterhalten. Dabei nimmt sie größtenteils die Rolle der Zuhörerin ein. Gelegentlich nickt sie zustimmend und lächelt ihre Gesprächspartnerin an. Als sie schließlich weiterzieht, leuchten die Augen der alten Dame.

Zuneigung durchflutet mich wie eine warme Welle. Ich glaube, ich habe noch nie einen Menschen getroffen, den ich so sehr bewundere wie Scarlett. Sie ist so unfassbar stark. Sie beschwert sich nie, obwohl sie sich tagein, tagaus im Diner die Füße wund läuft. Selbst wenn sie viel zu tun hat und ihr Kopf vermutlich voller Sorgen ist, hat sie für jeden ein Lächeln und ein paar nette Worte übrig.

Ich sehe sie an, und in diesem Augenblick weiß ich, dass ich über sie schreiben will. So lange schon suche ich nach einem Thema, über das es sich zu schreiben lohnt. Etwas, das es verdient hat, mehr Aufmerksamkeit zu bekommen. Eine Geschichte, die andere berührt. Eine Geschichte, die ich so noch nie gelesen habe. Eine Geschichte, für die ich brenne.

»Entschuldige, dass es etwas länger gedauert hat.« Scarlett stellt eine Tasse voll herrlich duftenden Kaffees und einen Teller mit Apfelkuchen auf der Tischplatte ab.

»Alles gut, du musst dich nicht entschuldigen«, erwidere ich.

»Die ältere Dame dort drüben«, sagt sie und deutet mit einem unauffälligen Nicken in die Richtung der Frau, mit der sie sich vorhin unterhalten hat, »kommt fast jeden Tag hierher, und sie ist immer allein. Ich glaube, sie hat sonst niemanden zum Reden.«

Ich nicke, während ich mich frage, wie sie die Kraft dazu aufbringt, sich um wildfremde Menschen zu sorgen, wenn offensichtlich ist, dass sie selbst genug eigene Sorgen hat.

»Und, hast du schon eine neue Idee, die du mir vorstellen willst?«, fragt sie und reckt den Hals, um einen Blick auf die noch immer schneeweiße Seite auf dem Screen des Laptops zu werfen.

»Ja und nein.«

Sie runzelt die Stirn.

»Ich weiß jetzt endlich, worüber ich schreiben will.« Ich mache eine kurze Pause. »Aber ich kann dir noch nichts darüber verraten.«

»Warum nicht? Sonst wolltest du doch auch immer, dass ich meinen Senf dazugebe. Ist es dir jetzt unangenehm, weil wir … weil ich deine …« Sie gerät ins Stocken, und ihre Wangen färben sich in dem schönsten Rotton, den es gibt.

»Weil du was bist?«, hake ich mit einem Schmunzeln nach.

»Du weißt schon.« Sie wirft mir einen vernichtenden Blick zu.

Ich beschließe, nicht weiter darauf herumzureiten, auch wenn ich das Wort Freundin zu gern aus ihrem Mund hören würde. »Nein, daran liegt es nicht. Ich will dir nur nichts Halbfertiges präsentieren«, versuche ich es mit einer Halbwahrheit.

Sie legt den Kopf schief und nickt schließlich. »Dann lasse ich dich mal schreiben«, sagt sie und klemmt sich das inzwischen leere Tablett unter den Arm.

Widerstreitende Gefühle rumoren in meinem Magen, während ich ihr nachsehe. Es fühlt sich unglaublich an, mir endlich klar darüber zu sein, woran ich arbeiten will, und zu wissen, dass es dieses Mal keine Sackgasse sein wird. Dass ich diese Geschichte beenden werde, weil sie mir wichtig ist. Gleichzeitig verkrampfen sich meine Muskeln bei dem Gedanken, was

Scarlett sagen wird, wenn sie es herausfindet. Schuld sickert durch meine Adern, obwohl ich noch kein einziges Wort geschrieben habe. Denn es ist nicht meine Geschichte, sondern ihre. Und sie weiß noch nicht einmal, dass ich sie kenne.

Aber immerhin war sie es, die einmal gesagt hat, dass ich über das wahre Leben schreiben soll. *Damit hat sie sicher nicht ihr eigenes gemeint*, meldet sich eine ätzende Stimme in meinem Kopf. Doch ich verscheuche sie. Ein Schritt nach dem anderen. Vielleicht wird sich sowieso niemand für meine Geschichte interessieren. Vielleicht wird sie in den E-Mail-Postfächern der Literaturagentinnen und -agenten, die täglich von Hunderten neuen Ideen überflutet werden, untergehen. Doch vielleicht – und ja, mir ist bewusst, wie unwahrscheinlich dieses *Vielleicht* ist – wird es meine Chance, meine Träume wahr werden zu lassen. Mit jedem Tag, der vergangen ist, habe ich mich mehr an den Gedanken gewöhnt, dass ich in die Fußstapfen meines Vaters treten werde. Diese Idee, dieser Funke, der soeben in mir aufgeleuchtet hat, gibt mir die Hoffnung zurück.

Ich nehme einen Schluck von meinem Kaffee und tippe die ersten Worte des Exposés. Es dauert nicht lange, und ich hab ein grobes Gerüst für die Geschichte. Zu Beginn begleiten wir die Protagonistin Penny, die ein normales Leben führt. Sie lebt mit ihrer Mutter in einer kleinen Stadt, geht auf das Community College und arbeitet nebenbei in einem Café, um sich etwas dazuzuverdienen. Dann wird bei ihrer Mutter eine aggressive Art von Krebs entdeckt, und Penny steckt ihre gesamte Zeit und Energie darein, ihrer Mutter die bestmögliche Behandlung zukommen zu lassen. Doch experimentelle Methoden werden von der Krankenversicherung nicht übernommen, weshalb sie immer höhere Kredite beantragen muss. Am Ende verliert Penny nicht nur ihre Mutter an die Krankheit, sondern auch das Haus an die Bank. Alles, was ihr bleibt, ist ein Berg an Schulden. Sie verlässt ihre Heimatstadt und zieht von da an mit ihrem Auto, das zu ihrem Lebensmittelpunkt wird, durch das Land.

Unterwegs lernt sie andere Menschen kennen, denen es wie ihr ergangen ist. Die ohne eigenes Verschulden auf der Straße gelandet sind. Die wegen ihres schlechten Credit Score keine Mietwohnungen mehr finden. Die durch das System gerutscht sind und trotzdem nicht aufgeben. Die Tag für Tag ihren Jobs nachgehen und sich dennoch weder ein Dach über dem Kopf noch eine warme Mahlzeit leisten können.

Über die Fragen, ob es ein Happy End geben soll und welches passend wäre, grüble ich länger. Der inzwischen kalte Kaffee und das Stück Kuchen leisten mir dabei Gesellschaft. Ich war so in meine Gedanken versunken, dass ich beides vollkommen vergessen habe. Während ich auf einem Bissen des Apfelkuchens herumkaue, lasse ich meinen Blick auf der Suche nach Inspiration durch den Raum gleiten. Er bleibt an der älteren Dame hängen, der Scarlett soeben die Rechnung bringt. Wie bereits zuvor nimmt sie sich Zeit, um die Frau abzukassieren. Und selbst nachdem die Dame bezahlt hat, verweilt Scarlett erneut für einen kurzen Plausch.

Plötzlich weiß ich, wie ich die Geschichte enden lassen will. Die Protagonistin Penny wird in einem Altenheim aushelfen, wo sie auf eine ältere Dame trifft, die keine Familie mehr hat und kaum sozialen Anschluss. Penny fühlt sich ihr augenblicklich verbunden, da sie ebenfalls oft einsam ist, seit sie auf der Straße lebt. Die beiden knüpfen eine Freundschaft, bis die alte Dame nach ein paar Monaten stirbt. Zu Pennys Überraschung hinterlässt ihre Freundin ihr ihren gesamten Nachlass. Sie nutzt das Geld, um ihre Schulden abzubezahlen. Mit dem Rest gründet sie eine Stiftung, die es sich zur Aufgabe macht, in Not geratenen Menschen bezahlbare Wohnungen zu vermitteln.

Zufrieden strecke ich meine Arme über den Kopf und dehne meine Nackenmuskulatur, die durch die nicht gerade ergonomisch geformte Sitzbank verspannt ist.

»Und, bist du fertig?« Scarlett taucht so plötzlich neben mir auf, dass ich zusammenzucke.

»Du erinnerst dich schon noch daran, dass ich ein Buch schreiben will? So ein richtiges. Mit mehr als zehn Seiten«, ziehe ich sie auf, während ich unauffällig den Laptop zuklappe.

»Ich weiß. Ich weiß. Tut mir leid. Ich bin einfach nur neugierig.« Sie zieht eine Grimasse, die mich schmunzeln lässt.

»Wie wäre es, wenn ich dich stattdessen zum Abendessen ausführe und wir danach zu mir fahren?«, schlage ich vor, um sie auf andere Gedanken zu bringen.

Sie runzelt die Stirn, als müsste sie erst über den Vorschlag nachdenken. »Wie wäre es, wenn ich Liz bitte, uns ein paar Burger zu braten, und wir direkt zu dir fahren? Ich habe gehört, wenn man sie im Bett isst, schmecken sie noch besser«, raunt sie mir zu.

»Klingt perfekt«, erwidere ich und verbringe die restlichen fünfzehn Minuten, bis Scarletts Schicht endet, damit, sie aus der Ferne anzuschmachten. Ich bin mir ziemlich sicher, dass sie genau das beabsichtigt, denn ihr Hüftschwung kommt mir heute besonders temperamentvoll vor.

***

Die nächsten Tage schleicht sich eine mir schnell lieb gewonnene Routine ein. Ich wache morgens mit Scarlett in meinen Armen auf. Während sie zur Arbeit geht, verbringe ich die Vormittage entweder mit Queenie beim Tierarzt oder zu Hause vor meinem Laptop und betreibe Recherche für mein Buch. Ich sehe mir jede Dokumentation zu dem Thema an, die ich im Netz finde. Darüber hinaus habe ich einige Artikel sowie Erfahrungsberichte von Menschen zusammengetragen, die obdachlos waren oder es noch immer sind. Bei jeder Geschichte frage ich mich unwillkürlich, welche Vergangenheit Scarlett zu schildern hätte. Welche Situationen ihr ebenso passiert sind und von welchen sie hoffentlich verschont geblieben ist.

Die Nachmittage verbringe ich in *Patty's Pies*, wo ich an dem Manuskript schreibe. Das Exposé und die dreißigseitige Leseprobe habe ich innerhalb von vier Tagen fertiggestellt und an eine Auswahl von Literaturagenturen geschickt. Seitdem update ich gefühlt alle zehn Minuten mein Postfach. Nur um jedes Mal, wenn keine E-Mail einer Agentin oder eines Agenten eingegangen ist, einen Stich der Enttäuschung zu spüren.

Natürlich weiß ich, wie unwahrscheinlich es ist, dass ich eine Antwort erhalte – noch dazu eine positive –, trotzdem ist da diese Hoffnung in mir, die sich auch durch Logik nicht davon abbringen lässt, wie eine Kerze im Windzug zu flackern. Scarlett versucht immer wieder, mich zu verleiten, ihr etwas aus meinem aktuellen Projekt zu lesen zu geben oder ihr wenigstens zu verraten, was das Thema ist, doch ich blocke jeden ihrer Versuche ab.

Dabei will ich nichts anderes, als mit ihr darüber sprechen. Allein das Wissen darum, dass ich sie damit für immer verlieren könnte, hält mich davon ab. Denn obwohl Scarlett mir nach und nach Dinge über sich und ihre Vergangenheit verrät, behält sie die Tatsache, dass sie keinen festen Wohnsitz hat, weiterhin für sich. Am liebsten will ich ihr sagen, dass sie mir vertrauen kann, doch wie kann ich ihr etwas Derartiges versprechen, wenn ich ohne ihr Wissen bereits eine Grenze übertreten habe? In diesen Momenten wünschte ich mir, dass ich mich nicht in diese ausweglose Situation gebracht hätte. Dass ich meine Neugier im Zaum gehalten und Scarlett nicht nachspioniert hätte. Dass ich Carlos niemals darauf angesetzt hätte, mehr über sie herauszufinden. Dass ich stattdessen geduldig gewartet hätte, bis sie sich mir von selbst geöffnet hätte. Dass ich ihr die Zeit gegeben hätte, die sie offenkundig braucht.

Mit jedem Kapitel, das ich virtuell zu Papier bringe, wächst meine Zerrissenheit. Baut sich ein Druck in meinem Inneren auf, von dem ich weiß, dass er irgendwann ein Ventil finden muss. Gleichzeitig ist das Schreiben wie zu einer Sucht geworden. Einmal begonnen, fließen die Worte nur so aus mir heraus. Ein steter Strom, der mich mitreißt und mich jegliches Gefühl für die Zeit und meine Umgebung vergessen lässt. Und so schiebe ich das Gespräch mit Scarlett, mein Geständnis, von Tag zu Tag, von Woche zu Woche auf.

KAPITEL 32

Scarlett

Ich blicke hinüber zu der Sitzecke, in der Will wie jeden Nachmittag über seinen Laptop gebeugt sitzt und mit einer Geschwindigkeit auf die Tastatur einhämmert, dass mir allein vom Zusehen schwindelig wird. Der Kaffee, den ich ihm vor drei Stunden
gebracht habe, steht noch immer unangetastet neben ihm.

Ein Lächeln legt sich wie von selbst auf meine Lippen. Zu
sehen, wie Will in seiner Geschichte aufgeht, erfüllt mich mit
einer hoffnungsvollen Wärme. Ich wünsche ihm so sehr, dass
er seine Träume leben kann. Dass er den Deal mit seinem Vater
erfüllt.

Als hätte er meine Gedanken gehört, sieht Will in diesem Augenblick auf. Er blinzelt ein paarmal, als ob er aus einem Traum
erwachen würde. Dann schenkt er mir ein strahlendes Lächeln.
Eines der Sorte, das mein Herz schneller schlagen lässt und
nach dem ich in den letzten Wochen süchtig geworden bin.

Nachdem ich sichergestellt habe, dass meine anderen Gäste
versorgt sind, schlendere ich zu Wills Sitznische hinüber.

»Soll ich dir eine neue Tasse Kaffee bringen?«, frage ich und
deute auf das fast volle Getränk, das mittlerweile vermutlich einem Eiskaffee nahekommt.

»Das passt schon, mir geht es sowieso nur um das Koffein. Für den Geschmack habe ich ja den hier.« Er deutet auf seinen Teller, auf dem nur noch ein kleiner Rest Apfelkuchen übrig ist. Es überrascht mich jedes Mal aufs Neue, mit welcher Geschwindigkeit Will Süßspeisen verschlingen kann.

»Hast du den Kuchen nicht bald mal über?«, frage ich grinsend.

Will schüttelt den Kopf, in seinen Augen blitzt Empörung auf. »Es gibt nur zwei Dinge, von denen ich nie genug bekomme«, sagt er mit einem spitzbübischen Grinsen.

Obwohl ich seine Antwort zu erahnen glaube, tue ich ihm den Gefallen und frage: »Und die wären?«

»Kuchen und natürlich deine Wenigkeit.« Seine Augen leuchten in diesem warmen Kastanienbraun, das meine Knie weich werden lässt.

»Dann hättest du dir dein Stück Kuchen besser für später aufheben sollen, denn auf mich wirst du heute Abend verzichten müssen.«

Nachdem ich die letzten drei Wochen jede freie Minute mit Will verbracht habe, bin ich heute mit Tammy auf einen Feierabenddrink verabredet. Auch wenn sie sich niemals beschweren würde, ist mir bewusst, dass ich sie schmerzlich vernachlässigt habe. Die Vorfreude, die ihr Gesicht zum Strahlen gebracht hat, als ich ihr den Vorschlag unterbreitet habe, hat mein schlechtes Gewissen zusätzlich befeuert.

»Bist du sicher, dass du danach nicht noch vorbeikommen möchtest?«, fragt Will und setzt einen Welpenblick auf.

»Ich weiß nicht, wie spät es heute Abend wird. Es ist einfacher, wenn ich zur Abwechslung mal bei mir schlafe.« Es war erstaunlich leicht, mein Geheimnis vor Will zu verbergen. Er hat nicht ein Mal den Umstand hinterfragt, dass wir uns immer bei ihm treffen und nie bei mir.

Mit jeder Nacht, die ich in dem Haus verbringe, fühle ich mich weniger wie ein Eindringling. Das könnte eventuell auch damit zusammenhängen, dass wir Wills Zimmer so gut wie nie verlassen. Seinen Eltern bin ich bisher nicht über den Weg gelaufen. Seine Mutter residiert zurzeit in den Hamptons oder in der Karibik, ganz sicher war sich Will nicht. Sein unbekümmerter Tonfall konnte nicht darüber hinwegtäuschen, wie sehr es ihn verletzt, nicht einmal zu wissen, wo sie sich gerade aufhält.

Obwohl sein Vater theoretisch im selben Haus wohnt, bin ich ihm ebenfalls noch nicht begegnet. Laut Will ist er oft geschäftlich unterwegs. Wenn er doch mal in L. A. ist, arbeitet er bis tief in die Nacht hinein. Ich muss gestehen, dass mich die Aussicht auf ein mögliches Zusammentreffen mit seinem Vater mit Nervosität und Unruhe erfüllt. Die Bilder von ihm, die ich im Haus gesehen habe, zeigen einen stolzen Mann, der sich seiner Stellung in der Gesellschaft nur allzu deutlich bewusst ist. Er wäre sicher nicht begeistert, wenn er herausfindet, dass sein Sohn mit einer einfachen Kellnerin zusammen ist. Über das, was er dazu sagen würde, dass ich nur ein Autodach über dem Kopf habe, will ich lieber nicht nachdenken.

»Queenie wird dich vermissen«, sagt Will und holt mich damit aus meinen Gedanken zurück ins Diner.

»Queenie wird sich freuen, dass sie das Bett mal wieder für sich hat«, erwidere ich, was uns beide zum Schmunzeln bringt.

»Na gut, dann mache ich mich jetzt auf den Heimweg.« Will spießt das letzte Stück Kuchen mit der Gabel auf und versenkt es in seinem Mund. Noch immer kauend, packt er den Laptop und das Notizbuch in seine Umhängetasche. Als er mir zum Abschied einen Kuss gibt, schmecken seine Lippen nach Äpfeln und Zimt.

Noch während ich ihm hinterhersehe, wie er zur Tür läuft, breitet sich Sehnsucht in mir aus.

***

»Was denkst du, worüber er schreibt?« Tammy nimmt einen Schluck von ihrem Cocktail, der trotz der gedimmten Lichter des Clubs in einem aggressiven Neontürkis leuchtet. Heute gab es zwar keinen Gratisdrink im *Blue Trumpet*, aber da uns die Atmosphäre und die Musik das letzte Mal so gut gefallen haben, haben wir den Club zu unserem Stammlokal erklärt.

»Ich habe nicht die geringste Ahnung. Er will mir nicht einmal den kleinsten Hauch eines Hinweises geben«, erwidere ich und kann meinen Unmut über diese Tatsache nicht verbergen.

»Vielleicht schreibt er einen Erotikroman, und es ist ihm peinlich.« Tammy grinst breit, während sie aus der Schale, die der Kellner uns zusammen mit den Getränken gebracht hat, eine Handvoll gesalzener Erdnüsse fischt.

»Klar, er schreibt bestimmt den neuen *Fifty Shades of Grey*.« Ich rolle mit den Augen, muss bei dem Gedanken daran aber trotzdem schmunzeln.

»Hm ...« Tammy tippt nachdenklich mit dem Zeigefinger gegen ihr Glas, bis sich ihre Miene aufhellt. »Vielleicht geht es um dich.«

Mein Herz setzt mehrere Takte aus, bevor es mit der Gewalt einer Büffelherde davongaloppiert. Plötzlich fühlt es sich an, als wäre nicht genug Sauerstoff in dem Raum, der so früh am Abend verhältnismäßig leer ist.

»Was?«, krächze ich.

»Na, vielleicht schreibt er über eure epische Liebesgeschichte. Die Kellnerin aus einfachen Verhältnissen trifft auf den Prinzen von Bel-Air.« Sie zuckt mit den Schultern.

Der Druck auf meiner Brust, der mir das Atmen erschwert hat, weicht. Mit zittrigen Fingern greife ich nach meinem Glas und nehme einen großen Schluck von meinem Gin Tonic. Der Alkohol spült auch die letzten Reste der Panik hinfort, die bei Tammys Worten in mir hochgekocht ist.

»Prinz von Bel-Air? Übertreibst du jetzt nicht etwas?«, frage ich gespielt amüsiert, obwohl mein Herzschlag noch immer einen Tick zu schnell ist, um als normal durchzugehen.

»Du hast gesagt, dass er in einem Palast wohnt.« Sie deutet mit einer Erdnuss auf mich, bevor sie sich den Snack in den Mund wirft.

»Ein Palast macht noch keinen Prinzen«, erwidere ich mit einem Zwinkern. »Außerdem hält sich Will von jeglichen öffentlichen Events und allem, was mit der High Society von Los Angeles in Verbindung steht, möglichst fern. Ich bin mir nicht mal sicher, ob er einen Anzug besitzt.« Bei dem Gedanken an Will in Hemd und Sakko breitet sich ein warmes Kribbeln in meinem Magen aus, das nichts mit dem Longdrink vor mir zu tun hat.

»Schade, die Cinderella-Story kommt immer gut«, kommentiert meine Freundin. »Dann ist es wohl doch keine autobiografische Liebesgeschichte.«

»Er hat versprochen, dass ich es lesen darf, sobald er fertig ist, und so schnell, wie er aktuell schreibt, kann es nur noch eine Frage von wenigen Wochen sein.« Solange werde ich meine Neugierde so gut wie möglich zügeln. Auch wenn ich es nicht lassen kann, ihn immer wieder mit zweideutigen oder sehr eindeutigen Angeboten zu ködern.

»Ich setze alles auf den Erotikroman«, sagt Tammy, bevor sie einen weiteren Schluck von ihrem schlumpfblauen Getränk nimmt.

»Jetzt aber genug von Will, lass uns lieber über dich sprechen. Ich weiß, ich war in den letzten Wochen keine besonders aufmerksame Freundin.« Schuldbewusst beiße ich mir auf die Unterlippe.

»Seth hat beschlossen, dass er Astronaut werden will, weshalb ich nächstes Wochenende zusammen mit ihm sein Kinderzimmer in einem galaktischen Dunkelblau streichen darf. Wusstest du, dass es zwischen hundert und zweihundert Milliarden Sterne in der Milchstraße gibt?« Als ich mit einem Schmunzeln den Kopf schüttle, weil ich ahne, worauf sie hinauswill, fährt sie fort: »Glücklicherweise konnte ich Seth davon überzeugen, dass wir nur die zehn größten Sternbilder an die Wand kleben.«

»Wenn du Hilfe brauchst, sag Bescheid«, biete ich pflichtschuldig an. Die letzten drei Wochen habe ich meine Freizeit ausschließlich mit Will verbracht, und obwohl ich keine Sekunde missen möchte, meldet sich das schlechte Gewissen. Immerhin ist Tammy die erste Person, die ich seit über anderthalb Jahren meine Freundin nennen darf.

»Genieß du lieber die Rosarote-Brillen-Phase.« Sie seufzt. »Ich muss mich in der Zwischenzeit wohl damit abfinden, dass ich erst wieder datingfähig bin, wenn Seth volljährig und auf dem College ist.«

»Datingfähig? Was soll das denn bedeuten?«, hake ich stirnrunzelnd nach.

»Nach unserem Gespräch neulich habe ich mich getraut und einen Zeh in das Dating-Haifischbecken gehalten.« Tammy zupft mit den Fingernägeln an dem Pappuntersetzer herum.

»Und wie lief es?«

»Ich war mit zwei Typen aus, und sobald ich Seth erwähnt habe, sind beide schneller verschwunden, als man Single-Mom sagen kann.« Sie trinkt den Rest ihres Cocktails mit einem großen Schluck leer.

»Dann waren das eben zwei Nieten. Ich bin mir sicher, dass es da draußen genug Männer gibt, die sich von einem süßen Vierjährigen nicht abschrecken lassen.« Ich greife über die Tischplatte nach ihrer Hand und drücke sie.

Tammy sieht mich wenig überzeugt an.

»Lass uns das Ganze doch einfach analytisch betrachten. Fangen wir bei der Quelle an: Worüber hast du versucht, Männer kennenzulernen?«, frage ich.

»Du willst mein quasi nicht existentes Liebesleben analysieren?« Tammy gibt ein Geräusch von sich, das irgendwo zwischen Lachen und Schnauben liegt.

Ich nicke. »Du bist eine wundervolle Frau, und ich bin mir sicher, dass wir noch heute mindestens drei Männer finden, die das genauso sehen. Also, wo hast du deine letzten Dates aufgegabelt?«

»Tinder«, murmelt sie, als wäre ihr die Erwähnung der Dating-App peinlich.

»Ich bin zwar keine Expertin auf dem Gebiet, aber was man so hört, sind mehr als die Hälfte der Männer, die sich da herumtreiben, nicht an einer Beziehung, sondern eher an einer schnellen Nummer interessiert.«

»Vielleicht nicht jeder zweite, aber bei der Anzahl an Oben-ohne-Profilbildern kann man schon den Eindruck bekommen, dass es sich um die männliche Variante des Playboys handelt.« Tammy grinst.

»Gibt es nicht auch eine App, die sich auf Alleinerziehende spezialisiert hat? Heutzutage leben so viele Eltern getrennt voneinander, da sollte es doch eine Nachfrage geben.«

»Auf die Idee bin ich gar nicht gekommen.« Meine Freundin schnappt sich ihr Handy und beginnt darauf herumzutippen. Keine halbe Minute später hellt sich ihre Miene auf. »Du hast recht.«

»Dann weiß ich schon, was wir heute Abend machen.« Ich grinse Tammy breit an und rutsche mit dem Stuhl zu ihr hinüber, um einen Blick auf ihr Display zu werfen.

Zehn Minuten später haben wir Tammy ein Profil eingerichtet. Weitere dreißig Minuten später hat sie bereits fünf Matches. Am Ende des Abends leuchten die Augen meiner Freundin voller Hoffnung und Selbstvertrauen.

Als wir uns um kurz vor zwölf vor dem Club verabschieden, zieht sie mich in eine innige Umarmung.

»Danke, dass du mir immer wieder einen Tritt in den Allerwertesten gibst«, nuschelt sie in mein Haar, bevor wir uns voneinander lösen.

»Ebenso«, erwidere ich grinsend.

»Ich bin wirklich froh, dass der Wind dich nach Los Angeles geweht hat.«

»Ebenso«, wiederhole ich und genieße das Gefühl von Wärme, das meinen gesamten Körper durchdringt. Genieße die Gewissheit, dass ich genau hierhergehöre. An diesen Ort und zu diesen Menschen.

KAPITEL 33

William

»Du schreibst ein Buch über sie, und sie weiß nichts davon?!«
Carlos stellt die Bierflasche, die er eben an seinen Mund heben
wollte, mit einem so lauten Knall auf der Tischplatte ab, dass
sich zwei Gäste am Nachbartisch zu uns umdrehen.

»Es ist kein Buch über sie. Es ist nur von ihrer Geschichte in-
spiriert«, stelle ich klar und merke selbst, wie schwach diese
Rechtfertigung klingt.

»Ich bin mir sicher, dieses kleine Detail wird sie bestimmt
darüber hinwegtrösten, dass du sie ungefragt als Inspirationsquelle missbraucht hast.« Mein Freund hebt spöttisch die Augenbrauen und nimmt kopfschüttelnd einen Schluck von seinem Bier.

»Ich weiß, es ist nicht ideal«, sage ich und kratze mit den
Fingernägeln an dem Etikett meiner eigenen Flasche herum.
Nicht ideal ist die Untertreibung des Jahrhunderts. Aktuell fühlt
es sich eher so an, als würde ich mit einem herabbrennenden
Streichholz in einer Lache aus Benzin stehen. Nur Sekunden
davon entfernt, alles in die Luft zu jagen.

»Bitte sag mir, dass du einen Plan hast.« Carlos mustert mich
mit einer Mischung aus Mitleid und Neugier.

»Erst mal werde ich das Buch fertigstellen. Vielleicht will es sowieso niemand verlegen, dann verschwindet es in meiner Schublade, und Scarlett wird es nie erfahren.« Ich zucke mit den Schultern, so als wäre es keine große Sache, dabei zieht sich bei dem Gedanken daran mein Magen zusammen. Es geht mir nicht mehr nur darum, den Deal mit meinem Vater zu erfüllen. Das Thema Obdachlosigkeit ist zu wichtig, um es einfach fallen zu lassen. Scarletts Schicksal hat mir die Augen geöffnet, und ich hoffe, dass dieses Buch das Gleiche bei vielen anderen Leserinnen und Lesern bewirken kann. Dass es ein Bewusstsein schafft für diejenigen, die weniger Glück in ihrem Leben hatten. Die vom System vergessen worden sind. Die ins Abseits gedrängt wurden, oft ohne eigenes Verschulden.

Gleichzeitig ist mir bewusst, dass ich nicht besser bin, wenn ich aus ihren Geschichten Profit schlage. Denn sollte aus der Idee wirklich ein Manuskript und später ein Buch werden, würde sich das mehr als nur falsch anfühlen. Wenn ich auch in Zukunft nachts ruhig schlafen will, muss ich einen Weg finden, mit dem Buch und den Umsätzen etwas Gutes zu tun. Es sollte mehr bedeuten als nur den Sieg über meine Blockade und über meinen Vater.

Der Gedanke wabert schon in meinem Bewusstsein umher, seit ich beschlossen habe, die Idee niederzuschreiben. Wenn ich die Geschichte wirklich authentisch erzählen will, muss ich mit jemandem sprechen, der sie erlebt hat. Muss ich mit möglichst vielen verschiedenen Menschen sprechen und sie nach ihrer Vergangenheit und ihren Schicksalsschlägen fragen. Nur so kann ich ihnen gerecht werden.

Dass ich ausgerechnet die Person, auf deren Geschichte mein Buch basiert, nicht fragen kann, ist mehr als ironisch. Es fühlt sich so falsch an, dass sich mein Magen zusammenzieht.

»Und wenn sich doch jemand dafür interessieren sollte?« Carlos' Worte lösen einen Orkan an widersprüchlichen Gefühlen in meinem Inneren aus. Ein aufgeregtes Kribbeln voller Vorfreude und Stolz gepaart mit Unruhe und der Sorge, mit dem Erreichen meines größten Traums die Frau zu verlieren, die mir so unfassbar viel bedeutet.

»Dann bin ich am Arsch«, sage ich und fahre mir über meine kurz geschorenen Haare.

Carlos lacht.

»Ich wünschte einfach, sie würde mir so sehr vertrauen, dass sie mir ihr Geheimnis anvertraut«, sage ich, begleitet von einem Seufzen. »Die letzten Wochen konnte ich sie davon überzeugen, bei mir zu übernachten, aber heute ist sie mit einer Freundin ausgegangen und will daheim schlafen.« Ich male Anführungszeichen in die Luft, da uns beiden klar ist, was das zu bedeuten hat. »Es macht mich fertig, zu wissen, dass sie die Nacht auf irgendeinem Parkplatz verbringt. Zu wissen, dass sie nicht sicher ist.«

»Na, zumindest erklärt das, warum du endlich mal auf eine meiner zahlreichen Nachrichten reagiert hast.« Carlos verzieht die Lippen zu einem Schmollmund.

Das schlechte Gewissen macht sich in mir breit. Denn er hat nicht unrecht. Seitdem das mit Scarlett und mir offiziell ist, habe ich jede freie Minute mit ihr verbracht und meinen besten Kumpel sträflich vernachlässigt. Dass ich auf seine Einladung, uns im *Black Orchid* zu treffen, eingegangen bin, hat hauptsächlich damit zu tun, dass ich der gefährlichen Gedankenspirale entkommen wollte, die mir immer wieder Scarlett in den schlimmsten Situationen vorgespielt hat.

»Entschuldige, ich weiß, ich war kein besonders guter Freun-«

Carlos macht eine wegwerfende Handbewegung und unterbricht mich. »Schon in Ordnung. Aus mir spricht nur der Neid. Die einzigen weiblichen Wesen, die mich aktuell auf Trab halten, sind zwei pubertierende Sechzehnjährige, die gerade ein zweiwöchiges Sommerpraktikum bei uns machen. Und dreimal darfst du raten, wer die ehrenvolle Aufgabe hat, Kindergärtner zu spielen.« Er deutet mit beiden Zeigefingern auf sich, ohne mir die Chance zu geben, auf seine rhetorische Frage zu antworten.

»Wie bist du denn zu dieser fragwürdigen Ehre gelangt?«

»Das ist eine lange Geschichte.« Ein kurzes Zucken seiner Mundwinkel lässt mich hinterfragen, ob er an seiner Aufgabe als Lehrer nicht doch Gefallen gefunden hat. »Aber das erzähle ich dir ein andermal. Lass uns lieber über die wirklich wichtigen Dinge des Lebens sprechen: Hast du das Spiel der Dodgers gesehen?« Carlos' Augen leuchten bei der Erwähnung seiner Lieblingsbaseballmannschaft auf.

Als ich verneine, überschüttet mich mein Freund erst einmal mit einer Salve an Vorwürfen. Normalerweise verpassen wir kein Spiel, doch im Moment schwirren mir so viele andere Dinge im Kopf herum, dass für Baseball kein Platz ist. Dafür bringt mich Carlos in der nächsten halben Stunde auf den neuesten Stand, und zum ersten Mal an diesem Abend löst sich die Anspannung, die meinen Magen wie ein Schraubstock umklammert gehalten hat.

***

Am nächsten Morgen wache ich mit leichten Kopfschmerzen auf. Möglicherweise war die fünfte Flasche Bier gestern Abend ein Fehler. Immerhin hat sie dafür gesorgt, dass ich wie ein Stein in mein Bett gefallen und direkt eingeschlafen bin. Bei dem Blick auf die verwaiste linke Bettseite kehrt die Unruhe zurück. Ich greife nach meinem Handy auf dem Nachttisch und entsperre den Bildschirm. Erleichterung macht sich in mir breit, als mir Scarletts Name entgegenleuchtet.

Scarlett: Guten Morgen, Langschläfer. Sehe ich dich später?

Sie hat mir die Nachricht vor einer halben Stunde geschickt. Da es mittlerweile elf Uhr ist, habe ich mir die Bezeichnung vermutlich mehr als verdient. Schnell tippe ich eine Antwort.

> **Will:** Guten Morgen, früher Vogel. Natürlich komme ich später vorbei. Du weißt doch, ohne Kaffee und mein tägliches Stück Apfelkuchen bin ich nur ein halber Mensch.

Bei dem Gedanken daran, sie in wenigen Stunden wiederzusehen, breitet sich ein Flattern in meiner Brust aus. Obwohl wir seit Wochen jeden Tag und so gut wie jede Nacht zusammen verbringen, gerät mein Herzschlag bei ihrem Anblick regelmäßig aus dem Takt. In der Vergangenheit war ich zwar schon mit anderen Frauen zusammen, aber nie zuvor hat es sich so angefühlt. Als würde Scarlett einen Teil meines Herzens erreichen, von dessen Existenz ich nichts gewusst habe.

Mit einem Lächeln auf den Lippen stehe ich auf und tausche die Schlafshorts gegen eine bequeme Jogginghose. Das Handy verstaue ich in der Hosentasche. Queenie begrüßt mich mit einem Maunzen, das so herzerweichend ist, dass man meinen könnte, sie müsse seit Tagen Hunger leiden – was definitiv nicht der Fall ist. Besonders Scarlett fällt immer wieder auf ihre Tricks herein und verwöhnt sie mit allerlei Leckerlis. Ich gehe neben meiner Katze in die Hocke und wuschle ihr durch das weiche Fell.

»Sobald du den hier los bist, geht es für dich erst mal ins Bootcamp, Specki«, sage ich und deute auf ihr Gipsbein.

Queenie ignoriert die wenig subtile Andeutung auf ihre Gewichtszunahme gekonnt, indem sie ihr Köpfchen an meinem ausgestreckten Zeigefinger reibt. Ich bin gerade im Begriff, nach dem Beutel mit getrockneter Entenbrust zu greifen – denn wem will ich etwas vormachen, diese Katze hat auch mich um den Finger gewickelt –, da fängt mein Handy an zu vibrieren. Mit der freien Hand ziehe ich das Gerät aus der Hosentasche.

Doch statt einer weiteren Nachricht von Scarlett leuchtet mir eine Benachrichtigung meiner E-Mail-App entgegen. Die ersten Worte des Betreffs lassen meinen Herzschlag in die Höhe schnellen: *AW: Manuskriptangebot ...* Danach endet die Vorschau.

Mit zittrigen Fingern drücke ich auf die Notification. Diese E-Mail könnte alles verändern. Oder einfach eine automatische Absage beinhalten.

Alles um mich herum verschwimmt, als ich die Nachricht lese. Dann ein zweites und sicherheitshalber noch ein drittes Mal.

Hallo, Herr Walker,

ich möchte Ihnen mitteilen, dass Ihr Manuskript unser Interesse geweckt hat und wir gern mehr darüber erfahren möchten.

Könnten wir einen Telefontermin vereinbaren, um Ihr Manuskript und mögliche nächste Schritte zu besprechen? Ich bin heute Nachmittag ab 14 Uhr gut erreichbar. Falls das zu spontan sein sollte, schicken Sie mir gern einen alternativen Terminvorschlag.

Ich freue mich, von Ihnen zu hören.

Janine Hart

Inkwell Literaturagentur

Jemand interessiert sich wirklich für meine Geschichte. Es schwarz auf weiß vor mir zu haben, ist ein überwältigendes Gefühl. Mein Herz trommelt unkontrolliert in meiner Brust. Meine Gedanken überschlagen sich. Natürlich habe ich darauf gehofft, trotzdem waren da immer die Unsicherheit, die Zweifel, die an mir genagt haben. Die beständig gemurmelt haben, dass es wie beim letzten Mal laufen wird. Dass es wieder nicht reicht.

Ich tippe sofort eine Nachricht an Janine und akzeptiere ihr Angebot, direkt heute noch zu telefonieren. Denn auch wenn ihr das vermutlich offenbart, wie verzweifelt ich mir wünsche, dass eine Zusammenarbeit zustande kommt, ist jede Stunde des Wartens eine Qual. Vermutlich würde ich auf dem Weg zu *Patty's Pies* versehentlich mit einer Palme kollidieren, so abgelenkt wäre ich. Ganz davon abgesehen, dass ich meine Aufregung nur schwer vor Scarlett würde verbergen können.

Der Gedanke an sie versetzt meinem Höhenflug einen empfindlichen Dämpfer. Sie ist die Person, der ich als Erstes davon erzählen will. Gleichzeitig ist sie die Person, die als Letztes davon erfahren darf. Ich bin mir mehr als nur bewusst, dass ich gerade dabei bin, alles an die Wand zu fahren.

Ich muss endlich mit Scarlett sprechen. Aber nicht jetzt. Nicht heute. Bald.

***

»Hallo, William Walker hier.« Ich tippe unruhig mit den Fußspitzen auf dem Boden herum, um der Nervosität ein Ventil zu geben. Die letzten paar Stunden habe ich damit zugebracht, an meinem Manuskript zu feilen, mich auf das Gespräch vorzubereiten und eine Schneise in den Teppichboden zu laufen.

»Hallo, hier ist Janine Hart von der Inkwell Literaturagentur. Schön, dass es so schnell geklappt hat. Ich würde mich gern mit Ihnen über Ihr Manuskript unterhalten. Ist es okay, wenn ich Will sage?«

»Ja, natürlich.« Sie dürfte mich auch Bugs Bunny oder Tinkerbell nennen.

»Ich habe dein Exposé gelesen und bin begeistert. Das Thema Obdachlosigkeit ist sehr spannend. Es ist direkt am Puls der Zeit, gleichzeitig hast du es wunderbar verpackt in dieses mitreißende Schicksal der Protagonistin Penny. Ich habe gestern Überstunden gemacht, weil ich mich nicht von der Leseprobe trennen konnte.« In Janines Worten schwingt so viel Euphorie mit, dass ich im ersten Augenblick nicht glauben kann, dass sie wirklich von meiner Geschichte spricht.

»Danke schön. Das freut mich zu hören. Und tut mir leid wegen der Überstunden«, erwidere ich in dem Versuch, sie nicht merken zu lassen, wie durcheinander ich bin. Mein Herz schlägt viel zu schnell in meiner Brust. Meine Handflächen sind feucht.

»Da ist noch eine Sache, die mich interessiert. Bist du zufälligerweise verwandt mit Samuel Walker von der Walker Real Estate Corporation?«

Mein Herz setzt einen Schlag aus. Das Hochgefühl, das Janines Worte in mir ausgelöst haben, sackt so schnell ab wie ein Flugzeug, das in ein Luftloch geraten ist.

»Samuel Walker ist mein Vater.« Meine Stimme ist spröde. Die Worte verhaken sich in meiner Luftröhre. Wenn es ein Thema gibt, über das ich nicht reden will, ist es mein Vater.

»Interessant«, murmelt Janine. »Weiß er von deinem Buch?«

Meine Schultern verkrampfen sich. Mir ist klar, worauf sie mit ihren harmlos wirkenden Fragen hinauswill. Das Thema Obdachlosigkeit aufgrund von schlechten Credit Scores ist eines, das ein schlechtes Licht auf die Walker Real Estate Corporation werfen könnte. Vermutlich will sie abklopfen, ob mein Vater einen Risikofaktor darstellt. Ob er dem Ganzen einen Riegel vorschieben könnte, um die Reputation seines Unternehmens nicht zu gefährden.

Doch dann schleicht sich ein anderer Verdacht hinterrücks an mich heran. Was, wenn sie das Projekt nur deswegen spannend findet? Weil es durch meine persönliche Beziehung zu dem Immobilienunternehmen noch mehr Brisanz erhält?

Alles in mir verkrampft sich. Der Gedanke, dass nicht meine Geschichte, sondern mein Nachname der entscheidende Punkt sein könnte, warum sich Janine gemeldet hat, ist zu schmerzhaft, um ihn zuzulassen.

»Mein Vater hat mich sogar dazu ermutigt, mich auf einen Vertrag zu bewerben«, dehne ich die Wahrheit zu meinen Gunsten aus. Denn natürlich habe ich ihm nicht erzählt, worüber ich schreibe. Unser Deal besagt nur, dass ich etwas geschrieben haben muss und es unter Vertrag bekomme.

»Interessant«, murmelt Janine erneut. »Hast du zufälligerweise noch mehr als die dreißig Seiten Leseprobe?«

»Ich habe aktuell etwa ein Drittel des Romans geschrieben. Das Manuskript ist aber erst in der Rohfassung«, antworte ich wahrheitsgemäß, obwohl ich wünschte, dass ich ihr direkt im Anschluss an unser Gespräch das komplette Buch schicken könnte. Jetzt, da sich das Gespräch wieder auf sicheres Terrain zubewegt, lockert sich meine Muskulatur langsam.

»Wie sieht es mit anderen Manuskripten aus? Sie müssen auch nicht veröffentlicht sein«, fragt Janine nach.

Kurz erwäge ich, ihr das Manuskript vorzustellen, mit dem ich mich nach der Highschool beworben habe, doch dann verwerfe ich den Gedanken sofort wieder. Die vernichtenden Worte des Agenten sitzen noch immer zu tief, als dass ich es wagen würde. Was, wenn er recht hatte und die Geschichte nur für den Mülleimer taugt?

»Bisher habe ich nur Kurzgeschichten geschrieben«, gebe ich daher zu, obwohl ich ahne, worauf ihre Fragen abzielen. Sie will wissen, ob ich in der Lage bin, eine Geschichte zu Ende zu schreiben. Immerhin wäre ich nicht der erste Möchtegernschriftsteller, der nicht das Durchhaltevermögen besitzt, einen Roman zu beenden.

Ich höre ein Klackern, als würde sie mit den Fingernägeln auf eine Tischplatte trommeln. »Was schätzt du, wie lange wirst du brauchen, bis du mir ein vollständiges Manuskript schicken kannst?«, fragt sie schließlich.

Aktuell schaffe ich etwa zweitausend Wörter pro Tag. Fünfundzwanzigtausend habe ich bereits virtuell zu Papier gebracht. Selbst wenn ich drei bis vier Pausentage einrechne, könnte ich die Geschichte in weniger als einem Monat herunterschreiben. Dann noch ein paar Tage für die Überarbeitung und sicherheitshalber etwas Puffer on top.

»In fünf bis sechs Wochen könnte ich einen ersten Entwurf schicken«, erwidere ich in dem gleichen geschäftsmäßigen Tonfall, den mein Vater bei Verhandlungen an den Tag legt.

Janine pfeift durch die Zähne. »Du bist ja ganz schön flott unterwegs. Gefällt mir.« Sie macht eine Sprechpause, die vermutlich höchstens zehn Sekunden andauert, mir aber endlos vorkommt. In meinem Kopf spiele ich bereits ein Szenario durch, in dem ich meinem Vater einen Verlagsvertrag auf den Tisch knalle und wie ein Flummi durch sein Büro hüpfe.

»Okay, was hältst du davon: Du schreibst die Geschichte in den nächsten Wochen fertig, und ich lasse parallel schon mal einen Vertrag aufsetzen. Wenn für beide Seiten am Ende alles passt, nehme ich dein Exposé mit auf die nächste Buchmesse und stelle es den Verlagen vor. Wie klingt das für dich?«

Ich glaube, in meinem Kopf ist soeben eine Sicherung durchgebrannt, denn meine Synapsen feuern Signale mit der Geschwindigkeit von Überschallraketen durch mein Nervensystem. Passiert das gerade wirklich? Hat Janine mir wirklich einen Vertrag in Aussicht gestellt?

»Das klingt nach einem fairen Angebot«, presse ich hervor, obwohl die zutreffendere Antwort lauten müsste: *Heilige Scheiße, ja!*

»Wunderbar. Dann freue ich mich schon auf den Rest der Geschichte«, sagt Janine.

Ihre Verabschiedung bekomme ich nur am Rande mit. Mein Gehirn ist bereits vollauf damit beschäftigt, den Szenenplan für die nächsten beiden Kapitel auszuarbeiten.

Endorphine wirbeln durch meinen Organismus. Mein Herz schlägt so schnell, dass es sicherlich gesundheitsgefährdend ist. Mit einem einzigen Telefonat ist mein Traum in greifbare Nähe gerückt. Obwohl ich seit drei Wochen jeden Tag mein E-Mail-Postfach checke, habe ich doch nie wirklich mit einer Antwort gerechnet. Dass es jemanden gibt, der an meine Geschichte glaubt, fühlt sich unglaublich an. All der fehlende

Rückhalt und die spitzen Kommentare meines Vaters sind wie ausradiert.

Voller Elan setze ich mich mit meinem Laptop an den Schreibtisch und beginne zu tippen.

KAPITEL 34

Scarlett

»Warum siehst du mich die ganze Zeit so merkwürdig an? Habe ich etwas im Gesicht kleben?« Ich reibe mir mit dem Handrücken über meine Wange, um sicherzugehen, dass keine Toastkrümel des Sandwiches daran hängen, das ich mir zwischen zwei Bestellungen in den Mund geschoben habe.

Tammy senkt ertappt den Blick, doch das Lächeln bleibt auf ihren Lippen. »Entschuldige, ich war mit meinen Gedanken gerade woanders.«

»Bei Alejandro?«, hake ich nach und möchte mir am liebsten zum wiederholten Mal selbst auf die Schulter klopfen. Seitdem Tammy Alejandro auf der Dating-App für Alleinerziehende entdeckt hat, die ich ihr vor ein paar Wochen heruntergeladen habe, ist sie wie ausgewechselt. Mehrmals am Tag ertappe ich sie dabei, wie sie mit einem verträumten Grinsen in die Luft starrt oder fröhlich vor sich hin pfeifend durch die Gänge tänzelt.

»Vielleicht. Vielleicht auch nicht.« Tammy zuckt mit den Schultern.

»Wie lief eigentlich das Treffen mit Seth und Ricardo?« Nachdem es zwischen Alejandro und meiner Freundin direkt beim ersten Date gefunkt hat und sie sich seitdem schon mehrmals getroffen haben, haben sie gestern zum ersten Mal ihre Söhne einander vorgestellt. Tammy war deshalb so nervös, dass sie jede zweite Bestellung durcheinandergebracht hat, was uns einige Stücke Apfelkuchen aufs Haus gekostet hat.

»Gut, vielleicht sogar etwas zu gut.« Meine Freundin zieht eine Grimasse.

»Aber das ist doch super, wenn sie sich verstehen, oder?«

»In der Theorie schon. Praktisch heißt es, dass Alejandro und ich unseren Espresso mit Salz statt mit Zucker getrunken haben und danach unfreiwillige Teilnehmer des Spiels *Wie-erschrecke-ich-meine-Eltern-am-besten* geworden sind. Ich habe das dumpfe Gefühl, dass die beiden mir noch so einige graue Haare bescheren werden.« Das Lächeln, das dabei ihre Miene erhellt, verrät mir, dass ein Teil von ihr sich darauf freut.

»Das mit den grauen Haaren kann ich nachvollziehen«, erwidere ich mit einem gespielten Seufzen.

Tammy zieht fragend die Augenbrauen hoch.

»Wenn Will mir nicht bald verrät, worum es in seinem Roman geht, werden mir auch welche wachsen«, erkläre ich. Nachdem all meine Versuche gescheitert sind, ihn dazu zu bringen, mir wenigstens einen klitzekleinen Hinweis zu geben, habe ich mich darauf verlegt, ihm Kaffee und Kuchen zu servieren und möglichst unbeteiligt zu wirken. Dabei ist mein Geduldsfaden mittlerweile so dünn, dass nicht mal eine Spinne darüberklettern könnte, ohne ihn einzureißen. Meine Neugierde ist zu einer derart unberechenbaren Kraft angewachsen, dass ich mir selbst nicht über den Weg traue. Mehr als einmal war ich kurz davor, mich an Wills Laptop zu schleichen, wann immer er in Richtung Toilette verschwunden ist.

»Vielleicht ist heute dein Glückstag«, erwidert Tammy und trägt wieder dieses verschmitzte Lächeln auf den Lippen.

Gerade als ich sie ausquetschen will, was das zu bedeuten hat, ertönt die Eingangsglocke in meinem Rücken. Reflexartig drehe ich mich um und entdecke Will, der mit beschwingten Schritten die Theke ansteuert.

»Bist du bereit für ein Abenteuer?«, fragt er mich anstelle einer Begrüßung.

»Wenn du das Servieren eines Burgers als Abenteuer bezeichnest, vermutlich ja«, erwidere ich trocken.

Er schüttelt den Kopf. »Das Abenteuer, von dem ich spreche, findet nicht hier drin statt.«

Ich werfe einen Blick über die Schulter hinüber zu der Wanduhr. »Dann muss das Abenteuer noch zwei Stunden warten, bis ich Feierabend habe. Vorher kann ich hier leider nicht weg.«

»Doch, kannst du«, schaltet sich Tammy ein.

Ich kneife die Augen zusammen. »Steckt ihr unter einer Decke?« Deshalb hat sie mich so komisch angeschaut und diese schwammigen Andeutungen gemacht.

»Vielleicht«, erwidert sie grinsend.

»Aber ich kann dich doch nicht einfach mitten in der Schicht allein lassen«, protestiere ich.

»Doch, das kannst du, und das wirst du. Dank mir später.« Sie entwindet mir das Serviertablett, das einsatzbereit unter meinem Arm klemmt.

»Aber ...«, beginne ich, nur um direkt von Tammy unterbrochen zu werden.

»Nichts aber. Du darfst dich nächste Woche revanchieren. Alejandro hat mich zu einem Wochenendtrip ohne Kids eingeladen, und ich könnte eine Vertretung gebrauchen.« Meine Freundin grinst breit und schiebt mich in Richtung der Umkleide.

***

Eine Viertelstunde später befinden wir uns auf der Interstate zehn.

»Verrätst du mir jetzt, welche Art von Abenteuer du geplant hast?«, frage ich, nachdem ich erfolglos versucht habe, Hinweise auf den Verkehrsschildern zu entdecken, die wir passieren.

»Nope, wo wäre da die Überraschung?«, erwidert Will grinsend.

»Sag mir wenigstens, wo wir hinfahren. Bleiben wir in Kalifornien? Willst du mich nach Kanada entführen? Hat deine Familie einen Privatjet, von dem du mir bisher nichts verraten hast?« Die vergangenen anderthalb Jahre haben dazu geführt, dass ich allergisch gegenüber Überraschungen geworden bin. Ich hasse es, nicht zu wissen, was als Nächstes passiert. Hasse es, die Kontrolle zu verlieren. Natürlich weiß ich, dass Will mir nur eine Freude machen will, trotzdem kann ich nichts gegen das mulmige Gefühl in meinem Magen tun.

»Keine Chance, O'Hara. Du wirst früh genug herausfinden, was unser Ziel ist.«

»Und womit habe ich diesen Überraschungstrip verdient?«, frage ich nach.

»Für deine Geduld.«

»Bedeutet es das, was ich denke, was es bedeutet?« Aufregung kribbelt durch meine Adern.

»Ja, ich habe die magischen vier Buchstaben unter das Manuskript gesetzt«, bestätigt er meine Vermutung.

»Wow, das ist ja fantastisch. Herzlichen Glückwunsch, Will! Ich freue mich so für dich.« Ich greife nach seiner Hand, die locker auf der Ablage zwischen uns liegt, und drücke sie. »Darf ich es jetzt endlich lesen?«

Er nickt.

***

»Hier übernachten wir?!« Ich lehne mich so weit auf meinem Sitz nach vorn, dass ich mit der Nasenspitze fast die Frontscheibe berühre. Seitdem wir die Einfahrt zum Joshua-Tree-Nationalpark passiert haben, kann ich meinen Blick nicht von der surrealen Landschaft lösen, die mit ihrem sandigen Untergrund und den kargen Büschen beinahe unwirklich erscheint. Als wären wir auf einem anderen Planeten gelandet.

Der silberne Trailer im Retro-Look, auf den Will soeben zusteuert, verstärkt diesen Eindruck nur noch. Das Metall reflektiert das goldene Licht der tief stehenden Sonne. Im Hintergrund reckt sich eine Gebirgskette in den Himmel, die in den unterschiedlichsten Rot- und Orangetönen erstrahlt. Außer dem Wohnwagen gibt es nur die unendliche Weite der kalifornischen Wüste.

Kaum hat Will den Wagen geparkt und den Motor ausgestellt, springe ich nach draußen. Die warme Luft trifft mich wie eine Wand, nachdem wir die letzten beiden Stunden in dem von der Klimaanlage auf angenehme zwanzig Grad heruntergekühlten Innenraum verbracht haben. Während Will sich an der Schlüsselbox zu schaffen macht, sauge ich alles in mich auf. Die hölzerne Veranda mit den bunten Girlanden, die in der leichten Brise flattern. Die runde Feuerstelle mit der Grillvorrichtung, die mit großen Lavasteinen abgesteckt ist. Die Außendusche, die durch einen Zaun aus lose zusammengebundenen Bambusstäben vor Blicken geschützt ist. Auch wenn die einzigen Spanner hier draußen in der Wildnis vermutlich Eidechsen und Kojoten sind. Die stabilen Außenwände des Trailers sollten uns dieses Mal vor einer weiteren Nahtoderfahrung beschützen.

Im Inneren befindet sich alles, was man sich für einen Kurztrip wünschen könnte: eine kleine Kochnische mit Sitzecke, ein Doppelbett, das die gesamte Breite des Wagens einnimmt, und ein Verschlag, in dem vermutlich das Bad untergebracht ist.

»Ich fühle mich wie in einem lebendig gewordenen Pinterest-Board zum Thema Glamping«, sage ich, während ich mich einmal um die eigene Achse drehe.

»Also gefällt es dir hier?«

»Gefallen? Ich liebe es. Auch wenn meine Mom sich vermutlich über mich lustig machen würde, wenn sie wüsste, dass ich diesen Luxus einem einfachen Zelt vorziehe.« Die überschäumende Freude, die mich eben noch erfüllt hat, erhält einen Dämpfer. Erinnerungen tauchen ungefragt in meinem Bewusstsein auf. Erinnerungen an meine Mom und mich, wie wir durch knöchelhohes Gras wandern, Blumenkränze flechten und durch eiskalte Bäche waten. Wie wir abends am Lagerfeuer in unsere Schlafsäcke gekuschelt sitzen und sie mir Geschichten erzählt, selbst als ich eigentlich zu alt dafür bin. Wie meine Mundwinkel nach solchen Ausflügen vor Lachen geschmerzt haben. Wie mein Herz so voll von Glück und Marmeladenglasmomenten war, dass es überlaufen wollte.

Momente, die es nie mehr geben wird. Nie mehr geben kann. Weil meine Mom nicht mehr hier ist.

Als hätte Will meinen Stimmungsumschwung bemerkt, spüre ich in dem Augenblick seine Finger, die er mit meinen verschränkt.»Was hältst du von einem Abendspaziergang, bevor ich mich ums Essen kümmere?«, fragt er.

Ich weiß, dass er mich auf andere Gedanken bringen möchte, und liebe ihn dafür noch ein kleines bisschen mehr.

»Das klingt wunderbar. Außer du meinst mit Kümmern, dass du uns hier in der Wildnis eine Schlange oder einen Skorpion fangen und ihn über dem Lagerfeuer rösten willst«, necke ich ihn.

Mit einem »Lass dich überraschen« zieht er mich hinter sich her hinaus auf die Terrasse, die nicht nur mit ein paar Stühlen und einem Tisch, sondern auch mit einer XXL-Hängematte bestückt ist, in der man später bestimmt wunderbar die Sterne beobachten kann.

Wir laufen zwei Meilen die gewundene Straße entlang, die nicht viel mehr als platt gefahrener sandiger Untergrund ist, bis wir zu einem Kakteengarten kommen. Hier bietet die Landschaft deutlich mehr Abwechslung als auf der Ebene, auf der sich unser Trailer befindet.

Zu beiden Seiten des Weges wachsen Kakteen in den unterschiedlichsten Farben und Formen. Einige sehen aus, als wären sie in Zuckerwatte getaucht worden, andere präsentieren ihre Blumenpracht in Violett, Weiß und Rosa. Wieder andere haben so lange Stacheln, dass meine Fingerspitzen nur vom Ansehen kribbeln. Als die Sonne schließlich immer näher Richtung Horizont wandert, machen wir uns auf dem Rückweg. Während Will den Grill mit Maiskolben, marinierten Chickenwings und Kräuterbaguette bestückt, decke ich den Tisch. Bald ist die Luft erfüllt vom würzigen Duft nach Fleisch und Knoblauch. Gerade noch rechtzeitig zum Sonnenuntergang ist das Grillgut fertig, und wir machen es uns auf den Stühlen bequem.

»Das riecht ausgezeichnet. Hast du das alles für heute Abend vorbereitet?« Mir läuft beim Anblick der gegrillten Köstlichkeiten das Wasser im Mund zusammen.

»Ich habe nur die Rillen ins Brot geschnitten, damit Martha die selbst gemachte Kräuterbutter daraufstreichen konnte«, gesteht er mit einem verschmitzten Grinsen.

»Das erklärt dann wohl den appetitlichen Geruch«, necke ich ihn. Es hat immerhin einen Grund, dass wir abends immer entweder Reste aufwärmen, die Martha für uns zubereitet hat, oder Will Take-away-Gerichte besorgt.

Wir machen uns über das Hühnchen und die Beilagen her, während die Sonne als orange leuchtender Feuerball am Horizont verschwindet. Der Himmel ist ein Potpourri aus warmen Gelbtönen, die an den Rändern bereits mit dem dunklen Blau der Nacht verschmelzen.

»Danke, dass du mich hierhergebracht hast.« Ich lege die Gabel zur Seite und hebe meine Bierflasche, um mit ihm anzustoßen.

»Gewöhn dich besser schon mal an solche Ausflüge. Es stehen noch einige Nationalparks auf meiner Liste«, erwidert er mit einem Grinsen, bevor er seine Flasche gegen meine stößt.

Die Wärme, die mich bei seinen Worten durchströmt, ist so überwältigend, dass ich schnell einen Schluck von meinem Getränk nehme, um die aufkeimenden Tränen herunterzuspülen. Manchmal fällt es mir verdammt schwer zu glauben, wie sehr sich mein Leben in den letzten Wochen zum Positiven gewandelt hat. Manchmal bin ich so glücklich, dass ich Angst bekomme. Denn je höher man fliegt, desto tiefer ist der Fall. Und mit Will fliege ich so hoch wie nie zuvor.

KAPITEL 35

William

Während wir damit beschäftigt waren, das schmutzige Geschirr im Wohnwagen abzuwaschen und wieder in den Hängeschränken zu verstauen, hat sich die Nacht über die Wüste gelegt. Die Holzplanken der Terrasse sind noch warm von den Sonnenstrahlen, die sie den ganzen Tag über aufgeheizt haben, doch die Brise, die um unsere Beine streicht, ist deutlich abgekühlt. Nach den glühend heißen Temperaturen fühlt es sich jedoch angenehm an. Immer mehr Sterne erscheinen am Firmament, weshalb wir es uns in der riesigen Hängematte gemütlich machen. Beim ersten Versuch, uns gleichzeitig hineinzulegen, versagen wir grandios und landen stattdessen unter lautem Gelächter mit dem Hintern auf den Holzplanken.

»Autsch.« Scarlett reibt sich lachend ihr Hinterteil.

»Okay, vielleicht sollten wir es lieber nacheinander probieren«, schlage ich vor. »Als Gentleman lasse ich dir natürlich den Vortritt.« Ich deute eine Verbeugung an, was Scarlett mit einem Augenrollen und einem amüsierten Grinsen quittiert.

Deutlich behutsamer als wenige Sekunden zuvor lässt sie sich rückwärts in den Leinenstoff gleiten. Nachdem sie so weit wie möglich auf die rechte Seite gerutscht ist, folge ich ihr, woraufhin die Matte beunruhigend schwankt. Nach einigem Lachen, Rutschen und Fluchen haben wir es geschafft, eine bequeme Liegeposition zu finden, ohne befürchten zu müssen, jede Sekunde eine Rolle zu machen und auf dem Boden zu landen. Scarletts Kopf liegt in der Kuhle zwischen meiner Brust und meinem Arm, den ich um ihre Mitte gelegt habe. Aneinandergekuschelt blicken wir hinauf zum Himmel, an dem im Sekundentakt neue Sterne aufleuchten.

Eine Weile schweigen wir und beobachten andächtig das Spektakel über unseren Köpfen, das mit zunehmender Dunkelheit immer prachtvoller wird. Aus einzelnen Lichtpunkten werden Nebelschwaden, bis sich schließlich die Milchstraße als schimmerndes Band abzeichnet. Wo die Sternendichte am höchsten ist, sieht es aus, als würde sich der Himmel öffnen und den Weg in eine andere Galaxie freigeben.

»Wusstest du, dass das Licht eines Sterns circa eintausend Lichtjahre bis zur Erde braucht? Das heißt, dieser Stern da oben ...«, Scarlett deutet in Richtung des Firmaments, »... könnte schon gar nicht mehr existieren.«

»Irgendwie komme ich mir plötzlich ziemlich klein und unbedeutend vor«, flüstere ich. In der Stille der Wüste fühlt sich jedes Wort zu laut an, als könnte es der Nacht ihren Zauber nehmen.

»Weil wir das auch sind«, flüstert Scarlett zurück, ein Lächeln auf ihren Lippen. »Zumindest wenn man es rein objektiv betrachtet.« Ich spüre ihren Blick auf mir und will mich ihr gerade zuwenden, als ein Komet über den Himmel schießt. Er zieht einen silbernen Schweif hinter sich her. Es ist nicht mehr als ein kurzes Aufleuchten, und trotzdem kann ich meinen Blick nicht abwenden. Es ist das erste Mal, dass ich dieses Naturschauspiel mit eigenen Augen sehe. Ein Kribbeln erfasst mich.

»Sieh mal, eine Sternschnuppe!« Vor Aufregung vergesse ich zu flüstern.

»Dann hast du jetzt wohl einen Wunsch frei«, sagt Scarlett mit einem wissenden Lächeln.

Denn vermutlich ist es offensichtlich, was ich mir wünschen sollte. Dass ich einen Buchvertrag ergattere und damit meinem Traum, Schriftsteller zu werden, näher komme. Doch alles, woran ich denken kann, ist das Gefühl von Wärme und Geborgenheit, das die Frau in meinem Arm mir gibt. Eine Vertrautheit, die in keinem Verhältnis zu den wenigen Wochen steht, die wir uns kennen, und die mich doch jedes Mal durchfährt, wenn ich in Scarletts Nähe bin.

»Scarlett?« Ich schlucke gegen den Kloß an, der sich in meiner Kehle gebildet hat.

Es wird Zeit, dass ich das tue, wofür wir hergekommen sind. Ich muss ihr endlich die Wahrheit sagen. Bei dem Gedanken werden meine Handflächen feucht und meine Brust eng. Aber ich kann es nicht länger aufschieben. Spätestens wenn Janine mir einen Vertrag anbietet, werde ich es nicht weiter vor ihr geheim halten können. Vielleicht ist es nicht fair, es ihr mitten in der Natur zu gestehen, an einem Ort, an dem sie nicht flüchten kann. Gleichzeitig hoffe ich, dass ich so die Gelegenheit bekomme, es ihr zu erklären. Dass wir uns aussprechen können. Dass sie eine Nacht hat, um darüber zu schlafen.

»Mhm?«, brummt sie und kuschelt sich enger an mich.

Sie wird es verstehen. Sie wird mir vergeben. Sie wird mich nicht verlassen. Ich wiederhole die Sätze so oft in meinem Kopf, bis ich sie beinahe glaube.

»Es gibt da etwas, worüber ich mit dir reden wollte«, beginne ich, ohne zu wissen, wie ich weitermachen soll. Zu Hause an meinem Schreibtisch habe ich ganze Gespräche notiert, habe mir verschiedene Einleitungen überlegt, mit denen ich das Thema möglichst behutsam an sie herantragen kann. Habe an Sätzen gefeilt, Worte ergänzt und wieder gestrichen. Leider ist mein Kopf in diesem Augenblick so leer wie ein neues Dokument auf meinem Laptop.

»Wovon träumst du?«, frage ich sie schließlich.

Scarlett dreht sich in meinem Arm, doch ich traue mich nicht, ihr ins Gesicht zu blicken. Selbst wenn die Dunkelheit einen Großteil meiner Schuld verbirgt, bin ich mir sicher, dass sie mich sofort durchschauen wird.

»Als ich klein war, habe ich davon geträumt, Bibliothekarin zu werden, wie meine Mom.« Scarletts Stimme ist belegt, Wehmut schwingt in jeder Silbe mit. »Ich habe es geliebt, nach der Schule dort meine Zeit zu verbringen. Zwischen den Bücherregalen umherzulaufen. Der Geruch nach altem Papier und Leder hat immer in der Luft gelegen. Einmal die Woche hat meine Mom eine Lesestunde veranstaltet, und die anderen Kinder und ich haben an ihren Lippen gehangen. Sie war eine wahnsinnig tolle Vorleserin. Sie hat jedem Charakter eine eigene Stimme gegeben, wie bei einem richtigen Hörspiel.« Ich spüre, wie sich ihre Mundwinkel heben, als sie an meiner Brust lächelt. »Von ihr habe ich meine Liebe für Bücher geerbt. Nach der Highschool war für mich klar, dass ich Literatur studieren wollte. Ich habe es geliebt, die Klassiker zu lesen und sie in den Seminaren mit den anderen Studentinnen und Studenten in ihre Einzelteile zu zerlegen. Einer meiner Professoren hat mich irgendwann nach einer der Stunden abgefangen und gefragt, ob ich Interesse an einem Praktikum bei der lokalen Zeitung hätte. Er war der Meinung, dass ich eine Bereicherung für den Kulturteil sei. Erst habe ich abgelehnt, immerhin wollte ich schon seit Ewigkeiten Bibliothekarin werden. Doch der Gedanke hat mich nicht losgelassen. Die Vorstellung, Bücher zu lesen und zu rezensieren, Theatervorstellungen und Vernissagen zu besuchen und Artikel darüber zu verfassen, klang wie der perfekte Job.«

Überrascht sehe ich zu ihr hinab. Ich wusste zwar, dass sie Bücher liebt und Literatur studiert hat, aber ich bin nie auf den Gedanken gekommen, dass sie selbst einmal davon geträumt haben könnte, zu schreiben.

Sie räuspert sich. »Dann ist meine Mom krank geworden. Ich bin zurück nach Hause gezogen, und zwischen Arztbesuchen, der Recherche nach klinischen Studien, für die ich sie anmelden konnte, und dem regulären Workload für meine Fächer hatte ich keine Zeit für das Praktikum. Und irgendwann auch keine mehr für das Studium. Mal vom mangelnden Geld abgesehen.«

Am liebsten würde ich mir mit der flachen Hand gegen die Stirn schlagen. Warum habe ich sie nach ihren Träumen gefragt, wenn ich doch weiß, wie unerreichbar sie in ihrer aktuellen Lage sind? Von allen möglichen Einleitungen, für die ich mich hätte entscheiden können, habe ich eindeutig die unpassendste gewählt.

»Es gibt etwas, das ich dir noch nicht über mich erzählt habe.« Ihre Stimme ist leise, aber fest.

Mein Herzschlag beschleunigt sich. Ist jetzt der Augenblick gekommen, an dem sie mir ihr Geheimnis offenbaren wird? Sosehr ich es mir wünsche, könnte der Zeitpunkt kaum schlechter sein.

Will, ich lebe in meinem Auto.

Ich weiß, Scarlett, ich habe ein Buch darüber geschrieben.

Und mich damit für die Auszeichnung zum unsensibelsten Arschloch überhaupt qualifiziert.

»Die Behandlung meiner Mutter war sehr teuer, es gibt nur wenige Eingriffe, die ihre Krankenkasse übernommen hat. Also musste ich eine Hypothek auf das Haus aufnehmen.« Scarlett holt tief Luft. »Als sie gestorben ist, habe ich nicht nur den für mich wichtigsten Menschen auf der ganzen Welt verloren, sondern auch mein Zuhause. Ich besitze weniger als nichts. Alles, was ich verdiene, fließt in den Kredit für die Bank. Es tut mir leid, dass ich es dir nicht früher gesagt habe, aber ich hatte Angst, dass du denken könntest, dass ich dich ausnutze. Dass ich nur an deinem Geld interessiert bin. Ich hoffe, dass du mich mittlerweile gut genug kennst, um zu wissen, dass meine Gefühle für dich echt sind.« Ihre Stimme schießt am Ende des Satzes nach oben und lässt es wie eine Frage klingen.

In der Stille, die auf ihre Worte folgt, dröhnt mein Herzschlag in meinen Ohren. Etwas in mir zerreißt bei ihrem Geständnis. Sie hatte Angst, dass ich denken könnte, sie würde mich ausnutzen, während ich keine Sekunde gezögert habe, ihr Schicksal zu meinem eigenen Vorteil auszuschlachten. Sie hatte Angst, dass ich ihr nicht genug vertrauen würde, während ich ihr Vertrauen schamlos missbraucht habe. Meine Kehle fühlt sich so eng an, dass ich den Sauerstoff nur mit Mühe in meine Lunge presse. Ein Druck lastet auf meiner Brust, der mich zu zerquetschen droht.

»Will?« Scarletts Stimme ist erfüllt von Furcht. Ihre Unsicherheit gräbt sich so tief in mein Herz, dass es mir körperliche Schmerzen bereitet. Gleichzeitig weckt es mich aus meinem Schockzustand.

»Es tut mir schrecklich leid, dass ich dir einen Grund dazu gegeben habe, an mir zu zweifeln. Dass du dachtest, du könntest mir nicht vertrauen. Du bist einer der herzlichsten und selbstlosesten Menschen, die ich kenne. Ich wäre nicht einmal auf die Idee gekommen, dass du mehr an meinem Erbe als an mir interessiert sein könntest.« Ich schlinge meinen Arm fester um sie, während sie ihr Gesicht in meinem T-Shirt vergräbt.

»Ich hatte solche Angst, es dir zu sagen. Ich hatte solche Angst, dass du mich fallen lassen würdest. Du bist das einzig Gute, nein, das Beste, was mir in den vergangenen anderthalb Jahren passiert ist, Will.« Ihre Worte klingen dumpf, weil sie sich noch immer an mich presst. Als hätte sie Angst, mich zu verlieren. »Ich bin in den letzten Monaten so oft umgezogen, dass ich mich unterwegs selbst verloren habe. Danke, dass du so hartnäckig warst.« Sie pikst mir spielerisch mit ihrem Zeigefinger in die Seite, und ich höre ein vorsichtiges Lächeln in ihren Worten.

In diesem Augenblick weiß ich, dass es vollkommen egal ist, ob Janine mir einen Vertrag anbietet. Ich werde ihn nicht annehmen. Wenn ich mich entscheiden muss zwischen Scarlett und dieser Chance, wird es immer sie sein, die ich wähle. Außerdem ist dieser Vertrag nicht mehr als das, eine Chance. Es wird noch mehr davon geben. Vielleicht wird es etwas länger dauern, aber ich werde einen Weg finden. Denn auch wenn ich mir ein Leben ohne das Schreiben nicht vorstellen kann, kann ich mir ein Leben ohne Scarlett noch viel weniger vorstellen.

***

Am nächsten Morgen stehen wir mit dem Sonnenaufgang auf. Draußen ist es noch angenehm kühl, wobei kühl im Joshua-Tree-Nationalpark zwanzig Grad bedeutet. Scarlett und ich frühstücken gemeinsam auf der Terrasse und genießen das Farbenspiel am Himmel, das sich langsam von einem pastelligen Orange in helles Blau wandelt. Kaum haben sich die ersten Sonnenstrahlen über die Bergspitze getastet, steigen die Temperaturen merklich an, weshalb wir schnell unsere Sachen zusammenpacken und im Wagen verstauen. Wir sind beide ungewöhnlich still an diesem Morgen. Während Scarlett so ausgeglichen wirkt, wie ich sie nie zuvor gesehen habe, kämpfe ich noch immer gegen mein schlechtes Gewissen an. Obwohl ich mich entschlossen habe, den möglichen Buchvertrag abzulehnen, ändert es nichts an der Tatsache, dass ich meine Freundin hintergangen habe. Vermutlich würde es mir besser gehen, wenn ich es ihr gestehen würde, die ganze hässliche Wahrheit. Doch meine Angst davor, wie sie reagieren könnte, ist zu groß.

Auf der Rückfahrt setze ich Scarlett beim Diner ab. Sie verabschiedet sich mit einem Kuss und einem Lächeln von mir und verspricht, nach der Arbeit vorbeizukommen. Die restlichen zwanzig Minuten Autofahrt verbringe ich mit stillem Vor-mich-hin-Brüten.

Ich bin gerade dabei, die Haustür zu öffnen, als mir mein Handy eine eingehende Nachricht ankündigt. Mein Puls beschleunigt beim Anblick von Janines Namen. Der erste Satz ihrer E-Mail ist atemberaubend und niederschmetternd zugleich. Sie hat Wort gehalten und bietet mir wirklich einen Vertrag an. Kurz durchrauscht mich ein Adrenalinschub. Mein Ziel ist zum Greifen nah, genauer gesagt nur eine Antwort entfernt. Umso schmerzhafter ist es, ihr eine Absage erteilen zu müssen. Ich beiße die Zähne zusammen und drücke auf *Weiterleiten*. Kommentarlos schicke ich Janines Mail mit dem Vertragsangebot im Anhang an meinen Vater. In die Betreffzeile schreibe ich: *Deal erfüllt*.

Zumindest hoffe ich das. Schließlich war immer nur die Rede davon, dass ich einen Vertrag an Land ziehen, nicht aber, dass ich ihn annehmen muss.

KAPITEL 36

Scarlett

Ich stecke den Schlüssel ins Schloss und drehe ihn, bis ein leises Klacken ertönt. Die Tür schwingt durch einen sanften Stoß meiner Fingerspitzen mühelos auf. Als Will mir vor ein paar Tagen einen eigenen Schlüssel zu seinem Zuhause überreicht hat, war ich hin- und hergerissen, ob ich ihn annehmen soll. Zwar verbringe ich beinahe jeden Abend hier, trotzdem fühlt es sich falsch an, Zugang zu einem Haus zu haben, dessen Besitzer ich noch immer nicht persönlich getroffen habe. Wills Vater ist für mich zu so etwas wie einer lebenden Legende und einem unsichtbaren Geist geworden. Manchmal frage ich mich, ob Will uns absichtlich voneinander fernhält oder ob es wirklich nur dem Umstand geschuldet ist, dass Mr. Walker ein Workaholic erster Güte ist.

Die Gummisohlen meiner Sneaker geben ein Quietschen von sich, als ich über den Marmorboden laufe. Wie immer ist es so leise im Foyer, dass das Ticken der großen Standuhr, die am anderen Ende des Raums steht, unnatürlich laut wirkt. Das Bouquet aus weißen Rosen und orangefarbenen Dahlien, das heute den kreisrunden Tisch schmückt – letzte Woche waren es Gladiolen in verschiedenen Rosétönen –, verbreitet seinen blumig süßen Duft. Die Einrichtung in den gemeinschaftlich genutzten Räumen erinnert mich an die eines Hotels. Es fällt mir nicht schwer, zu verstehen, warum Will sich hier nie zu Hause gefühlt hat. Unwillkürlich beschleunige ich meine Schritte.

Ich umfasse den hölzernen Handlauf des Geländers, das sich kreisförmig hinauf in den ersten Stock windet. Ein Räuspern in meinem Rücken lässt mich zusammenzucken. Es ist ein tiefer, kehliger Laut, der mir verrät, dass er zu einem Mann gehört. Mein Mund fühlt sich verdächtig trocken an, als ich mich langsam umdrehe.

Nur wenige Meter entfernt steht Wills Vater. Selbst wenn ich nicht bereits durch eine Google-Recherche wüsste, wie er aussieht, bestünde kein Zweifel, dass der Mann, der nun langsam den Tisch umrundet und auf mich zukommt, mit meinem Freund verwandt ist. Sie haben beide eine beeindruckende Statur, auch wenn Wills Vater noch um ein paar Zentimeter größer ist als sein Sohn. Außerdem teilen sie das markante Kinn und die schwungvollen Lippen. Seine Augen sind genauso ausdrucksstark wie Wills, doch liegt in seinem Blick nicht die mir vertraute Zuneigung und Wärme, sondern ein lauernder Ausdruck voller Skepsis.

»Sie sind also die Frau, die in meinem Haus ein und aus geht.« Es klingt nicht anklagend, vielmehr ist es eine nüchterne Feststellung.

Ich starre ihn durch seine Direktheit gebannt wortlos an. Mein erster Impuls ist es, mich zu entschuldigen.

»Mr. Walker ... Ich ... Es ...« Unter seinem unnachgiebigen Blick, der mich keine Sekunde verlässt, lösen sich sämtliche Worte in meinem Mund zu Sand und Staub auf. Seine raumgreifende Präsenz hat die gleiche Wirkung auf mich wie ein schwarzes Loch.

»Ihr Name ist Scarlett, und ich habe sie eingeladen.« Will, der in diesem Augenblick die gewundene Treppe herabkommt, rettet mich. Schnellen Schrittes überwindet er die letzten

Treppenstufen und stellt sich neben mich. Seine Hand legt er auf meinen unteren Rücken, wie um mir still seine Unterstützung zuzusichern. Augenblicklich entspannen sich meine Muskeln, und ich atme einmal tief durch.

»Schön, Sie kennenzulernen, Mr. Walker«, bringe ich endlich unfallfrei hervor und strecke ihm meine Hand entgegen.

Wills Vater mustert mich kritisch unter zusammengekniffenen Augenbrauen, bevor er meine Hand ergreift und sie mit einem festen Druck schüttelt. Da ich nichts anderes von einem knallharten Geschäftsmann wie ihm erwarte, zucke ich glücklicherweise nicht zusammen.

Will schiebt mich bereits sanft in Richtung der Treppe, als sein Vater erneut das Wort ergreift. »Da wir schon einmal alle hier versammelt sind, sollten wir gemeinsam essen. Immerhin sind Glückwünsche angebracht.«

Glückwünsche? Irritiert blicke ich zwischen Mr. Walker und Will hin und her.

Wills Vater, der meine Verwunderung bemerkt, fährt fort: »Hat er Ihnen noch gar nicht von seinem Erfolg berichtet? Er hat einen Vertrag für sein Manuskript erhalten.«

»Ist das wahr?!« Aufregung pulsiert durch meine Adern, gefolgt von einem Stich der Eifersucht. Warum hat Will mir nicht erzählt, dass er seinen Roman nicht nur beendet, sondern auch schon an Literaturagenturen geschickt hat? Auf der anderen Seite konnte er es vermutlich kaum erwarten, seinen Teil des Deals zu erfüllen, daher verscheuche ich das unangebrachte Gefühl.

Will nickt, das Lächeln auf seinen Lippen wirkt jedoch gequält.

»Das ist ja fantastisch! Herzlichen Glückwunsch!« Am liebsten würde ich ihm um den Hals fallen, doch in der Gegenwart seines Vaters fühle ich mich seltsam befangen. Also begnüge ich mich damit, seine Hand zu drücken, und hoffe, dass er mir den Stolz, den ich in diesem Augenblick empfinde, vom Gesicht ablesen kann.

»Ich habe Martha gesagt, dass sie uns zur Feier des Tages einen Braten zubereiten soll«, bemerkt Mr. Walker, dabei klingt das Wort Feier aus seinem Mund so ironisch, dass ich unwillkürlich die Hand zur Faust balle.

Will formt mit seinen Lippen ein »Sorry«, während wir seinem Vater ins Esszimmer folgen. Ich schenke ihm ein Lächeln, das ihm sagen soll, dass alles in Ordnung ist und ich zu hundert Prozent hinter ihm stehe. Am liebsten würde ich ihn sofort zu den Details ausfragen. Da er mir das Manuskript nach unserem Ausflug bisher nicht zugeschickt hat, weiß ich noch immer nicht, worum es geht, und die Neugier bringt mich beinahe zum Platzen. Doch für Fragen wird später genug Zeit sein, wenn wir zu zweit oder vielmehr zu dritt sind – Queenie mit eingerechnet.

Der Tisch im Esszimmer ist festlich gedeckt. Eine blütenweiße Stofftischdecke spannt sich über die ovale Tischplatte. Weißes Porzellan mit Goldrand sowie kristallene Wassergläser und langstielige Weingläser stehen bereit. Die Vase mit frischen Schnittblumen in der Tischmitte sorgt für Farbakzente. Als Mr. Walker vorgeschlagen hat, gemeinsam zu essen, hatte ich mir ein zwangloses Abendessen vorgestellt, stattdessen könnte hier genauso gut ein Staatsbankett stattfinden. Vielleicht ist es Mr. Walkers Art, seinem Sohn zu zeigen, dass er stolz auf seine Leistung ist.

Will und ich nehmen an den gegenüberliegenden Tischseiten Platz, während sich sein Vater am Kopfende niederlässt. Mit seinen über zwei Metern und dem stolz gereckten Kinn thront er förmlich auf dem mit rotem Samt bezogenen Stuhl.

Martha kommt mit einer Flasche Sekt durch die Schwingtür, die in die Küche führt. Sie lächelt mich freundlich an, als sie mein Glas mit der schäumenden Flüssigkeit füllt. Will raunt sie ein »Herzlichen Glückwunsch« zu und drückt mit der freien Hand seine rechte Schulter. In den letzten Wochen habe ich Martha schätzen und lieben gelernt. Wills gesamte Kindheit über ist sie für ihn beinahe so etwas wie eine Ersatzmutter gewesen, und diese Nähe und Zuneigung zeigt sich auch heute noch im Umgang der beiden miteinander. Zu wissen, dass er sie an seiner Seite hatte, während seine Eltern stets abwesend waren, hat mein Herz leichter werden lassen.

Wir schaffen es bis zur Hauptspeise, der eine köstliche Champignonsuppe vorausgegangen ist, bis Wills Vater mich ins Visier nimmt.

»Scarlett, woher kennen Sie und mein Sohn sich eigentlich?«, fragt er, gerade als Martha mit den leeren Suppentellern in der Küche verschwunden ist.

»Ich arbeite in dem Diner, in das Will regelmäßig zum Schreiben kommt«, erwidere ich und sehe ihm direkt ins Gesicht. Er soll nicht denken, dass ich mich für meinen Job als Kellnerin schäme.

»Ein Nebenjob fürs Studium, nehme ich an?«, fragt er nach.

»Dad ...«, wirft Will in warnendem Tonfall ein, doch ich hebe die Hand, um ihm zu zeigen, dass ich meine Schlachten selbst schlage.

»Nein, ich arbeite hauptberuflich als Kellnerin«, verdeutliche ich. Keine Ausflüchte, keine Beschönigungen. Die nackte Wahrheit. Denn auch wenn ich mir meine Zukunft vor knapp zwei Jahren vollkommen anders ausgemalt habe, bin ich Realistin genug, um zu wissen, dass ich mir mit dem Berg an Schulden, den ich bereits habe, kein Studium werde leisten können.

»Dann sollten Sie sich besser einen lukrativeren Job suchen, wenn sie vorhaben, weiterhin mit meinem Sohn zusammenzubleiben.« Er sagt es so nüchtern, dass ich ein paar Sekunden brauche, um zu verstehen, was er gerade gesagt hat. Die vernichtenden Worte, mit denen er die Berufsaussichten seines Sohnes abfertigt.

»Ist das deine Art, mir zu meinem Vertrag zu gratulieren?« Wills Stimme ist emotionslos, doch ich sehe an dem Zittern seiner Finger, wie sehr ihn die Aussage seines Vaters getroffen hat.

»Entschuldige, ich gratuliere dir natürlich herzlich zu deinem Erfolg. Auch wenn ich mir einen Teil davon wohl selbst zuschreiben kann. Immerhin habe ich, oder vielmehr die Firma, die dein Erbe hätte sein sollen, dir anscheinend die Idee zu dem Buch gegeben.« Wills Vater greift nach dem Sektglas, prostet seinem Sohn zu und leert es dann in einem Zug.

Mich beschleicht der Verdacht, dass ich etwas Entscheidendes verpasst habe. Wovon handelt der Roman, wenn sein Vater sich offensichtlich angegriffen fühlt? Ich sehe fragend hinüber zu Will, aber dieser weicht meinem Blick aus.

»Fragen wir doch Scarlett, was sie dazu sagt«, meldet sich Mr. Walker erneut zu Wort und richtet seine Aufmerksamkeit auf mich. »Was würden Sie sagen, wenn Ihr Sohn nicht nur eine Position im Familienunternehmen ablehnt, sondern sein Erbe auch noch öffentlich mit Füßen tritt?«

»Ich denke nicht, dass Will etwas Derartiges beabsichtigt hat«, sage ich möglichst neutral.

»Wenn Sie also eine Geschichte über eine Frau lesen würden, die auf der Straße lebt, so wie viele Teile der Bevölkerung, und keine Wohnung mehr bekommt, weil sie verschuldet ist, und die Vermieter als herzlos dargestellt werden und das System als kaputt, würden Sie nicht denken, dass L. A.s größtes Immobilienunternehmen damit angegriffen wird? Sie würden es nicht als geschäftsschädigend oder als schlechte PR sehen, wenn dieses Buch von dem Sohn des Inhabers verfasst wurde?«

Mit jedem von Mr. Walkers Worten haben die Alarmglocken lauter in meinem Kopf geschrillt. Bis sie so laut wie die Sirenen der Polizeiwagen waren, die mir nachts so oft den Schlaf geraubt haben. Jetzt ist da nur noch Stille. Ich höre Mr. Walker wie durch einen Kokon aus Watte hindurch. Mein Verstand ist zu sehr damit beschäftigt, die Informationen, die er mir soeben offenbart hat, zu sortieren.

Will hat ein Buch über eine Frau geschrieben, die auf der Straße lebt. Eine obdachlose Frau, wie ich eine bin. Aber das kann nicht sein. Er kann nicht wissen, dass ich in meinem Auto lebe. Oder? Er hat mich nie gefragt, wo ich wohne. Hat nie darauf bestanden, meine Wohnung zu sehen. Ich hatte solche Angst davor, dass er hinter mein Geheimnis kommen könnte, dass ich es nicht infrage gestellt habe. Im Gegenteil hat es mich erleichtert, wie unkompliziert meine Beziehung mit Will bisher verlaufen ist.

Alles verschlingende Fassungslosigkeit, die mich von innen her auffrisst. Schock lähmt meine Muskeln, obwohl alles in mir danach schreit, diesen Raum augenblicklich zu verlassen.

Während Mr. Walker irgendetwas in der Richtung von sich gibt, dass diese Leute sich ihre Lebensumstände selbst zuzuschreiben hätten und jeder sein Schicksal selbst in der Hand habe, sehe ich hinüber zu Will. Seine Kiefermuskulatur ist angespannt, in seinen kastanienbraunen Augen schimmert der Verrat. Etwas in mir zerbricht. Der Boden unter meinen Füßen zerbröckelt in Sekundenschnelle und lässt mich fallen. So tief, dass mein Magen sich schmerzhaft zusammenzieht. Die Suppe vermischt sich sprudelnd mit dem Sekt. Übelkeit steigt in mir empor.

Ich stehe so abrupt auf, dass mein Stuhl auf den Boden kippt und ich mit den Oberschenkeln die Tischplatte streife. Ein Klirren erfüllt den Raum, als mein Besteck gegen das Porzellan scheppert. Ohne ein Wort des Abschieds flüchte ich aus dem Esszimmer. In meinem Rücken höre ich, wie Wills Vater wissen möchte, was vor sich geht, während Will meinen Namen ruft. Doch ich kann mich ihm jetzt nicht stellen. Zu sehr schmerzt der Verrat. Zu tief ist die Wunde, die er mir zugefügt hat. In meiner Brust klafft ein Riss, der mit jeder Sekunde, die ich hierbleibe, weiter aufreißt. Der mich zerreißt. Jeder Atemzug schmerzt. Die ersten Tränen brennen in meinen Augenwinkeln, aber ich will mir nicht die Blöße geben, ihm zu zeigen, wie sehr er mich verletzt hat. Wütend blinzle ich sie fort. Beiße mir so fest auf die Innenseite meiner Wange, bis ich den metallischen Geschmack von Blut schmecke. Meine Schritte hallen laut auf dem Marmorboden des Eingangsbereiches wider. Mein Blick ist so verschleiert, dass ich zwei Anläufe brauche, um die Türklinke zu fassen zu bekommen.

Draußen empfängt mich ein lauer Sommerabend. Alles liegt ruhig und idyllisch vor mir. Als wäre nichts geschehen. Ich sauge gierig die frische Luft in meine Lunge, doch sie hilft nicht gegen den Druck, der sich in meiner Brust aufgestaut hat. Als würde ein Zentnergewicht darauf lasten. Hinter mir ertönen schnelle Schritte.

»Scarlett, bitte warte. Es tut mir leid. Ich wollte das nicht.« In Wills Stimme schwingt Verzweiflung mit.

Ich wirble zu ihm herum. »Ach ja? Was genau wolltest du nicht, Will? Mir hinterherschnüffeln? In meiner Vergangenheit graben? Mich für deinen eigenen Erfolg benutzen? Mich bloßstellen?« Zu der Wut gesellt sich Scham, und ich hasse Will dafür, dass er mich das fühlen lässt. Hasse mich selbst dafür.

Will zuckt zusammen, als hätte ich ihn geohrfeigt. Er öffnet den Mund, doch ausnahmsweise scheinen ihm die Worte zu fehlen. Ein bitteres Lachen steigt meine Kehle empor.

»Ich wollte es dir sagen. Als wir im Joshua-Tree-Nationalpark waren, wollte ich es dir sagen«, bringt er schließlich hervor.

»Du meinst, als du das Manuskript schon fertig geschrieben und an deine Agentin geschickt hattest?«, frage ich. Die Enttäuschung, die wie ein Sturm in mir wütet, lässt sich kaum noch kontrollieren.

»Ich werde den Vertrag nicht unterzeichnen«, weicht er mir aus. »Du bist mir wichtiger als alles andere.« Verzweiflung tränkt jedes seiner Worte. In seinen Augen schimmern Tränen. Normalerweise würde es mir physisch wehtun, ihn so zu sehen, doch mein Körper besteht bereits aus einem großen Schmerz, der aus dem Riss in meinem Herzen sickert wie klebriger Teer. Da ist kein Platz für seinen. Nicht mehr.

Er macht einen Schritt auf mich zu, doch ich schüttle den Kopf.

»Wenn ich dir wirklich wichtig wäre, hättest du mich nicht benutzt. Dann wärst du ehrlich zu mir gewesen.« Meine Stimme bricht, und ich hasse sie für ihre Schwäche.

»So war es nicht.« Will fährt sich mit der Hand durch sein kurz geschorenes Haar. »Bitte, O'Hara.«

Die Erwähnung meines Kosenamens fühlt sich wie eine Verhöhnung an. Der Schmerz ist roh und tobt wie eine Bestie in mir.

»Nenn mich nicht so! Dieses Recht hast du verwirkt, als du das erste Wort geschrieben hast.« Ein feuchter Schleier legt sich über meine Sicht, und ich weiß, wenn ich jetzt nicht gehe, werde ich vor ihm in Tränen ausbrechen. Also flüchte ich die gepflasterte Auffahrt hinab, durch das massive Metalltor, das unsere Leben voneinander trennt.

KAPITEL 37

Scarlett

Mein Handy vibriert auf dem Beifahrersitz. Ich lehne den Anruf ab und schalte das Gerät auf lautlos, ohne einen Blick darauf zu werfen. Ich weiß auch so, dass es Will ist. Es ist bereits sein fünfter Versuch innerhalb von dreißig Minuten. Nachdem ich seine Nummer auf dem Messengerdienst blockiert habe, ist es seine einzige Möglichkeit, mich zu erreichen. Doch ich will seine Entschuldigungen nicht hören.

Noch nie zuvor hat mich jemand so sehr verletzt. Der Schmerz sitzt so tief und ist so allumfassend, dass ich mich frage, wie ich mich jemals davon erholen soll. Der Mann, von dem ich dachte, dass er mein Zuhause sein könnte, hat mich nur benutzt. Hat mein Schicksal ausgeschlachtet, um seinen eigenen Träumen näher zu kommen. Heiße Tränen fließen über meine Wangen, sickern in meine Mundwinkel, bis ich das Salz auf der Zunge schmecke. Die blinkenden Lichter der Werbetafel gegenüber dem Parkplatz verschwimmen zu roten und gelben Schlieren. Energisch reibe ich mir mit dem Handrücken über die Augen.

Bei dem Gedanken daran, dass er morgen in *Patty's Pies* auftauchen könnte, verknotet sich mein Magen. In diesem Augenblick wird mir klar, dass ich nicht dorthin zurückkehren kann. Dass ich das tun muss, was ich immer tue, wenn jemand der Wahrheit zu nahe kommt. Ein Kloß bildet sich in meinem Hals. Trotzdem greife ich nach meinem Handy. Die sich stapelnden Benachrichtigungen über die unzähligen unbeantworteten Anrufe wische ich zur Seite. Stattdessen öffne ich die E-Mail-App und schreibe ein paar Zeilen an meinen Chef Tony. Es ist meine fristlose Kündigung. Garniert mit einer Entschuldigung und vagen Ausflüchten sowie Begründungen, warum ich von heute auf morgen meinen Job hinwerfe.

Am Ende ist der Grund für Tony bedeutungslos, so viel habe ich aus meinen vergangenen Arbeitsverhältnissen gelernt. Manche Chefs haben gar nicht auf meine Kündigung reagiert, andere haben mich verflucht, die wenigsten haben mir Glück für die Zukunft gewünscht. Ich bin ersetzbar, habe keine bleibenden Spuren hinterlassen. Genauso wie meine bisherigen Jobs es für mich waren. Meine Gedanken wandern zu Tammy, und meine Brust wird eng. Denn Tammy hat Spuren hinterlassen.

Du könntest hierbleiben, wispert eine Stimme in meinem Kopf. Und für einige Sekunden gebe ich mich dieser Vorstellung hin. Tammy hat dafür gesorgt, dass mir die endlosen Meilen, die ich täglich im Diner auf und ab laufe, weniger beschwerlich vorgekommen sind. Sie hat mir jeden Tag ein Lächeln auf die Lippen gezaubert. Aber wenn ich bleibe, wird sie hinter mein Geheimnis kommen, und ich würde es nicht ertragen, wenn sie mich plötzlich mit anderen Augen sieht. Ich muss gehen, auch wenn es wehtut. Denn zu bleiben würde noch mehr schmerzen.

Ich atme einmal tief durch, bevor ich auf meinem Handy zu der Website navigiere, auf der landesweite Stellen für Gelegenheitsjobs ausgeschrieben sind. Die ersten paar überspringe ich, weil sie entweder am anderen Ende des Landes liegen oder nicht meinem Profil entsprechen. An einem Gesuch für eine Kellnerin für ein Café in San Francisco bleibe ich hängen. Wenn ich gleich losfahre, könnte ich morgen früh dort sein. Bevor ich zu intensiv darüber nachdenken kann, klicke ich auf den Button *Nachricht senden* und schicke meinen üblichen Standardtext mit dem Vermerk, dass ich gern kurzfristig vorbeikommen und zur Probe kellnern kann. Letzteres natürlich unentgeltlich. Damit habe ich bisher jeden Manager dazu gebracht, sich innerhalb von vierundzwanzig Stunden zu melden.

Nachdem die leichten To-dos abgehakt sind, kommt jetzt die Aufgabe, vor der ich mich am liebsten drücken würde. Doch Tammy verdient etwas Besseres, als dass ich mich wortlos aus dem Staub mache. Mit zittrigen Fingern öffne ich unseren Chatverlauf und beginne zu tippen. Jeder Buchstabe bohrt sich wie der Dorn einer Rose tief in meine Fingerkuppen. Der Zorn, der eben noch in mir gewütet hat, ist zu etwas Dumpfem geworden. Er ist von der Resignation und der Erkenntnis, mich einer Illusion hingegeben zu haben, niedergedrückt worden.

Ich habe gewusst, dass es ein Risiko ist, mein Herz an diese Stadt zu hängen. Mein Herz an diese Menschen zu hängen. Trotzdem habe ich mich von der Hoffnung locken lassen, ein Zuhause gefunden zu haben. Ein Fehler, von dem ich mir geschworen habe, ihn nicht wieder zu begehen. Und doch liegt mein Herz jetzt in Scherben zu meinen Füßen.

Es dauert zwanzig Minuten, bis ich einsehe, dass keine Erklärung Tammy zufriedenstellen wird. Also schicke ich ihr die kläglichen paar Sätze, die ich unzählige Male gelöscht und neu formuliert habe.

Hallo, Tammy,
ich wollte dir nur Bescheid sagen, dass ich morgen nicht zur Arbeit kommen werde. Genau genommen werde ich überhaupt nicht mehr kommen. Es ist etwas Ungeplantes passiert, was mich dazu zwingt, die Stadt zu verlassen. Es tut

mir leid, dass ich mich nicht mehr persönlich von dir verabschieden konnte. Ich wünsche dir alles Gute. Deine Freundschaft war eines der besten Dinge, die mir hätten passieren können.
Leb wohl und drück Seth von mir
Scarlett

Danach schalte ich mein Handy aus und starte den Motor meines Wagens. Herb erwacht mit einem knatternden Laut zum Leben.

»Am Ende läuft es doch immer wieder auf uns beide hinaus, nicht wahr?« Ich tätschele das Lenkrad, bevor ich den Wagen auf die Straße navigiere, die uns aus Los Angeles führt. Hinaus in eine neue Stadt. Einen neuen Job. Und weg von einem Ort, der mein Zuhause hätte werden können.

***

Ein Gähnen stiehlt sich auf meine Lippen. Nach sechs Stunden Fahrt fühlt sich jeder Muskel in meinem Körper verkrampft an. Obwohl ich alle zwei Stunden eine Raststätte angefahren und mich dort mit Koffein versorgt habe, fällt es mir schwer, die Augen offen zu halten. Daran kann nicht einmal der geradezu malerische Anblick der langsam hinter den Hügeln San Franciscos aufgehenden Sonne etwas ändern. Würde das Wetter meinen inneren Gemütszustand widerspiegeln, würden draußen Gewitterwolken den Himmel dunkelgrau färben und dicke Regentropfen auf die Windschutzscheibe prasseln.

Ein aggressives Brummen durchschneidet die Stille im Wagen und lässt mich zusammenzucken. Ein Blick zur Armatur verrät mir, dass Tammy der Grund dafür ist, dass mein Handy in der Halterung hin und her hüpft wie ein Fisch auf dem Trockenen. Sie muss meine Abschiedsnachricht gelesen haben. Ich strecke die Hand nach dem Gerät aus, und mein Zeigefinger schiebt den Anrufbutton wie von selbst zur Seite.

»Scarlett? Ist das ein schlechter Scherz? Wo bist du?« Tammys aufgebrachte Stimme füllt den Innenraum des Wagens. Es tut so gut, sie zu hören, dass ich aufschluchze.

Schnell presse ich mir die Hand auf den Mund, doch es ist bereits zu spät.

»Scarlett? Was ist passiert?« Tammy klingt nicht länger wütend, sondern besorgt. Und alles, was ich in diesem Augenblick will, ist, ihr die Wahrheit zu sagen. Ihr von diesem Abend zu erzählen, der alles zerstört hat. Der so schrecklich war, dass allein die Erinnerung daran so sehr schmerzt, dass ich kaum Luft bekomme.

»Scarlett, bitte sprich mit mir. Wenn du mir nicht augenblicklich sagst, was los ist, rufe ich die Polizei.« Erst ihre Drohung reißt mich aus meiner Starre.

Ich hätte diesen Anruf niemals entgegennehmen dürfen. Doch gerade jetzt brauche ich meine Freundin mehr denn je. Ihr nicht einmal sagen zu können, warum, zerreißt mich innerlich.

»Es tut mir leid, Tammy. Es ist alles in Ordnung. Es geht mir gut. Ich wollte dir keinen Schrecken einjagen«, sage ich in dem Versuch, sie zu beruhigen.

»Was genau tut dir leid? Dass du dich einfach aus dem Staub gemacht hast? Ohne Vorwarnung? Ohne Erklärung? Und ohne dich persönlich zu verabschieden?!« Jetzt, da sie weiß, dass sie sich keine Sorgen um meine Gesundheit machen muss, ist sie zu ihrer ursprünglichen Gefühlsregung zurückgekehrt: Wut.

»Es ging nicht anders. Glaub mir, ich wünschte, ich könnte bleiben.« Ich will es so sehr, dass ich meine Finger fester um das Lenkrad kralle, um mich davon abzuhalten, einen U-Turn zu machen und zurück nach Los Angeles zu fahren.

»Ich verstehe das nicht. Gestern war doch noch alles in Ordnung. Was ist passiert?«

Natürlich hätte ich damit rechnen müssen, dass Tammy sich nicht so leicht abspeisen lässt. Sie ist immerhin meine Freundin.

Oder vielmehr war es. Denn wie soll sie mir verzeihen, dass ich einfach abgehauen bin? Kälte breitet sich in mir aus. Es fühlt sich an, als würden sich Eiszapfen in mein Herz bohren.

»Es tut mir leid, dass ich dich einfach so im Stich lasse. Dass du die Schicht jetzt allein machen musst ...«

Sie unterbricht mich mit einem abfälligen Schnaufen. »Vergiss doch *Patty's Pies*. Es geht mir nicht darum, dich als Kollegin zu verlieren. Ich dachte, wir seien Freundinnen.« Jetzt klingt sie so verletzt, wie ich mich fühle.

»Das sind wir, und ich werde dich wahnsinnig vermissen.« Tränen schleichen sich zwischen die Worte.

»Warum bist du dann gegangen? Und wohin überhaupt?«

Ich schweige kurz. Versuche, eine Antwort zu formulieren, die sie so weit zufriedenstellt, dass sie nicht weiter nachbohrt und gleichzeitig weit genug von der Wahrheit entfernt ist.

»Ich musste gehen, mehr kann ich dir nicht sagen. Aber bitte glaub mir, dass ich mindestens ein Dutzend Mal darüber nachgedacht habe, wieder umzukehren.« Meine Sehnsucht nach dem Ort, der sich wie ein Zuhause angefühlt hat, blitzt durch.

Tammy schweigt so lange, dass ich schon befürchte, dass sie aufgelegt hat, doch dann räuspert sie sich.

»Okay.«

Mit diesem einen Wort schafft sie es, mir erneut die Tränen in die Augen zu treiben. Obwohl ich weiß, dass sie am liebsten nachbohren würde, weil Tammy einfach nicht anders kann, tut sie es nicht. Sie vertraut mir, und das ist mehr, als ich verdiene.

»Sagst du mir wenigstens, wo du jetzt bist?«

Ich zögere. Die weise Entscheidung wäre, es ihr nicht zu verraten. Doch es fühlt sich falsch an, sie anzulügen. Tammy hat mehr verdient, und wenn ich ihr schon nicht die ganze Wahrheit sagen kann, dann doch wenigstens diesen Teil.

»San Francisco.«

Erneut folgt Schweigen, bevor Tammy staubtrocken sagt: »Na, dann ist ja gut, dass du deine Beine durch monatelanges

Training im *Patty's Pies* abgehärtet hast. Ich habe gehört, San Francisco hat verflucht viele Hügel.«

Einen Augenblick lang sagt keine von uns etwas, dann lachen wir gleichzeitig los. Es fühlt sich befreiend und beklemmend zugleich an.

»Verdammt, ich werde dich vermissen, Tammy«, bringe ich schließlich mühsam hervor.

»Sag das nicht so, als ob das ein Abschied für immer wäre. So schnell wirst du mich nämlich nicht mehr los.«

Zum ersten Mal, seitdem ich L. A. hinter mir gelassen habe, keimt Hoffnung in mir auf. Die Hoffnung, dass ich nicht wieder alles verlieren werde. Die Hoffnung, dass ich nicht gänzlich allein bin.

KAPITEL 38

William

Die Haustür fällt mit solcher Wucht hinter mir ins Schloss, dass die Glasscheiben im Rahmen vibrieren. Wie konnte ich es so weit kommen lassen? Wie konnte ich zulassen, dass sie es auf diese Art und Weise erfährt? Wie konnte ich ihr das antun? Und wie konnte ich glauben, dass sie mir verzeihen würde?

Ich umfasse den Handlauf so fest, dass die Fingerknöchel sich weiß unter meiner Haut abzeichnen. Da ist so viel Wut in mir. So viel Selbsthass. So viel Verzweiflung. Meine Schuhsohlen klatschen mit der Wucht von Peitschenhieben auf die marmornen Treppenstufen.

»Wo denkst du, dass du hingehst?« Die Stimme meines Vaters donnert durch die Eingangshalle.

Mein Fuß erstarrt mitten in der Bewegung, schwebt über der nächsten Erhebung. Ich weiß, dass es besser wäre, wenn ich einfach gehen würde. Wenn ich der Konfrontation aus dem Weg gehe. Denn in diesem Moment gibt es nur eine Person, die ich mehr hasse als mich selbst. Und das ist mein Vater.

»Nicht jetzt, Dad«, knurre ich durch zusammengebissene Zähne. Trotzdem kann ich meinen Körper nicht dazu bringen, meinen Weg in den ersten Stock fortzusetzen. Etwas in mir will, dass die Situation eskaliert. Etwas in mir sucht nach einem Ventil für den explosiven Gefühlscocktail, der nur Millimeter unter der Oberfläche brodelt.

»Das hier ist immer noch mein Haus, und ich erwarte, dass man mich mit Respekt behandelt. Diesen haben sowohl deine Freundin als auch du schmerzlich vermissen lassen.« Seine Stirn ist vor Verärgerung gefurcht, seine Mundwinkel missbilligend nach unten gezogen.

Es fühlt sich an wie ein Déjà-vu. Eine Situation, wie ich sie Dutzende Mal in meiner Kindheit durchlebt habe. Ich, der seine Erwartungen nicht erfüllt. Er, der wie ein gottähnliches Wesen über mich richtet. Doch dieses Mal ist es das eine Mal zu viel. Dieses Mal ist er zu weit gegangen. Dieses Mal hat er nicht nur mich verletzt, sondern den Menschen, den ich liebe.

»Du hattest kein Recht, Scarlett in diese Sache hineinzuziehen. Du hattest kein Recht, mich vor ihr bloßzustellen. Du hattest kein Recht, über mich zu urteilen. Du hattest kein Recht!« Ich schreie ihm die Frustration, die ich mir selbst gegenüber empfinde, entgegen. Richte sie gegen die einzige andere Person im Raum, um nicht daran zu zerbrechen. Dabei weiß ich, dass es nicht fair ist. Dass meinen Vater keine Schuld trifft. Dass er vermutlich nicht einmal versteht, was eben vorgefallen ist. Aber es ist so viel leichter, ihn anzuschreien als nur mich selbst.

»Ich habe jedes Recht! Ich bin dein Vater, verdammt noch mal.« Er schreit nicht, doch seine Stimme ist dunkel vor unterdrücktem Zorn.

»Mein Vater, dass ich nicht lache. Das Einzige, das dich zu meinem Vater macht, ist die DNA, die wir teilen. Wann warst du denn jemals für mich da? Wann hast du dich jemals darum geschert, was ich wollte?« Die gesamte Verbitterung der letzten vierundzwanzig Jahre bricht wie die Fontäne eines Geysirs aus mir empor. Brodelnd heiß und unkontrollierbar.

»Ich war nicht da, weil ich hart dafür gearbeitet habe, dass die Walker Real Estate Corporation zu dem wird, was sie heute ist. Damit es meinem Sohn nie an etwas fehlt. Nur mir hast du es zu verdanken, dass du überhaupt eine Wahl hast. Dass du dir nie Gedanken um Geld machen musstest.«

»Geld ist nicht alles, Dad. Aber wie kann ich erwarten, dass du das verstehst? Du hast eben das einzig Gute in meinem Leben vertrieben. Genauso, wie du es mit Mom gemacht hast.«

Mein Vater zuckt kaum merklich zurück, als hätte ich ihn geschlagen.

»Du weißt nicht, wovon du redest.« Seine Stimme ist rau, und für einen Augenblick verliert er die Kontrolle über die Maske, hinter der er sonst seine Emotionen verbirgt. Schmerz blitzt aus den Rissen hervor. Ein Schmerz, der mir nur zu bekannt ist. Doch bevor ich etwas sagen kann, ist der Moment vorbei.

»Ich weiß nicht, was genau zwischen dir und deiner Freundin vorgefallen ist, aber ich bin nicht derjenige, den sie angesehen hat, als hätte ihr jemand ein Messer in den Rücken gestoßen.«

Seine Worte treffen wie immer zielgenau. Die Schuldgefühle umstellen mich von allen Seiten, bringen mich zum Stolpern, reißen mich hinab in eine bodenlose Tiefe.

»Ich habe dir diesen Deal angeboten, und was hast du getan? Du hast ihn genutzt, um das, wofür ich jahrzehntelang hart gearbeitet habe, mit Dreck zu bewerfen. Und du sagst, ich habe kein Recht?!« Mein Vater sieht mich lange an. Sein Blick voller enttäuschter Erwartungen.

»Dad …«, bringe ich mühsam über die Lippen. Ich weiß nicht, was ich sagen soll. Ich weiß nicht, wie ich an diesen Punkt gekommen bin. Wie alles so dermaßen schiefgehen konnte. Wie ich in meiner eigenen Geschichte der Bösewicht geworden bin.

»Ich bin fertig für heute«, erwidert mein Vater, bevor er ruckartig kehrtmacht und im Inneren des Hauses verschwindet. Die Stille, die daraufhin folgt, ist so allumfassend, dass sie in meinen Ohren schmerzt. Meine Kehle fühlt sich wund an von den teils ungerechtfertigten Vorwürfen, die ich ihm entgegengeschrien habe. Meine Brust schmerzt von denen, die er erwidert hat.

Ich bin fertig für heute. Seine Worte hallen in mir nach, setzen sich neu zusammen, zu dem, was er eigentlich sagen wollte. *Ich bin fertig mit dir.*

***

Ich liege im Dunkel meines Zimmers und starre an die Decke. Von draußen ertönen in unregelmäßigen Abständen das Bellen von Hunden und die Geräusche vorbeifahrender Autos. Immer wieder blicke ich auf das Display meines Handys, doch es zeigt keine Nachricht von Scarlett an. Nach dem fünften Anruf bin ich direkt auf den Anrufbeantworter weitergeleitet worden. Nachdem sie mich zuvor schon auf der Nachrichten-App blockiert hat, ist meine Hoffnung, heute noch mit ihr zu sprechen, in sich zusammengefallen.

Jetzt bleibt mir nur, auf den nächsten Morgen zu warten und sie im *Patty's Pies* aufzusuchen. Vermutlich sollte ich ihr mehr Zeit geben. Doch meine Angst davor, sie zu verlieren, ist viel zu groß, als dass ich zu Hause sitzen und Däumchen drehen könnte. Jede Sekunde dehnt sich zu einer halben Ewigkeit aus. Unruhig wälze ich mich auf der Matratze von links nach rechts. Queenie, die es sich auf der leeren Bettseite neben mir gemütlich gemacht hat, gibt ein unzufriedenes Miauen von sich.

Irgendwann muss ich schließlich doch eingeschlafen sein, denn als ich die Augen öffne, ist der Raum durchflutet von Sonnenlicht. Es lässt kleinste Staubpartikel in der Luft tanzen, die wie Goldstaub aussehen. Für einen Atemzug scheint die Welt in Ordnung zu sein. Doch dann bahnen sich die Erinnerungen an den vergangenen Abend ihren Weg in mein Bewusstsein.

Das Essen mit meinem Vater und Scarlett. Unser Gespräch in der Einfahrt. Der Schmerz in ihren Augen, der wie ein Schlag in die Magengrube war. Ihre Flucht. Und der darauffolgende Streit mit meinem Vater.

»Fuck!« Ruckartig richte ich mich im Bett auf. Ein Blick auf die Anzeige der Uhr verrät mir, dass ich zu spät bin. Eigentlich wollte ich Scarlett vor ihrer Schicht abpassen. Sie dazu bringen, mir wenigstens fünf Minuten ihrer Zeit zu schenken. Doch jetzt ist es bereits acht Uhr, und im *Patty's Pies* wird die Hölle los sein. Also beschließe ich, zwei weitere Stunden auszusitzen und den Slot zwischen dem Besucheransturm am Morgen und am Mittag zu nutzen. Dummerweise verstreichen die Minuten so langsam, dass es sich anfühlt, als hätte jemand mein Leben auf Slow-Motion-Modus gestellt.

Als ich es keine Sekunde mehr aushalte, schnappe ich mir die Autoschlüssel und mache mich auf den Weg. Ich fahre zweimal um den Block und warte dann weitere fünfzehn Minuten im Wagen, bevor ich endlich auf wackligen Beinen das Diner ansteuere. Mit jedem Schritt, der mich der Eingangstür näher bringt, schlägt mein Herz schneller. Nervosität durchdringt meinen gesamten Körper, lässt meine Handflächen feucht und meine Atmung zittrig werden. Ich könnte sie verlieren. Vielleicht habe ich das sogar schon.

Das Klingeln der Glocke, das beim Eintreten über meinem Kopf ertönt, nehme ich nur am Rande wahr. Meine Aufmerksamkeit ist auf den Tresen gerichtet. Hinter ihm steht Tammy, die soeben zwei Teller aus der Durchreiche entgegennimmt. Automatisch blicke ich nach links und suche die Gänge nach einem rotblonden Haarschopf ab. Stattdessen entdecke ich nur einen strohblonden. Die Kellnerin hat mir den Rücken zugewandt, trotzdem erkenne ich in ihr Scarletts Kollegin Sandy.

Meine Gedanken beginnen sich zu überschlagen. Normalerweise arbeiten pro Schicht immer nur zwei Bedienungen im Diner. Ein unangenehmes Ziehen macht sich in meinem Bauch breit.

»Was hast du mit Scarlett gemacht?!« Tammy pikst mir ihren Zeigefinger in die Brust. Ich war derart in meine Gedanken vertieft, dass ich nicht bemerkt habe, wie sie ihren Platz hinter der Theke verlassen hat. Auf der Tischplatte stehen die beiden Teller, die sie achtlos zurückgelassen hat, um mir einen Einlauf zu verpassen.

»Ist sie hier?«, frage ich, obwohl ich die Antwort bereits kenne.

»Sie hat gekündigt!« Ihre Augen sprühen vor Empörung Funken.

Alles in mir wird kalt. Mein Kopf ist mit einem Mal wie leer gefegt.

»Weißt du, wo sie ist?«, frage ich, die Worte nur mühsam an dem Kloß in meinem Hals vorbeipressend.

»Ich weiß zwar nicht, was zwischen euch passiert ist, aber sie will dich nicht sehen.«

»Bitte, Tammy. Ich muss mit ihr sprechen.« Meine Stimme ist ein reines Flehen.

Sie schüttelt den Kopf. »Es ist zu spät. Sie hat L. A. bereits verlassen.«

Ihre Worte lassen eine Welle aus Verzweiflung und Hoffnungslosigkeit über mir zusammenbrechen. Der Schmerz, der in meinem Inneren tobt, lässt alles in den Hintergrund treten. Wie durch eine Scheibe höre ich Tammy, die weiter auf mich einredet und mir Vorwürfe macht. Doch ihre Worte dringen nicht bis zu mir durch. Blut rauscht in meinen Ohren, während nur ein einziger Gedanke durch meinen Kopf rast: *Ich habe sie verloren.* Diese Erkenntnis ist so schmerzhaft, dass sie mir den Boden unter den Füßen wegzieht.

Ich mache auf dem Absatz kehrt und wanke in Richtung des Ausgangs. In meinem Rücken ruft Tammy meinen Namen und noch ein paar Verwünschungen, doch darum kann ich mich in diesem Augenblick nicht kümmern. Mit jeder Sekunde, die ich im *Patty's Pies* bleibe, wird ein Zusammenbruch wahrscheinlicher. Das Diner, das in den letzten Wochen und Monaten ein zweites Zuhause für mich geworden ist, ist jetzt nur noch ein schmerzhaftes Mahnmal für mein Versagen. Meine Füße tragen mich wie auf Autopilot zu meinem Wagen. Alles in mir ist taub.

Ich weiß nicht, wie ich es nach Hause schaffe. Erst als die schwere Eichentür meines Zimmers hinter mir ins Schloss fällt und ich mit dem Rücken an dem kühlen Holz hinab auf den Boden sinke, erwache ich aus dem Schockzustand.

Sie ist wirklich gegangen.

Es sollte mich nicht überraschen. Immerhin hat sie mir selbst erzählt, dass sie in den letzten anderthalb Jahren immer wieder die Stadt gewechselt hat. Vermutlich jedes Mal, wenn jemand ihrem Geheimnis zu nahe gekommen ist, wie mir jetzt klar wird. Trotzdem fühlt es sich wie ein Schlag in die Magengrube an. Ich lasse meinen Hinterkopf gegen das Holz fallen. Die Hoffnungslosigkeit raubt mir den Atem.

Sie ist wirklich gegangen.

Heiße Tränen rinnen über meine Wangen. Jede Zelle, jede Faser in mir schmerzt. Ich wusste nicht, dass seelischer Schmerz den ganzen Körper infiltrieren kann. Wusste nicht, wie es sich anfühlt, wenn einem das Herz bricht. Denn genauso fühlt es sich in diesem Augenblick an. Als hätte Scarlett einen Teil meines Herzens mitgenommen.

Queenie kommt von ihrem Platz auf ihrem Schlafkissen auf mich zugelaufen. Ihre Schritte wirken noch immer etwas unsicher, obwohl sie den Gips schon seit zwei Wochen nicht mehr trägt. So als würde sie ihrem rechten Hinterbein nicht ganz trauen. Sie stellt sich mit den Vorderpfoten auf meine Oberschenkel und legt ihr Köpfchen zur Seite. Ihr »Miau« klingt wie eine Frage.

»Ich habe es verkackt, Queenie. Ich habe sie verjagt. Ich habe alles kaputtgemacht.« Tränen strömen unablässig über meine Wangen.

Meine Katze klettert auf meinen Schoß und reibt ihren Kopf gegen meinen. Ich schmiege mein Gesicht in ihr weiches Fell, und sie lässt es geschehen. Doch selbst ihr Schnurren, das mich sonst in jeder Lebenslage beruhigt, kann die Hoffnungslosigkeit nicht vertreiben.

***

»Ich hoffe für dich, dass du kurz vorm Abkratzen bist. Eine andere Entschuldigung dafür, dass du meine Nachrichten seit drei Tagen ignorierst, kann ich nämlich nicht gelten lassen.«

Blinzelnd zwinge ich meine Augenlider auf, die sich viel zu schwer anfühlen. Ich schiebe die Bettdecke, unter der ich im Moment quasi lebe, ein Stück nach unten und entdecke meinen besten Freund, der im Türrahmen steht und seine Hände anklagend in die Seiten gestemmt hat.

»Hi«, bringe ich krächzend hervor. Mein Hals fühlt sich so rau an, als hätte ihn jemand mit Schmirgelpapier bearbeitet. Wann habe ich das letzte Mal etwas getrunken?

»Fuck, du siehst wirklich beschissen aus. Was hast du dir denn eingefangen? Ist es etwas Ernstes?« Carlos' empörte Miene weicht Besorgnis, als er zu mir herüberläuft und sich auf die freie Bettseite setzt.

»Nur wenn es stimmt, dass man an einem gebrochenen Herzen sterben kann.« Ich weiß, dass ich meinen Zustand möglicherweise etwas überdramatisiere, aber aktuell fühlt es sich an, als würde mein Körper nur noch aus Schmerzen bestehen. Selbst atmen tut weh. Ich spüre Scarletts Abwesenheit so deutlich, als hätte sie einen Teil von mir mitgenommen. Ich fühle mich antriebslos und schaffe es kaum, mein Bett zu verlassen. Auf meinem Handy stapeln sich unbeantwortete Anrufe von Janine, die mit meiner Absage offensichtlich nicht zufrieden ist. Doch mir fehlt die Kraft, mich ihr zu stellen. Es würde mich nur zu sehr an das erinnern, was ich verloren habe. Und zwar nicht den Literaturvertrag, der mir aktuell kaum weniger bedeuten könnte, sondern die Frau, die ich liebe.

»Sie hat herausgefunden, dass das Buch von ihr handelt, oder?« Carlos hat die Situation mit seinem detektivischen Spürsinn natürlich sofort erfasst.

Anstelle einer Antwort ziehe ich mir die Decke über den Kopf.

»Was ist genau passiert?« Seine Stimme klingt dumpf durch die Daunen hindurch.

Erinnerungen an den verhängnisvollen Abend fluten meinen Kopf, und alles in mir krampft sich zusammen. Es war das letzte Mal, dass ich Scarlett gesehen habe. Aufgelöst und zutiefst verletzt. Durch meine Taten. Durch meine Unbedachtheit.

Carlos zieht mir die Decke mit einem energischen Ruck vom Gesicht und sieht mich fragend an.

Seufzend richte ich mich ein Stück im Bett auf. »Mein Vater hat die Bombe platzen lassen. Ich habe ihm den Vertragsentwurf für das Manuskript zugeschickt, um meinen Teil des Deals zu erfüllen. Dummerweise war der E-Mail-Verlauf angehängt, in dem meine Agentin über das Thema des Buchs gesprochen hat. Mein Vater hat sich natürlich wahnsinnig darüber aufgeregt, dass Vermieter und Immobilienkonzerne dabei nicht gut wegkommen. Immerhin geht es um Obdachlosigkeit und ein kaputtes System. Er hat Scarlett und mich abgefangen und uns zu einem gemeinsamen Abendessen genötigt. Noch vor dem Hauptgang hat er sie gefragt, was sie davon hält, dass ich ihm in den Rücken falle.«

»Ich will ja nicht sagen, dass ich es dir gesagt habe, aber ehrlich, Kumpel, ein Buch über seine Freundin zu schreiben, ohne es ihr zu sagen, kann nur in einer absoluten Vollkatastrophe enden.« Carlos tätschelt mitleidig meinen Fuß, der unter der Decke verborgen liegt.

»Ich wollte den verdammten Vertrag doch gar nicht annehmen. Sie sollte es nie erfahren.« Es ist eine schlechte Entschuldigung. Eine miserable.

»Wie hat sie reagiert?«

»Sie ist wortlos aufgestanden und davongelaufen. Ich habe versucht, es ihr zu erklären, aber sie wollte mir nicht zuhören.«

Jeder Erinnerungsfetzen ist wie ein Messer, das in meine Brust sticht.

»Vielleicht braucht sie nur ein bisschen Zeit. Versuch es doch einfach in ein paar Tagen noch mal«, schlägt Carlos vor.

»Es ist zu spät. Sie ist fort.« Ich zerre an der Decke und verkrieche mich erneut unter dem Laken, um der Realität zu entfliehen, in der Scarlett nicht länger Teil meines Lebens ist.

Doch Carlos hat kein Erbarmen und zieht mir den Schutzwall direkt wieder weg. »Wie meinst du das?«

»Sie hat im Diner gekündigt und die Stadt verlassen.« Hat mich verlassen. Jedes Mal, wenn ich es realisiere, nimmt es mir kurz den Atem.

»Dann ruf sie an, oder schreib ihr eine Nachricht, in der du alles erklärst.« Mein Freund lässt nicht so schnell locker.

»Sie hat meine Nummer blockiert.« Hoffnungslosigkeit durchdringt meine Worte.

»Hm.« Carlos kratzt sich nachdenklich am Kinn, bis sich seine Miene aufhellt. »Dann bitte doch ihre Freundin um Hilfe.«

»Sie ist nicht sonderlich gut auf mich zu sprechen.« Was wohl die Untertreibung des Jahrhunderts ist.

»Und was ist dein Plan? Im Bett liegen und dir die Decke über den Kopf ziehen?« Obwohl in seinen Worten eine unausgesprochene Herausforderung liegt, nicke ich lediglich und greife nach dem dunkelblauen Stoffzipfel. Doch mein bester Freund schüttelt den Kopf und steht mit einer schwungvollen Bewegung auf. Meine Decke reißt er wie ein wehendes Cape hinter sich her.

»Hey!«, protestiere ich und schnappe mir eines der Kopfkissen, um mich dahinter zu verstecken.

»Was ist los mit dir? Die Frau, die du liebst, ist gegangen, und du unternimmst nicht einmal den Versuch, um sie zu kämpfen?« Carlos deutet anklagend mit dem Finger auf mich.

»Was soll ich denn machen? Ich weiß weder, wo sie wohnt, noch, wie ich sie erreiche.« Ich zucke hilflos mit den Schultern.

Gleichzeitig lodert Wut in mir auf. »Denkst du nicht, dass ich Himmel und Hölle in Bewegung setzen würde, wenn es anders wäre?!«

»Ich glaube, du bist zu sehr damit beschäftigt, in Selbstmitleid zu baden, um irgendetwas zu unternehmen.«

Die Lethargie der vergangenen Tage fällt mit einem Schlag von mir ab. Empörung bringt mich dazu, aufzustehen und Carlos mit dem Kissen zu bewerfen.

»Sie hat mir das verdammte Herz gebrochen«, ist das Einzige, was ich herausbringe. Wie zur Bestätigung pocht es schmerzhaft in meinem Brustkorb.

»Wollen wir uns noch mal kurz zurückerinnern, was sie dazu getrieben hat?« Mein ehemals bester Freund hat keinerlei Erbarmen mit mir.

»Ich weiß, dass ich Scheiße gebaut habe. Wenn ich könnte, würde ich alles rückgängig machen und dieses verfluchte Buch niemals schreiben. Aber das kann ich nicht.« Der Energiestoß, der mich bei Carlos' Worten eben noch durchzuckt hat, versickert im Teppichboden und lässt mich mit der mir bereits vertrauten Resignation zurück, die schwer an meinen Gliedern zerrt.

»Dann überleg dir, was du stattdessen tun kannst!« Carlos kommt auf mich zu und legt seine Hand auf meine Schulter. »Du bist ein verdammter Schriftsteller, aus dir sprudeln die kreativen Ideen doch nur so heraus wie aus einer zu stark geschüttelten Sektflasche. Wie wäre es, wenn du diese Fähigkeit nutzt und dir dein eigenes Happy End schreibst?«

Ich will schon protestieren, denn immerhin ist das hier nicht Disneyland, sondern die Realität, doch dann beiße ich mir stattdessen nachdenklich auf die Unterlippe. Was, wenn er recht hat? Wenn es eine Möglichkeit gibt, Scarlett zurückzugewinnen? Ein Funke Hoffnung kämpft sich zurück in mein Herz.

»Vielleicht ist das gar keine so dumme Idee«, murmle ich.

»Du kannst mich von jetzt an gern Einstein nennen.« Carlos verzieht die Lippen zu einem breiten Grinsen, das vor Selbstzufriedenheit nur so strotzt.

»Da würde sich Besagter aber im Grab umdrehen. Ohne einen Taschenrechner könntest du nicht mal dreizehn mal acht minus fünfundzwanzig berechnen«, ziehe ich ihn auf.

Mein Kumpel bewegt die Finger, und ich kann an seinem konzentrierten Gesichtsausdruck ablesen, dass er gerade wirklich versucht, meine spontan ausgedachte Rechnung zu lösen. In der Zwischenzeit schnappe ich mir ein T-Shirt aus meinem Kleiderschrank und streife es mir über. Meine Gedanken sind bereits damit beschäftigt, ein alternatives Ende für Scarletts und meine Geschichte zu finden.

Ich könnte versuchen, mich öffentlich bei ihr zu entschuldigen. Vielleicht in einer dieser Radiosendungen, in denen man sich Lieder für geliebte Menschen via Anruf wünschen kann. Aber wie realistisch ist es, dass sie es hören würde? Ein Lottogewinn wäre wahrscheinlicher. Und das, obwohl ich nicht einmal einen Spielschein besitze.

Ich könnte einen Privatdetektiv auf sie ansetzen. Gar nicht creepy. Außerdem würde sie das nur noch mehr darin bestätigen, mich aus ihrem Leben zu streichen. Immerhin wäre es eine erneute Verletzung ihrer Privatsphäre.

Ich könnte ...

»Neunundsiebzig.« Carlos' Stimme reißt mich aus meinen Gedanken.

»Was?«

»Dreizehn mal acht minus fünfundzwanzig ergibt neunundsiebzig«, erläutert er mit stolz gerecktem Kinn.

»Und dafür hast du jetzt wie lange gebraucht?«, ziehe ich ihn auf, woraufhin er schmollend die Unterlippe vorschiebt.

»Hast du dir in der Zwischenzeit ein alternatives Ende für eure Liebesgeschichte überlegt?«, geht er zum Gegenangriff über.

Ich schüttle den Kopf. »Noch nicht.«

»Okay, ich habe für heute nichts mehr geplant.« Carlos wirft seine Jacke über die Lehne meines Sofas, bevor er sich in die Kissen fallen lässt.

Ich runzle irritiert die Stirn.

»Na, du glaubst doch wohl nicht, dass ich meinen besten Freund ausgerechnet dann hängen lasse, wenn er mich am dringendsten braucht.« Er wirkt ernsthaft gekränkt.

Unwillkürlich stiehlt sich ein schwaches Lächeln auf meine Lippen. Warum bin ich nicht selbst auf die Idee gekommen, mich bei ihm zu melden? Ich hätte wissen müssen, dass er immer für mich da ist. Dass er mir so lange in den Hintern tritt, bis ich wieder auf eigenen Beinen stehe.

»Was machst du denn, wenn du dich mit einer Frau streitest?«, frage ich.

»Entschuldige mal, aber wie kommst du darauf, dass ich in dem Szenario das Problem bin?« Die Art und Weise, wie er dabei geflissentlich meinem Blick ausweicht, verrät mir alles, was ich wissen muss.

»Nur so ein Gefühl«, sage ich grinsend und hebe abwehrend die Hände. Die Kabbeleien mit meinem Kumpel sorgen dafür, dass ich mich langsam wieder wie ich selbst fühle statt nur wie ein Schatten meiner selbst.

»Du willst nur von dir selbst ablenken«, schießt er zurück. »Aber gehen wir mal davon aus, dass ich wirklich Scheiße gebaut hätte – was ich nicht habe. Dann würde ich ihr Blumen schicken.«

»Blumen? Ernsthaft? Geht es noch klischeehafter?«

Ein Sofakissen fliegt anstelle einer Antwort in meine Richtung.

»Entschuldige, ich weiß einfach nicht, wie ich das, was ich Scarlett angetan habe, auch nur im Ansatz wiedergutmachen soll.« Mit einem Seufzen lasse ich mich auf der Bettkante nieder.

»Ja, ich fürchte, mit einem Strauß Rosen kommst du da nicht weit.« Carlos zieht eine Grimasse.

Ein paar Minuten lang schweigen wir. Immer wieder öffnet einer von uns den Mund, nur um ihn wieder zu schließen, wenn die Idee doch nichts taugt.

»Vielleicht sollten wir es von einem anderen Punkt aus angehen«, sagt Carlos schließlich.

»Und zwar?«

»Vielleicht müssen wir zum Anfang zurück«, sagt mein Kumpel kryptisch.

Ich lege fragend den Kopf zur Seite.

»Na, wie habt ihr euch kennengelernt?«, fragt er.

»Sie hat mir Kaffee und Kuchen serviert. Soll ich ihr eine Entschuldigungstorte backen?«

»Uh, daran hatte ich gar nicht gedacht, aber es gibt auch solche, bei denen Stripper aus der Torte ...«

Ich unterbreche Carlos mit einem eisigen Blick.

»Entschuldige, da ist meine Fantasie etwas mit mir durchgegangen.« Er grinst. »Aber Fantasie ist ein gutes Stichwort.« Er sieht mich abwartend an.

»Ich kapiere kein Wort«, stöhne ich genervt.

»Sie hat dir Nervennahrung gebracht, und du hast ihr was im Austausch dafür gegeben?« Er betont jedes Wort einzeln, als wäre ich ein kleines Kind.

Ich lasse mir seine Worte durch den Kopf gehen, bis es schließlich *Klick* macht und die Puzzleteile sich zusammenfügen.

»Ich habe ihr Geschichten geschrieben«, sage ich plötzlich aufgeregt. »Ich könnte eine Geschichte schreiben.«

»Na, siehst du, es geht doch.« Carlos setzt dieselbe Stimmlage ein, die ich benutze, wenn ich meine Katze lobe. Doch ich bin in diesem Augenblick viel zu aufgekratzt, um mich zu revanchieren. Endlich ist da ein Hoffnungsschimmer nach drei Tagen der Dunkelheit.

»Aber was für eine Geschichte?«, überlege ich laut.

»Vielleicht wieder eine umgedichtete Disney-Geschichte? Dann hast du auch gleich das Happy End abgedeckt«, wirft Carlos ein.

Und in diesem Augenblick wird mir klar, dass es nicht ausreichen wird, die Geschichte eines erfundenen Charakters zu erzählen. Dass ich keine weiteren Fantasiekonstrukte bauen kann.

Es muss etwas Echtes sein. Etwas Wahres. Es muss *meine* Geschichte sein. Schmerzhaft ehrlich und ungeschönt.

KAPITEL 39

Scarlett

»Manchmal spinnt die Maschine etwas, dann musst du einfach zweimal fest auf den Deckel hauen.« Meine neue Kollegin mit dem Namen Ava sieht mich abwartend an. Dabei kaut sie gelangweilt auf einem Kaugummi herum.

»Zwei Klapse für die Kaffeemaschine ist notiert«, bestätige ich, woraufhin sie zufrieden nickt und mir erklärt, wo das Kaffeepulver und die Filter verstaut sind.

Während ich ihr mit halbem Ohr lausche, denn nach über anderthalb Jahren im Service kann ich den Job im Schlaf, wandern meine Gedanken immer wieder zurück zu einem anderen Diner. Zu einer anderen Stadt. Zu einem anderen Leben. Hitze ballt sich in meinem Magen zusammen, und ich beiße fest auf die Innenseite meiner Wange. Obwohl ich mir verboten habe, an das zu denken, was ich hinter mir gelassen habe, bleiben die Erinnerungen durch meine Gespräche mit Tammy präsent.

Eigentlich hatte ich mir vorgenommen, einen glatten Schlussstrich zu ziehen. Mit Los Angeles auch alle Menschen zurückzulassen, die ich dort getroffen habe. So habe ich es zuvor immer gehandhabt. Habe es wie ein Kapitel in einem Buch zugeschlagen und ein neues begonnen. Doch bisher waren alle

Orte nur kurze Zwischenhalte. Gefüllt mit austauschbaren Jobs und Menschen. In L. A. hatte ich eine beste Freundin. Ich hatte einen Freund.

Bei der Erinnerung an den Mann, dessen Namen ich nicht einmal zu denken wage, zieht sich mein Herz schmerzhaft zusammen. Jedes Mal, wenn ich in einer der Sitznischen einen Hinterkopf mit kurz geschorenen schwarzen Haaren erspähe, durchflutet mich ein wilder Cocktail aus widerstreitenden Gefühlen. Freude gemischt mit Wut, Hoffnung durchdrungen von Schmerz. Die Wunde ist zu frisch, die Erinnerung an den Verrat zu präsent.

»Hast du mir überhaupt zugehört?« Ava hat die Hände in die Seiten gestemmt, auf ihrem Gesicht liegt ein angepisster Ausdruck.

»Kaffee immer erst nachschenken, wenn der Becher wirklich leer ist, und nicht häufiger als zweimal pro Stunde«, wiederhole ich ihre Anweisung, die ich zwar nur mit halbem Ohr wahrgenommen habe, aber nicht zum ersten Mal höre.

Obwohl es diese Refill-Mentalität in beinahe jedem Diner gibt, wird sie je nach Geschäftstüchtigkeit des Eigentümers mal strenger und mal lockerer gehandhabt. Dabei habe ich noch in keinem Diner gearbeitet – *Patty's Pies* ausgenommen –, in dem der Kaffee so gut war, dass man freiwillig eine zweite Tasse hätte haben wollen.

Erneut wandern meine Gedanken zurück zu dem heimeligen Restaurant und seinen Gästen. Ob Mrs. Philipps jemand anderen zum Reden finden wird? Es hat einige Zeit gedauert, bis sie aufgetaut ist und mir von ihrem verstorbenen Mann und ihrem Ritual berichtet hat. Ob Sandy sich die Mühe machen wird, ihr Vertrauen zu gewinnen? Ob Matthew, der nette Truckerfahrer mit der zerschlissenen Kappe, die er nicht einmal absetzt, wenn er in Richtung der Klos verschwindet, bemerken wird, dass ihm heute eine andere Bedienung sein Rührei mit Speck bringt? Ob Will weiterhin kommen wird? Ich beiße die Zähne so fest aufeinander, dass es ein lautes Klacken verursacht, woraufhin Ava mir einen kritischen Blick zuwirft.

Reiß dich zusammen!, rufe ich mich selbst zur Ordnung und schenke meiner neuen Kollegin ein gezwungenes Lächeln. Diese mustert mich noch einige Sekunden länger, bevor sie kopfschüttelnd hinüber zur Kasse geht, wo sie ihre Erklärungen fortführt. Obwohl ich durch meine häufig wechselnden Arbeitsstellen mittlerweile einige Modelle gesehen habe, bemühe ich mich, möglichst interessiert zu tun, indem ich nach jeder Ausführung von Ava ekstatisch nicke. Das bringt mir am Ende jedoch bloß ein kleines Schleudertrauma und einen genervten Blick meiner Kollegin ein.

»Kommst du allein klar?«, fragt sie mich und lässt ihren Kaugummi schnalzen.

Ich nicke. »Ja, danke für die Einführung.«

»Wenn noch etwas sein sollte, frag mich einfach«, bietet sie an, während ihr Blick mir sagt, dass ich das auf keinen Fall tun soll.

Leise seufzend zücke ich Stift und Block und steuere einen der Tische in meinem Bereich an. Ohne Tammy als Kollegin ziehen sich die Stunden zäh wie alte Karamellbonbons. Obwohl ich erst gestern meinen Probearbeitstag hatte, merke ich bereits, dass man Stammgäste hier vergebens sucht. Stattdessen strömen den ganzen Tag über Touristen durch die Tür, die grundsätzlich immer in Eile sind und sich über die für ihren Geschmack überteuerten Preise beschweren. Nach vier Stunden schmerzen meine Gesichtsmuskeln nicht nur vom übertrieben freundlichen Lächeln, sondern auch davon, dass ich mir ständig auf die Innenseite meiner Wange beißen muss, um meinen Frust nicht laut hinauszuschreien.

»Ich mache kurz eine Pause«, rufe ich Ava zu. Ohne ihren Protest abzuwarten, schlüpfe ich durch den Hinterausgang ins Freie. Eine frische Brise lässt mich frösteln. Im Vergleich zu Los Angeles, wo die Temperaturen konstant bei über fünfundzwanzig

Grad lagen, ist das Wetter hier in San Francisco unbeständig. Besonders morgens ist die Stadt oft in Nebelschwaden gehüllt, die mich meine Winterjacke haben herauskramen lassen. Wenn dann gegen Mittag die Sonne herauskommt, ist es schlagartig wieder Sommer. Deshalb bin ich dazu übergegangen, mich nur im Zwiebellook nach draußen zu trauen, damit ich je nach Wetterlage eine Schicht an- oder ausziehen kann. Besonders nachts vermisse ich die Wärme von Los Angeles.

Das *Sea Gulls Coffee Corner* liegt nur zwei Gehminuten vom Pier entfernt. Ich folge dem Strom der Touristen, die über die hölzernen Planken in Richtung der im Wasser schwimmenden Plattformen drängen, auf denen sich die Seelöwen bei gutem Wetter zu sonnen pflegen. Heute hängen die Nebelschwaden jedoch wie Zuckerwatte an den Pfeilern der Golden Gate Bridge und hüllen die Bucht in trübes Grau. Die schwimmenden Inseln aus Holz liegen verlassen da, was einem kleinen Mädchen neben mir ein enttäuschtes Stöhnen entlockt. Da ich an meinem ersten Tag schon Bekanntschaft mit den Tieren und ihrem nicht gerade angenehmen Geruch – irgendwas zwischen vergammeltem Fisch und ungewaschenen Haaren – gemacht habe, teile ich ihre Enttäuschung nicht. Stattdessen genieße ich den frischen Duft nach Meer. Wenn ich hier stehe, die Augen schließe und das Rauschen der sich am Pier brechenden Wellen höre, die sich mit den Schreien der Möwen vermischen, kann ich mir für einen Augenblick vorstellen, dass ich zurück in Los Angeles bin.

Der Ellbogen eines Mannes trifft mich so harsch an der Schulter, dass ich die Augen aufreiße und ins Taumeln gerate. Bevor ich mich beschweren kann, ist er, ohne sich noch einmal umzublicken, im Gewusel verschwunden. Seufzend werfe ich einen letzten Blick auf das Meer und die Pfeiler der Golden Gate Bridge, die sich durch den grauen Wolkenschleier abzeichnen. Es ist ein beeindruckender Anblick, und trotzdem würde ich ihn jederzeit gegen die von Palmen gesäumte Promenade des

Venice Beach eintauschen. Meine Schritte sind schwer und zögerlich, als ich die wenigen Meter zurück zum *Sea Gulls Coffee Corner* laufe.

* * *

»Bist du schon über die Golden Gate Bridge gelaufen? Und warst du in dieser Straße mit den vielen Kurven? Oder auf der schwimmenden Gefängnisinsel?« Alles an Tammy strahlt gespielte Begeisterung aus. Ihr Lächeln ist so breit, dass ihre Mundwinkel vermutlich davon schmerzen. Ihre Stimme ist eine halbe Oktave zu hoch, um natürlich zu klingen. Trotzdem bin ich ihr unendlich dankbar dafür, dass sie mir keine Vorwürfe mehr macht. Bei unserem letzten Telefonat, das wir kurz nach meiner Ankunft hier in San Francisco geführt haben, war sie vollkommen aufgelöst. Zu sehen, wie sehr sie meine Entscheidung getroffen hat, hat es mir unmöglich gemacht, einen Schlussstrich zu ziehen. Stattdessen hat unser Gespräch dafür gesorgt, dass ich meine Entscheidung seitdem immer wieder infrage gestellt habe. Vielleicht war meine Flucht doch überstürzt und unnötig. Vielleicht hätte Tammy mich verstanden. Vielleicht hätte sich an unserer Beziehung nichts geändert.

Vielleicht hätte es aber auch alles verändert.

»Nein, ich war weder in der Lombard Street noch im Alcatraz-Gefängnis. Die Golden Gate Bridge kann ich mir dafür in der Mittagspause vom Pier aus ansehen. Aber ich bin schließlich nicht zum Urlaubmachen hergekommen, sondern um zu arbeiten«, erinnere ich sie mit einem Zwinkern.

»Arbeit gibt es im *Patty's Pies* auch«, sagt Tammy, bevor sie sich auf die Unterlippe beißt. »Entschuldige, ich will dir wirklich kein schlechtes Gewissen machen, aber ohne dich ist es einfach nicht dasselbe.« Sie seufzt, und mein Herz fühlt sich mit einem Mal so schwer an wie ein Ziegelstein.

»Ich vermisse dich auch. Du weißt hoffentlich, dass es niemanden gibt, mit dem ich lieber zusammenarbeiten würde als mit deiner Wenigkeit?« Der Druck auf meiner Brust nimmt zu, und zum ersten Mal kann ich das Gefühl zuordnen, das mich seit Tagen wie eine Wolke einhüllt. Es ist Heimweh. Nicht nur nach dem Ort, sondern nach den Leuten, die ihn so besonders gemacht haben. Die mich willkommen geheißen haben.

»Apropos vermissen, Will war hier.« Tammy unterbricht meine Gedanken und reißt mich in einen Strudel aus Emotionen, die sich eigentlich gegenseitig ausschließen sollten.

»Was wollte er?« Wenn mein Gesichtsausdruck mich nicht bereits verraten hat, übernimmt spätestens meine Stimme diese Aufgabe. Sie klingt kratzig und aufgewühlt.

In den Augen meiner Freundin blitzt Mitgefühl auf. »Er hat nach dir gefragt.«

»Was ... was hast du ihm gesagt?« Ich brauche mehrere Anläufe, bis mir die Frage über die Lippen kommt. Ein Teil von mir wünscht sich, dass sie ihm verraten hat, wohin ich geflüchtet bin. Dass er mir nach San Francisco folgt. Der vernünftige Teil erzittert vor Panik bei genau diesem Szenario.

»Ich habe ihm nichts gesagt.« Sie zögert einen Augenblick. »Er war ziemlich durcheinander. Ich weiß ja nicht, was zwischen euch vorgefallen ist, aber vielleicht solltest du dich mit ihm aussprechen?«

Ich schüttle so heftig den Kopf, dass meine Stirn gegen die Plastikverkleidung der Hintertür meines Wagens stößt. Tammy habe ich erzählt, dass meine neue Wohnung gerade gestrichen wird und ich wegen der chemischen Dämpfe für ein paar Nächte in meinem Auto schlafe. Nach all den Lügen, die ich ihr aufgetischt habe, ist diese gefährlich nah an der Wahrheit.

»Soll ich ihm das nächste Mal einen Kuchen ins Gesicht klatschen?«, fragt sie. Ihre Augenbrauen haben sich zu einem kritischen Strich vereint, unter dem mich ihre Pupillen intensiv mustern. Ein schlechtes Gewissen breitet sich in mir aus. Denn auch wenn ich den Gedanken an einen von oben bis unten mit Apfelstückchen und Krümeln übersäten Will durchaus verlockend finde, weiß ich, dass er leidet. Auch wenn mir sein Vertrauensbruch das Herz zerrissen hat, ist da immer noch ein viel zu großer Teil in mir, der sich um ihn sorgt. Der ihn anrufen und seine Stimme hören will. Dass meine kryptischen Aussagen Tammy dazu verleiten, das Schlimmste von ihm zu denken, zerreißt mich innerlich.

»Es reicht, wenn du ihm den abgestandenen Kaffeerest aus der Kanne einschenkst«, scherze ich mit einem aufgesetzten Lächeln, das kaschieren soll, wie es wirklich in mir aussieht.

»Wird gemacht, allerdings kann es sein, dass ich ihn beim letzten Mal für immer vergrault habe. Zumindest war er seitdem nicht mehr da.«

Ihre Worte versetzen mir einen Stich. Irgendetwas in mir hat offensichtlich gehofft, dass er härter um mich kämpfen würde. Dass er einen Weg finden würde, zu mir durchzudringen. Dass er nach ein paar Anrufen und einem Besuch im *Patty's Pies* bereits aufgegeben zu haben scheint, schmerzt mich mehr, als es sollte.

»Genug von mir. Wie sieht es mit eurem Kurztrip aus? Wolltet ihr nicht dieses Wochenende fahren?«, frage ich, um mich abzulenken.

»Wir haben es verschoben.«

»Oh nein, warum denn das? Du hast dich doch schon so darauf gefreut.« Ich erinnere mich an ihr Strahlen, als sie mir davon erzählt hat, dass Alejandro sie zu einem romantischen Pärchentrip ohne Kinder eingeladen hat.

Tammy sieht betreten zur Seite. »Ich habe so kurzfristig keine Vertretung gefunden. Aber das macht nichts, wir machen es einfach ein andermal. Übermorgen soll eine neue Kellnerin anfangen«, plappert sie los, während sich in meinem Kopf die Puzzleteile zusammenfügen.

Ihr Ausflug fällt wegen mir ins Wasser. Weil ich von heute auf morgen gekündigt habe und sie jetzt einen akuten Personalmangel haben. Zum ersten Mal bekomme ich das Chaos mit, das meine Entscheidungen verursachen.

»Oh Gott, Tammy, es tut mir so leid. Ich wollte nicht, dass …«, beginne ich, doch sie schüttelt den Kopf und hebt ihre Hand.

»Es ist nicht deine Schuld. Wir waren selbst mit dir unterbesetzt.«

»Trotzdem …«, setze ich an, werde aber erneut gestoppt.

»Du hattest deine Gründe.« *Auch wenn du sie mir nicht mitteilen willst.* Sie spricht die Worte nicht aus, dennoch hängen sie zwischen uns. Plötzlich kochen die Frustration und die Verzweiflung darüber, meiner Freundin nicht die Wahrheit sagen zu können, in mir hoch. Hinzu kommen die Wut und Hilflosigkeit darüber, dass ich überhaupt in diese Situation geraten bin.

Ich habe nur getan, was jeder andere an meiner Stelle getan hätte, um die Person zu retten, die einem am meisten auf der Welt bedeutet. Dass meine Mutter trotzdem gestorben ist, fühlt sich wie eine doppelte Bestrafung an. In einer perfekten Welt, in der es keine Vorurteile gibt, würde ich meiner Freundin einfach die Wahrheit sagen. Sie würde mir zuhören und mich nicht verurteilen. Aber wenn das hier eine perfekte Welt wäre, wäre ich jetzt nicht an diesem Punkt. Dann hätte ein stabiles Gesundheitssystem die Medikamente und Behandlungen meiner Mutter bezahlt. Hätte die Bank nicht das Haus versteigert und mich obdachlos gemacht. Würde mein höllisch schlechter Credit Score nicht verhindern, dass ich ein richtiges Dach über dem Kopf habe.

Gequält von meinen Gedanken, rutsche ich unruhig auf dem umgeklappten Rücksitz hin und her. Dabei gerät die Heckscheibe in den Fokus der Kamera.

»Wann ist die Farbe in deiner Wohnung eigentlich endlich trocken?« Tammy verzieht die Lippen.

»Bis zum Wochenende soll sie bezugsfertig sein«, lüge ich.

»Ich verstehe wirklich nicht, warum du dich auf diesen Deal eingelassen hast.« Sie schüttelt den Kopf.

»Die Wohnung ist unschlagbar günstig. Und es sind ja nur ein paar Tage. Und Herb ist mit umgeklappter Rückbank fast schon bequem.« Wie zum Beweis tätschele ich die Matratze, auf der ich liege.

»Ich könnte trotzdem besser schlafen, wenn du dir ein Hotelzimmer suchen würdest. Ich kann dir das Geld auch vorstrecken.«

Ein unangenehmes Ziehen macht sich in meiner Magengegend breit. Meine Zweifel und all die Vielleichts, die zu Beginn unseres Gesprächs in meinem Hinterkopf umhergewabert sind, verpuffen wie ein angepikster Luftballon. Was sie für eine Notlösung hält, ist meine Realität. Wie habe ich nur annehmen können, dass sich nichts zwischen uns verändern würde, wenn sie hinter mein Geheimnis käme?

»Hast du noch nie außerhalb von vier massiven Betonwänden geschlafen? Zum Beispiel in einem Zelt oder einem Camper?«, gebe ich zurück und habe das Gefühl, mich rechtfertigen zu müssen.

»Du bist aber nicht in irgendeinem idyllischen Nationalpark, sondern auf den Straßen einer Großstadt. Was, wenn dich jemand ausraubt? Oder die Polizei dich aufgreift? Ist es überhaupt erlaubt, im Auto zu schlafen?«

Nur, wenn man die richtigen Ecken kennt. Ich kann mir die Antwort gerade noch verkneifen. Denn wenn es nach Tammy geht, sollte ich diese Ecken gar nicht kennen müssen.

»Ich muss jetzt so langsam Schluss machen«, sage ich, bevor sie bemerkt, wie sehr mich unser Gespräch aufwühlt.

Nachdem sie mir das Versprechen abgenommen hat, dem Vermieter Feuer unter dem Hintern zu machen, damit ich endlich in die nicht existente Wohnung ziehen kann, verabschieden wir uns.

Ich bleibe in der Stille meines Wagens zurück. Die Straßenlaterne wirft ihr buttriges Licht durch die Scheiben. Gedämpft dringt das Rauschen vorbeifahrender Autos an meine Ohren. Obwohl ich mich in einer Stadt mit über achthunderttausend Einwohnern befinde, fühle ich mich so einsam wie noch nie zuvor in meinem Leben.

KAPITEL 40

William

Ich war vier Jahre alt, als ich zum ersten Mal verstanden habe, dass es nicht normal ist, mehr Zeit mit der Haushälterin zu verbringen als mit den eigenen Eltern. Martha hatte mich an diesem Tag zum Kindergarten gefahren, und während ich mich wenig später allein und verloren im Flur des Gebäudes wiederfand, waren all die anderen Kinder von ihren Eltern umgeben. Mütter, die emsig um ihre Sprösslinge herumschwirrten, Kragen richteten, ein paar Abschiedstränen trockneten. Väter, die ihren Söhnen durchs Haar wuschelten oder ihnen aufmunternd auf die Schulter klopften, bis sie sich trauten, durch die Türen in einen der Räume zu treten und einen neuen Abschnitt in ihrem Leben zu beginnen. Vermutlich wäre ich sofort wieder umgekehrt und hätte die nächsten Stunden damit verbracht, durch die Straßen L. A.s zu irren, um nach Hause zurückzufinden, wenn nicht plötzlich ein kleiner Junge mit karamellfarbenen Locken neben mir aufgetaucht wäre.

»Dein Rucksack ist ja mal megacool.« Er deutete mit dem Finger auf meinen Rücken, an dem ein Ranzen

mit Spiderman-Design hing. *Obwohl meine Mutter mir
die meiste Zeit keine Aufmerksamkeit schenkte, war
es unglaublich leicht, ihr Spielzeug, Süßigkeiten oder
was auch immer ich haben wollte abzuschwatzen.
Für gewöhnlich beauftragte sie Martha damit, das
Gewünschte zu besorgen, oder sie drückte mir gleich selbst
einen Stapel Geldscheine in die Hand.
»Danke. Deiner ist auch nicht schlecht«, sagte ich, obwohl
der ausgeblichene hellgrüne Stoff seines Rucksacks mit
einem Marienkäfermuster verziert war.
Er verzog das Gesicht und rückte etwas näher an mich
heran. »Das ist der alte von meiner Schwester, aber sag
das bitte nicht weiter.«
»Niemals«, versicherte ich mit der Ernsthaftigkeit, die nur
ein Vierjähriger aufbringen kann.
Mit einem erleichterten Lächeln auf den Lippen sagte er:
»Ich heiße übrigens Carlos. Und du?«
Seit diesem Tag waren Carlos und ich unzertrennlich. Bei
ihm habe ich meine Nachmittage verbracht. Seine Familie
hat mich in den Ferien mit zum Strand genommen oder
zum BBQ eingeladen. Obwohl mir eine ganze Villa zur
Verfügung stand, während Carlos sich sein Zimmer mit
seinem jüngeren Bruder teilen musste, war ich immer viel
lieber bei ihm. Denn auch wenn es der Familie García an
Platz gemangelt hat, gab es dort alles im Überfluss, was
mir in meinem Elternhaus gefehlt hat. Wärme und Lachen,
gemeinsame Spiele und Neckereien, Zuneigung und
Zusammenhalt.*

Ich lege den Stift zur Seite und schüttle meine verkrampften
Finger aus. Während ich die Zeilen überfliege, die ich zu Papier
gebracht habe, breitet sich ein Lächeln auf meinen Lippen aus.
Es muss Schicksal gewesen sein, dass Carlos und ich uns damals
über den Weg gelaufen sind. Ich weiß nicht, was aus mir geworden wäre, wenn er und seine Familie mich nicht quasi adoptiert

hätten. Martha hatte zwar immer ein offenes Ohr für mich, und ich habe oft bei ihr in der Küche gesessen und ihr beim Kochen geholfen, trotzdem konnte sie mir nicht das ersetzen, was ich so dringend gebraucht habe. Ein richtiges Zuhause.

Der Einstieg in die Geschichte, die ich Scarlett erzählen will, hat mich einige Anläufe gekostet. Sein eigenes Leben in Worte zu fassen, ist deutlich schwerer, als ich es mir vorgestellt habe. Den gestrigen Tag habe ich damit zugebracht, mir einen groben Szenenplan zu überlegen, wie ich es sonst zu tun pflege. Doch ich habe schnell festgestellt, dass ich so nicht vorankomme. Also habe ich beschlossen, es heute vollkommen anders anzugehen und einfach aufzuschreiben, was mir als Erstes durch den Kopf schwirrt.

Noch kratze ich nur an der Oberfläche, doch ich weiß, dass ich Scarlett mehr von mir zeigen muss als Bruchstücke. Ich muss ihr einen ebenso tiefen Einblick in mein Leben gewähren, wie sie ihn mir unfreiwillig gewährt hat, als ich in ihre Privatsphäre eingedrungen bin. Es ist das Mindeste, was ich ihr schulde.

Das Vibrieren meines Handys auf der glatt polierten Holzplatte meines Schreibtischs lässt mich zusammenzucken. Wie jedes Mal schießt Hoffnung wie ein Stromstoß durch mich hindurch, doch wie jedes Mal ist es nicht Scarletts Name, der auf dem Display erscheint. Es ist Janines. Seit ich ihr via E-Mail mitgeteilt habe, dass ich den Vertrag leider ablehnen muss, klingelt sie regelmäßig bei mir durch. Ihre Hartnäckigkeit würde mir beinahe schmeicheln, wenn mich ihre Kontaktversuche nicht immer wieder daran erinnern würden, was ich verloren habe.

**

Die nächsten Tage ziehen wie in einem Nebel an mir vorbei. Der Morgen wird zum Mittag, geht in den Abend über, und noch bevor ich realisiert habe, dass die Nacht hereingebrochen ist, stehlen sich bereits die ersten Sonnenstrahlen durch die

Vorhänge. Wenn Martha nicht regelmäßig mit einem voll beladenen Tablett anklopfen würde, wäre ich vermutlich längst vollkommen entkräftet über meinem Manuskript zusammengebrochen. Obwohl sie den Streit mit meinem Vater, gefolgt von Scarletts Flucht und ihrer seitdem andauernden Abwesenheit mitbekommen haben muss, hat sie keinen Versuch unternommen, mich auszufragen. Stattdessen kocht sie meine Lieblingsgerichte oder bringt mir abends, bevor sie das Haus verlässt, eine heiße Tasse Schokolade mit Marshmallows vorbei.

Die Einzige, die mir nicht von der Seite weicht, ist Queenie. Als würde sie spüren, dass ich ihren emotionalen Beistand benötige, während ich all diese schmerzhaften Wahrheiten über meine Familie niederschreibe. Sie liegt zusammengerollt auf meinem Schoß oder tapst auf dem Schreibtisch herum und stupst mit ihrem flauschigen Köpfchen gegen meine Hand, wenn sie der Meinung ist, dass eine Streicheleinheit oder eine Portion Katzenfutter mehr als überfällig sind. Mit jedem Tag, der vergeht, werden ihre Bewegungen geschmeidiger, als würde sich ihr Körper langsam daran erinnern, wie er sich vor ihrer Verletzung bewegt hat.

Es ist schon spät, als ein Klopfen an der Tür mich aus meinem Schreibfluss reißt. Mittlerweile habe ich mich bis zu meinem Studium vorgearbeitet. Bis zu einer Zeit, in der ich mich so fehl am Platz gefühlt habe wie noch nie zuvor. Zwischen all den BWL-Studentinnen und -Studenten, die Bullshit-Bingo mit hochgestochenen Begriffen wie Cashcow, Key Performance Indicators, Groth Hacking und Co. gespielt haben.

Bevor ich »Herein« rufen kann, schwingt die Tür auf, und Carlos steckt seinen Kopf durch den Spalt.

»Ich wollte nur mal sehen, ob du noch lebst«, begrüßt er mich und mustert mich im Näherkommen von oben bis unten. »Sieht gut aus. Allerdings könntest du mal wieder eine Dusche vertragen.« Er rümpft in einer übertriebenen Geste seine Nase.

»Irgendwo habe ich mal gelesen, dass es schädlich für die Haut ist, sich täglich zu waschen«, erwidere ich.

»Aber seltener als einmal die Woche kann auch nicht gut sein.« Er weicht lachend der Papierkugel aus, die ich in Richtung seines Kopfes abfeuere.

Queenie, die bis eben noch mit halb geschlossenen Augen neben mir auf der Schreibtischplatte gedöst hat, ist mit einem Schlag hellwach und jagt dem Geschoss hinterher.

»Und wie läuft es mit deinen Memoiren?«, fragt Carlos und wirft einen Blick über meine Schulter.

»Seelenstriptease trifft es besser.« Ich verziehe das Gesicht, während ich nach dem Stapel Papier greife, auf dem sich in eng beschriebenen Zeilen all meine Geheimnisse und Erlebnisse befinden.

»Klingt auf jeden Fall reizvoller«, kommentiert mein Kumpel und pfeift beim Anblick des Bündels anerkennend durch die Zähne. »Wenn ich meine Lebensgeschichte aufschreiben würde, wäre ich vermutlich nach zwei DIN-A4-Seiten durch.«

»Du könntest mit den Geschichten aus deiner Zeit als Streifenpolizist doch bestimmt einen Zehnteiler füllen«, halte ich dagegen.

»Nein, danke. Mir reichen die Protokolle, die ich für jeden Pups anfertigen darf.« Er schüttelt sich. »Aber vielleicht überlasse ich dir ein paar Geschichten, wenn du aus mir eine berühmte Romanfigur machst. Die Frauen würden mir zu Füßen liegen.« Er wackelt anzüglich mit den Augenbrauen und bringt mich damit zum Lachen.

Es fühlt sich holprig an, und mir fällt auf, dass es das erste Mal ist, dass ich lache, seitdem Scarlett gegangen ist. Augenblicklich ist der inzwischen vertraute Druck auf meiner Brust wieder da.

»Bist du nur gekommen, um meinen Fortschritt zu überwachen?«, frage ich, um meine Aufmerksamkeit zurück zu meinem Kumpel zu lenken.

»Sosehr ich es auch genieße, dir von Zeit zu Zeit in den Allerwertesten zu treten, finde ich, dass du dir eine Pause verdient hast.« Er zaubert hinter seinem Rücken eine Papiertüte herbei, die nach Fast Food schreit.

Ich will schon protestieren, denn jede Minute, die ich nicht damit verbringe, an dem Text für Scarlett zu schreiben, fühlt sich wie eine verschwendete an, doch Carlos hebt die Hand.

»Ich weiß, was du sagen willst, aber du musst schließlich zwischendurch auch mal etwas essen.«

Wie auf Kommando gibt mein Magen ein lautes Knurren von sich. Martha hat heute ihren freien Tag, weshalb die einzige Nahrung, die ich bisher zu mir genommen habe, eine Schale Cornflakes war. Ein Blick auf die Uhr verrät mir, dass dies bereits acht Stunden her ist.

Carlos wirft sich mit einem triumphierenden Grinsen auf das Sofa.

»Okay, du hast mich überzeugt. Aber danach verschwindest du wieder und lässt mich schreiben«, gebe ich mich geschlagen und setze mich zu ihm.

»›Danke, mein liebster Freund auf der ganzen Welt.‹ Nichts zu danken, Kumpel«, sagt Carlos ironisch und drückt mir einen in bunt bedrucktes Papier verpackten Burger in die Hand.

»Tut mir leid, ich bin einfach etwas neben der Spur im Moment.« Schuldbewusst schiebe ich ein »Danke schön« hinterher.

Carlos macht eine wegwerfende Handbewegung. Dann wickeln wir die Burger aus und beißen gleichzeitig hinein. Ein paar Minuten lang ist nur unser genüssliches Schmatzen und Queenies Miauen zu hören, die um unsere Beine scharwenzelt, in der Hoffnung, dass ein Brocken für sie abfällt. Die Anspannung, die mich schon seit Tagen nicht richtig schlafen lässt, schwindet mit jedem Bissen etwas mehr. Mit meinem besten Kumpel auf meinem Sofa zu sitzen und Burger zu essen, fühlt sich wunderbar normal an. Kurz kann ich mir vorgaukeln, dass meine Welt nicht vor wenigen Tagen in sich zusammengebrochen ist.

»Was hat eigentlich dein Vater dazu gesagt, dass der Deal mit der Agentur geplatzt ist?«, fragt Carlos, während er nach einer der Pommes frites angelt, die er zwischen uns auf der Papiertüte ausgebreitet hat.

Mein Magen verkrampft sich, und die würzige Kombination aus Patty und Barbecuesoße, die eben noch meine Geschmacksknospen gereizt hat, wird zu einem fahlen Brei.

»Nichts«, presse ich hervor.

»Weiß er es?«, hakt mein Kumpel vorsichtig nach.

Ich schüttle den Kopf. »Dazu müssten wir miteinander kommunizieren.«

Seit unserem verheerenden Streit habe ich mich in meinem Zimmer verkrochen, und auch mein Vater hat keinerlei Anstalten gemacht, unser Schweigen zu brechen.

»Das tut mir leid, Kumpel.« Carlos tätschelt meine Schulter.

Ich schenke ihm ein gequältes Lächeln. Die Erinnerungen drängen sich zurück in mein Bewusstsein. Die Worte meines Vaters und meine eigenen klingen in mir nach und sorgen dafür, dass ich den Rest meines Burgers in das Papier packe. Der Appetit ist mir vergangen.

Mein Freund scheint zu spüren, dass ich nicht länger über meinen Vater reden will, denn er wendet sich wieder dem eigentlichen Thema zu.

»Hast du schon einen Plan, wie du Scarlett dein Geständnis zustellst?«

»Tammy ist meine einzige Möglichkeit. Ich muss sie davon überzeugen, mir zu verraten, wo Scarlett ist, oder ihr wenigstens die Seiten zuzuschicken. Leider habe ich noch immer keine Idee, wie ich das anstellen soll.« Gedankenverloren zupfe ich an der Burgerverpackung.

»Hast du schon mal überlegt, es mit der Wahrheit zu probieren?«

Ich reiße ruckartig den Kopf hoch. »Das kann ich nicht machen. Es ist immerhin nicht meine, sondern Scarletts. Wie soll ich sie davon überzeugen, mir wieder zu vertrauen, wenn ich ihr Geheimnis erneut für meine Zwecke nutze?«

»Du musst ja nicht auf die Details eingehen. Vielleicht reicht es schon, wenn du sagst, dass du sie als Vorlage für deine Romanfigur benutzt hast. Ich könnte mir vorstellen, dass die wenigsten sich darüber freuen würden. Außer natürlich, du stellst sie als gut aussehenden Polizisten Slash Superhelden dar.« Er zwinkert mir zu, und meine Mundwinkel zucken wie von selbst.

KAPITEL 41

William

Ich atme tief durch. Die Finger, mit denen ich den Stapel Papier umklammert halte, sind so feucht, dass ich Angst habe, dass die Tinte verschmiert. Wenn ich Tammy nicht davon überzeugen kann, mir zu verraten, wo Scarlett ist, war alles umsonst. Dann werde ich sie nie wiedersehen. Allein der Gedanke sendet eine Welle der Panik durch mich hindurch, die mein Herz stolpern und meine Atmung hektisch werden lässt.

Du schaffst das, spreche ich stumm das Mantra nach, das wie in Dauerschleife durch meinen Kopf hallt, seitdem ich vor einer halben Stunde das Haus verlassen habe. Die Tinte auf der letzten Seite war noch nicht komplett getrocknet, als ich mir den Autoschlüssel geschnappt habe und mit dem Stapel unter dem Arm die Treppe hinuntergeeilt bin. Es ist mehr eine Novelle als ein Roman, aber ich will ja auch nicht, dass Scarlett erst eine Woche lang lesen muss, bevor ich eine Antwort bekomme. *Falls ich überhaupt so weit komme*, meldet sich mein ewiger Zweifler zu Wort.

Das vertraute Läuten der Glocke gemischt mit dem herrlichen Duft von frisch aufgebrühtem Kaffee und buttrigem Apfelkuchen begrüßt mich und hüllt mich ein wie eine Umarmung.

Es fühlt sich an wie das Wiedersehen mit einem alten Freund, den man lange nicht gesehen hat.

»Ich dachte schon, du hättest aufgegeben.« Tammy kommt mit einem Tablett voller leerer Teller durch den Gang auf mich zu. Wir treffen uns auf halbem Weg zum Tresen.

»Ich habe gehofft, du hättest kurz Zeit für mich?«, übergehe ich ihren spitzen Kommentar. Mein Herz klopft mir bis zum Hals.

Tammy wuchtet ihre Ladung auf die Anrichte und schiebt das schmutzige Geschirr durch die Durchreiche in die Küche.

»Ich habe viel zu tun. Wie du weißt, fehlt uns eine Kellnerin.« Ihre Worte treffen mich mit der gleichen Präzision wie eine Ohrfeige.

»Nur fünf Minuten, bitte?«

Sie verengt die Augen, sodass ich unwillkürlich die Finger fester in das Papier grabe.

»Wenn es sein muss, reicht auch eine Minute. Bitte gib mir eine Chance.« Ich weiß nicht, ob sie mich einfach nur möglichst schnell loswerden will oder ob mein Flehen ihr Herz erwärmt hat, aber als sie endlich nickt, kann ich zum ersten Mal, seit ich das Diner betreten habe, wieder richtig atmen.

Sie führt mich durch die Schwingtür in den Bereich, der für das Personal vorgesehen ist. Ich folge ihr durch einen schmalen Flur, in dem es nach Frittierfett und Kaffeebohnen riecht, eine irritierend verführerische Mischung. Schließlich stößt Tammy eine schwer aussehende Stahltür auf, und wir treten in den Hinterhof.

»Also?« Sie verliert keine Sekunde und stemmt abwartend die Hände in die Seiten.

»Hat Scarlett dir erzählt, was zwischen uns passiert ist?«, frage ich vorsichtig. Ich will ihr nur das Nötigste verraten, um Scarletts Vertrauen nicht erneut mit Füßen zu treten. Gleichzeitig werde ich ihr zumindest ein paar Informationen geben müssen, damit sie mir zuhört und hoffentlich hilft.

Sie schüttelt den Kopf, aber ich sehe an dem Funkeln in ihren Augen, dass ich ihr Interesse geweckt habe.

»Ich habe über sie geschrieben, ohne ihr davon zu erzählen«, gestehe ich und mache mich auf ein Donnerwetter gefasst.

»Du hast was?! Kein Wunder, dass sie abgehauen ist!«

»Du weißt über sie Bescheid?« Ich kann meine Verwunderung nicht verbergen. Immerhin hat Scarlett ihr Geheimnis stets behütet. Es fällt mir schwer zu glauben, dass sie sich ihrer Freundin anvertraut haben soll, mir aber nicht. Vielleicht spricht auch nur die Eifersucht aus mir.

»Ich habe es vermutet. Sie wollte es mir nicht sagen, aber als sie von heute auf morgen verschwunden ist und mir ihre neue Adresse nicht verraten wollte, habe ich mir so meine Gedanken gemacht.«

Meine Hoffnung bekommt einen empfindlichen Dämpfer. Scarlett hat ihr keine Adresse genannt. Andererseits ergibt es natürlich Sinn, da sie vermutlich noch immer in ihrem Auto wohnt und ihrer Freundin somit keine Anschrift nennen konnte, selbst wenn sie gewollt hätte. Aber vielleicht hat sie Tammy gegenüber erwähnt, in welcher Stadt sie jetzt lebt und wo sie arbeitet.

Ich weiß nicht, ob es gut für mich ist, dass sie Scarletts Geheimnis bereits kennt, oder ob mein Verrat damit noch schwerer wiegt.

Tammy lässt mich nicht lange im Unklaren darüber, denn im nächsten Augenblick pikst sie mir anklagend ihren Zeigefinger in die Brust. »Wie konntest du über sie schreiben, wenn du doch wusstest, dass du sie damit in Gefahr bringst?«

»In Gefahr?« Jetzt verstehe ich überhaupt nichts mehr.

»Na, wenn die Leute, wegen denen sie sich verstecken muss, das Buch lesen und daraus Schlüsse ziehen und hierher nach Los Angeles kommen ...«, flüstert sie. »Wer weiß, was die ihr antun würden. Hast du dir darüber nie Gedanken gemacht?!«

Was auch immer Tammy denkt, über ihre Freundin zu wissen, entspricht offensichtlich nicht der Wahrheit. Doch da es nicht an mir ist, diesen Irrtum aufzuklären, verziehe ich nur das Gesicht zu einer kummervollen Miene, die voller Reue ist.

»Ich habe nicht vor, das Manuskript zu veröffentlichen«, versichere ich ihr, um sie zu beruhigen. »Das habe ich Scarlett auch gesagt, aber es war zu spät. Ich weiß, dass ich große Scheiße gebaut und sie verletzt habe. Ich würde alles tun, um sie zurückzugewinnen.«

Tammy sagt ein paar unendlich lange Sekunden erst einmal gar nichts, bevor sie seufzt. »Und wie genau gedenkst du das anzustellen?«

»Schön, dass du fragst.« Ich wedle mit dem Papierstapel vor ihrer Nase herum.

»Was ist das?« Sie schnappt sich das oberste Blatt und mustert es kritisch, bevor sie fragt: »Du hast ein Buch über dich geschrieben?«

»Es ist eher eine Entschuldigung.« Eine Entschuldigung auf sechzig eng beschriebenen Seiten.

Tammy überfliegt ein paar Zeilen, dann pfeift sie durch die Zähne. »Du hast die Hosen vor ihr runtergelassen. Also schriftlich. Gefällt mir.«

Die Flamme der Hoffnung flackert auf, und zum ersten Mal glaube ich wirklich daran, dass mein Plan funktionieren könnte.

»Würdest du mir helfen, ihr die Seiten zukommen zu lassen?« Ich halte den Atem an, während ich auf ihre Antwort warte.

»Ich weiß leider nicht, wo sie wohnt. Die letzten Nächte hat sie in ihrem Auto geschlafen, weil ihr Vermieter noch Malerarbeiten in ihrer neuen Wohnung macht.« Sie verzieht missbilligend den Mund, und mein Magen verkrampft sich bei dem Gedanken an Scarlett, die schutzlos in ihrem Wagen schläft. Dass sie ihrer Freundin erzählt hat, dass es nur ein temporärer Zustand ist, zeigt mir ein weiteres Mal, wie tief ihre Scham sitzt.

Wut steigt in mir auf. Nicht auf sie, sondern auf unsere Gesellschaft, die sie so empfinden lässt.

»Jeder noch so kleine Hinweis würde mir helfen. Ich werde jede einzelne Stadt in Amerika nach ihr absuchen, wenn es sein muss.« Natürlich weiß ich, wie absurd diese Behauptung ist, aber aus mir spricht die pure Verzweiflung.

»Dann kann ich dir auf jeden Fall schon mal sagen, dass du deine Suche auf San Francisco beschränken kannst.« Sie zwinkert mir zu. »Sie arbeitet in einem kleinen Café irgendwo am Pier. Den Namen weiß ich leider nicht, aber sie hat mir mal ein Foto von ihrer Schürze geschickt. Da war eine Möwe drauf abgebildet.«

Ich falle Tammy spontan um den Hals. Hoffnung prickelt in Form von kleinen Stromstößen durch mein Nervensystem. »Danke! Danke! Danke!«

»Schon okay«, erwidert sie und löst sich grinsend aus meiner Umklammerung.

Ich will schon auf dem Absatz kehrtmachen, um so schnell wie möglich zu meinem Wagen zu gelangen, als Tammy mich noch einmal zurückruft.

»Will? Versau es dieses Mal nicht, okay? Ich vermisse sie nämlich auch.« Ihre Augen leuchten verdächtig, und als ich nicke, erwidert sie es in stillem Einverständnis.

***

Zu Hause werfe ich ein paar Klamotten in meine Reisetasche und verabschiede mich von Queenie, nachdem ich Martha die Verantwortung für das kleine Fellknäuel übertragen habe. Ich durchquere gerade das Foyer, als die Haustür geöffnet wird und mein Vater im Türrahmen erscheint. Als er mich erblickt, bleibt er wie angewurzelt stehen, und auch ich verharre mitten in der Bewegung. Es ist das erste Mal seit unserem Streit, dass wir uns begegnen. Die letzten Tage haben wir es geflissentlich vermieden, uns im selben Raum aufzuhalten.

»Will«, grüßt mein Vater mich mit einem Nicken.

»Dad«, erwidere ich. Wie zwei Boxkämpfer stehen wir uns gegenüber. Versuchen, den nächsten Schritt des anderen vorauszusagen.

Sein Blick gleitet zu meiner Umhängetasche. »Verreist du?«

Ich nicke. »Ich muss versuchen, etwas wiedergutzumachen.«

Mein Vater tritt ein Stück zur Seite. »Dann will ich dir nicht im Weg stehen.«

Obwohl seine Miene nichts preisgibt, höre ich die unterschwellige Anspannung in seiner Stimme.

Alles in mir drängt mich dazu, durch diese Tür zu gehen. Jeder Schritt nach vorn ist einer in Scarletts Richtung. Trotzdem zögere ich. Da ist dieser Druck auf meiner Brust, der mich seit dem Streit mit meinem Vater nicht loslassen will.

»Es tut mir leid. Unser Streit ...« Ich gerate ins Stocken. »Ich ... ich bin zu weit gegangen. Dass ich dir die alleinige Schuld an dem gegeben habe, was passiert ist, war nicht richtig. Ich hätte dir von dem Buch erzählen sollen. Von dem Inhalt.« Vielleicht wäre es dann nie so weit gekommen. Vielleicht hätte ich Scarlett dann nicht auf diese Art verletzt.

Die Augen meines Vaters weiten sich. Überraschung spiegelt sich in ihnen. Ich warte darauf, dass er etwas erwidert. Dass er die Entschuldigung annimmt. Doch er steht, wie zu einer Statue erstarrt, mitten im Raum.

»Ich werde es übrigens nicht veröffentlichen. Das wollte ich dir noch mitteilen, bevor ich gehe«, sage ich lahm. Obwohl sich mein Gewissen jetzt deutlich leichter anfühlt, trifft mich das Schweigen meines Vaters härter, als es sollte.

Ich umfasse die Trageriemen der Tasche fester und gehe an meinem Vater vorbei zur Tür.

»Will?«

Im Türrahmen drehe ich mich noch einmal um.

»Als dein Vater ist es meine Pflicht, dafür zu sorgen, dass du die richtigen Entscheidungen triffst. Aber vielleicht ist es an der Zeit, zu akzeptieren, dass wir unterschiedlicher Meinung darüber sind, was das Richtige ist. Ich habe immer davon geträumt, dass du eines Tages die Leitung der Firma übernimmst. Dabei habe ich deinen eigenen Träumen keinerlei Beachtung geschenkt.« Ein trauriges Lächeln legt sich auf seine Lippen.

Aus dem Mund meines Vaters ist es das Nächste, das an eine Entschuldigung heranreicht. Es ist ein Friedensangebot. Es ist ein Anfang.

***

Zwei Stunden später sitze ich am Los Angeles International Airport und warte auf den nächsten Flug nach San Francisco. Natürlich hätte ich die knapp sechs Stunden Fahrt auch mit meinem Auto zurücklegen können; da ich die letzten Nächte jedoch kaum geschlafen habe, war mir die Gefahr, dass ich unterwegs einen Unfall baue, zu groß. Erst am nächsten Tag zu fahren, war ebenfalls keine Alternative.

Seitdem ich weiß, wo Scarlett sich aufhält, erscheint mir jede Sekunde, die ich in L. A. bleibe, unzumutbar. Die siebzig Minuten Flugzeit kommen mir unendlich lang vor, obwohl die Strecke so kurz ist, dass der Pilot gefühlt zehn Minuten, nachdem er verkündet hat, dass wir unsere Reiseflughöhe erreicht haben, schon wieder zum Landeanflug ansetzt. Die ältere Dame, die neben mir sitzt, wirft mir missbilligende Blicke zu, weil meine Finger unablässig ein Solo auf meine Oberschenkel klopfen.

Sosehr ich mich bemühe, still zu sitzen, lässt der Gedanke daran, Scarlett bald wiederzusehen, meinen Körper verrücktspielen. Jede meiner Zellen vibriert vor Aufregung. Dabei mischen sich Vorfreude und Angst zu einem aufwühlenden Cocktail, der mir flau im Magen liegt. Es ist meine letzte Chance, sie zurückzugewinnen, dessen bin ich mir überdeutlich bewusst. Wenn ich es nicht schaffe, sie dazu zu bewegen, meine Geschichte zu lesen, ist es vorbei. Doch selbst wenn sie die sechzig Seiten lange Entschuldigung liest, ist das keine Garantie dafür, dass sie mir verzeiht.

Meine Fußspitzen stimmen in den Rhythmus meiner trommelnden Finger ein, was meine Sitznachbarin mit einem genervten Zungenschnalzen kommentiert.

Als die Räder des Flugzeugs wenige Minuten später mit einem Quietschen auf dem Asphalt aufsetzen, bin ich einer der Ersten, der auf die Füße kommt. Normalerweise habe ich für die Passagiere, die aufstehen, obwohl der Flieger noch nicht die Parkposition erreicht hat, nur ein Augenrollen übrig, doch heute ist Geduld ein Fremdwort für mich. Bei dem Versuch, mich durch den engen Korridor zu quetschen, bevor er von meinen Mitreisenden geflutet wird, ziehe ich mehr als nur einen bösen Blick auf mich. Entschuldigungen vor mich hin murmelnd, lasse ich mich davon jedoch nicht aufhalten. Im Laufschritt durchquere ich die Ankunftshalle und springe in das nächstbeste Taxi. Meine Stimme überschlägt sich beinahe, als ich dem Fahrer das Ziel zurufe: Fisherman's Warf.

Die Straßen sind vom Feierabendverkehr verstopft, und meine Finger verfallen erneut in nervöses Trommeln. Die letzten Meter lege ich zu Fuß zurück, weil sich der Wagen nur noch im Schneckentempo vorwärtsbewegt.

Das Café auszumachen, in dem Scarlett arbeitet, ist erstaunlich einfach. Es liegt nur hundert Meter vom Pier entfernt. Eine cartoonartig gezeichnete Möwe prangt auf dem runden Schild über dem Eingang. Mein Herz schlägt so hart und schnell in meiner Brust, dass ich keine anderen Geräusche wahrnehme außer das Rauschen meines Bluts in meinen Ohren. Ich atme einmal tief durch, bevor ich nach der Türklinke greife und das *Sea Gulls Coffee Corner* betrete.

KAPITEL 42

Scarlett

Die Uhr an der Wand hinter dem Tresen zeigt zwei Minuten vor sieben an, als das Jaulen der Plastikmöwe über der Eingangstür das Eintreffen eines Kunden verkündet. Ich zähle im Stillen von zehn herunter, bevor ich mich umdrehe. Ich hasse die Leute, die kurz vor Ladenschluss noch ins Café kommen und dafür sorgen, dass sich mein Feierabend verzögert. Meine Kollegin Ava ist vor einer halben Stunde abgeschwirrt, weil sie heute von ihrem Freund anlässlich ihres Jahrestags zum Essen ausgeführt wird. Obwohl es mir einen Stich versetzt hat, habe ich ihr gratuliert und ihr das Okay gegeben, frühzeitig zu verschwinden. Vielleicht habe ich Glück, und der- oder diejenige will nur einen Kaffee zum Mitnehmen bestellen.

Meine Lippen öffnen sich zu einem »Hallo«, doch als ich sehe, wer da soeben durch die Tür getreten ist, verharren sie in einem stummen »Oh«. Die Speisekarte in meiner Hand gleitet mir aus den Fingern und landet mit einem dumpfen Klatschen auf den Fliesen.

Will steht nur wenige Schritte von mir entfernt, ein vorsichtiges Lächeln auf den vollen Lippen. Ich blinzle ein paarmal, um sicherzugehen, dass er kein Hirngespinst ist. Denn während mein Herz längst begriffen hat, dass er wirklich hier ist, will mein Verstand diese Tatsache nicht akzeptieren.

Wie hat er mich gefunden? Warum ist er hier?

»Hallo, O'Hara.« Er überwindet mit wenigen Schritten die Distanz zwischen uns. Die Nennung meines Kosenamens verursacht ein Gefühlschaos in meinem Inneren. Ein Teil von mir will sich in seine Arme stürzen. Will meine Nase in seinem Hemd vergraben und seinen Geruch inhalieren. Der vernünftige Teil geht in den Verteidigungsmodus über. Die wenigen Tage, die seit unserer Trennung vergangen sind, haben nicht ausgereicht, um meine Wunden heilen zu lassen. Noch immer schmerzt sein Verrat wie Nadelstiche, die meinen gesamten Körper überziehen.

Ich bücke mich nach der Speisekarte, die zwischen uns auf dem Boden liegt. Zum einen, um seinen intensiven Blicken auszuweichen, zum anderen, um mich zu sammeln. Doch im selben Augenblick, in dem ich nach dem laminierten Papier greife, geht Will ebenfalls in die Hocke und streckt seine Hand aus. Sein kleiner Finger streift meinen, und ein Prickeln überschwemmt mich. Es fühlt sich an, als wäre ich kopfüber in einen Swimmingpool mit Brausepulver gefallen. Gänsehaut jagt über meine Arme, und ich ziehe so ruckartig meine Hand zurück, dass ich das Gleichgewicht verliere und beinahe auf meinem Hintern lande. Gerade noch rechtzeitig bekomme ich die Kante des Tresens zu fassen und klammere mich daran fest wie eine Ertrinkende.

Will erhebt sich ebenfalls, die Speisekarte haltend. Er steht viel zu nah vor mir. Sein Duft nach getrockneten Orangenschalen mit einer Spur von Zimt umhüllt mich. Er weckt Erinnerungen, die schmerzhaft und schön zugleich sind.

»Was machst du hier?«, frage ich und zwinge mich, ihm ins Gesicht zu sehen. Nicht in seinen kastanienbraunen Augen zu versinken, erfordert all meine Willenskraft.

Denk an das, was er dir angetan hat!, fordert meine innere Stimme mich energisch auf. Enttäuschung spült die warmen Gefühle hinfort, die sich an die Oberfläche gekämpft haben. Die anfängliche Wut ist schon seit Tagen verraucht.

»Ich möchte mich entschuldigen.«

»Ein paar Worte können das, was du mir angetan hast, nicht wiedergutmachen«, erwidere ich und reiße ihm etwas ruppiger als nötig die Speisekarte aus der Hand.

Will nickt. Er öffnet den Reißverschluss seiner Umhängetasche und zieht einen Stapel Papier hervor. »Deshalb habe ich ein paar mehr geschrieben«, sagt er und hält mir das Bündel entgegen.

»Meinst du nicht, dass du schon ein paar Worte zu viel geschrieben hast?« Meine Stimme ist schärfer als beabsichtigt und lässt ihn zusammenzucken.

»Bitte, Scarlett. Du musst mir nicht zuhören, aber bitte lies das. Wenn du mir danach trotzdem nicht verzeihen willst, werde ich gehen, und du wirst mich nie wiedersehen. Versprochen.« Obwohl Letzteres genau das ist, was ich wollen sollte, schmerzt meine Brust bei dem Gedanken daran, dass er für immer aus meinem Leben verschwinden könnte.

Ich atme gegen das Gefühl an und straffe die Schultern. »Du musst jetzt gehen. Das Café hat seit ...« Ich werfe einen demonstrativen Blick hinüber zur Wanduhr. »... fünf Minuten geschlossen.«

Ich sehe förmlich, wie Wills Hoffnung in sich zusammenfällt. Der Anblick ist schwer zu ertragen, trotzdem verziehe ich keine Miene. Doch als er nickt und mit dem Stapel Blätter in den Händen in Richtung des Ausgangs läuft, brennt es verdächtig in meinen Augenwinkeln. Meine Brust verkrampft sich so sehr, dass ich kaum Luft in meine Lunge zwängen kann. Er geht wirklich. Dieses Mal wird es für immer sein. Alles in mir verlangt danach, ihn aufzuhalten. Doch ich bleibe stumm.

An der Tür dreht er sich noch einmal zu mir um. Zu meiner Überraschung liegt Entschlossenheit in seinen Zügen.

»Bis morgen, O'Hara.«

***

»Ich glaube, du hast einen Stalker«, flüstert Ava mir zu, während sie unauffällig in Richtung des Fenstertischs nickt, an dem Will sitzt.

»Einfach ignorieren«, empfehle ich ihr die Taktik, an der ich seit zwei Tagen festhalte. Leider gelingt es mir selbst nur bedingt. Manchmal spüre ich seinen Blick so intensiv wie eine Berührung. Dass mein Körper darauf mit einem Kribbeln reagiert, ist nicht unbedingt förderlich.

»Wie lange gedenkst du das noch durchzuziehen? Du machst meiner Kollegin Angst«, sage ich zu Will, als ich das nächste Mal an seinem Tisch vorbeikomme.

»Bis du mir eine Chance gibst.« Er tätschelt den Stapel Blätter, der neben seiner Kaffeetasse ruht.

»Gibt es die Geschichte auch als Hörbuch? Falls es dir entgangen sein sollte, ich bin nicht zum Vergnügen hier.« Ich wedele mit meinem Block, auf dem ich die Bestellungen der Gäste notiere, vor seinem Gesicht herum.

Wills Miene hellt sich auf. »Wenn es sein muss, laufe ich neben dir her und lese es dir vor.«

Schnell schüttele ich den Kopf, bevor er sich von der Sitzbank erheben und seine Drohung wahr machen kann. »Dann ruft meine Kollegin vermutlich die Polizei«, erwidere ich trocken.

Obwohl ich zu Beginn fest entschlossen war, nicht einzuknicken, wird die Neugier mit jedem Tag, an dem er hier aufkreuzt, größer. Was könnte er geschrieben haben, was er mir nicht schon gesagt hat? Was könnte seinen Vertrauensbruch in irgendeiner Art und Weise weniger schmerzhaft machen?

Ohne ein weiteres Wort wende ich mich ab und verstecke mich hinter dem Tresen. Wills Anwesenheit weckt Erinnerungen an mein Leben in Los Angeles in mir. All die Tage, die er in *Patty's Pies* verbracht hat. All die Geschichten, die er für mich geschrieben hat. Unser Frage-Antwort-Spiel. Das Flattern in meiner Brust, das sein Lächeln noch immer verursacht. Das Gefühl von Geborgenheit, das er mir geschenkt hat.

»Wenn der Typ morgen wieder hier sitzt, rufe ich Lance an«, raunt Ava mir zu und reißt mich damit aus meinem Tagtraum. Bei dem Gedanken daran, dass sie unseren Chef hierherbeordern und er die Verbindung zwischen uns aufdecken könnte, krampft sich mein Magen zusammen. Natürlich könnte ich behaupten, dass Will nur ein alter Freund von mir ist, der zu Besuch ist, aber nicht einmal diese Begründung würde erklären, warum er jeden Tag von morgens bis abends hier sitzt und absolut nichts tut. Er bestellt Unmengen an Kaffee und hat sich mittlerweile durch unser gesamtes Kuchensortiment probiert. Doch ansonsten verbringt er den Tag damit, mich mit Blicken zu verfolgen oder gedankenverloren aus dem Fenster zu starren.

»Ich denke nicht, dass das nötig ist. Ich werde mit ihm reden«, sage ich zu meiner Kollegin, die nur skeptisch die Augenbrauen hebt.

Als Will an diesem Abend kurz vor Ladenschluss seine Sachen packt, halte ich ihn auf.

»Wenn ich diesen XXL-Entschuldigungsbrief lese, versprichst du mir, dass du mich danach in Ruhe lässt?«, frage ich ihn.

»Wenn es das ist, was du möchtest.« Auf seinen Zügen wechseln sich Hoffnung und Furcht ab.

»Okay, dann lass ihn hier liegen. Ich werde ihn lesen, wenn ich fertig bin.«

Zu meiner Überraschung zögert er. Nachdem er so lange geduldig darauf gewartet hat, dass ich einwillige, hätte ich erwartet, dass er vor Freude Luftsprünge macht.

»Darf ich dabei sein, wenn du ihn liest?«

Mein erster Impuls ist, abzulehnen, doch dann spüre ich, wie ich nicke.

Das Lächeln, das sich daraufhin auf seinen Lippen ausbreitet, lässt meine Brust eng werden vor Sehnsucht.

KAPITEL 43

Scarlett

»Wenn du mich die ganze Zeit anstarrst, kann ich mich nicht konzentrieren.« Ich werfe Will über den Rand des Blattes einen genervten Blick zu.

Außer dem Tisch, an dem wir sitzen, ist das Café verlassen und dunkel. Nur die kleine Lampe, deren Schirm mit Muscheln verziert ist, brennt. Die orangefarbene Glühbirne wirft ihr schummriges Licht auf die Seiten vor mir auf dem Tisch.

»Entschuldige.« Er beißt sich ertappt auf die Unterlippe. »Ich hole mir einfach noch einen Kaffee und lasse dich in Ruhe lesen.«

Mir liegt der Kommentar auf der Zunge, dass Koffein mit Sicherheit das Letzte ist, was ihm in diesem Augenblick hilft, doch ich schlucke ihn herunter und widme mich wieder den Seiten vor mir. Obwohl es mehrere Dutzend Blätter sind, komme ich schnell voran. Ich kann nicht glauben, dass er wirklich verrückt genug war, alles handschriftlich zu notieren. An manchen Stellen kann ich an der Art, wie die Buchstaben ineinanderlaufen, erkennen, wie viel er seinen Fingern damit zugemutet hat. Und nicht nur körperlich muss ihm dieser Brief einiges abverlangt haben. Bereits nach den ersten paar Seiten musste ich mit mir kämpfen, Will nicht in den Arm zu nehmen.

Ich weiß nicht, womit ich gerechnet hatte, als ich mit dem Lesen begonnen habe, doch ganz sicher nicht damit, dass er mir einen so tiefen Einblick in seine Vergangenheit und seine Gefühlswelt gibt. Dass er nichts ungesagt lässt. Dass er jede schmerzhafte Erinnerung mit mir teilt.

Will hat mir in der Zeit, die wir zusammen verbracht haben, einiges über sich erzählt. Über das komplizierte Verhältnis zu seinen Eltern. Doch wie sehr sie ihn mit ihrem Verhalten wirklich verletzt haben, war mir nicht klar. Es tut mir physisch weh, zu lesen, wie verloren und ungeliebt er sich gefühlt hat. Mehr als einmal habe ich fest auf die Innenseite meiner Wange gebissen, um die aufkeimenden Tränen zurückzudrängen.

Doch am Ende ist es der letzte Teil des Briefs, der mich mitten ins Herz trifft.

Ich weiß, dass ich einen unverzeihlichen Fehler begangen habe. Dass ich dein Vertrauen verloren habe. Dass ich dich verletzt habe. Wenn du auch nur den kleinsten Hauch einer Chance siehst, dass du mir jemals vergeben kannst, schwöre ich dir, dass ich alles in meiner Macht Stehende tun werde, um dein Vertrauen zurückzugewinnen. Dass ich dir jeden Tag beweisen werde, wie viel du mir bedeutest.

Denn Scarlett, du bist mein Zuhause. Du bist die Person, die mich versteht. Bei der ich ich selbst sein kann. Die mich trotz meiner Schwächen akzeptiert.

Ich wünschte, du könntest dich mit meinen Augen sehen. Du bist so unglaublich stark. Trotz all der Schicksalsschläge machst du weiter. Arbeitest hart und beklagst dich nie. Obwohl das System dich im Stich gelassen hat. Obwohl man dir all deine Träume genommen hat. Du nimmst dir Zeit für andere. Hörst

ihnen zu. Gibst ihnen das Gefühl, gesehen zu werden.
Als ich begonnen habe, dieses vermaledeite Manuskript zu
schreiben, wollte ich über etwas mit Bedeutung schreiben.
Über ein Thema, das viel zu wenig Aufmerksamkeit
bekommt. Ich wollte mit den Vorurteilen aufräumen, die
die Gesellschaft hat, wenn es um Menschen ohne Obdach
geht. Ich wollte zeigen, dass hinter jedem Schicksal eine
Geschichte steht. Dass man niemanden vorverurteilen
sollte. Dass wir mehr Verständnis haben sollten. Dass
wir mehr tun müssen. Dass ich mich dabei an deiner
Vergangenheit bedient habe, war falsch, aber ich konnte
mir niemanden vorstellen, der eine bessere Hauptfigur
abgegeben hätte, als dich. Eine starke Frau, die sich nicht
unterkriegen lässt. Eine Frau, die ich zutiefst bewundere
und die ich niemals verletzen wollte. Eine Frau, die sich
nicht schämen müssen sollte. Die kein Leben im Geheimen
führen müssen sollte. Du verdienst so viel mehr, Scarlett.
Du verdienst alles.

Ich bemerke erst, dass ich weine, als die Buchstaben vor meinen Augen verschwimmen. Tränen laufen mir unaufhaltsam über die Wangen und tropfen auf das Papier. Da sind so viele verschiedene Emotionen in meinem Inneren, dass ich nicht weiß, was ich als Erstes empfinden soll. Dieser Mann schafft es immer wieder, sich mitten in mein Herz zu schreiben. Jedes seiner Worte hat den Riss in meinen Mauern, der bei seinem Auftauchen hier in San Francisco entstanden ist, verstärkt, bis er so tief reicht wie der Grand Canyon.

»Es tut mir so leid, Scarlett.« Will, der die letzte halbe Stunde an der Theke verbracht hat, um mich nicht in meinem Lesefluss zu stören, steht plötzlich neben mir. In seinen Fingern hält er ein Taschentuch.

»Das ist nicht fair«, schluchze ich und greife nach dem Stück Stoff, um mich laut zu schnäuzen.

»Was ist nicht fair?«, fragt er vorsichtig, während er neben mir in die Hocke geht.

»Dass ich mich in einen Schriftsteller verlieben musste, der mit seinen Worten zaubern kann.« Mich durch seine Augen zu sehen, hat etwas mit mir gemacht. Es hat einen Teil des Gewichtes, das ich seit dem Tod meiner Mutter mit mir herumschleppe, von meinen Schultern genommen. Zum ersten Mal fühlt es sich nicht so an, als wäre ich gescheitert. Als wäre ich schwach. Als müsste ich mich für das schämen, was mir widerfahren ist.

»Heißt das …« Ich sehe das Leuchten in Wills Augen, obwohl er es mit aller Macht zu verbergen sucht. »Heißt das, du verzeihst mir?«

Ich fahre mir mit dem Handrücken über meine Wangen und hole zitternd Atem. Mein Inneres fühlt sich aufgewühlt an. Ich möchte am liebsten lachen und weinen zugleich.

Verzeihen ist ein großes Wort, und noch ist es zu früh für mich, die drei magischen Worte auszusprechen. Um ihm zu sagen, dass ich ihm verzeihe, und es auch so zu meinen. Mein Herz braucht Zeit, um zu heilen. Ich brauche Zeit, um die Scherben zu kitten.

Langsam schüttle ich den Kopf, und das Leuchten in Wills Augen erlischt.

»Das heißt, dass ich nicht mehr fliehen will. Das heißt, dass ich für das Leben kämpfen will, von dem ich träume. Dass ich für mein Zuhause kämpfen will.« Denn er hat recht. Ich verdiene mehr als das. Mehr als monatlich wechselnde Wohnorte. Mehr als flüchtige Bekanntschaften. Mehr als ein Leben auf der Straße.

»Das freut mich für dich, O'Hara. Ich bin mir sicher, du schaffst alles, was du dir vornimmst.« Will zwingt ein Lächeln auf seine Lippen. Es ist so verdammt traurig, dass es einen Stich in meiner Brust verursacht. Weil er nicht versteht, dass er in jeder nur erdenklichen Version meines zukünftigen Lebens eine Rolle spielt. Dass er unsere Schicksale in dem Augenblick miteinander verwoben hat, als er die erste Geschichte für mich geschrieben hat. »Dann war das hier doch noch zu etwas gut.« Er tätschelt die eng beschriebenen Seiten, die vor mir auf der Tischplatte liegen. Umständlich erhebt er sich und sammelt die Blätter auf.

Ich weiß, dass ich etwas sagen muss. Dass ich ihn aufhalten muss. Doch in meinem Kopf stolpern Worte über Buchstaben und verheddern sich zu einem Knäuel ohne Anfang oder Ende. Wie findet man die richtigen Worte für die Person, die einem gleichzeitig so viel gegeben und so viel genommen hat? Die einen die höchsten Höhen und die tiefsten Tiefen hat durchleben lassen. Die man gegen jede Vernunft so verdammt vermisst hat, dass es einem körperliche Schmerzen bereitet. Ohne die man sich keine Zukunft mehr vorstellen kann.

»Danke, dass du mir eine Chance gegeben hast«, sagt Will, der mittlerweile seine Sachen in seiner Umhängetasche verstaut hat. Er schluckt hart, seine Stimme schwankt, als er flüstert: »Leb wohl, Scarlett.«

Seine Schritte hallen laut auf den Fliesen, als er davongeht. Und endlich löst sich die Blockade in mir. Bevor er außerhalb meiner Reichweite treten kann, greife ich nach seinem Ärmel. Er stockt in der Bewegung, sieht mit tränenverschleiertem Blick über seine Schulter hinweg zu mir.

»Du bist mein Zuhause, Will.« Ich sehe, wie die Bedeutung in sein Bewusstsein sickert. Wie er blinzelt und erneut Hoffnung seine Gesichtszüge erhellt. »Du bist ein Teil des Lebens, für das ich kämpfen will. Aber natürlich nur, wenn du es sein willst?«, frage ich sicherheitshalber nach.

Er zögert nur den Bruchteil einer Sekunde, bevor er die Distanz zwischen uns überwindet und mich auf die Beine zieht. Im nächsten Augenblick verlieren meine Füße den Halt, als er mich durch die Luft wirbelt.

»Das interpretiere ich dann mal als Ja.« Ich lache und fühle mich so frei und unbeschwert wie seit Monaten nicht mehr.

Und es hat nichts damit zu tun, dass Will uns so lange im Kreis dreht, bis mir schwindelig wird.

Nach Luft schnappend, kommen wir zum Stillstand. Unsere Körper sind einander so nah, dass ich das aufgeregte Pochen seines Herzens an meiner Brust spüren kann.

»Ja, verflucht noch mal, ja, ja, ja«, haucht er. Mit seinem Daumen streicht er die restlichen Tränen fort, die meine Wangen benetzen. Sein Blick wandert zu meinen Lippen, doch ich sehe das Zögern darin. Also stelle ich mich auf die Zehenspitzen und lehne mich ihm entgegen.

Als mein Mund seinen findet, ist es, wie nach Hause zu kommen. Unser Kuss ist behutsam und tastend. Ein Neuanfang. Denn auch, wenn ich nichts mehr will, als ihm zu verzeihen und alles, was geschehen ist, hinter uns zu lassen, weiß ich, dass das nicht von jetzt auf gleich passieren wird. Es wird Zeit brauchen, bis die frühere Vertrautheit zwischen uns wiederhergestellt ist. Bis ich mich in seiner Gegenwart vollkommen fallen lassen kann. Bis ich ihm vertrauen kann. Doch ich weiß, dass wir es schaffen. Weil wir beide darum kämpfen werden. Weil das, was wir hatten und irgendwann wieder haben werden, viel mehr ist als alles, was ich je zu hoffen gewagt habe. Weil ich sein Zuhause bin und er meines.

***

Zwanzig Minuten später sitzen wir in Herb. Ich werfe keinen einzigen Blick zurück, als wir die Stadtgrenze San Franciscos hinter uns lassen. Denn alles, woran ich denken kann, ist das Ziel unserer Reise. Los Angeles.

Will sieht immer wieder verstohlen zu mir herüber, so als wollte er sichergehen, dass ich wirklich neben ihm sitze. Dass das kein Traum ist. Während ich mit der einen Hand das Lenkrad halte, taste ich mit der anderen nach seinen Fingern und verschränke sie mit meinen.

Meine Gedanken wandern immer wieder zu seinem Brief zurück. Es gibt so vieles, was ich ihn fragen will. Über seine Kindheit. Seine Freundschaft zu Carlos. Seinen Vater. Seine Mutter. Da mir jedoch klar ist, dass diese Themen keine leichte Kost sind, verschiebe ich sie auf später. Denn da gibt es noch etwas, das mir auf dem Herzen liegt. Etwas, das mich schon seit dem Abend beschäftigt, an dem ich Los Angeles verlassen habe. Etwas, vor dem ich zu Beginn schreckliche Angst hatte. Nach Wills Brief hat sich diese jedoch in eine brennende Neugierde verwandelt.

»Darf ich es lesen?«, frage ich in die Stille hinein, die nur durch das sanfte Gedudel des Radios übertönt wird. »Das Manuskript«, füge ich hinzu, als er nicht gleich versteht, wovon ich spreche.

»Ich habe es dir an dem Abend schon versprochen, und an dem Versprechen hat sich nichts geändert. Ich werde das Angebot nicht annehmen.« Er richtet sich im Beifahrersitz auf, seine Schultern wirken mit einem Mal verspannt.

»Ich weiß, aber ich würde es trotzdem gern lesen.« Würde gern wissen, was er aus meiner Geschichte gemacht hat.

Er zögert. »Unter einer Bedingung«, sagt er schließlich.

Da der Highway um diese Uhrzeit wenig befahren ist, löse ich meinen Blick von der Spur und sehe ihn fragend an.

»Du musst mir versprechen, dass du nicht wieder ohne ein Wort verschwindest. Das hält mein empfindsames Künstlerherz kein zweites Mal aus.« Obwohl sein Tonfall neckend ist, liegt etwas so Ernstes in seinem Blick, dass ich seine Finger, die noch immer mit meinen verschlungen sind, fest drücke.

»Nachdem ich deinen XXL-Entschuldigungsbrief gelesen habe, ist mir eines klar geworden. Egal, was in dem Manuskript steht, es kann nicht halb so schlimm sein wie alles, was ich mir in den letzten Tagen ausgemalt habe.« Seine Miene bleibt skeptisch. Da ihm meine Antwort offensichtlich nicht zu genügen scheint, füge ich hinzu: »Ich verspreche es dir, Hemingway.«

Seine Mundwinkel zucken, als ich seinen Kosenamen benutze.

»Okay, es gehört ganz dir. Das hat es von Beginn an.«

Ich drücke fester auf das Gaspedal, und zum ersten Mal fühlt es sich nicht wie eine Flucht an, sondern wie ein Heimkommen.

EPILOG

ZWEI JAHRE SPÄTER

Scarlett

»Bist du sicher, dass ich nicht doch meine Kollegin bitten soll, für mich einzuspringen? Es ist immerhin dein großer Tag.« Ich stehe im Flur unserer kleinen, aber für mich perfekten Dreizimmerwohnung und kann mich nicht dazu durchringen, durch die Haustür zu treten. Dass Queenie maunzend um meine Beine herumstreift, macht es nicht unbedingt leichter.

»Janine hat gesagt, dass die ersten beiden Stunden sowieso nur aus nicht enden wollenden Reden und gegenseitiger Beweihräucherung bestehen. Es reicht vollkommen, wenn du zu dem spaßigen Teil mit Häppchen und Alkohol dazustößt«, versichert mir Will schon zum zehnten Mal an diesem Abend.

Unschlüssig kaue ich auf meiner Unterlippe herum. Es fühlt sich falsch an, ihn bei diesem bedeutsamen Ereignis nicht zu begleiten.

»Außerdem ist der Abend auch für dich wichtig«, erinnert er mich. Das warme Lächeln, das er mir schenkt, und das stolze Funkeln in seinen Augen lassen mein Herz flattern. Selbst nach über zwei Jahren hat Will diese Wirkung auf mich, und ich liebe es. Ich liebe ihn. Ich liebe das Leben, für das wir so hart gekämpft haben.

Mein Blick gleitet automatisch zu der Kommode, auf der mehrere Bilderrahmen thronen. Eines meiner liebsten Fotos zeigt Will mit einem Ausdruck der Verwunderung und Entrüstung in den kastanienbraunen Augen, als er mitansehen muss, wie eine Möwe ihm am Santa Monica Pier seinen Donut aus der Hand stibitzt. Sein Lieblingsbild ist das, das er damals bei unserem Ausflug in den Sequoia-Nationalpark von mir geschossen hat, auf dem ich erfolglos versuche, einen der Mammutbäume zu umarmen.

»Ich bin mir sicher, dass alle meine Kolleginnen und Kollegen einen genauso guten Artikel verfassen könnten«, wiegele ich ab.

Will schüttelt entschlossen den Kopf. »Das ist deine Story. Immerhin bist du einer der Gründe, dass diese Benefizgala überhaupt stattfindet. Vielleicht sogar der größte.«

Mein erster Impuls ist, meine Rolle in dem Ganzen herunterzuspielen, doch dann nicke ich stattdessen langsam. Wärme durchdringt mich aus meinem tiefsten Inneren heraus. Und mit Verspätung registriere ich, dass es Stolz ist, den ich empfinde.

Es war meine Geschichte, die Will dazu gebracht hat, ein Buch über Obdachlosigkeit zu schreiben. Es war mein Schicksal, das die Menschen bewegt und das Buch auf die Bestsellerlisten katapultiert hat – auch wenn Wills poetischer Schreibstil dem Ganzen vermutlich nicht geschadet hat. Es war die daraus resultierende Aufmerksamkeit, die sich auf die Walker Real Estate Corporation gerichtet und Wills Vater dazu genötigt hat, aktiv zu werden.

Doch es waren nicht nur der Druck der öffentlichen Meinung und die schlechte PR. Zumindest rede ich mir ein, dass die zahlreichen Auseinandersetzungen zwischen Mr. Walker und mir bei diversen Familienabendessen ebenfalls ihren Teil dazu beigetragen haben, dass er das Projekt *A Piece of Home* ins Leben gerufen hat. Mehr als einmal sind Wills Vater und ich aneinandergeraten, weil unsere Ansichten über einen fairen Umgang mit potenziellen Mietern nicht weiter auseinanderliegen könnten. Bei jedem Aufeinandertreffen habe ich ihm die Geschichte eines anderen Obdachlosen erzählt, die ich im Laufe der Zeit, in der ich selbst auf der Straße gelebt habe, kennengelernt habe. Bis er eines Abends entnervt eingewilligt hat, jemanden in seinem Unternehmen darauf anzusetzen, ein Konzept auszuarbeiten, mit dem er profitabel Sozialwohnungen vermieten kann.

Daraus ist nach monatelangen Gesprächen mit Sozialverbänden, verschiedenen Behörden und anderen wichtigen Stakeholdern schließlich das Projekt *A piece of Home* entstanden. Bei jedem größeren Bauprojekt soll zukünftig ein Anteil der Wohnungen an Menschen vergeben werden, deren Credit Score so schlecht ist, dass sie normalerweise keinen Mietvertrag bekommen würden. Die Stadt unterstützt solche Sozialbauprojekte mit einem Zuschuss.

Obwohl mir natürlich bewusst ist, dass es in erster Linie ein Vorzeigeprojekt und Aushängeschild für die Firma ist und Wills Vater das Ganze nicht aus reiner Gutherzigkeit bewilligt hat, bedeutet es mir die Welt.

Dass meine Chefredakteurin mir außerdem die Berichterstattung für die heutige Benefizgala übertragen hat, bei der das Projekt der Öffentlichkeit und möglichen Investoren vorgestellt wird, lässt meine Nerven vor Aufregung kribbeln. Wenn ich überlege, wo ich vor zwei Jahren noch war und wie sehr sich mein Leben seitdem verändert hat, muss ich mich manchmal kneifen. Denn es fällt mir schwer zu glauben, dass es kein Traum ist, aus dem ich jeden Augenblick erwachen könnte.

Obwohl Wills Buch mich beinahe auseinandergerissen hätte – uns beinahe auseinandergerissen hätte –, kann ich ihm nicht genug dafür danken, dass er meine Geschichte niedergeschrieben hat. Dass er mir eine Stimme gegeben hat, als ich meine verloren geglaubt hatte. Dass er mir geholfen hat, mich mit anderen Augen zu sehen. Meine Stärke zu erkennen. Dass er mir den Mut gegeben hat, die Scham abzustreifen wie zu eng gewordene Kleidung, der ich entwachsen bin, und mich zu öffnen. Nicht nur ihm gegenüber, sondern auch meiner besten Freundin Tammy. Diese war in erster Linie erleichtert, dass ich nur auf der Straße gelebt habe, nicht von der Mafia verfolgt wurde und in einem Zeugenschutzprogramm untertauchen musste.

»Du hast recht, es ist meine Story, aber ohne dich wäre sie nie erzählt worden«, sage ich, und die tiefe Dankbarkeit, die ich dafür empfinde, dass sich unsere Wege im *Patty's Pies* gekreuzt haben, lässt meine Stimme zittern.

Will lächelt und streicht eine rotblonde Strähne hinter mein Ohr, die sich in meine Stirn gestohlen hat. Die Selbstverständlichkeit, mit der er diese vertraute Geste ausführt, erfüllt mich mit Wärme.

»Auch wenn der Autor in mir nach jeglicher Form von Kompliment lechzt, wissen wir beide, dass das nicht stimmt. Du hättest es auch ohne mich geschafft. Der Artikel im *Los Angeles Chronicle* ist dafür wohl der beste Beweis.«

Ich weiß nicht, ob es die positiven Reaktionen von Will und Tammy waren, die all meine schlechten Erfahrungen und Zweifel hinfortgewischt haben, oder das Versprechen an mich selbst, für meine Träume einzustehen, das mich dazu gebracht hat, einen Artikel zum Thema Obdachlosigkeit zu verfassen. Darin sind nicht nur meine persönlichen Erfahrungen mit eingeflossen, sondern auch die all der Menschen, denen ich während meiner Zeit auf der Straße begegnet bin, darunter Dave und Shelly samt ihrer Familie. Ich habe den Artikel an verschiedene Zeitungen in Los Angeles und Umgebung geschickt, ohne mir wirklich Hoffnungen zu machen. Doch ein paar Tage später ist eine E-Mail von Miranda Johnson, der Chefredakteurin des *Los Angeles Chronicle*, in mein Postfach geflattert. Angehängt war der überarbeitete Artikel. Als ich die Datei geöffnet habe, haben sich die Dutzenden roten Markierungen wie eine Salve

Schläge in die Magengrube angefühlt. Es waren die zwei Sätze, die sie daruntergeschrieben hat, die mir die Motivation gegeben haben, es noch einmal zu versuchen.

Ein spannendes Thema und ein guter erster Versuch. Bleiben Sie dran.

Und genau das habe ich gemacht. Bis Miranda mich eines Tages angerufen und mir gesagt hat, dass sie den Artikel drucken würde, und mich im selben Atemzug gefragt hat, ob ich lernen will, wie man richtig schreibt. Ihre Volontärin habe kurzfristig gekündigt, und die Stelle sei frei. Ich glaube, mein Herz hat bei ihren Worten kurz ausgesetzt. Obwohl sie sofort versucht hat, meine Begeisterung zu bremsen, indem sie mir eröffnet hat, dass die Bezahlung unterirdisch und die Überstunden zahlreich seien, habe ich keine Sekunde gezögert und zugesagt.

Die letzten beiden Jahre waren verdammt hart, denn Miranda hat nicht gelogen. Es war unglaublich viel Arbeit und mein Gehalt so mickrig, dass ich zusätzlich am Wochenende im Diner arbeiten musste. Sehr zu Tammys Freude. Auch wenn sie mich am liebsten für immer als Kollegin behalten hätte, ist sie mir vor Begeisterung um den Hals gefallen, als ich ihr von dem Jobangebot beim *Chronicle* erzählt habe. Zwar sehen wir uns jetzt nicht mehr jeden Tag, dafür halten wir an unserem wöchentlichen Mädelsabend fest. Dass Tammy mittlerweile bei ihrem Freund Alejandro eingezogen ist, macht die Planung deutlich einfacher. Er spielt nur zu gern den Babysitter, auch wenn Seth und sein Stiefbruder in spe ein süßes, aber ziemlich freches Duo abgeben.

»Dann einigen wir uns einfach darauf, dass es Teamarbeit war«, sage ich lächelnd, weil ich mir keinen besseren Partner als Will vorstellen kann.

Queenie gibt ein Maunzen von sich, das so klingt wie: »Und was ist mit mir?«, was sowohl Will als auch mich grinsen lässt.

»Jetzt solltest du aber wirklich dringend das Haus verlassen, du bist spät dran.« Will schiebt mich sanft, aber bestimmt in Richtung der Haustür.

»Ich komme nach, so schnell es geht«, verspreche ich ihm.

Anstelle einer Antwort drückt er mir einen Kuss auf die Lippen, bevor er mich mit einem Klaps auf den Hintern endgültig aus der Wohnung schmeißt.

***

»Das Beste an diesen Galas ist immer noch das kostenlose Essen.« Tom nimmt sich gleich zwei der Häppchen, die mit Lachs und Kaviar belegt sind, vom Tablett und schiebt sie sich mit glänzenden Augen in den Mund.

Als der Kellner mir das Serviertablett ebenfalls anbietet, schüttele ich den Kopf. Normalerweise würde ich es meinem Kollegen von der *L. A. Gazette* gleichtun, doch an diesem Abend bin ich zu angespannt. Das hier ist mehr als ein normaler Arbeitsauftrag. Dieser Abend ist zu wichtig. Er könnte so viele Leben verändern.

Während die anderen Journalistinnen und Journalisten, mit denen ich mir den Tisch teile, sich darin zu übertrumpfen versuchen, welche Köstlichkeiten sie bei solchen Events bereits kostenlos abgestaubt haben, lasse ich meinen Blick durch den Saal gleiten. Unter den Anwesenden befinden sich einige der reichsten Leute Kaliforniens, wenn nicht sogar der ganzen Vereinigten Staaten. Männer in Anzügen und Seidenkrawatten sitzen neben Frauen mit Hochsteckfrisuren und Designerkleidern. Das Licht der Kristalllüster, die von der kuppelartigen Decke hängen, bricht sich in den Diamantencolliers, die ihre Dekolletés schmücken. Sie lachen und scherzen, während sie Champagner aus kristallenen Gläsern trinken. Ich wette, keiner von ihnen weiß, wie es sich anfühlt, wenn der Magen sich vor Hunger schmerzhaft zusammenzieht. Keiner weiß, wie kalt die Nächte selbst im sonnenverwöhnten Kalifornien werden können, wenn man sie auf der Rückbank eines Autos verbringt.

Plötzlich flammt in meinem Augenwinkel grelles Licht auf und lenkt meine Aufmerksamkeit hinüber zu der Bühne am schmalen Ende des Saals. Mein Herz beginnt dreimal so schnell zu schlagen, als Mr. Walker das Podium betritt und das Gemurmel schlagartig durch Applaus ersetzt wird. Sein maßgeschneiderter Anzug unterstreicht seine beeindruckende Statur, seine Gesichtszüge lassen keine Spur von Nervosität erkennen, während meine Handflächen feucht sind. Obwohl ich nur einen kleinen Teil zu dem Projekt beigesteuert habe, wünsche ich mir so sehr, dass es ein Erfolg wird.

»Herzlich willkommen. Ich freue mich, dass Sie unserer Einladung heute Abend so zahlreich gefolgt sind. Als Vorstandsvorsitzender der Walker Real Estate Corporation ist es mir eine große Ehre, Ihnen ein Projekt vorzustellen, das uns allen am Herzen liegt. Ein Projekt, das nicht nur das Potenzial hat, Leben zu verändern, sondern auch Gemeinschaften zu stärken und Hoffnung zu verbreiten.« Mr. Walker macht eine bedeutsame Pause, um seine Worte wirken zu lassen.

»Hört, hört«, murmelt Tom neben mir, während er sein Handy zückt, um sich Notizen zu machen.

Mit einem Knistern erwacht ein Projektor zum Leben. Plötzlich wird die weiße Fläche neben Mr. Walker mit überlebensgroßen Bildern geflutet. Im Sekundentakt wechseln die Aufnahmen. Ein älterer Mann mit Brille und Schnauzbart, gefolgt von einer jungen Frau mit blondem Pferdeschwanz und verhaltenem Lächeln. Es sind alle Altersklassen vertreten. Alle Hautfarben und Geschlechter. Als das Bild eines kleinen Mädchens mit Zöpfen und rosa Haargummi die Fläche füllt, stiehlt sich unwillkürlich ein Lächeln auf meine Lippen, denn ich kenne es. Es ist Shelly. Auch den Mann mit dem Holzfällerhemd, der als Nächstes auftaucht, kenne ich. Daves vertrautes schiefes Grinsen versetzt mir einen Stich in die Brust. Es ist viel zu lange her, dass ich ihn gesehen habe. Dann verschwindet das Bild und wird durch die nächste Aufnahme ersetzt.

Obwohl ich wusste, dass es passieren wird, setzt mein Herz für einen Schlag aus. Rotblonde, schulterlange Haare. Grüne Augen, eine sichelförmige Narbe, die die Augenbraue kreuzt. Sommersprossen, die die schmale Nase sprenkeln wie Farbspritzer.

»Das bist ja du, Scar«, raunt Tom neben mir. Ich höre die Überraschung in seiner Stimme, doch ich kann meinen Blick nicht von der Leinwand lösen.

Stattdessen hoffe ich, dass die Diashow den Effekt hat, den sich das Marketing-Team erhofft hat, als sie mich davon überzeugt haben, dem Projekt mein Gesicht zu schenken.

Das Bilderkarussell stoppt und wird durch eine neue Präsentationsfolie ersetzt. In fetten Buchstaben prangt der Schriftzug *A Piece of Home* auf einem hellorangefarbenen Hintergrund.

»Sie fragen sich sicher, was all diese Menschen gemein haben.« Mr. Walker hält kurz inne, um den Anwesenden Raum für Spekulationen zu geben. »Die Antwort lautet: Sie wissen alle, wie es sich anfühlt, kein Dach über dem Kopf zu haben.«

Erstauntes Gemurmel ertönt im Saal. Denn so sehen wir nicht aus. Keiner der Menschen, die eben gezeigt wurden, entspricht dem Stereotyp, das sich die Leute vorstellen, wenn sie den Begriff Obdachlose hören.

»Ich weiß, was Sie jetzt denken. Dass wir die Personen, die wir ihnen eben gezeigt haben, für das Fotoshooting extra hergerichtet haben. Dem ist nicht so. Denn die Männer und Frauen, die Sie eben gesehen haben, begegnen Ihnen jeden Tag. Doch nicht auf die Art, wie Sie vielleicht vermuten. Sie sitzen nicht bettelnd auf dem Bürgersteig. Sie liegen nicht nachts auf einer Parkbank unter einem Stapel Decken. Stattdessen schenken sie Ihnen morgens im Café ihren Latte Macchiato ein. Sie kassieren Ihre Einkäufe im Supermarkt ab. Sie pflegen Ihre Großmutter im Altenheim. Sie alle sind hart arbeitende Mitglieder unserer Gesellschaft. Trotzdem haben sie keinen festen Wohnsitz. Wie kann das sein, fragen Sie sich nun sicher.«

In der Sprechpause spüre ich Toms Blick auf mir, doch meine Aufmerksamkeit hängt an Mr. Walkers Lippen. An seinen Worten. Wer auch immer seine Rede geschrieben hat, sollte eine Gehaltserhöhung bekommen.

»Besonders in Los Angeles sind die Wohnungspreise in den letzten Jahren drastisch gestiegen. Nicht so die Löhne, besonders im Niedriglohn-Sektor. Manche Familien können sich keine Wohnung leisten, obwohl sie drei Jobs gleichzeitig jonglieren. Manche wiederum haben sich verschuldet, weil sie oder ein Familienmitglied schwer erkrankt sind und die Kosten aus eigener Tasche bezahlen mussten. Weil sie einen Kredit aufnehmen mussten, um ihre Existenz zu sichern. Die Gründe sind zahllos, das Ergebnis dasselbe. Viele dieser Menschen sind dazu gezwungen, auf der Straße zu leben. Und genau hier wollen wir mit dem Projekt *A Piece of Home* ansetzen.« Auf Mr. Walkers Signal hin erscheint die nächste Präsentationsfolie, auf der die wichtigsten Punkte des geplanten Sozialbauprojekts aufgelistet sind. Während Wills Vater die Details vorstellt, wage ich einen Blick ins Publikum. Versuche, in den Mienen der potenziellen Investorinnen und Investoren zu erkennen, wie sie zu dem eben Gehörten stehen. Einige tuscheln miteinander. Eine der Frauen am Nachbartisch hat die Hand an die Brust gelegt und wirkt betroffen.

»Mit dem Projekt *A Piece of Home* können wir mit Ihrer Hilfe viele Menschen von der Straße holen und ihnen zu einem Leben verhelfen, das den Namen auch verdient hat. Denn hinter jeder Zahl in der Statistik steckt ein Mensch. Steckt ein Schicksal. Danke für Ihre Aufmerksamkeit.« Damit tritt Mr. Walker vom Podium zurück.

Stille hängt schwer zwischen den Tischen. Dann ertönt ein einsames Klatschen, ein weiteres gesellt sich dazu, und schließlich bricht der dröhnende Applaus wie eine Welle über mir zusammen. Erleichterung macht sich in meiner Brust breit, macht das Atmen wieder leichter.

Die Präsentation hat die gewünschte Wirkung erzielt. Wenn alles nach Plan läuft, könnten die ersten Sozialwohnungen bereits in wenigen Monaten bezugsfertig sein. Das hat zumindest Wills Vater mir erzählt. Ich habe meinen Kontakt direkt genutzt, um Dave sowie Shelly und ihre Familie ganz oben auf die Liste potenzieller Mieter zu setzen.

Seit ich selbst wieder ein richtiges Dach über dem Kopf habe, wünsche ich mir umso mehr, dass andere diese Möglichkeit ebenfalls erhalten. Denn ich weiß, dass wir unsere Dreizimmerwohnung nur bekommen haben, weil sie zur Walker Real Estate Corporation gehört und – was noch entscheidender ist – Will den Vertrag unterzeichnet hat. Mal ganz davon abgesehen, dass ich mir die Wohnung ohne ihn nie hätte leisten können.

Während meines Volontariats hat er, trotz meines Protests, den Großteil der Miete bezahlt, damit ich weiterhin monatlich meine Schulden tilgen konnte. Doch seit ich Vollzeit arbeite, kann ich meinen Anteil endlich selbst tragen. Das Gehalt reicht nicht aus, um reich zu werden, aber es ist genug, um wieder atmen zu können. Um nicht von Will abhängig zu sein und trotzdem den Schuldenberg langsam, aber sicher schmelzen zu lassen. Um voller Hoffnung in die Zukunft zu sehen.

Das Licht im Saal wird wieder hochgedreht, und eine Schar an Kellnern kommt mit der Vorspeise aus der Küche. Doch ich schiebe den Stuhl zurück und erhebe mich. Ich habe alles für den Artikel, was ich brauche. Jetzt ist es an der Zeit zu gehen.

Mein Blick streift Toms, und ich bilde mir ein, etwas in seinen Augen aufblitzen zu sehen, das vorher nicht dort war. Bewunderung.

Meine Schritte sind unbeschwert und zielstrebig, als ich den Saal durchquere und durch die Flügeltüren hinaus in den lauen Sommerabend trete. Zwischen den Bentleys, Ferraris und Teslas, die auf dem Parkplatz stehen, sticht mein rostroter Honda umso mehr heraus. Doch solange ich meine Schulden nicht beglichen habe, werde ich keine kostspielige Investition tätigen, wie ein neues Auto zu kaufen. Außerdem ist Herb lange Zeit so etwas wie mein Zuhause gewesen. Auch wenn es nur ein schwacher Abklatsch dessen ist, was oder vielmehr wen ich heute mein Zuhause nennen darf.

Denn wenn ich eines gelernt habe, ist es, dass ein Zuhause kein Ort ist, sondern die Menschen, denen dein Herz gehört.

William

»Da drüben sitzt Michael Ashcroft.« Janines Stimme ist eine Oktave schriller als gewöhnlich bei der Nennung des mehrfach preisgekrönten Bestsellerautors.

Ich verkneife mir ein Grinsen. Obwohl ich derjenige bin, der heute Abend für einen Preis nominiert ist, ist es Janine, die aufgeregt ihren Kopf hin und her bewegt und ihr Programmheft immer wieder zu einer festen Rolle zusammendreht.

»Willst du mir etwa fremdgehen?«, frage ich gespielt empört.

»Du bist mit deinem Debütroman für einen der wichtigsten Literaturpreise nominiert, dich lasse ich so schnell nicht mehr von der Angel. Nicht mal für Michael Ashcroft.« Sie zwinkert mir zu.

Obwohl sie natürlich maßlos übertreibt, schmeicheln mir ihre Worte. Auch wenn die phänomenalen Verkaufszahlen meines Romans *Chasing Horizons* sogar Janine überrascht haben, plagen mich beständig Zweifel. Was ist, wenn das Buch bald in der Versenkung verschwindet? Wenn mein nächstes nicht ansatzweise so erfolgreich wird? Wenn ich Janine enttäusche? Wenn ich mich selbst enttäusche?

Um mich aus der Gedankenspirale zu lösen, die unweigerlich in einem See aus Selbstzweifeln endet, lasse ich meinen Blick durch den Raum gleiten. Die Verleihung des goldenen Tintenfasses ist quasi wie die Oscars – nur mit Konferenzcharme. In den nüchternen Saal, der optisch nur wenig ansprechender als eine Turnhalle ist, aber nicht ansatzweise an das Dolby Theatre heranreicht, passen circa zweihundert Menschen. Statt funkelnder Galakleider tragen die meisten Anwesenden schicke Hosenanzüge oder schlichte Sakkos, so wie ich selbst. Dass der Dresscode maximal als Casual Chic beschrieben werden kann, kommt mir entgegen. Mein Vater hat mich in der Vergangenheit auf eine Handvoll Galas seiner Firma mitgeschleppt und mich gezwungen, einen Frack zu tragen, in dem ich mir vorkam wie ein Butler aus dem Buckingham Palace.

Für die nominierten Schriftstellerinnen und Schriftsteller samt ihrer Begleitung sind die ersten beiden Reihen reserviert. Der Platz zu meiner Linken ist jedoch unbesetzt. Zum wiederholten Mal ziehe ich mein Handy aus der Tasche und erwecke das Display zum Leben, doch es zeigt keinen verpassten Anruf oder eine Nachricht an. Der offizielle Beginn der Verleihung ist in weniger als fünf Minuten, und so langsam haben selbst die letzten Gäste zu ihren Sitzen gefunden. Alle bis auf meine Mutter. Vielleicht steckt sie im Verkehr fest. Vielleicht hatte ihr Flug Verspätung. Es gibt unendlich viele Möglichkeiten, die erklären könnten, warum sie noch nicht hier ist, trotzdem zieht sich mein Magen zusammen.

Als ich sie vor zwei Monaten angerufen habe, um ihr von der Nominierung zu erzählen, hat sie mir überschwänglich gratuliert. Sie hat tatsächlich interessiert gewirkt und versprochen, dass sie sich die Verleihung auf keinen Fall entgehen lässt, obwohl ich ihr gesagt habe, dass es nicht nötig sei. Dabei habe ich mich insgeheim wirklich darauf gefreut, sie wiederzusehen. Immerhin habe ich sie schon seit Monaten nicht mehr getroffen. Auch wenn uns wenig verbindet und sie seit ihrem Auszug aus der Villa kaum greifbar ist, gibt es offensichtlich noch immer einen Teil in mir, der ihr nah sein will.

Die Lichter im Saal werden gedimmt, bis sie schließlich vollständig verlöschen, und mit ihnen meine Hoffnung. Sie wird durch Enttäuschung ersetzt, die beim Herunterschlucken einen bitteren Nachgeschmack auf meiner Zunge hinterlässt und ätzend wie Säure in meinem Magen rumort. Warum bin ich überhaupt überrascht? Ich hätte es wissen müssen. Hätte wissen müssen, dass es nicht viel mehr als leere Phrasen sind. Dass sie ihr eigenes Leben wie immer dem meinen vorzieht.

Dass mein Vater heute Abend nicht hier ist, wiegt hingegen nicht halb so schwer. Immerhin hat er mit der Benefizgala eine valide Entschuldigung. Dass er ein Kommen andernfalls in Erwägung gezogen hätte, hat mich positiv überrascht. Noch vor zwei Jahren hat seine Stimme vor Spott getrieft, wann immer er über meine Karriere als Schriftsteller gesprochen hat. Vielleicht hat es den großen Knall gebraucht, den Streit, bei dem wir uns all das entgegengeschrien haben, was uns auf den Herzen lag. Auf unsere kurze Aussprache an dem Tag, an dem ich nach San Francisco geflogen bin, ist nach meiner Rückkehr ein längeres Gespräch gefolgt. An dessen Ende war klar, dass meine Zukunft nicht in der Walker Real Estate Corporation liegt und mein Vater mich nicht weiter drängen würde.

Danach haben wir eine Weile in friedlicher Koexistenz nebeneinander hergelebt, bis Scarlett mir die Erlaubnis gegeben hat, ihre Geschichte zu veröffentlichen. Mein Vater war aufgrund des brisanten Themas natürlich nicht begeistert. Doch Scarlett hat eine Art Puffer gebildet. Sie hat einen Draht zu meinem Vater, der mir mehr als schleierhaft ist und um den ich sie manchmal insgeheim beneide. Auch wenn die beiden eigentlich zu jedem Thema unterschiedliche Positionen vertreten, weshalb die sporadischen gemeinsamen Familienabendessen jedes Mal eher einem verbalen Tennismatch gleichen. Aber an der Art, wie er sie ansieht, lese ich heraus, dass ihm ihre Kämpfernatur imponiert. Vielleicht wird mein Vater mit zunehmendem Alter aber auch einfach weicher.

Als er von der Nominierung gehört hat, lag so etwas wie Stolz oder zumindest Anerkennung in seinem Blick. Heute Morgen hat er mir eine Nachricht geschickt. Wenig überraschend, war sie kurz und geschäftsmäßig, aber trotzdem war ich gerührt, als ich die zwei Worte gelesen habe: *Viel Erfolg.*

Mein Vater würde niemals irgendjemandem Glück wünschen, das entspricht nicht seiner Philosophie. Glück bedeutet, dass einem etwas einfach zufliegt. Erfolge muss man sich hingegen verdienen. Man muss hart arbeiten, um sie zu erreichen. Anscheinend ist er zu der Ansicht gelangt, dass ich dies mit meinem Buch getan habe. Ein größeres Lob kann ich von ihm nicht erwarten.

Eine ältere Dame mit Nickelbrille betritt die Bühne, und Janine raunt ehrfürchtig irgendeinen Namen, den ich über den Applaus der Menge hinweg nicht verstehe. Vermutlich eine weitere preisgekrönte Schriftstellerin. Wie meine Agentin angekündigt hat, folgt eine Reihe an ausufernden Reden und Selbstbeweihräucherungen. Offensichtlich liegt es den meisten Autorinnen und Autoren nicht, sich kurz zu fassen, und so muss ich mir mehr als einmal ein Gähnen verkneifen. Das Programm zieht an mir vorbei, während mein Blick immer wieder zu dem leeren Platz neben mir wandert. Es ärgert mich, dass mich ihre Abwesenheit so hart trifft.

Ich tauche erst aus dem schwarzen Loch meiner Gedanken auf, als ich meinen Namen höre. Ein Ruck geht durch meinen Körper, und mit einem Mal wird meine Teilnahmslosigkeit durch Nervosität ersetzt. Der Redner verliest zwei weitere Namen von Schriftstellern, die in derselben Kategorie nominiert sind.

»Toi, toi, toi«, raunt Janine mir zu.

»Der Preis für den besten Debütroman geht an ...« Der Mann auf der Bühne öffnet einen versiegelten Briefumschlag und zieht einen Zettel daraus hervor. »William Walker.«

Ich blinzle mehrmals, unfähig zu verstehen, was er soeben gesagt hat.

»Oh mein Gott! Herzlichen Glückwunsch, Will. Du hast es dir mehr als verdient.« Janine fällt mir sitzend um den Hals und reißt mich damit aus meiner Starre.

Mein Herz beginnt mit der Geschwindigkeit und Intensität eines Schlagbohrers gegen meinen Brustkorb zu hämmern. Adrenalin durchflutet mich und lässt mich meine Umgebung wie durch eine Plexiglasscheibe wahrnehmen.

Ich weiß nicht, wie ich es dorthin schaffe, aber plötzlich finde ich mich auf der Bühne wieder. Grelles Scheinwerferlicht blendet mich und treibt mir Schweißperlen auf die Stirn. Meine Finger zittern leicht, als ich den Preis entgegennehme. Die vergoldete Nachbildung eines Tintenfasses wiegt schwerer als erwartet in meiner Hand.

Der Applaus verebbt langsam, und ich weiß, dass ich etwas sagen sollte. Mein Blick wandert zu dem leeren Platz im Publikum, und mit einem Mal wünsche ich mir, dass ich Scarlett nicht dazu gedrängt hätte, zu der Benefizgala zu gehen. Wünsche ich mir, sie würde jetzt dort unten sitzen und mir Halt geben. So wie sie es tut, seitdem wir uns kennengelernt haben. Gleichzeitig weiß ich, dass es die richtige Entscheidung war, sie gehen zu lassen. Immer, wenn sie von dem Projekt spricht, leuchten ihre Augen auf diese besondere Weise, die dafür sorgt, dass ich mich ein Stückchen mehr in sie verliebe. Es wäre selbstsüchtig gewesen, ihr diesen Abend zu nehmen, nur weil ich jemanden brauche, der mir die Hand hält.

Ich räuspere mich, und das Mikrofon trägt das Geräusch um ein Hundertfaches verstärkt durch den Saal. Als Janine mir geraten hat, eine Dankesrede vorzubereiten und sie sicherheitshalber schriftlich bei mir zu tragen, habe ich nur abgewinkt. Wie schwer kann es sein, spontan ein paar Worte des Dankes zu finden?

Verdammt schwer, wie ich jetzt feststelle. Mein Verstand ist noch immer damit beschäftigt zu realisieren, dass ich diesen Preis in den Händen halte.

Hilfe suchend sehe ich zu Janine, die mich aufmunternd anlächelt.

Ich straffe die Schultern und nähere mich dem Mikrofon.

»Hallo zusammen. Ich habe noch nie etwas gewonnen. Weder bei der Lotterie noch beim Sport – schlechte Hand-Augen-Koordination – und ebenso wenig beim Malwettbewerb in der dritten Klasse. Selber Grund.«

Einzelne Lacher branden wie Wellen im Publikum auf und werden wie Gischt zu mir heraufgeweht. Die Anspannung weicht langsam aus meinen Schultern.

»Doch dieser Sieg gebührt nicht allein mir. Deshalb will ich die Gelegenheit nutzen und mich bei ein paar besonderen Personen bedanken, ohne die *Chasing Horizons* niemals möglich gewesen wäre. Janine, meine fabelhafte Agentin, du hast an die Geschichte geglaubt, als ich nicht viel mehr als die Leseprobe fertiggestellt hatte. Du hast einem blutigen Anfänger, einem absoluten Newcomer, eine Chance gegeben. Dafür werde ich dir ewig dankbar sein.« Trotz des Scheinwerferlichts, das mich blendet, erkenne ich, wie Janine sich mit einem Taschentuch die Augenwinkel trocken tupft. »Außerdem möchte ich mich bei meinem Kumpel Carlos bedanken, der heute zwar nicht hier sein kann, aber versprochen hat, sich den YouTube-Stream anzusehen. Du hast dir mein ständiges Gejammer angehört, als ich von einer Schreibblockade in die nächste gerutscht bin. Du hast mir immer mit Freude in den Allerwertesten getreten, wenn ich es nötig hatte. Du bist der beste Freund, den ich mir vorstellen kann. Und zu guter Letzt möchte ich der wichtigsten Person in meinem Leben danken.«

Aus dem Augenwinkel nehme ich eine Bewegung wahr. Mein Blick gleitet automatisch zu der Saaltür, die gerade im Begriff ist, sich zu schließen. Ich will mich schon wieder abwenden, als ich einen rotblonden Haarschopf ausmache, den ich überall wiedererkennen würde. Wärme breitet sich in mir aus, und der letzte Rest Anspannung versickert zu einer Pfütze, die von Scarletts Lächeln aufgesaugt wird.

»Ohne sie würde es *Chasing Horizons* nicht geben. Nicht nur, weil sie mir die Freude am Schreiben zurückgebracht hat, sondern auch, weil sie meine Inspiration war und mir erlaubt hat, ihre Geschichte mit der Welt zu teilen, damit das Thema Obdachlosigkeit mehr Raum bekommt. Es gibt so viele Facetten, die wir nicht kennen. So viele Vorurteile, die wir beseitigen müssen. Deshalb möchte ich mich noch einmal herzlich für diesen Preis bedanken. Die Summe von zwanzigtausend Dollar, die mit dem Gewinn verbunden sind, werde ich an die Los Angeles Mission spenden, eine gemeinnützige Organisation, die sich der Unterstützung von Obdachlosen und Bedürftigen widmet. Denn *Chasing Horizons* ist nicht meine Geschichte, sondern ihre.«

Als ich die Treppenstufen hinabsteige, umfängt mich der Applaus. Obwohl ich am liebsten direkt zu Scarlett laufen würde, setze ich mich zurück auf meinen Platz neben Janine, die noch immer gerührt wirkt. Es folgen ein paar abschließende Worte, bevor uns die ältere Dame, die bereits die Veranstaltung anmoderiert hat, dazu einlädt, draußen im Foyer mit einem Glas Sekt anzustoßen.

Im selben Augenblick, in dem ich mich von meinem Stuhl erhebe, spüre ich eine Vibration an meinem Oberschenkel. Mit einem Lächeln ziehe ich mein Smartphone aus meiner Hosentasche, in der Erwartung, eine Nachricht von Scarlett vorzufinden. Stattdessen blinkt mir der Name vom Display entgegen, auf den ich den ganzen Abend lang gewartet habe.

> **Aurora:** Mir ist leider etwas dazwischengekommen. Ich drücke dir die Daumen, Honey. Ruf mich morgen unbedingt an und sag mir, wie es gelaufen ist. XXX.

Mein Lächeln fällt in sich zusammen, und meine rechte Hand krallt sich so fest um die Statue, dass meine Fingerspitzen schmerzen. Ich blicke auf den Zeitstempel der Nachricht. Zweiundzwanzig Uhr. Die Veranstaltung hat vor über zwei Stunden begonnen.

Kurz bin ich versucht, all die Gefühle, die sich gerade zu einem Ball zusammenknäulen, in Worte zu gießen, um meine Mutter genauso sehr zu verletzen wie sie mich. Erst Janines Hand an meinem Rücken zieht mich aus dem zerstörerischen Strudel an die Oberfläche. Die Leute zu meiner Linken sind bereits aufgestanden und laufen den Gang entlang in Richtung der Flügeltüren. Einen Fuß vor den anderen setzend, schiebe ich mein Handy zurück in die Hosentasche und zwinge ein Lächeln auf meine Lippen, wann immer mir jemand seine Hand entgegenstreckt, um mir zu gratulieren. Das Hochgefühl, das mich wenige Minuten zuvor noch wie eine warme Welle in die Höhe gehoben hat, hat sich in eine Eisdusche verwandelt. Die Veranstaltung war ihr nicht einmal wichtig genug, um rechtzeitig abzusagen. Ich war ihr nicht wichtig genug. Wieder einmal.

Ich bemerke kaum, wie ich durch die geöffneten Türen in das Foyer trete, bis mein Blick auf Scarletts trifft. Sie hält in jeder Hand ein Sektglas. Ihr Lächeln strahlt heller als die glitzernden Lichter des Kristalllüsters. Es schwappt bis zu mir herüber, umhüllt mich und verdrängt alle negativen Gedanken, die mich eben noch beschwert haben.

»Hallo, mein Starautor«, begrüßt sie mich.

»Danke, dass du gekommen bist.« Ich ignoriere ihr erhobenes Sektglas und ziehe sie stattdessen in eine Umarmung.

Sie zögert keine Sekunde und schlingt ihre Arme um meine Taille. Ihr berauschender Duft steigt mir in die Nase, und mit einem Mal ist das Hochgefühl wieder genauso präsent wie in dem Moment, in dem der Laudator meinen Namen verkündet hat. Es ist eine andere Art von Glück, keins der Sorte, die das Adrenalin durch die Adern jagt wie bei einer Achterbahnfahrt.

Es ist vielmehr die Gewissheit, mich vollkommen fallen lassen zu können, weil ich weiß, dass Scarlett mich auffängt. Es ist die Sorte Glück, die mit der Zeit nicht abnimmt, sondern mit jeder gemeinsamen Erfahrung, mit jeder Erinnerung wächst.

Scarlett löst sich von mir und drückt mir eines der Gläser in die Hand. In ihren grünen Augen schimmern Stolz und Wärme, die mich bis ins tiefste Innere treffen.

»Auf dich.« Sie stößt sanft ihr Getränk gegen meines, und das leise Klirren vermischt sich mit ihrem Lächeln.

Kurz flackert das Bild meiner Mutter vor meinem inneren Auge auf. Der Wunsch, diese Worte aus ihrem Mund zu hören. Doch plötzlich erscheint es mir unfassbar unwichtig, denn die einzige Person, die ich in diesem Augenblick an meiner Seite haben will, steht bereits vor mir. Scarlett, die immer an mich geglaubt hat. Die mich so akzeptiert, wie ich bin, und mich kompromisslos liebt. Die mir das Gefühl gibt, angekommen zu sein.

»Auf uns«, erwidere ich, bevor ich einen großen Schluck von dem Sekt nehme.

ENDE

DANKSAGUNG

An dieser Stelle möchte ich mich ganz herzlich bei dir für den Kauf dieses Romans bedanken. Deine Unterstützung bedeutet mir viel, und ich würde mich sehr freuen, wenn du dir kurz Zeit nehmen würdest, um eine Rezension zu verfassen oder einfach ein paar Sterne zu vergeben. Infos rund um den Entstehungsprozess und aktuelle Projekte findest du auf meinem Instagram-Profil *nellie.weisz.autorin*. Für Fragen, Anmerkungen und Sonstiges schreib mir gerne eine E-Mail an nellie.weisz@gmail.com

Die Idee zu *Yours to Keep* entstand, als ich vor zwei Jahren eine Reportage über eine Frau gesehen habe, die sich, obwohl sie in zwei Jobs sieben Tage die Woche gearbeitet hat, keine Wohnung in Los Angeles leisten konnte. Stattdessen hat sie aus ihrer Not heraus ihr Auto zu ihrem Lebensmittelpunkt gemacht. Keiner ihrer Kollegen hat etwas davon geahnt. Dieses Schicksal hat mich sowohl getroffen als auch zum Nachdenken angeregt.

Wenn man sich erst einmal näher mit dem Thema Obdachlosigkeit beschäftigt, ist es erschreckend, wie viele Wohnungslose es in Amerika gibt. Anfang des Jahres 2023 hatten 653.000 Menschen keine Wohnung. Familien machen dabei 28 Prozent aller Obdachlosen aus. Der Hauptgrund für diese prekäre Lage sind hohe Mieten bei gleichzeitig geringen Löhnen. Viele Amerikaner leben von einem Gehaltsscheck zum nächsten und damit nur eine Krise entfernt von der Obdachlosigkeit. Durch das lückenhafte Gesundheitssystem, bei dem die Kosten für Medikamente und Behandlungen oft von den Patienten aus eigener Tasche gezahlt werden müssen, kann eine Erkrankung einen Amerikaner zum Beispiel von heute auf morgen auf die Straße zwingen. So auch Scarlett. Ihre Person ist zwar fiktiv, ihr Schicksal ist es jedoch nicht. Speziell in Los Angeles ist die Zahl der Einwohner ohne Dach über dem Kopf besonders hoch. Ich hoffe, dass *Yours to Keep* zumindest ein kleiner Denkanstoß sein kann, sich mit der Thematik zu beschäftigen.

Ein großes Dankeschön gilt daher meiner Lektorin Ann-Kathrin, die an dieses Buch geglaubt hat, als es noch nicht viel mehr als die Leseprobe gab. Du warst die Erste, die meinen Büchern zunächst bei Impress und jetzt bei reverie ein Zuhause gegeben hat. Ich möchte mich an dieser Stelle ganz herzlich für dein Vertrauen und die Möglichkeit bedanken.

Ein weiterer Dank gebührt meinen beiden Testleserinnen Lisa und Jasmin. Ihr wart die Ersten, denen ich mein Buchbaby anvertraut habe. Ich danke euch vielmals für euer wertvolles Feedback und vor allen Dingen dir, Jasmin, für den zauberhaften Blurb. Ich bin so froh, euch über Bookstagram gefunden zu haben und euch auf meiner Reise als Autorin an meiner Seite zu wissen, sei es als Testleserinnen, als Buchbloggerinnen bei einer Blogtour oder als fleißige Rezensentinnen auf Amazon und Co.

Nicht unerwähnt bleiben darf natürlich meine Lektorin Klaudia von Wortverzierer, die mit ihren Adleraugen jede große und kleine Unstimmigkeit gefunden und mir mit ihren Anmerkungen geholfen hat, das Beste aus der Geschichte herauszuholen! Im Lektorat sind noch mal einige Abschnitte dazugekommen, die das Ganze deutlich runder gemacht haben. Vielen lieben Dank dafür! Die Zusammenarbeit mit dir hat mir viel Spaß gemacht.

Und zu guter Letzt geht wie immer ein großes Dankeschön an meine Eltern, die voller Begeisterung jeden Schritt meiner Autorinnen-Karriere verfolgen. Die mich zu hundert Prozent unterstützen und darüber hinaus. Insbesondere mein Vater, der sich überall für mich ins Zeug gelegt und mir meinen ersten Zeitungsartikel und meine erste Lesung organisiert hat.

Content Note

Dieses Buch enthält potenziell triggernde Inhalte:

- Gewalttätiger Überfall
- Emotionale Vernachlässigung von Kindern
- Obdachlosigkeit
- Verlust und Trauer
- Schwere Erkrankung verbunden mit Tod (Krebs)
- Erwähnung von Sklaverei in den Vereinigten Staaten